ZHUZENGQUAN

SANWEN YU SUIBI

朱增泉

散文与随笔

历史卷

人民文学出版社

图书在版编目(CIP)数据
朱增泉散文与随笔.历史卷/朱增泉著.—北京:人民文学出版社,2016
ISBN 978-7-02-012086-4

Ⅰ.①朱… Ⅱ.①朱… Ⅲ.①散文集—中国—当代 Ⅳ.①I267

中国版本图书馆CIP数据核字(2016)第245431号

责任编辑 包兰英
装帧设计 刘 静
责任印制 王景林

出版发行 人民文学出版社
社 址 北京市朝内大街166号
邮政编码 100705
网 址 http://www.rw-cn.com

印 刷 三河市西华印务有限公司
经 销 全国新华书店等

字 数 265千字
开 本 710毫米×1000毫米 1/16
印 张 22 插页3
印 数 1—5000
版 次 2017年5月北京第1版
印 次 2017年5月第1次印刷

书 号 978-7-02-012086-4
定 价 63.00元

目 录

自 序

这套《朱增泉散文与随笔》,共分四卷:历史卷、人物卷、战争卷和游记卷,一百多万字。

我从二十世纪八十年代后期开始写诗,后来转向散文与随笔写作。到了九十年代后期,写诗越来越少,写散文与随笔越来越多。我写的诗歌,曾由四川文艺出版社汇编出版过《朱增泉诗歌三卷集》:一卷政治抒情诗《中国船》;一卷军旅诗《生命穿越死亡》;一卷抒情诗《忧郁的科尔沁草原》。但我的散文与随笔没有汇编过。

近二十年来,各出版社出版的散文、随笔年选和其他各种选本,几乎年年都有我的文章入选。我一直想编一本散文选,但由于各种选本选编视角不同、类别不同,把收入各种选本的文章放到一起,显得较杂,这个想法就放弃了。2015年大病一场,停笔不写了。养病期间,把散乱无序的散文与随笔旧稿翻出来倒腾了一遍,经过分类,形成了现在出现在读者面前的这四卷集子。还有一些归不进以上类别的文章,虽然也有一些获得过好评的篇目,但未能编入。

为什么要用"散文与随笔"来命名我的这四卷集子呢?这有两方面的原因:一方面,我本人向来以"写作无定法"为信条。动手写每一篇文章时，从来不会刻意考虑散文应该怎么写、随笔应该怎么写，只以表达出我想表达的内容为目的。我是一名业余作者，写作的随意性是我与生俱来的习惯。自从有了“大散文”一说，我就更少注意散文与随笔的文体区别了，写作时更加自由自在，不受任何拘束，这就有利有弊。有的评论家认为我这种写法是一种优点，曾把我作为“跨文体写作”的成功例子。但另一方面，各地出版社的编辑专家们，还是会根据我的文章所具有的不同文体特点，分别选编进他们定名的“散文选”或“随笔选”中，这说明我写的文章“文体”不够一致。我接受这种“裁定”，因为我承认凡事都得有所规范。

鉴于以上两方面的因素，我这四卷集子中的文章均可分属两类，有的可称散文，有的可称随笔。不过，从文章内容上区分，历史卷、人物卷、战争卷和游记卷的界定是清晰的。

我对历史散文有些偏好，写得较多，也有些心得。我既注意写一些中国五千年历史长河中的大起大落、大分大合这样的重大历史题材，从中发现一些我们今天仍然值得观照的历史规律；也注意写一些特定历史条件和历史环境中的特殊情景、特定人物、特殊事件，表达我对某些问题的历史见解。

我的人物散文，最早是写现实生活中的人，他们中有军嫂、士兵、诗人、航天员、元帅、领袖，后来写历史人物较多，成为我历史散文的一条支脉。历史都是由人创造的，有些文明成果也是被人毁灭的，讲历史不可能不涉及具体的人，上至帝王将相，下至蝇头小吏、黎民百姓。写古今中外的战争，同样离不开写人物，比如二次大战期间的罗斯福、丘吉尔、斯大林、朱可夫等，又比如伊拉克战争中的萨达姆、反恐战争中的本·拉登、北非和中东风暴中的卡扎菲、穆巴拉克等。有的评论对我的历史散文和人物散文给出了如下综合评价：“上自秦汉，下至明清，有秦始皇、汉武帝、项羽、刘邦、曹操、严嵩等历史人物，有秦行大统、楚汉相争、安史之乱等历史事件，无论钩沉历史，臧否人物，讲述王朝的兴衰存亡，勾勒以史鉴今之道，无不立意深远，取材精到，夹叙夹议，文字洗练，尤其战争题材，纵横捭阖，酣畅淋漓。”故我的历史散文和人物散文赢得了不少读者。我十多年间写下的大量历史散文和人物散文，成为一种重要的积累和准备，为我后来系统撰写五卷本《战争史笔记》打下了基础。历史卷中的《汉武帝与匈奴的战争》《楚汉相争一局棋》《安史之乱》和人物卷中的《曹操》《成吉思汗》《严嵩倒台》等篇目，其实是《战争史笔记》一书有关章节的摘录。这类文章，我追求的是对重大历史事件和重要历史人物的叙述能给人以相对完整的轮廓，夹叙夹议地发表一些见解。

这次收进战争卷的散文和随笔，不包括古代战争内容。这卷集子中的文章，以我当年跟踪观察伊拉克战争所写成的《观战笔记》一书为主，这本书在当时引起了广泛注意。2010年末至2011年初，突尼斯爆发了以网络推手引发群体性事件为特点的“茉莉花革命”，这场风暴很快席卷北非和中东。我写了一批观察分析突尼斯、埃及、利比亚等国通过低烈度战争（以网络推手和街头事件为主）发生政权更迭的现象，还写了分析叙利亚战乱、伊朗核危机等一些文章。这些文章以研究新一代战争中以“非战争”手段达到战争目的的全新战争样式为主，兼带时事评论性质，政论色彩较浓。一般来说，这类文章将会随着时间的推移而退色。然而，我在书中对美军打信息化战争新的作战理念、新的作战样式和新的作战手段的概要介绍，对二十一世纪美国战略思维及其战略走向的分析和预判，对二十一世纪亚洲国家群体性崛起的历史机遇及必将面临美国战略遏制的分析和预判，正在“不出所料”地一步步展现在我们面前。这是我认为这些文章仍有某些阅读价值的理由。顺带说明，这一卷中的萨达姆、卡扎菲和本·拉登，分别是伊拉克战争、利比亚战争和“9·11”恐怖袭击三场战争的三位主角，因我对这三位人物做了较为透彻的剖析，故也将这三篇文章收入了人物卷，但题目与战争卷中不同，内文相同。

我写的游记包括国外和国内两部分。国外部分，我对访问俄罗斯所写的一组文章较为满意。当时我是带着满脑子问题去的：搞了七十年社会主义的苏联，为何会在一夜之间土崩瓦解，如今到底如何？我在俄罗斯接触了各个阶层的人物，同那里的新旧官员、普通工人、失业的集体农庄主席和向往西方民主制度的青年人有过面对面的对话和讨论，对俄罗斯的现实社会生活做了我力所能及的详尽观察，我找到了一些我想找到的答案，解开了我的一些心头疑惑。对于普京将以何种方式带领困境中的俄罗斯前进，直到今天，我一直觉得我当初所做的分析是对的。普京以其非凡的魄力，依靠彼德大帝崇拜、东正教信仰、苏维埃情结这三样东西重建俄罗斯民族精神，既不走西化道路，也不重走苏联老路，在苏联崩溃的废墟上，放平了他的“三足大鼎”，正带领俄罗斯艰难前进。我写的国内游记也不少，这部分文章虽然不像历史散文、人物散文那样厚重，但就文章写作而言，却是我自己比较满意的一部分。这些文章大都比较短小、轻灵，较有文化内涵，其中有的篇目曾被选作高考语文题，有的篇目被选入高中和普通高校语文教材。

总起来说，我的散文与随笔，具有我自己的一些写作风格和特点。比如有些评论提到的大气、厚重、具有历史纵深感、有独特见解等。但写法不很一致，水平参差不齐，这些也是明摆着的文本事实。切盼读者和评论家们多多指教。

朱增泉

2016年3月27日

凭吊一处古战场

一

提起韩信这个悲剧人物，不由得你不为他发出深长感慨：他的战绩何其辉煌，他的命运何其多舛，他的结局何其惨烈！上苍以强烈的色彩反差，为韩信绘就了一张悲愤脸谱，让他横刀立马长天一啸，然后永远背水而立，面对每一位来者发问："你们从背水之战中看懂了什么？"

韩信创造的不朽战例背水之战，作为历史故事，我是在小学课堂上就已听过的。"背水一战"作为一句成语，后来在各类政治的、历史的、军事的、文学的书籍中屡屡见到，但往往只注意它所表达的特定含义，再不去过问它发生的具体地点。这几年，断断续续地听说，背水之战的古战场遗址，就在离我现在居住的这座城市西去不远的那片山里，而且正在成为一处旅游景观，但我一直没有时间去看。最近，我领着两个女儿去看了一次背水之战古战场，那是因为大女儿面临高考，小女儿要考高中，压力山大。我只能以军人独有的方式，激励她们"背水一战"！

背水一战，自古以来就是一道军事学命题，但它何尝不是一道人生命题？

二

背水之战的古战场遗址，湮没在太行山东麓井陉县境内那片苍茫的荒山野岭之间。井陉为“太行八陉”之一，“陉”即山间通道，井陉是古代秦晋与燕赵间的咽喉要道。秦始皇所修的驰道中，通向燕赵之地的一条就从井陉隘口通过。

井陉古关，地处要冲，为历代兵家必争之地。除了韩信在此创造过背水之战的辉煌战例外，唐朝的郭子仪、李克用，北宋爱国将领种师闵、北魏将军于栗磾、明朝开国大将徐达、明末农民起义领袖李自成等，都在这里打过仗。值得一提的是，1900年八国联军侵华时，京津陷落，慈禧、光绪西亡长安，保定、正定相继失守，获鹿驻军退守井陉，晋东防务吃紧。清末将领刘光才正在前去大同就任总督的途中，于河北栾城顷接上司来电，命其驻守井陉督防。他在井陉就地组织防御，顽强阻击法寇于关前，坚决制止联军西进，史称“庚子之役”，这是清末抗击外侮的少数几次胜仗之一。当时的石垒防御工事尚存，称“庚子长墙”。

井陉关终于成为一种象征。清末壮士谭嗣同曾写过一首寄托情怀的《井陉关》：

平生慷慨悲歌士，
今日驱车燕赵间。
无限苍茫怀古意，
题诗独上井陉关。

从韩信到刘光才，茫茫两千余年间，有多少将领士卒，为社稷，为朝廷，为民族，在井陉关慷慨拼杀，血写春秋。雄哉井陉关，壮哉井陉关！

自从清末修筑了正太铁路，以后又修通了公路，铁路公路都绕关西去，沟通了冀晋交通，繁忙了两千多年的井陉古关狭窄孔道终于沉寂荒废，渐渐被荒草淹没，断了人迹。唯其荒废得杳无人迹，这些沧桑陈迹才得以残存至今。

井陉县是河北省贫困山区之一。井陉人千百年来安贫说古，祖祖辈辈守着这片古战场，给孩子们讲述悠悠往事，说古国之兴衰存亡，讲古人之得失成败。改革开放以来，被搞活经济的大潮所推动，井陉人一夜间有了“背水一战”的紧迫感。他们深知韩信背水之战的历史知名度，决定将此古战场作为旅游资源加以开发。从此，沉寂已久的井陉古道上重新有了人迹。人们踏着陈迹斑驳的石板路拾级而上，登临远眺，凭吊往事，感悟人生。

三

背水之战古战场的中心位置，名叫白石岭。白石岭两峰夹峙，鞍部即为古代井陉隘口孔道，现存城堡式关门一座，为清代重造，称“东天门”，真乃“一夫当关，万夫莫开”。登岭西望，居高临下，白石岭西山坡谷底是一条狭长的带状盆地，韩信背水为阵的绵水河自南向北流过。绵水西岸，便是太行山主脉，崇山峻岭。当年，韩信的军队就从太行山以西一路向东征战过来，在陕西夏阳强渡黄河，安邑一仗平定了魏国，阏与一仗又平定了代国。现在，他要越过太行山，前来平定赵国了。但是，这时他的精锐主力已被刘邦调往荥阳前线去抗击项羽，只让他带领号称“数万”，实际仅有几千人能作战的杂牌部队前来击赵，而赵王歇和辅佐他的安成君陈余，急调二十万兵力扼守井陉关隘口，以白石岭为主阵地，凭险向西组织防御，迎击韩信。韩信一路疲惫征战，精锐已被抽走，横在他面前的关隘却是那么险要，双方兵力又是那么悬殊，此仗还能否打胜？不必为古人担忧，韩信恰恰要在这里展现他的非凡军事才能，创造出中国古代战争史上的辉煌战例。

汉楚相争之时，双方为了争夺地盘，每打下一地就封一个诸侯王，然后继续进军。地方势力却往往见风使舵，反复无常，今天刘邦占上风就倒向刘邦，明天项羽占上风就倒向项羽。有的干脆在混乱之际自立为王。故，刘、项在分兵合进击败秦军之后，双方都陷入了两面作战的困难境地：一方面双方要在正面战场展开决战，另一方面又要各自回马扫平地方叛乱势力，巩固各自的战略后方。双方你争我夺，此起彼伏，刘邦几至绝境。而韩信，这位善于指挥大兵团连续作战的天才军事家，在刘、项之间何去何从，具有非同寻常的决定性意义。虽然韩信曾对刘邦阐述过他的精辟见解：得人心者得天下。但是，在这风起云涌的军争之际，决定谁胜谁负的最高手段却是军事斗争。就这一点而言，刘、项双方却是“得韩信者得天下”。

最早看透这一点的，是刘邦的谋臣萧何。起初，韩信是项羽帐下的一名侍卫，为项羽执戟站岗，常好在项羽面前发表一点军事见解。项羽此人刚愎自用，不屑一听，免不了还要呵斥他几句。韩信不得见用，转而投奔刘邦。但刘邦也只让他当了一名粮秣管理员，怀才不遇使韩信再一次愤而离去，于是有了“萧何月下追韩信”，有了刘邦破格拜韩信为大将之举，并积极采纳了韩信的战略性建议：挥师东征。

刘、项相争之初，刘邦采纳韩信的计谋，趁项羽忙于镇压关东诸侯叛乱之际，明修栈道，暗度陈仓，迅速打出汉中，出兵关中，击败雍王章邯，降服塞王司马欣、翟王董翳，一举平定了三秦。接着，刘邦集中五六十万大军直取长江下游之彭城，欲端项羽老巢，企图一举夺取天下。项羽从齐国地面疾速回师，亲率三万精兵直击灵璧，濉水大战，汉军死伤之多竟使濉水为之不流。刘邦惨败，逃回荥阳。彭城失利后，刘邦改变策略，兵分两路：南路由他自己率军继续在正面战场与项羽周旋；北路任命韩信为左丞相，前去平定关中以北、以东的诸侯各国，巩固和扩大自己的战略后方。韩信不辱使命，强渡黄河，连克魏、代，势如破竹，连战皆捷。

现在，韩信来到井陉关前，他又将如何运筹？韩信不急。他命令队伍在井陉关三十里外停下，亲自抵近前沿勘察地形，侦察敌情。知己知彼、深思熟虑之后，他一反作战常规，连夜派出两千轻骑先头出发，直插赵军侧后，每人带小旗一面，准备偷袭赵营。他自己率领正面部队背水列阵，身先士卒，冲锋陷阵，命人摇旗擂鼓，诱敌出阵。赵军讥笑韩信不懂兵法，犯了背水列阵之兵家大忌，必败无疑，遂倾巢而出。韩信佯败，退回水上；忽地回马力战，勇不可当，与先头派出的两千轻骑前后夹击，一举攻陷井陉险关，射杀赵军主帅陈余，生擒赵王歇，赵地又告克复。背水之战终成韩信杰作，传诵千古。

韩信破赵后，又采纳李左车建议，挟余威“不战而屈人之兵”，威服了燕国。然后继续挥师东向，攻陷齐国。韩信挥师东征三年，连克魏、代、赵、燕、齐五国诸侯，横扫千军如卷席，气吞山河，威震天下。一连串的大战役，一连串的大胜利。战略进攻的大箭头，从今陕西中部成弧形直插今山东腹地至胶东半岛，伟乎壮哉！而这时刘邦自己在正面战场上却屡屡受挫，毫无起色。但韩信已为刘邦的汉家王朝廓清了地基，摆好了柱础，只待泗水亭长为营造大汉宫殿选定吉日了。

当巍峨高山的一面阳光耀眼时，它的另一面却在漫起浓重阴影。正如老子所言：“祸兮福所倚，福兮祸所伏。”恰恰是韩信为刘邦建立的盖世奇功,成了他同刘邦恩怨的缘起。

四

我在这片古战场上踏看寻觅,力图找到某些同韩信直接有关的历史陈迹。最后只在白石岭西山坡上找到一块断碑,刻有六字:淮阴侯谈兵处。碑为明末崇祯年间范志完所题,断裂处的款识已很难辨认。此碑“文革”中被毁,断成两截,被当地农民埋入土中,后挖出,用水泥拼接重立。

我如慰抚韩信般抚摩着这块灰黑的断碑。伟哉韩大将军,你应该站在这里,这里是你的一块福地。当你摆出背水之阵时,连那些跟随你南征北战多年的老部下,都不信这一仗能打胜,埋怨你今天摆的是什么鬼阵?你却对大家说:“打败赵国,傍晚会餐!”他们到底服了你的神算,战斗竟进展得那么神速,胜利来得那么不可思议!战斗结束后,你就坐在这片山坡上同大家一起会餐。在一片欢庆声中,部将们才敢把刚才的担心和埋怨向你倾吐出来,你批评他们没有读懂“陷之死地而后生,置之亡地而后存”的兵法要义。你说完放声大笑,你的笑声震响了四围群山,在绵水河上久久回荡……

哦,韩大将军!他们在这块碑上却不应该将你刻成淮阴侯,那时刘邦还没有封你为淮阴侯;你后来也不应该去做什么齐王、楚王、淮阴侯,命运注定你只有在驰骋拼杀的疆场上,才能放射出夺目的光彩。你一旦离开疆场,走到哪里都像鱼儿离了水一样,蹦跳无济,不得要领……

整个古战场上,同韩信直接有关的遗物,只有这么一块断碑。它孤零零地立在衰草萋萋的荒山坡上,那么凄凉,那么孤独。

不无讽刺意味的是,白石岭的东山坡上却有一座“白面将军祠”。“白面将军”即陈余,他是被韩信在背水之战中射杀于阵前的手下败将。此次战役,他作为赵军主帅,指挥无方,不堪一击,关隘失守,赵王被擒,赵国沦陷,何来为他建祠纪念之理?自古世事胜败论英雄,但中国传统文化中偏偏又有“不以胜败论英雄”一说,故历朝历代均有不重功臣重败将之怪现象。我进祠去看了一下修祠年代和纪念陈余的理由,令我又大长见识。据介绍称,该祠初建于宋,后几经重修,断断续续,香火未绝。纪念陈余的理由是“感念”他在背水之战中“乱箭射身而躯体不倒”,“其志难夺,其节可嘉”。这里又涉及中国传统文化中同一个问题的另一个层面,重“气节”而不重其行为效果。

更让人感慨莫名的是,曾在“庚子之役”中击退了法寇西进企图的清将刘光才,战斗胜利后,特意为这位葬身白石岭上的陈余之墓立了一块“忠碣碑”,由其副将李永钦撰写的碑文竟称,他们之所以能在“敌炮累累”的井陉保卫战中击退法寇,全赖陈余将军“神灵保佑”之故!打了胜仗的将领,居然不敢相信自己能打胜仗,而相信两千年前一位丧国败将的亡灵在冥冥中“保佑”了他们,这反映了什么呢?它充分反映出晚清这个没落朝廷已完全丧失了自信力,它们手中那支军队已完全丧失了自信力。刘光才他们虽能偶获小胜,但从根本上说,已于江山无补,朝廷最终还得在《辛丑条约》上签字画押。这样的朝廷,这样的军队,竭力推崇所谓的“气节”,恰恰反映了这个朝廷气数已尽,亡相毕露;这支军队也已毫无“元气”可言。这同韩信靠弱兵之旅、背水为阵,一举攻陷以十倍于己兵力把守的井陉险关所表现出的强大自信力,形成了多么鲜明的对照!但胜利者韩信在这里所得到的,仅仅是西山坡上那块孤独凄凉的断碑而已;失败者陈余却在东山坡上拥有一座避风雨、享香火的祠堂,这又是另一种多么鲜明的对照?中国的许多事情,历来就这么怪!

五

在白石岭新设的一间简陋无比的展览室里，墙上抄录有刘禹锡感怀韩信的一首短诗：

将略兵机命世雄，
苍黄钟宝叹良弓。
遂令后代登坛者，
每一寻思怕立功。

一个人的某种天赋、才能过于出众，功劳太大，究竟是祸是福？这的确是个电子计算机也无法算清的复杂问题。刘邦与韩信之间的关系，始终是那么微妙。萧何向刘邦力荐韩信时，韩信的军事才能尚未得到任何证实，但刘邦相信萧何的政治眼光和对人才的鉴别能力，故他敢于破格拜韩信为大将，令三军为之惊愕。刘邦的纳谏如流、用人气量，也真够气派，这是他性格的一面。刘邦作为封建政治家，他的性格还有另一面。当韩信在实战中显露出非凡军事才能后，刘邦却开始了对韩信的提防，韩信的战功越大，他的提防也越紧。因为刘邦深知，非凡的军事才能，再加上兵权、战功、声威，这些都足以成为略地为王的资本。他需要韩信，但决不能让韩信壮大到驾驭不住的地步。

彭城失利后，刘邦任命韩信为左丞相，让他独当一面，去完成平定诸侯的战略任务；而同项羽较量的正面战场，则仍由他亲自领军。他这时已明知韩信的军事才能强于自己，但他仍如此分配任务，从中不难窥见刘邦用心之精细。韩信强渡黄河，连克魏、代之后，刘邦又立刻将他的精锐调往自己指挥的荥阳前线，只让他带残弱之旅去完成任重道远的东征后续任务。而韩信却并未因此放慢东进速度，胜利一个接一个，队伍愈战愈勇，兵力愈益壮大。相反，刘邦自己虽然调去了韩信的精锐，却依然不敌项羽，兵败荥阳，逃往成皋，又被项羽围困。他只身逃出成皋，潜入韩信驻地，趁韩信兵营内尚未起床，伪称“汉使”，骑马驰进韩信军帐，夺去了韩信的印信和兵符。回头又捎话过来，让张耳留守赵地，命韩信收拾残部继续进攻齐国。这等于明白告诉韩信：第一，你必须为我多打胜仗，越多越好。第二，你的兵权不能太大，拥兵不能太多。第三，你打下的地盘必须交给别人看守，你的任务只是打仗。

韩信的军事天才也的确过于出众了，他一路打了那么多大仗，不但一次也没有得到过刘邦的增援，反而一次又一次被刘邦调走了精锐。但韩信从未流露半点灰心情绪，也从未发过牢骚，似乎越是给他设置障碍、增加困难，越能激发他的骁勇无敌。他收拾整顿了一下残存部队，就地征集了一批新兵，又继续向齐国进发了。这一次，对方除了齐国本土军队，项羽又派大将龙且前来增援齐国。交战结果，龙且被杀，齐王田广逃跑，韩信又获全胜，齐国又告平定。对此，刘邦将做何感想？

正是从这时起，韩信自己却为刘邦对他的担心一次又一次提供了“把柄”。从此，他将用军事上的一连串胜利，去换取政治上的一连串失败。

一败请立齐王时。

韩信攻下齐国后，劳苦功高，人也觉得有些累了，于是想到自己的地位、名分也该有个着落了。也许他倒真是为刘邦巩固已经打下的地盘着想，也许两者兼而有之。他派人给刘邦送去一信，信中分析说，齐国伪诈多变，反复无常，又与南边的楚国接壤，如果不立一个齐王，恐怕齐国的形势不会稳定。信末，请求刘邦恩准他自立为“假齐王”，以便在此稳定齐国局势。客观，真诚，战战兢兢。

但是，这时刘邦已同项羽在荥阳争战相持长达三年，胸部还带着项羽的箭伤，心烦意乱。他拆信一看，破口大骂："浑蛋！我被围困在此，天天盼望他来增援，他却想自立为王！"陈平在桌子底下踩他的脚，张良附耳对他说："这里形势严峻，不如同意立他为齐王，让他稳住齐国。要是激怒了韩信，说不定会有不测。"刘邦毕竟是刘邦，马上改口骂道："他妈的，他韩信大丈夫南征北战，平定了诸侯各国，要做就做个真齐王，哪有做假齐王之理，封他为齐王！"

封王就坏。韩信一封王，刘、项的矛盾焦点就向他身上交会。如果说，在韩信拜将之前，只有萧何看到了刘、项双方"得韩信者得天下"，那么现在，连项羽也清楚地看到了这一点。项羽派说客武涉前往齐国，劝说韩信与项羽联合，争取与刘邦三分天下。韩信则表明自己"忠汉之心，虽死不变"，将武涉斥去。但他从此再不会有清静日子。齐人蒯通又来劝说韩信："当今两主之命悬于足下。足下为汉则汉胜，与楚则楚胜。"并告诉他说，你现在已经摆脱不了两难境地，归附哪一方都有危险。自古"勇略震主者身危，功盖天下者不赏"。你渡黄河，虏魏王，擒夏说，下井陉，杀陈余，灭赵，下燕，定齐，南摧楚军二十万，东杀大将龙且，功劳盖世，无人能比，威名压倒了刘邦。你是"戴震主之威，挟不赏之功"之人。归楚，楚国不会信任你；归汉，连刘邦都害怕你。

"有什么办法吗？"

"与汉楚三分天下，鼎足而居。"

"汉王待我甚厚。"

"人心难测。"

蒯通向他讲了一系列初为"刎颈之交"，后来反目成仇、互相残杀的例子。最后，蒯通对韩信说："天与弗取，反受其咎；时至不行，反受其殃。愿足下熟虑之。"韩信脑子里闪过一丝犹豫动摇："让我再考虑考虑吧。"不祥之兆已经出现。但刘邦知道，这时对韩信下手为时过早，不能惊动他。

再败于改封楚王后。

刘邦为了争取韩信参加垓下会战，欲擒故纵，干脆与韩信、彭越来个“共分天下”，把自河南淮阳至东海的广大地域全划给韩信。你不是想要地盘吗？先让你过把虚瘾。韩信得到地盘，非常高兴，很快和彭越一起挥师南下。垓下会战，韩信是主力，刘邦大获全胜，项羽全军覆没。刘邦大功告成，立即削去韩信兵权，将他改封为楚王。这又一次显示了刘邦作为一位封建政治家的治人之术。韩信是为他打下江山的大功臣，不封韩信为王，失人心，天下不允。那好，我封你。但封你为王，又必须被我牢牢控制在手里。你想要齐国不可能，齐国是一片农业土壤和文化土壤都很深厚的土地，要是让你韩信在那里扎下根去，你很快就能长成一棵参天大树，想砍伐你就难了。楚国是项羽旧地，我将你韩信从齐国这片沃土上拔出来，移栽到项羽新亡的这片瓦砾堆上，不能让你长得根深叶茂。另外，西楚霸王不是曾经不可一世吗，现在他怎么样了？把你韩信封为楚王，其中意味你自己去琢磨吧！

三年后，刘邦当皇帝的登基大礼也举行过了，朝廷政务也理出了头绪，汉朝天下算是大定了。这时，他可以回过头来瞄一眼韩信了。终于被他抓到一个把柄。项羽有个老部下钟离眜，大概有些谋略，刘邦忌恨之，却与韩信有私交，项羽死后投奔了韩信。刘邦要韩信将他抓起来，韩信不理。违抗君命，如何了得！刘邦正在咬牙，马上有人上书诬告韩信谋反。先传旨，皇上要到云梦泽游猎，顺便会见诸侯，请韩信前往迎驾。韩信猜出刘邦用意，心里有些不安。他面前有两步棋可走，要么反抗，要么就擒。又一想，自己没有什么对不起刘邦，反抗不好；但也不能束手就擒。他想走另外一步棋，刘邦讨厌钟离眜，我把他的头提去交给刘邦，他还能说什么？于是，他去找钟离眜商量，请他自动献出脑袋。钟离眜大骂韩信不够丈夫，拔剑自刎。韩信持钟首级往见刘邦，以表忠心。刘邦喝令将韩信拿下，戴上刑具，装上囚车，押回洛阳。到了洛阳又确实找不出多少韩信谋反的过硬证据，又赦了他，降为淮阴侯，但将他“养”在洛阳，不得去封地。事出有因，证据不足，宽大为怀，降职使用，这已经是“皇恩浩荡”了。先威后恩，权术也。此时之韩信，已如断爪之虎、拔羽之鹰，威风已经杀尽，一边待着去吧。刘邦制服韩信，也是做给各地诸侯们看的，韩信功高盖世都能动得，你们诸位还在话下吗？权术也。

韩信被降为淮阴侯之后，刘邦知道他内心不服，找他谈过一次话。谈话的中心内容是关于他们两人的能力谁强谁弱的问题。刘邦同他谈这个题目，可以说是抓住了要害的。你韩信不是总觉得能力高过我刘邦吗，我倒先要问问你韩信，在军事能力之上，还有另外一种能力你韩信有吗？刘邦问他：“你看像我这样的人能带多少兵？”韩答：“陛下至多能带兵十万。”又问：“你能带多少？”答：“多多益善。”刘邦放声大笑：“那你为何能被我擒住？”韩答：“陛下不善带兵，却善带将。”韩信这句话说对了，刘邦笑而不答。但韩信下面这句话却大错而特错：“陛下靠的是天意，不是靠你的能力。”既然他承认自己只善于“带兵”，而刘邦却善于“带将”，哪种能力层次更高，不是很清楚了吗？但韩信始终没有弄懂，刘邦是在同他谈政治，而他的思维却钻在军事范畴内出不来。因此，他在军事上无愧于雄才大略，在政治上永远是侏儒，处处碰壁，直至被杀，不足为怪。即使他被杀前呼天抢地也无用，苍天不会来救他。这天下应该是刘邦的，不可能给你韩信，给了你也治不了。

韩信在军事上的思维是如此超群，而在政治上的思维却是如此之幼稚。他越是战战兢兢，刘邦越是觉得他心怀叵测。他先是容留刘邦忌恨之人钟离昧，将私人友情置于皇命之上，授人以柄。大祸临头时，韩信又去求私友钟离昧之头，欲解自己之危，这不仅是他政治上的幼稚,更是他人格上的一次失败。

三败长乐宫。

韩信经云梦一劫,威风扫地,对他的身心打击可想而知。这时他才真正明白过来,由于自己的军事才能、战绩、声威超过了刘邦,成了刘邦的一块心病。进而明白,刘邦同他的怨结,自此之后,已经再也无法解开。他回顾一生,少年落魄,漂母赐食,胯裆之辱,坎坎坷坷,之所以没有丧失鸿鹄之志,皆为求一展雄才,不枉此生矣。不错,是你刘邦给了我机会,知遇之恩何尝忘怀?武涉说项,我斥去之;蒯通献计,我不用之。我韩信何罪之有?他越想越不平静,常常称病不朝,懒得再见刘邦。他终于消沉了。

消沉,就有鬼来敲门。伴君之人,根本不容你有消沉的资格。有个叫陈豨的,被委派到赵地去任相国,离开洛阳前去向韩信告别。此人心怀不轨,他知道韩信痛恨刘邦整他,便在他面前挑唆了一番,同韩密谋反刘。当时韩信如何表态,史无详载。但可断定,这时的韩信已不可能像回绝武涉、蒯通那样回绝陈豨,更不可能再从他嘴里说出什么"汉王对我不薄","忠汉之心,虽死不变"这样的话来了。

陈豨反,刘邦欲带韩信同去征讨。韩称病,不去。暗中派人给陈豨送信:"你举兵,我在此策应。"并同家臣密谋,趁刘邦不在,准备在宫中起事,要出出心中这口恶气,这是真正的谋反了!但他韩信能在战场上叱咤风云,却压根儿不是搞政治的材料。先就从家里泄露风声,被告发。吕后这老娘儿们根本不用请示报告,决心来得异常果断和迅速:"杀掉韩信!"于是萧何假传消息,将韩信骗至长乐宫,被斩,夷三族。

"存亡一知己,生死两妇人。"知己者,萧何也;两妇人,一为漂母,一为吕后。历来的后人均感叹:"成也萧何,败也萧何。"应当说萧何无罪。韩信只懂军事,而萧何搞的是政治。他把萧何看作生死知己，当时他本意不愿进宫去，但别人的面子能驳，唯独萧老相的面子不能驳的。再说别人可能对他有诈，萧老相能对他韩信使诈吗？不可能。就这样，韩信按照超政治的思维习惯想问题、搞分析、作判断，服服帖帖跟随萧何走向断头台。而萧何的思维方式就根本不同于韩信了，他当年月下追韩信，把韩信追回来，是为了刘邦王业；今天他把韩信领上断头台，也是为了刘邦王业。怪不得萧何的。

吕后这老娘儿们，长期同刘邦在一起耳濡目染，政治手腕也好生了得。她得悉韩信密谋造反，真有点“山崩于前而色不变”的沉着，周密布置，不动声色。她让萧何去将韩信骗进宫来，实在是非常精明而关键的一招。别人不可能“请”动韩信，只有他萧何了。同时，叫你萧何去“请”韩信，也是在脑壳上敲你萧何一棒，当初不是由你月下追韩信追回来的这个孽种吗？如今他想谋反，是不是你在背后支持他呀？萧何老谋深算之人，怎能揣摸不到吕后这妇道想说而未说的意思？如果他不把韩信“请”来，在刘邦面前脱得了这干系吗？他把韩信骗进宫来，吕后喝令下刀，韩信一命呜呼之后，老萧何这才转过身去悄悄擦拭额头的冷汗和满脸的泪水。冷汗是被吕后吓出来的，满脸泪水是为韩信流的。

呜呼，韩大将军！

1994年10月

寻访赵王城

一

天下人知邯郸者众，知赵王城者寡焉。

赵都邯郸，是秦始皇的出生地、外婆家。仅此一点，你敢小觑邯郸吗？邯郸是这样一座城市，随便找一处城郊的山冈坡地，或是城内残存的某处老墙根挖下去，都可能挖出层层相叠的古文化遗存来。上至新石器时代邯郸“磁山文化”特有的石搓板（碾粟工具）、支架陶罐（炊具），时代稍后的红顶陶碗；下至春秋时代的各种青铜乐器、王侯印玺、大小酒器、玉璧、铜镜、织物、铸有“甘单”（邯郸）字样的一枚枚锈蚀斑驳的古币……面对这样一座历史文化源远流长，战国时代的赵国国都、军争重地，两汉时代闻名华夏的五大繁华商都之一，你能对邯郸漠然视之吗？

漫步邯郸，百步有典。流经城内的沁河之上，有小石桥一座，桥头立有石碑：学步桥。踏上小桥，我不无感慨，鼎盛时期的邯郸，真可谓领天下风气之先，居然外地人来到这里，都竞相模仿邯郸人走路的步态，以至“邯郸学步”成了一句流传到今的成语。当我看完石桥栏板上的一幅幅人物浮雕，顺着石阶走下桥来，立刻又想，如何学会用双脚走路，竟是一道十分古老，又非常切近的重大哲学命题。于是提醒自己，还是学会走自己的路吧。

在挤挤挨挨开满了时髦商店的那条街上，保留下一条古老小巷，陈砖土瓦，矮房老墙，很不起眼。巷口赫然一座石碑：回车巷。伫立碑前，浏览碑文，我仿佛见到那位驰骋疆场，功高豪迈，一度闹过思想情绪，后来又主动负荆前来向蔺相如请罪的老将军廉颇，烈士暮年，垂垂老矣。我似乎听见“患难思良将”的赵王在向人打听：“廉颇老矣，尚能饭否？”廉颇的仇人趁机贬毁他说，廉颇已老得不中用了，赵王“遂不召”。这分明是一个凶兆，赵氏王朝鼎盛将逝，衰亡将至……

“其兴也勃，其亡也忽。”

邯郸，这座典故之城，堪称古代中国一部兴衰史的袖珍版百科全书。如今，市内正耸立起一座座玻璃大厦，铲土机正在轧轧轧铲走一堆堆陈砖旧瓦。玻璃大厦的反光里映照出满街车流如梭、人影匆匆，铲土机的轰鸣中正扬起阵阵千年陈土。一想到这里的每一块断砖里都有一个悲愤灵魂，每一片碎瓦里都有一段惊心动魄的历史故事片断，心中不免感叹“兴衰沧桑千古事，而今朝夕换人间”。

赵王城，你在哪里？

二

这些年，因工作关系，我每年都要来一两次邯郸。每次来邯郸，都不免要想起实行“胡服骑射”的赵武灵王。如同我回到阔别几十年的故乡时，总要悠悠想起伍子胥和孙武子等先贤们一般。他们都是些给人以沧桑感的历史人物。像邯郸这样的城市、赵武灵王这样的人物，是足可借以解读出“存亡之道”这句兵法要义的。因此，我每次来邯郸，都曾一次次打听：赵王城遗址的确切位置在哪里？被问者每每用茫然的眼神看着我，答不出。我一次次谅解了他们。的确，比我年轻得多的每一个人，应该更多地面向未来、关注未来，而我总向他们打听遥远的过去，我应该谅解他们。

兴盛一时的赵国灭亡得实在太久了。

赵王城湮没得实在太久了。

“听说只剩下一个土堆，什么也没有了。”

偶然遇到能这样作答的人，也仅仅是“听说”而已。就像我从史书的字缝里“听说”古都邯郸“袨服成市”的繁华景象一般，遥远而朦胧。

大幸。这次他们终于为我寻访到一位满头白发，掉了门牙，业已退休的赵文化考古专家陈光唐教授。陈教授原籍福建，却在这里搞了一辈子赵文化发掘研究工作，以致在此落户生根，再不肯离开这座古都。在酷夏暴雨刚过的泥泞中，陈老欣然领我登上了赵王城遗址，登上了那座荒凉土丘。的确连废墟都称不上，只是一座荒凉土丘。我随他转身四顾，他向我指点陈迹，纵论往昔。

当年，是他亲自主持了对赵王城遗址的部分动土发掘工作，有一系列重要发现。但他亲自撰写的发掘报告上送后，据说因为一个学术观点的独到见解，被冷落搁置了多年。看来不只官场有“官僚主义”，学术界也有“学僚主义”。倒是海外的一些有识学者，后来终于从刊物上读到了他那洋洋三万余言的发掘报告，于是远涉重洋，不远万里，纷至沓来。每次都由陈教授亲自陪同，前往访谒这座荒凉土丘；回到下榻处热烈讨论苍茫史事，探微钩沉，高士宏论。

“国内特意前来寻访赵王城遗址的，不多。”

老教授站在荒丘上，不无寂寞感慨。我忙用玩笑安慰了他一句：“我代表赵武灵王感谢你！”他满头白发秋草般在野风中飘动起伏，笑得满脸皱纹，满脸沧桑。

赵王城遗址位于今邯郸西南四公里，由西城、东城、北城三部分组成，各有城墙，自成单元，又成“品”字形相连。每座城内都荒废得只剩几个长满荒草，或被当地农民种上了庄稼的夯土台基。三座小城的四围城墙轮廓尚存，城门位置依稀可见。据分析，当时赵国从中牟（今河南鹤壁西）迁都至邯郸，是先建西城，再建东城，后建北城，分步实施，逐步扩大，终成规模。因怕敌国放水淹城，故先高筑台基，在台基上建筑殿宇。最大的一座夯土台基在西城，这是王宫所在位置，民间称“龙台”。基座每边长约三百米，成台阶状向上层层叠升，顶部宽广平坦。东城内有“南将台”“北将台”，与西城的“龙台”成相守相望之势。东、西两城构成昔日赵都政治中心。北城似是王侯贵族们的家居之所，存夯土台基数座。

古籍中称，古时邯郸有“十二连城”。但现在已经发现的，除上述三座“连城”外，仅发现它的东北面是一座范围大得多的“大北城”。那是建赵王城之前就有居民聚居，赵都迁来后迅速扩大的繁华商业区和居民区。它与现在的邯郸市西半部重叠，大多遗址均已埋入地下。赵武灵王修筑的阅兵台，即著名的“丛台”，位于“大北城”东侧，估计当时那里尚是郊外。丛台现存，位于今邯郸市中心。

我们在“龙台”上盘桓良久，从各个方位向四周瞭望，竭力寻找冥冥中的赵王城往昔声威。在被农民翻耕过的、长满庄稼的台基地里，我俯身拾到几块小小战国碎瓦。据陈教授向我介绍，在他们对“龙台”进行的部分动土发掘中，曾在台基东侧清理出两排气势恢宏的回廊柱础，因无力投资保护，只得重新用土覆盖起来。闻而不得见，比未闻时更觉遗憾。

那么，让我们从三国文学家刘劭那篇《赵都赋》中，去领略当年赵都宫殿的雄伟和富丽吧！

且敝邑者，固灵州之敞宇，而天下之雄国也。……尔乃都城万雉，百里周围，九衢交错，三门旁开，层楼疏阁，连栋结阶。峙华爵以表甍，若翔凤之将飞。正殿俨其造天，朱棂赫以舒光。盘虬螭之蜿蜒，承雄虹之飞梁。结云阁于南宇，立丛台于少阳……

我终于在邯郸市博物馆内，见到了赵王城出土的几件实物：铺设在城墙排水槽上的一节节槽瓦，每片瓦竟有五十厘米分见方。王城内出土了几口大井，都是用整圈烧制的陶井圈从井底一节节套接至地面。博物馆内展出了几节井圈原物，竟像一座粮囤似的。还有一方硕大的赵都王侯大印……凭此，你去想象这座王城当年的气派吧！

古人论治，概括出"天时、地利、人和"三大要素，时间空间、主观客观，均已顾及了。赵氏立国，始于"三室分晋"，自赵敬侯将都邑由中牟迁往邯郸建都起，至秦国灭赵，传八代而亡，历一百五十八年，盛衰兴亡何其匆促短暂！

东周衰微，诸侯并起，逐鹿中原，乃其时天下大势。赵氏分室立国，乘势而起，得于天时。

邯郸西依太行山脉，东向冀豫鲁平原，域内有滏阳河、漳河、洺河、沁河灌溉土地，粮食丰足。粮食，是当时群雄有实力去争战天下的基本战略资源。陈教授他们在发掘"磁山文化"遗址时，竟发现了八十八座地窖式粮仓，最深的一座深达六米。窖内储满粟子，均已炭化，插进探针时瞬即塌缩陷落；市内博物馆中就有一瓶当时出土的炭化粟子标本。同时发现的还有三百四十余座较浅的粮窖。其粮窖之多，藏粮数目之大，实为我国考古发现中罕见。由此可见古代邯郸土地之肥沃，产粮之丰稔。在赵敬侯迁都邯郸之前，其实他的前辈赵襄子就曾酝酿过迁都邯郸之事，下臣向他力陈的主要理由，就是“邯郸之仓廪实”。后来赵国终于据“富冠平原”的邯郸为都，从此有了足够的粮食资源繁衍人口，扩充军队。邯郸以西山区矿藏富集，足供冶炼锻造，改善装备。又凭借“关天下之形胜，绝天下之传输”的有利战略位置，西可借太行屏障以抗强秦，东可纵横驰骋向弱小诸国扩张疆土。此乃得地利之便。

而“完璧归赵”“负荆请罪”“毛遂自荐”等著名典故，则表明赵国得“人和”之利又在列国之上，更使其天时、地利之便收到倍增之效，故能迅速崛起，终成“山东六国之强”。

三

赵国由勃兴至鼎盛，关键人物是赵武灵王，关键因素是他发动的那场“胡服骑射”改革。那时，他年富力强，思想活跃，壮志凌云，治国执政已有足够经验，不愿守成无为，而思开拓图强。

赵武灵王首先是一位具有战略眼光的政治家，其次才是一位善于治军征战的军事家。他深入分析了当时诸侯林立的“国际形势”，以及赵国的现状：“今中山在我腹心，北有燕，东有胡，西有林胡、楼烦、秦、韩之边。”当时又未发明和平共处五项原则，诸侯各国争战不休，天下远未大定。他得出的结论是：“无强兵之救，是亡社稷，奈何？”他在苦苦寻找开拓图强的根本出路。

春秋时，东吴的伟大军事家孙武便指出：“兵者，国之大事，死生之地，存亡之道，不可不察也。”军事问题，是国家存亡的关键所在，这一点当时的诸侯各国均已懂得。但赵武灵王进一步洞察到，强兵之术，远未穷尽。同样数量的军队，谁家的军队战斗力超过别人，谁就能占得上风。

赵武灵王深知，要想推行改革图强之策，必须首先闯过“统一思想”这一关。为此，他在执政第十九年的春天，“大朝信宫”，亲自主持召开了一次非常重要的干部扩大会议，为改革进行思想舆论准备。又亲召大臣肥义，“与议天下，五日而毕”。君臣相对而坐，促膝长谈，足足讨论了五天。他向肥义和盘托出了自己的战略意图：我一心想继承祖先赵襄子的业绩，继承他的遗愿，消灭中山，征服胡人，但长期不能实现。为了取得“用力少而功多，可以毋尽百姓之劳”，又能继往开来，强盛称霸，“今吾将胡服骑射以教百姓”，但担心“世必议寡人，奈何？”肥义打消他的顾虑说：“王既定负遗俗之虑，殆无顾天下之议矣。”战国初期是新兴地主阶级上升时期，诸侯各国都有不同程度的改革。如魏国的李悝、赵国的公仲连、楚国的吴起、韩国的申不害、齐国的邹忌、秦国的商鞅，都先后发动了变法或改革。但他们进行的这些变法与改革，都是在本土文化范围内的“变”与“改”，而赵武灵王所进行的改革，却是要突破本土文化的框框，大胆吸纳“异族文化”优长的改革，其意义是前所未有的。他的改革主张虽然得到了以肥义为代表的改革派大臣们的积极支持，却遇到了以公子成为代表的贵族保守势力的竭力反对。而公子成又是他的叔叔，阻力之大，可想而知。

这场拥护与反对改革的大争论，思想分歧的焦点是：一、如何看待本土文化与“异族文化”的优劣？二、如何看待祖宗留下的文化传统？以公子成为首的保守派认为，脱下长袍改穿胡人短装，学习胡人骑射，这是舍近求远，弃优取劣。并且进一步上纲说，这是“变古之教，易古之道，逆人之心”的叛道行为。赵武灵王对这种思想反弹早有精神准备，心想改革只是“逆”保守派之心而已。他成竹在胸，对各种异议一一据理驳斥。他对祖传遗产亮出独到见解：“夫有高世之功者，负遗俗之累；有独智之虑者，任骜民之怨。”高屋建瓴，力排众议，不同凡响。

第二年，改革开始付诸实施。赵武灵王先让近臣王緤去给公子成传达了一个通知：“我明天将改穿胡服临朝，请叔叔务必也穿胡服上朝。家听于亲,国听于君,这件事你必须听从我的。”接着又对他晓以大义,“制国有常,利民为本;从政有经,令行为上”,希望叔叔以强国富民大局为重,“故愿慕公叔之义,以成胡服之功”。他威恩并用,终于说服了公子成,争取到了他对改革的支持。第二天,公子成果然改穿胡服来朝,并“再拜稽首”,检讨了自己思想认识上的错误。于是赵武灵王“始出胡服令”,改革由此全面推开。这场以革新军事体制为主要内容,实际上对赵国政治、经济、文化产生全面重大影响的改革,为赵国的迅速崛起注入了强大活力。赵王城北去十余里,在赵武灵王阅兵台以西不远有铸箭炉遗址,铸箭炉以西的那座山称“插箭岭”,以上广阔地幅构成了赵武灵王的浩大练兵场。旗幡猎猎,烟尘滚滚,人喊马嘶,热气腾腾。一支装备一新,战法高超,战斗力极强的新型骑兵之旅,很快就要从中原腹地出发,以迅雷不及掩耳之势向北杀去。

经过短短几年征战,赵国终于“灭中山,北地方从,代道大通”,西北疆域一直扩展到河套以北。至此,“山东诸国足可抗秦者,赵国也”,声威盛极一时。

四

得闲访古迹,聊忆兴亡事。

我终于寻访到了赵王城遗址,了却了萦绕于胸多年之一愿,有一种难言的满足。

但当我从荒废得一无所存的赵王城遗址归来,心中却平添了几分莫名的惆怅。闪念间感情用事地胡思乱想,地理条件如此优越,又诞生了像赵武灵王这样伟大改革家的赵国,凭其改革思想之先进,也应由它来完成统一中国之大业,而不应当是秦国。但盛极一时的赵国,最终为何反被秦国所灭?

归途中，我就赵国何以速兴速亡的问题，向陈教授请教。

陈教授回答得异常干脆而简洁："用人问题。"

赵武灵王死后，自孝成王之后的几代国君都很昏庸，他们听信谗言，重用奸臣，排斥甚至错杀忠良，在用人问题上一错再错，导致国家迅速走向衰亡。他举例说，孝成王六年的长平之战，实际上是秦、赵两国最终决定谁兴谁衰、谁存谁亡的生死大决战。两军对垒于长平旷日持久，长达三年，当时双方各有胜负。但在这场大决战的生死关头，孝成王听信奸臣谗言，说廉颇年高胆怯，并有投秦之意。孝成王于是罢免了富有实战经验的沙场老将廉颇，委任只会纸上谈兵的青年竖子赵括前去接替指挥，结果被秦将白起大败，赵括丧命，赵国损失四十五万大军于一役，从此国力大损，一蹶不振。以后虽然苦苦转战挣扎达三十二年，但毕竟亡相已露，难有起色。后来，在秦国灭赵之战的最后一仗中，赵国最后一位君王赵迁，在兵临城下之际，竟又听信间谍谗言，错杀大将李牧，终被秦将王翦攻陷赵都邯郸，赵国至此而终。

陈教授紧紧抓住用人问题论析赵国败因，见地精当。但除此之外，我想恐怕还有另外几个原因，不可不察。

其一，赵武灵王虽无愧于伟大的改革家称号，但是，任何人都是有局限性的，古今都是如此。一方面，赵武灵王具有非凡治国才能，使国势大盛；另一方面，他却处理不好家政，种下内乱祸根。他因宠爱姬妾吴娃，便早早地将王位传给了吴娃所生的次子赵何（惠文王），自称"主父"，退居二线。吴娃死后，他复又怜悯起长子赵章来了，居然想让两个儿子"二王而国"。这一荒唐主张虽然未能通过，但已引起满朝思想混乱。最后，终于导致贵族大臣间对立的两派分别挟其二子相争，发生沙丘之乱。长子赵章作乱兵败，逃进父亲宫中，贵族公子成和大臣李兑以此为借口，将赵武灵王围困在沙丘行宫内长达三月有余，将他活活饿死。一代英主，一位伟大的古代改革家竟然落此下场，岂不令人扼腕！不管人们怎么看，怎么说，怎么评论，怎么呼吁，政治这东西，它本质上是残酷的。赵武灵王当初是因为怜爱次子赵何，早早把王位传给了他，却因他在二子相争中站到了长子赵章一边，赵何便再也不念父子之情和传位之恩。让他们去围就围吧，让老子饿死就饿死吧——政治的残酷性只能使赵何做出这样的抉择。由于赵武灵王自己一念之差引起的这场内乱和灭身之祸，对赵国政治遗下的不良影响，是绝不能低估的。

其二，赵国初兴之时，的确得了西依太行、东向平原、地肥粮丰的地理之便。但是，在这场诸侯各国争夺天下的激烈竞争中，一旦西方秦国日益强盛起来，国力超过赵国，那么，赵国的地理优势也就即刻转化为劣势。太行山成全了赵国从初兴到鼎盛的百年基业，太行山也局限了历代赵国统治者的战略眼光。赵国鼎盛时期的疆域，也就是与太行山大致平行的一条狭长地带。赵武灵王敢于超越祖先的文化传统，却未能超越得了祖先的战略眼光。他对父王赵肃侯筑南长城之举历来是很赞赏的，“我先王因势之变……属阻漳、滏之险立长城”，因而他在击败胡人之后，遵循祖上遗训，又在大青山麓修筑了一条北长城。历代赵国统治者的战略思想，始终是围绕太行山来构想的，背靠太行山，南长城与北长城好比张开的双臂，企图依靠这簸箕形的屏障围守而安，始终未脱战略上的小家子气。殊不知，从更高层次的战略全局上看，赵国恰恰处在最无安全可言的群雄逐鹿中原的旋涡中心，守则四面受敌，攻需四面出击，战略地位十分脆弱。

秦国则不同了，它的战略思想则是沿着浩荡东去的黄河流向来构思的，要比赵国大气得多。秦始皇上溯六代的秦孝公，就“有席卷天下，包举宇内，囊括四海之意，并吞八荒之心”。它的西面，广阔的战略后方总的来说相对稳定和安宁，后顾之忧不大，可以集中精力东向以图。秦国的统治者们放眼东望，那道赵国命脉根基所系的太行山，仅仅是横在他们家门口的一道小山岗而已，远不像秦国西去路上的万里群山那么难以逾越。秦国大军一旦越过太行山，再向东进军，简直就是一马平川了。赵国眼里的漳滏之水固然可以浇灌一个殷富小国；秦国眼里的黄河长江却能灌溉万里河山。华夏大地在历经春秋战国五百余年群雄纷争之后，注定要有秦国这样能够孕育出大气派统治者的国度来统一天下了。因而"及至秦王（嬴政），续六世之余烈，振长策而御宇内，吞二周而亡诸侯，履至尊而制六合……威震四海"。此一时，彼一时。故赵国之亡，亦是变化了的时势所必然。

这时，陈教授在饭桌上端起啤酒同我碰了一下杯："你讲得很好！"

我马上意识到，陈教授是位忠诚得像程婴似的"赵国不该灭亡论"者。我慌忙笑着伸过杯子去说："全是酒话，教授别见笑。"

五

赵国是被秦国灭亡的，那么，赵王城是被谁夷平的？

《史记》载："赵氏之先，与秦共祖。"都是颛顼帝高阳氏的后裔。一脉两支，从源头分流而下，经过一段漫长的激荡回旋，重又会合，秦灭赵，又归一。

赵国强盛之时，与秦国激烈争战，秦昭王的一名王孙即子楚，被押在赵国当人质，以防秦国攻赵。子楚娶吕不韦门下舞女赵姬为妻，生嬴政，嬴政在邯郸度过了他的童年。后来秦赵开战，子楚逃回秦国，扔下赵姬与嬴政母子。吕不韦恐赵国将赵姬母子杀害，买通城卒，使其母子得以潜出城外，藏于民间。战场形势不利于赵，赵国为了求和，将赵姬母子找回，送往秦国。再后来，一位大帝在秦国横空出世，他就是长大了的嬴政。秦始皇童年和母亲在邯郸历险之事，陈教授一路上讲得精彩，我们一行人听得兴趣盎然。

秦国灭赵后，秦始皇巡幸邯郸。可能是他对童年历险之事记忆犹新吧，将他母亲家的仇人统统活埋，但他并未夷平赵王城。

夷平赵王城，是在秦始皇死后，秦二世二年，天下开始大乱，陈胜、吴广的部下陈余、张耳在邯郸拥立赵王后代赵歇为王，秦将章邯引兵攻陷邯郸。章邯比秦始皇的手段更厉害，“皆徙其民河内，夷其城郭”。在赵王城遗址发掘调查中，发现“龙台”西侧夯土基址上有大面积灰烬层，为火烧宫殿痕迹；四周城墙两侧滚满夯土土块，亦属人工毁城所致。

赵王城被秦国夷平不久，秦国自己的阿房宫也被项羽的一把大火烧了。至此，同出一宗的秦、赵两家两国的恩恩怨怨才算彻底了结。但是，中国依然存在，恩恩怨怨、兴衰存亡仍在永无休止地继续……

正是这连绵不断的恩恩怨怨、兴衰存亡，激荡着历代文人墨客的丰富情感。历朝历代有关邯郸的诗文连篇累牍。唐代大诗人李白就是这样写邯郸的：

醉骑白花骆，
西走邯郸城。
……
平原三千客，
谈笑皆豪英。
毛君能颖脱，
二国且同盟。
皆为黄泉土，
使我涕纵横。

1994年10月

秦皇驰道

一

秦皇驰道是什么意思？两千二百多年前，横贯中国大地的高速公路！

古井陉关秦皇驰道遗迹，仅存约一公里，位于河北省井陉县井陉古关白石岭关隘口。这是秦皇驰道北方干线中最险最窄的路段。《史记》中称："井陉之道，车不得方轨，骑不得列阵"，指的就是这一段。

我是从关隘东侧新修的简易便道走上坡去的，路旁站着几尊元代石雕人像，浑朴敦厚模样。看样子是从别处移来的，想必原来在某处守墓站岗，一站就是几百年，从未擅离岗位一步。如今这里已变成旅游景点，他们也离开旧主人，来这里赶时髦，为游人们当仪仗。看得出他们脸上也隐隐洋溢出一丝含蓄的笑意，连他们也在为时代的进步而高兴。但这几尊元代石像的存在，同秦皇驰道毫不相干。

顺坡往上走，见路旁有座"白马告状庙"，一间简陋小屋，里面站着一匹泥塑白马。倒是这座小庙，最先给了我一些关于这条古道昔时繁忙景象的确切信息。井陉关为古时"燕晋通衢"，关险路窄，商贾往来，十分繁忙。繁忙到什么程度呢？这里聚集了一群靠帮人推车上坡谋生的人。相传有位商贩赶车载物途经此关，由于车轻马壮，无须帮推，不想多花那几个钱，但这群古时的推车汉们，车主不叫推，就在后面暗使伎俩，叫他拉不上去。那商贩一时性急，用刀子往马腚上猛扎几下，白马剧痛之下猛冲上坡，倒地而死。不久，那几位恶作剧的推车人相继死去，死时都学马叫。说是白马到阴间去告了一状，让那几人造孽遭报应，来生也变驴做马，受人驱使。剔除这则民间传说的迷信成分，它真实而生动地反映了当时这条关隘古道的陡险和繁忙。

再往上坡走，来到一座古驿站。三间石砌小屋，正中门楣上方，有石刻“立鄙守路”四字。经考，此驿站建于清嘉庆辛未年(1811年)，有清道光年间陕甘总督那彦撰写的《平定州东路修治石道碑》碑文佐证。路旁崖壁上另镶有清雍正十三年间(1735年)的修路碑刻一块。诸多实物史料都足以证明，这条秦皇驰道自开辟以来，两千余年间始终作为一条交通干线，一直沿用至清。自秦以降的历朝历代，只是对它不断做些修缮维护而已；修路碑刻众多，又足见此处关隘古代交通繁忙。驿站建立至今一百八十余年，与秦皇驰道相比，它的资历实在太浅了一点。但由于战争频繁，世道变迁，连这样的驿站，全国也仅存两处。另一处在苏州横塘，为砖木结构。这两处古驿站，均被研究古代交通邮政史的学者视为至宝，倍加珍惜。过去我一直认为，驿站，是古代信使交接邮件的中转站而已。但这座驿站门楣上那“立鄙守路”四字应作何解？查阅古驿史学者许锡良先生文章得知，它语出《国语·周语》：“列树以表道，立鄙食以守路。”栽树成行，标明道路，途中置馆舍，以待过往信使和官员，这是周朝就已制定的交通法规。如此说来，这是一处古代邮政所兼官方招待所。鄙，是离国都很远的地方，古时称五十里为近郊，百里为远郊，“鄙，距国(都)五百里”，这当然只是个大概数。鄙从“邑”,即有人居住的偏远小地方。在远离大城市的交通要道旁,设站接待信使和来往官员,这便是“立鄙守路”的意思了。秦始皇在修筑驰道的同时,也进一步发展完善了馆驿制度,“十里设亭,三十里设驿”。

古驿站现已被当作临时展览室,唯一的一件实物展品,竟是一块被磨得光光的石头,中间有一道尺把深的光滑凹槽,我不识其为何物。一看说明,大吃一惊,秦皇驰道上千百年车轮碾出的车辙!

急问:“哪里出土的?”

答:“山上一路全是,上去看吧。”

我疾步上山,看到了!从山体上凿出的石头路面上,两道深深的车辙,像铁路路轨似的,向西穿过关门,延伸到山坡那边缓缓下坡西去。看到如此年代久远、见所未见的历史陈迹,连我的两个女儿也惊叹不已:“呀,呀……”车辙上,按照西安秦兵马俑坑出土的战车原大尺寸,复制了一辆战车,由四匹骏马驾驭,轮子压在车辙内,栩栩如生,欲驰欲奔。井陉古关隘口的狭窄孔道,的确只能容纳这样的驷马单车通过,我终于弄明白了古时候这段路程“车不得方轨,骑不得列阵”的意思。

见到秦皇驰道悠悠陈迹,就像见到了这位封建大帝。这里也确有一处秦始皇路过井陉关的遗迹,路边平缓处有一块小石坪,名曰秦始皇“歇灵台”。公元前210年,秦始皇第五次出巡,从南方巡视至北方胶东半岛,染急病从北路返回,病死沙丘(今河北广宗,即赵武灵王被围困饿死的地方,那里有帝王行宫)。当时秦始皇的长子扶苏正随蒙恬在北方戍边,秦始皇临终前写好遗诏,命扶苏赶回咸阳料理他的丧事,并继位。遗诏写好并已加封,交给宦官赵高命他发出。赵高与扶苏、蒙恬有隙,怕扶苏继位后没有他的好果子吃,便串通李斯密不发丧,毁掉秦始皇给扶苏的遗诏,设下阴谋。李斯是位有贡献的大臣,但他也担心扶苏即位后起用其亲信蒙恬取代他的丞相位,私心驱使他加入了赵高的阴谋集团。他们将秦始皇遗体装在温凉车内,车上装鲍鱼以乱其臭,匆匆地向咸阳道上往回赶。车队行至井陉关,因关险路窄,只得将秦始皇的灵车在路边停下,重新组织,拉长队形,缓慢过关。秦始皇的灵车"遂从井陉抵九原,直道至咸阳,发丧"。

将春秋战国纷乱了五百多年的中国归为一统,创造了空前伟业,也留下了千古遗恨的这位封建大帝,就这样经过他一生中最后一道狭路险关,向着西沉夕阳烧红了天空的方向,踏上了他冥冥西去的归路……

一个伟大的封建朝代结束了。

交通,是人类文明进步的重要标志之一。当你想到这一点,你就会校正视角,以挥之不去的激动心情,来认真看待这条在当时规模空前的秦皇驰道了。

战国时代,"战"字当头,诸侯列国你来我往打得不可开交。而战争,也曾是推动人类文明进步的动力之一,这是推不翻的结论。记得恩格斯曾经说过,人类最先进的科学成果,总是首先在军队里得到应用,借助战火硝烟将最新科技扩散到民间去。不管你同意这个说法也罢,不同意也罢,反正这条规律至今未变。战国时代,随着战车的广泛使用,推动了中国古代交通大发展。史料记载,孔子在世的春秋时代,从吴都(苏州)至郲国(曲阜东南南陬村),最快的行军速度也要走三个月。到了战国初年,从鲁国国都(曲阜)到楚国鄢郢(现荆州纪南城),十几天就可以到达了。但由于诸侯割据和互相封锁,列国所修的道路,规模、距离都受到极大限制,路制也各不相同。

秦始皇统一中国后,就为兴建空前规模的交通大工程创造了条件。他统一中国的第二年(前220年),立即着手修筑沟通全国的秦皇驰道。秦皇驰道有南北两大干线,南方干线从咸阳至吴、楚,北方干线从咸阳至燕、齐。道路宽度统一规定为五十步,若按现代军人的标准步幅每步零点七五米计，驰道宽达三十七点五米，要比现在的一般公路宽一倍多。当时的驷马战车至少能以四辆方队前进，骑兵成十路纵队前进当不成问题，这是多么壮阔的行军场面！驰道旁每隔三丈种一棵青松，容易塌方的地段，路旁打下铜桩。当你想到这么一项宏大的交通工程，完成于两千二百多年之前，你甚至会觉得目前建造高速公路的进度似乎太慢了一点。

秦始皇（前259—前210），姓姬，名嬴政。他十三岁继位（那时他称秦王），在位三十六年。其中，统一中国后称秦始皇，在位十二年。他的一生并不长，享年四十九岁。但能像他那样干成那么多大事业、兴建了那么多大工程的封建帝王，历史上并不多见。他统一中国前在位已经二十五年，这二十五年间他干出了哪些政迹，史载不详。但至少可以下这么一个结论，在秦国历代君王苦心经营的基础上，他即位后的二十五年间，从军事、政治、经济、文化各个方面，为统一六国做好了全面准备，积蓄了足够力量。假如他没有训练养育出一支良将如云、兵强马壮的强大军队，他就不可能横扫千军，势如破竹，一举平定山东六国；假如他没有积蓄足够的经济实力，他就无力保障供给这样一支庞大军队去完成这么一场规模空前的统一战争；假如他不曾从政治上对春秋战国几百年混战不休的历史教训作过深入分析总结，他就不可能在统一中国后果断实行与中央集权制相配套的“废分封，置郡县”的全新政治制度；假如他继位后秦国没有文化上的涵养发育，他在统一中国后绝对提不出车同轨、书同文、统一度量衡这样先进的经济文化政策。

清王朝修的颐和园、圆明园能算什么？现在不是流行讲人类文明成果吗？就推动社会生产力发展的意义而言，无论是昔日豪华辉煌而被彻底焚毁的圆明园，还是至今尚完好无损、华丽宜人的颐和园，同秦皇驰道这样的古代伟大交通工程相比，哪一种文明成果的文明含量更高一些呢？早在两千二百多年前，就能组织营造如此浩大社会公共工程的民族，近代为何竟沦落到被大洋彼岸的强梁们渡海而来，放火烧掉皇家园林的地步？俯身摸一摸秦皇驰道上的深深车辙，想一想被洋人烧掉皇家园林的朝代，都干了些什么像样的、称得上社会大工程的伟业，难道不比仰望圆明园的几根断柱所获得的思索，要深远得多、沉重得多吗？

二

秦始皇统一中国时年仅三十九岁，精力充沛，意志坚强。他的车舆沿着新开辟的浩荡驰道，辚辚驰过新亡诸侯各国的一座座都城废墟，车轮下免不了硌着断砖碎瓦，颠得他在车内一阵阵摇晃。如何使脚下这个空前辽阔的大帝国不被颠覆，这是他出巡路上始终萦绕于心的最大问题。他当然要下决心好生经营纵横驰骋打出的一统天下。

秦始皇并不荒淫。相反，他的励精图治、刻苦勤政，是历代君王中罕见的。当时天下初定，各地需要奏请的问题数不胜数，“日夜有呈”。而那时尚未发明纸张，官方文牍都写在一捆捆竹简上，审读批阅相当吃力。但他不敢懈怠，国事无论大小都要由他亲自裁决。他“衡石量书”，每夜称出一堆文牍秉烛披阅，看不完绝不肯休息。生活上也不搞特殊，甚至有些吝啬。大梁人尉缭前来向他献计，被他采纳。为了对尉缭表示奖赏，他同尉缭吃一样的饭、穿一样的衣。尉缭未得重赏，非常失望，不辞而别，走了。他称帝十二年，五年在外巡行，到处视察，刻石铭功，宣扬皇威。他出巡途中在博浪沙遇险，微服夜访咸阳遇盗，都不能使他停止外出视察活动，一切为了巩固这个大帝国。

现在，让我们来看看秦始皇统一中国后的短短十年多一点时间内，他采取了一系列什么样的重大举措，干成了一系列什么样的大事业？再看看他得在哪里，又失在哪里？

一曰“废分封，置郡县”。中国早期封建制度（分封制）的显著特征在一个“封”字，皇亲贵族，到处划地封侯。结果，天下就慢慢变得驾驭不住了。周朝的灭亡，就是地方诸侯势力不断膨胀的结果。西周灭于周幽王被申侯和犬戎联军所杀。东周先后形成春秋五霸、战国七雄局面，分裂对抗最终取代了集中统一，东周王朝最终也“不战而亡”了。战国时代竟闹到了“八百诸侯”的地步，这虽然有些夸张，但据史学家们研究，当时全国至少分成了一百三十多个小国。群雄纷争，战乱不息。这样的“全面内战”不打则已，一打起来谁都劝不住，谁也不听谁的，都想争雄称霸。那时又没有什么“国际维持和平部队”前来出面调停，春秋战国一打打了五百多年，仍未打出结果。怎么办？只能靠战争去平息战争了。秦始皇发动的统一战争，就起到了这样的历史作用。这在当时，你说秦始皇的统一战争到底是进步的，还是反动的？统一后，如何有效管理好这个大帝国，防止战乱再起，这是首先要解决的问题。出现了两种主张：丞相王绾主张仿照周朝的办法，分封皇子；李斯反对。秦始皇采纳李斯的主张，决定废分封，置郡县，连自己的儿子也不封，一个也不封。就这一点而言，你说秦始皇这位封建大帝，在当时是进步的，还是落后的？最后决定将全国分置三十六郡，每郡设三名地方长官：守、尉、史。郡守管民政，都尉管军事，御史管监察，编制也精干得很哩。他为什么要这样做？峄山始皇石刻里说：

> 追念乱世，分土建邦，以开争理。攻战日作，流血于野……迤及五帝，莫能禁止。乃今皇帝，一家天下。兵不复起，灾害灭除，黔首康定，利泽长久。

这说明，秦始皇是想结束战争的。他决定废分封、置郡县，的确是对春秋战国几百年战乱不休局面的拨乱反正，是对政治制度的一次重大改革，是当时社会政治制度的一大进步。后来刘邦得了天下，却又大封刘姓王，剪灭异姓王，这恐怕同他从反面吸取秦朝速亡的教训有关，不能不说它是社会政治制度的一种倒退。

二曰“收兵器，迁富户”。他下令没收民间一切兵器，运到咸阳，铸成无数大钟和十二个巨大的“金人”，作为宫廷摆设。又强迫全国十二万户富豪迁往咸阳，置于中央政权的直接监视之下，防止他们在地方滋事作乱。他这两项措施的用意也是为了防止内战再起、巩固帝国，但他想得过于简单，尤其是后一项办法过于粗鲁笨拙。从社会经济角度讲，他收禁天下一切兵器（可能还包括某些重要铁器），客观上严重影响了各地冶炼、制铁业的发展。这两项措施在政治上也是极不成功的，它反倒告诉后人，要是将老百姓逼到了活不下去的地步，即使把一切兵器都熔化成了铁水，铸成了挂在宫廷、庙宇里的大钟，也不一定就能阻止得了他们揭竿而起造反。

三曰“修驰道，筑长城”。他广修驰道，初衷同样是出于军事目的。防止战乱再起的措施能想到的都想到了，但一旦战乱突发又怎么办？这么广阔的疆域，分兵把守则分不胜分。他找到一条办法：修驰道。这样，一旦哪里有事，他随时可以做出快速反应，迅速派出军队驰往平定。可以说，历代开国之君做出的军事部署，没有比秦始皇更为精明的了。甚至可以毫不夸张地说，他的这一军事思想，直到今天仍称得上是先进的！内地的部署大体完成以后，他把注意力转向北部边防，又干了两件大事：一是把原先秦、燕、赵所修长城全面整修连接起来，终成万里长城；二是从河套外的九原郡治（今包头市西）筑了一条全长一千八百里的“直道”，直达关内云阳（今陕西淳化县西北）。从这里再向南，有泾、渭水道可通咸阳。在南方，他征服百越后，则着手发展水路交通。他委派官员监凿灵渠，沟通湘水、漓水，以便运输。早在他并灭六国前，他在关中还兴建了一项重大水利工程“郑国渠”，长达三百多里，灌溉面积相当于现在的二百八十万亩，秦国富足与此有很大关系。秦始皇修驰道、筑直道、凿灵渠，虽然大多是出于军事目的，但更重要的社会意义在于，这些浩大的水陆交通工程和水利工程，为社会生产力的发展，为商业、文化的广泛交流，创造了空前方便的条件。

中国的万里长城，可以说是人类历史上最浩大的一项国防工程。万里长城所反映的防御思想，用现代军事战略的眼光去看，无疑是保守的、消极的、落后的。但是，长城的发明者并不是秦始皇，他是从他的前辈那里继承了这份遗产，继承了这种战略上的消极防御思想。秦始皇修万里长城这件事，已被孟姜女哭骂了两千多年了。近几年，又被几位新潮派文人像模像样地骂了好几回。不仅我们中国人自己骂，连外国人也插进嘴来议论，日本的一位政界要人访华，就写了这样一首诗：

长城绵延六千里
汲尽苍生苦汗泉
始皇坚信城内泰
不知抵抗在民心
山峦城塞默不语
荣枯盛衰恍如梦

这位日本要人的这番议论无可无不可。我不知他说的“六千里”是公里还是华里？我们中国人自己测量统计的确切数字是，长城总长一万三千四百华里，合六千七百公里，绝对不止“六千里”，我觉得有必要特此说明一下。因为时下不少中国人有个小小的心理障碍，凭是什么事，都相信外国人说的每一句话都要比本国人说的正确一万倍。我因此担心，他们本来也许并不清楚长城的总长度，却拿日本要人不知什么原因给我们打了折扣的数字去误传子孙。即使当年秦始皇修长城真的修错了,我们后人却不应该再把长城的确切长度搞错,弄得错上加错。我总觉得,即使想要从历史陈迹中看看祖先的得失成败,登上万里长城极目远眺,远比站在圆明园的乱石堆上看得更开阔些。另外,中国人除了吃过当年本国皇帝下令修长城的劳役之苦,历史上吃过的来自“城外”、海外的苦头多着呢!

四日“焚书坑儒”。这是早有定论的暴政,谁也无法为他翻这铁案。但他先焚书、后坑儒的起因又何在?他在位的第三十四年,置酒咸阳宫过生日,一班儒生(博士七十人)前往祝寿。有位仆射叫周青臣的,对他的空前伟业大大地阿谀奉承了一番,秦始皇听了当然高兴。而另一位博士淳于越则不识相,正在秦始皇兴头上,却站起来反驳周青臣,说了一番既不是时候也很不在理的话。他尖锐地批评秦始皇实行的郡县制,说他连自己的儿子都不肯分封,实在太说不过去,完全违背了古上的规矩。他引经据典,话说得异常尖刻:“事不师古而能长久者,非所闻也。”话锋一转又攻击周青臣“面谀以重陛下之过,非忠臣”。你秦始皇搞郡县制,已经是极大的错误了,他周青臣还拍你马屁,加重了你的错误,他这样的人还能算忠臣吗?这里首先让人看到的,是古已有之的“文人相轻”的老毛病。周青臣是为了讨好秦始皇,而淳于越却在很大程度上是为了攻击周青臣,在其他儒生面前表现自己。

实行郡县制到底对不对?这个大是大非问题必须搞清楚,“始皇下其议”,秦始皇让大家好好讨论讨论。丞相李斯说:“五帝不相复,三代不相袭,各以治,非其相反,时变异也。”应该说,李斯的这段分析完全正确。他接着说:“今诸生不师今,而学古,以非当世,惑乱黔首!”他认为这些儒学书生们简直太成问题了,皇上每一道政令下去,他们都要套用古书上的陈词滥调非议一番,“入则心非,出则巷议”,极尽造谣诽谤之能事,这样下去还了得!李斯在这里对儒生们的批评虽然严厉了一点，也不算太过分。但他越说越激动，甚至把春秋以来天下混乱不堪的主要原因，都归罪到书生们“道古害今”上，这就有很大的片面性了。问题大就大在他提出的建议上：“臣请史官非秦记皆烧之。”秦始皇捺住性子将他的话听完，只说了一个字：“可。”于是诗书皆烧，纸灰乱飞，“所不去者，医药卜巫种树之书”。秦始皇没有学过马列，他不懂得思想的武器只能用思想的力量去摧毁，他更没有这份耐心对书生们去搞什么说服教育。“坑灰未冷山东乱，刘项原来不读书”，教训是极为深刻的。

至于“坑儒”之举，起因则是有个经常装神弄鬼叫卢生的人物，先是欺骗秦始皇说，皇上若能听他言，行踪诡秘，无人知其起居，便能修成“真人”，这样便可“天长地久”。秦始皇听信了他，但卢生不久却同另一位儒生一起潜逃了。秦始皇联想到其他一些事情，怒气不打一处来。比如有个叫徐市的，他对秦始皇吹牛说，自己能到蓬莱岛上去找到长生不死药。秦始皇拨出巨款让他去办，结果“费以巨万计，终不得药”。他越想越生气，下令追查这帮文人术士在背地里都搞了些什么鬼名堂。结果书生们又暴露出他们固有的弱点，互相乱咬，越咬越多，最后竟株连到四百六十多人。秦始皇这次说了两个字：“埋了。”他的长子扶苏不禁打了一个寒战，跪劝父皇说：“天下初定，远方黔首未集，诸生皆诵法孔子，今上皆重法绳之，臣恐天下不安，唯上察之。”结果非但没有劝动，反而被父皇一气之下呵斥到北方去监督蒙恬戍边，京中的事用不着你这没出息的软弱小子乱插嘴，边防上要是出了事，小心你的脑袋！残忍，粗暴，这就是秦始皇处理意识形态问题的简单化做法，产生的恶果，最终只能以他打出的大秦一统江山去偿还，这代价太惨重了！

秦始皇轻信卢生、徐市这类术士的一派胡言，想要修成什么“真人”，寻找什么“长生不死药”，这不能过分责怪他，因为他没有学过唯物论。而现代的卢生、徐市式的“术士”们，毕竟要比两千二百多年前的卢生、徐市“聪明”多了,他们知道“真人”是根本修不成的,“长生不死药”也是根本找不到的。但他们可以变出别的花招,他们可以用肉眼“看到”你的五脏六腑哪里有病,可以用“意念”抓出你肚子里的恶性肿瘤,可以“隐身穿墙”……鄙人在此奉劝诸君,对这类“超人”,要多加小心呢!

五曰“拆旧城,盖新宫”。秦始皇是一位出色的建筑欣赏家,但他的做法却实在够呛。他东征中每灭一国,都让人把该国的宫殿描下图来,带回咸阳,在渭水边划出一片地皮一座座按图重建,在那里营造起一个“万国公园”。另外还有两项大工程,一是嫌秦国原来的朝宫(礼堂)太小了,决定另造一座,于是动工兴建阿房宫。据说仅是他生前完工的前殿,上层就能坐一万人,下层能竖起五丈高的大旗。二是在骊山营造他自己的浩大陵墓。仅仅这两项大工程,就动用了“刑徒七十万”。

秦始皇统一中国后的短短十年当中,修驰道,筑长城,治直道,开灵渠,营造阿房宫、骊山陵,等等,需要多少劳动力?除了战争中的六国战俘外,便大量征用徭役。他征用徭役的方法,到了无所不用其极的地步。最初征发的只是犯罪的官吏,这倒还不算什么,老百姓对此不会有多大意见,但让这些犯罪官吏们去干粗重苦活肯定是不大行的。接下去就征发商贾,包括一切从事过经商活动的人,这对社会发展就大有其害了。秦始皇的这一做法,同他推行极不利于生产力发展的“上农除末”政策直接有关。在当时社会条件下,实行“上农”政策是对的,但“除末”政策却其弊极大。我们今天从有限的史料中得知,本来战国时代的工商业已有相当发展,如吕不韦,担任秦国丞相前就是在邯郸做大买卖的一位珠宝商。还有如经营谷米和丝绸的洛阳大贾白圭、制盐起家的猗顿、“富埒王侯”的邯郸冶铁大王郭纵……由于秦始皇实行重农抑商政策,在他进行统一战争期间和战后,工商业受到极大压制和破坏。秦始皇只对两位企业家发生过兴趣，一位是“畜牧大王”乌氏倮，他的牛马多得不能以头计，而用山谷来估算。秦始皇的军队需要大量马匹，因而他给了乌氏倮特殊的礼遇，过年时请他同大臣们一起进朝赴宴。另一位是巴蜀寡妇清，经营炼丹业，秦始皇迷信“长生不死药”，敬仰这位炼丹寡妇，为她修筑了一座“女怀清坛”。至于其他一切商人，对不起，统统要征发去服徭役。商人征发完了，还不够，接着征发“赘婿”和“闾左”。“赘婿”是上门女婿；所谓“闾左”，就是相邻的居民中住在左边的那一家，看来秦始皇倒是“反左”的。南征北伐，浩繁工程，大大超过了老百姓的承受能力和国家的财力，苛征之猛也就不难想象了。

如此这般，民怨如何不沸腾起来?!

三

秦皇驰道，本应成为秦始皇驾驭他的庞大帝国驰向辉煌大治的坦途，然而不幸，他和他的大秦帝国沿着这条宽广驰道，迅速驰向了穷途末路。

秦始皇的灵车返抵咸阳正式发丧时，赵高勾结胡亥、李斯伪造的两封“遗诏”也出笼了：一封传位于次子胡亥；另一封赐长子扶苏、大将蒙恬死。这样，他们在咸阳宫为秦始皇举行盛大葬礼时，皇皇撞响的却是大秦帝国的丧钟。

历史长河的必然性流向，犹如黄河之水浩荡东去途中，常常会撞上偶然性礁石，掀起惊涛骇浪，河道因此变得迂回曲折，有时甚至会发生泛滥改道。春秋以降，诸侯纷争，四分五裂，战乱不休。结束战乱，走向统一，这是战国末期人心所向的历史大势。秦始皇完成了统一大业，本应为华夏之邦开创空前辉煌的发展时期。但是，秦朝为何竟这么短暂就灭亡了呢？这是一代又一代的史学家、政治家们分外注目的历史大课题。

贾谊和司马迁是第一批详细论析秦帝国速亡原因的伟大史学家。司马迁在《史记·秦始皇本纪》中大段引述贾谊的《过秦论》,发出了“前事不忘,后事之师”①的千古警言。贾谊和司马迁都带着极大的遗憾心情,评说着秦始皇的大得大失。至于秦始皇的继承者秦二世,则已“本末皆失”。贾谊和司马迁的这种遗憾心情,突出地表现在他们在论述过程中提出了一连串的“假设”。

司马迁引用贾谊的分析认为,周室衰微,诸侯纷争,兵革不休,士民疲敝,“近古之无王者久矣”。而秦始皇兼并海内,南面称帝以令天下,“是上有天子也”。深受天下连绵战乱之苦的黎民百姓,对秦始皇曾寄予莫大希望,“元元之民冀得安其性命,莫不虚心而仰上”。也就是说,当时的民心所向,是秦始皇治国安邦的最大政治资本,“守威定功,安危之本在于此矣”。假设秦始皇能够让人民休养生息,“以养四海”,使“天下之士斐然乡风”,“若是者何也”?秦帝国的前途命运将会是另一种什么样的兴盛景象呢?

司马迁引用贾谊之言提出的第二个假设,我们今天读来不能不说它是一种惊人之见。假如秦始皇统一中国之后,在大政策上不出现那么多大失误,则“虽有淫骄之主而未有倾危之患也”。当然,贾谊和司马迁没有提到若是文臣武将也都“淫骄”起来,又将会怎样!总而言之,失察民意,拂逆民心,乃秦始皇的根本性失误。

退而论之,再假设当初长子扶苏跪劝缓行“坑儒”酷刑时,秦始

① “前事不忘,后事之师”这句话,我在很长一段时间内一直误认为是司马迁在《史记》中最先提出来的。后来,批评家张宗刚在《文学报》发表题为“名家散文的硬伤与不足”长文,专门对我的散文挑错,指出我对这句话的“张冠李戴”。这的确是我的一处“硬伤”,伤得鲜血淋淋,我忽略了司马迁笔下“善哉乎贾生推言之也!曰:……”这句话,以下是司马迁大段引用了贾谊《过秦论》原文。那么“前事不忘,后事之师”这句话应归属贾谊。后来我进一步查证,发现这句话也不是贾谊原创。“前事不忘,后事之师”最早出自《战国策·赵策一》,是谋臣张孟谈对赵襄子说的,原话是“前事之不忘,后事之师”。这次编集,我对几篇写秦朝从成功到速亡经验教训的文章中与此相关的一些议论,都一并作了修改。

皇能稍为耐心地听一听，即使不听其谏也别将他斥去戍边，而将他带在身边一起出巡。那么，秦始皇驾崩前便可向扶苏面命传位，赵高、李斯也就不会有机会策划改立胡亥的政治阴谋。因为秦始皇虽然不大喜欢长子扶苏，但王位继承权还是明确地留给他的。扶苏是位“蔼然仁者”，又有关系亲密的大将蒙恬支持他，假如他继位，站住脚跟不会有多大问题。进而可以断言，扶苏定会着手矫正父皇的酷政。那么，秦王朝的命运便可能向好的方向发展。

再退而论之，胡亥继位，虽非秦始皇所命，但黎民百姓对这位“新主”还是抱有一线期待的，“今秦二世立，天下莫不引颈而观其政”。其时之秦朝百姓，正处在“寒者利短褐，饥者甘糟糠”的境地，假设秦二世能为他们创造获得起码温饱的条件，便可收到“劳民易为仁”的施政效果。“天下之嗷嗷，新主之资也”，胡亥面前是存在着扭转危局、稳住天下的机遇的。但“胡亥极愚”，是位彻底的庸主，根本不懂得去利用这些条件。

《秦始皇本纪》中甚至提出了这样一个最后的假设：胡亥自己平庸也不怕，假设他能够任用忠良，“臣主一心而忧海内之患”，不负“万民之望”，则仍有可能稳住天下。但胡亥除了各方面的才能远远逊于始皇，唯独残暴这一点却有过之而无不及。在形势严重危急之际，右丞相去疾、左丞相李斯、将军冯劫联名向他进谏：鉴于“关东群盗并起”，形势严峻，建议停建阿房宫，减轻徭役苛征，以缓解矛盾，扭转危局。他不但不听，反而严责他们三人“不为朕尽忠力”，统统罢官罗罪，去疾、冯劫被逼自杀，李斯被五马分尸。从此，他只信赵高一人，“与高决诸事”。赵高小人得志，胡作非为，指鹿为马，弄得满朝文武人人自危，人心散乱。胡亥到了这种时候甚至还继续大兴土木，“骊山未毕，复作阿房”，繁刑严诛，赋敛无度，“刑戮相望于道”。胡亥终于将天下百姓的最后一点期待也彻底毁灭了，天下怎能不反？陈涉一介草民，而能“奋臂大泽而天下响应者，其民危也”。

但是，历史没有“假设”，贾谊和司马迁分析的都是大秦帝国“速亡”的种种教训。

秦始皇这样的伟业隆主，身边钻进赵高这样的宦官小人，最终被他坏了大事，这亦属不可忽略的历史教训之一。赵高胡作非为，把大秦江山折腾得彻底散了架子之后，还妄想取而代之。他趁天下大乱之际，策划他的女婿咸阳令闫毅及其弟赵成起兵谋反，进宫逼杀秦二世。昏庸至极的胡亥，死到临头还同闫毅讨价还价，“吾愿得一郡为王”，闫不允；“愿为万户侯”，不允；“愿与妻子为黔首，比诸公子”（注：秦始皇的“诸公子”都是普通老百姓）。闫毅告诉他说：“我是受丞相赵高之命前来杀你的，你什么废话也不用说了！”闫毅说完一挥手，外面的士兵呼啦一声持刀挺矛拥了进来，胡亥只得自己拔刀结束了自己。胡亥死后，赵高倒是真的给了他一个“黔首”身份，“以黔首葬二世”，胡亥是历史上少有的“死无葬身之陵”的帝王。

赵高又立胡亥的侄子子婴为秦王，子婴头脑还算清醒，他并不感激赵高，与自己的两个儿子商量好计谋，将作恶多端的赵高杀了，夷其三族，除掉了这位亡秦大奸。但大秦王朝已经无救，子婴即位仅四十六天，就向攻陷咸阳的刘邦献玺投降了。又过了个把月，项羽领兵进咸阳，将子婴及秦始皇宗族子孙全部杀光……呜呼，哀哉大秦！

四

哦！只因秦皇驰道遗迹仅存约一公里，缰绳一抖，我的思路冲出秦皇驰道，跑到大秦帝国的万里原野上去了。好在这片广阔大地都是大秦帝国传下的疆域，我这不能算跑野马吧？

1995年4月

兴 隆 山

于右任以书法名世,他的诗我过去未曾读过。这次在兰州榆中县兴隆山,读到他的一首《谒成灵》:

兴隆山畔高歌,
曾瞻无敌金戈。
遗诏焚香读过,
大王问我:
“几时收复山河?”

读罢,令我心头一震:好诗!

此诗作于1941年秋,当时正值山河破碎、国难当头之际,抗战前途弥艰,国民党政府退避重庆苟安。身为重庆国民党政府检察院院长的于右任,前来兴隆山大佛殿拜谒成吉思汗灵,感慨万千,口占此令。据说,当时此诗辗转流传到延安,令毛泽东激赏,知国民党内亦有民族大义激荡于胸之爱国志士焉。后来他亲赴重庆与蒋介石谈判,于右任曾单独设宴款待,可见于氏对中国共产党和毛泽东的挚诚之心。毛泽东于治国理政之余,酷好诗词翰墨。他的草书远学怀素，近学于右任，曾觅得于右任所创标准草书法帖陈于案头，翻阅参习，亦见他对于氏之敬重。

元太祖成吉思汗，是我们这片广阔疆域的开拓者之一，毛泽东称之为“一代天骄”，是我们中华民族值得引以为自豪的历史英雄。

兴隆山，号称“陇右第一名山”，像是镶嵌在西北苍茫黄土高原上的一颗绿色翡翠，古木参天，奇峰流泉，郁郁葱葱。这里曾是成吉思汗谱写晚年壮美乐章的地方。1222年时他已六十一岁，来此亲骑出征，大战西夏军于榆中马莲滩。六十五岁攻克甘州、肃州后，在阿尔布草原追捕野马时摔下马背受伤，部将多伦策尔将他护送进兴隆山养伤。在此养伤期间，他与左右谋臣商定了“联宋灭金，尔后灭宋”的战略决策。次年，他又出兴隆山跨马亲征，与西夏军搏杀，西夏王弃瓦川会城败逃。入夏，成吉思汗再入兴隆山休养。这时，累年征战，健康状况恶化的成吉思汗，预感天年将至，开始安排后事。因长子术赤、次子察合台受封在外，他把三子窝阔台、四子拖雷叫到病榻前，交代说，守业比创业更难。待攻下西夏后要用三五年时间先把内部整顿好，多办一些顺应民心的事。待域内讲九种语言的士民都顺从了，天下方可大定。并留下治国遗言：广土众民，欲御厚，必合众心为一。

1227年夏，成吉思汗病逝于六盘山中，享年六十六岁。

成吉思汗的葬礼，也充满了这位历史英雄浓重的远征色彩。他的夫人耶遂哈敦按照他的临终遗嘱，为了稳定军心，对他的死秘而不宣，连夜用牛车将其遗体运出六盘山，由亲兵护送至内蒙古腾格里沙漠，然后改用骆驼车，运至漠北安葬。送葬队伍冒着炎夏酷暑，在大漠戈壁中艰难跋涉了四十七天。

成吉思汗的坟墓原在水草丰盛的肯特山一带，后因沙漠进展，已无法辨认。他的后裔将其生前遗物收藏起来，造了一具象征性的银制灵榇（银棺），奉祀于鄂尔多斯大草原的伊金霍洛，供人膜拜。

为开辟元蒙统一时代而“战死马背”的这位历史英雄，生前何曾受辱于异邦外族？成吉思汗的业绩、英名、精神，和其他名垂千古的历史英雄一样，成为我们这个多民族国家“国魂”的象征之一。殊不料在他死后七百余年，日寇侵华，民族危亡，竟连长眠于鄂尔多斯大草原的成吉思汗，也蒙受了一次“惊魂移灵”的奇耻大辱！

1937年日军占领察哈尔及绥远，山西大部沦陷，沦陷区的国民党军及政府机关纷纷退至陕西榆林。日寇继策划成立了所谓“满洲国”之后，这时又紧锣密鼓策划着另一个极大阴谋，企图勾结蒙古族上层极个别亲日派分子，采取劫盗成吉思汗灵榇的方式，以蛊惑蒙古族群众，成立所谓“蒙古自治共和国”，进一步分裂中国。为此目的，侵华日军派遣特务窜至内蒙古上层拉拢要挟，出动飞机在伊金霍洛上空盘旋侦察，准备伺机行动。驻西北国民党军爱国将领邓宝珊闻讯后，一面增兵加强对成吉思汗灵榇所在地的防卫，一面电请国民党中央政府将成吉思汗灵榇内移。重庆国民党政府举棋不定，拖延不决。到1939年1月13日，日军攻克伊克昭盟新城，成吉思汗灵榇危在旦夕。伊克昭盟盟主沙克都尔扎布是位爱国者，他火速赶往重庆向国民党当局汇报，力主移灵。2月25日，中央社通电揭露日寇阴谋，为移灵作舆论准备。

据记载，成吉思汗灵榇于1939年6月10日在伊克昭盟伊金霍洛起灵，途经榆林、延安、西安等地，7月初运抵榆中县兴隆山大佛殿（当时称娘娘殿）安放。所经沿途各地，无论国统区或解放区，均举行了由当地政要及群众参加的迎送灵榇的祭奠仪式。沿途各地参加祭奠的群众共达二十余万人。灵榇于6月21日路经延安，中共中央派出谢觉哉、滕代远、王若飞、莫文骅等率各界代表一万余人前往十里铺迎灵，举行祭礼，毛泽东和延安各机关团体都送了花圈。至西安时，国民党当局也举行了迎灵祭奠仪式。这一方面说明，在这民族危亡关头，创下千秋功业、威名远播的成吉思汗英灵，成了凝聚中华民族各党各派各族人民团结抗日的一面旗帜。另一方面又让人感慨万千，一个国家竟被外敌欺凌、惊扰得古人难安的地步，还有比这更大的国耻能让人没齿难忘吗？

兴隆山中，与供有成吉思汗塑像的东山大佛殿遥相对应，西面山坡下，有一座二层砖瓦小楼，是当年专为蒋介石来此修建的行宫。蒋介石曾两次来此谒灵。但他作为一国"元首"，竟把国家弄到山河破碎、民不聊生的地步，甚至死于七百多年前的疆域开拓者成吉思汗之灵也无安宁之日，不知他当时以何颜站在成吉思汗灵前？他对于成吉思汗所说的"广土众民"的治国名言，恐怕一辈子都没有弄懂。

倒是于右任老先生，当年谒过成灵后，向避战祸搬进兴隆山的兰州农校学生们发表讲话时说："我的父亲是拉骆驼的，父亲是陕西人，母亲是甘肃人，陕西是我的父亲，甘肃是我的母亲，我是大西北的儿子，是中国的儿子，我忘不了父生母育之恩！"感情真挚，发自肺腑。他在成吉思汗灵前高歌当哭，仰天长呼："大王问我：几时收复山河？"其实他这一声对天长啸，也是在向西山坡下行宫内的蒋介石大声诘问。

解放战争中，当我解放大军向西节节推进之际，盘踞西北的马步芳又将成吉思汗灵榇移至青海塔尔寺。新中国成立后，内蒙古自治区报请中央人民政府正式批准，于1954年3月将成吉思汗灵榇从青海塔尔寺迎回内蒙古伊金霍洛成吉思汗墓地原址安放。中央政务院又拨出专款，在伊金霍洛动工兴建成吉思汗陵，1956年5月竣工。至此，一代天骄才得以在他的故乡鄂尔多斯大草原重新安寝下来。

近代中国,屈辱太多。于右任老先生的这首《谒成灵》,令人荡气回肠。

1996年6月

附录:

于右任先生后来虽然随国民党政府去了台湾,但他晚年曾有一首名作《望大陆》,表明他对先祖、对故国的热血衷肠,至死不曾冷却。他的诗中始终有一种中国传统知识分子对故国深入骨髓的那份忧伤情怀:

葬我于高山之上兮,
望我大陆;
大陆不见兮,只有痛哭!
葬我于高山之上兮,
望我故乡;
故乡不可见兮,永不能忘!
天苍苍,野茫茫,
山之上,国之殇!

2006年8月又记

香港，中国曾用这个膝盖跪下

香港回归，是中国近代史回闪在二十世纪末的一个亮点。公元1997年6月30日午夜，世界各国有数千名新闻记者云集香港，大事采访报道7月1日香港主权交接仪式。世界各国许多政要作为贵宾应邀出席，见证这历史性的一刻。在香港回归这一历史瞬间，全球的目光投向了东方，投向了中国，都在注视着英国向中国交回香港主权的历史性场面。

一个旧时代无可挽回地结束了。

一个充满希望的新时代生气勃勃地开始了。

通过香港回归这件事，世界又一次看到了中国这个东方民族的坚定信念与行为品格。一般地说，一个多世纪前的历史旧账，除了写进历史教科书将它告诉后代，已很难将它重新变成新闻素材。而中国却能不慌不忙地坚定不移地同英国将香港这笔百年老账算得一清二楚，差一天也不行，1997年7月1日，香港主权必须如期归还中国。

社会主义同资本主义，两种制度，形同水火。中国却能以二而一、一而二的哲学灵感，创造出“一国两制”方式，将香港回归遇到的最大难题化解，显示了一个民族的大智慧。中国就这样不急不躁地将一个已经十分遥远的历史问题，复活成一个轰动世界的特大新闻。世界看到了中华民族的巨大耐心、坚韧不拔和高度智慧，看到了一个伟大民族的文化力量。

如果说，世界公众看待香港回归，不乏对中国历史的感慨和对中国文化的惊叹，那么，我们中国人自己看待香港回归，则在激动、兴奋之外，更多的是冷静反思。为迎接香港回归而拍摄历史巨片《鸦片战争》的著名导演谢晋，在谈到他拍摄该片的感受时说："一个人只有真正站起来的时候，才能反思跪着的历史。"

是啊，香港是中国的一个膝盖，中国曾用这个膝盖向西方侵略者跪下，久久直不起腰来。这"跪着"的时间何止"百年"？细算一下，英国实际强占香港的时间长达156年5个月零4天。今日之中国，终于能够挺直腰杆同英国对话，讨论香港回归问题。

试想，如果那个租借香港99年"专条"虽已到期，但中国却仍然没有强大得能够挺直了腰杆同英国对话，收回香港谈何容易？香港回归，洗雪了中华民族一个半世纪的耻辱，全球的炎黄子孙都为之激动、狂欢、呼喊、流泪，这些都是情理之中的。但是，香港问题毕竟是中国近代历史上的一个耻辱印记，任何一位有历史感、有爱国心的中国人，都会在迎接香港回归的大喜中，回想起当年被迫割让香港的大悲哀，心头都会掠过一种半是喜悦、半是苦涩的沧桑感。

中国人需要保持这种沧桑感。当年丢失香港，是鸦片战争失败的直接后果。当我以中国军人的名义重新回顾那场战争、那次失败，我的心头仍然别有一番沉重。

军队的强弱，根本上取决于国家的盛衰；而国家的盛衰、民族的安危又依仗着军队，国家和军队的前途命运无法分开。晚清道光年间的中国，已被英帝国主义用鸦片腐蚀得千疮百孔，整个国家虚弱得像一位脸色苍白的鸦片吸食者。鸦片严重毒化了清朝吏治，吏治的腐败又助长了鸦片更严重地泛滥，如此恶性循环，国势每况愈下。在如此腐朽、污浊的社会条件下，清朝军队别说跟上世界军事革命步伐，就连维持正常生存都已出现严重危机。对此最早发出惊呼的是禁烟派首领林则徐。

林则徐是一位具有强烈民族使命感的封建官员，他“力挽颓波”的决心，不仅表现在敢于力排众议、不畏强暴、以严厉手段坚决收缴英商鸦片这一点上，同样也贯彻在他到达广东后的一系列军务活动中。林则徐是位文官，道光帝任命他以钦差大臣身份前往广州查禁鸦片时，把“节制广东水师”的军事指挥权也同时交给了他，“文武皆所统属”。林则徐抵粤后，在同英国鸦片商面对面地展开激烈的禁烟斗争中，他越来越清楚地感觉到，英国不法烟商敢于违抗中国政府的一道道禁烟法令，是因为有英国的军事力量做后盾。他组织人员翻译英国新闻报纸，从中获得英方情报，“知绝市之后将有军舰来攻，于是乃大治军备以准备应战”。为了抗击英军，他将亲理广东军务作为自己的重要职责，参加了大量军事活动，殚精竭虑地整治武备废弛、军纪涣散的广东水师。他亲自坐船至虎门、横档海口等洋面勘察地形、分析敌情。他见尖沙咀洋面四面环山，水深浪静，便于敌舰停泊，即奏请朝廷新建了尖沙咀炮台和官涌炮台，对防务做出调整，使火力能够瞰制尖沙咀洋面。他到横档海口一带实地察看木排铁链设置情况，试演以铜铁大炮多层火力阻止敌舰闯入的战术。他派人前往澳门、新加坡等地秘密购得英国、葡萄牙制造的“夷炮二百余位”，充实各炮台防御火力。他亲自视察水营，检阅水军，整肃军纪。他从实战中发现，“夷船受伤，只在舱面”，“虽炮击亦不能遽透”；而我方则“师船木料不坚”，难以抵挡敌方炮火轰击。于是，向美国购得钢铁“夷船”两艘，一艘为旧军舰，另一艘为民用轮，加以维修改造，准备用于作战。他将自己参与的这些军事活动、敌我双方的对比情况，尤其是对每次海战的详细经过，亲自向朝廷撰写了一次又一次军情奏报。正是由于林则徐和邓廷桢、关天培等人的同心协力，苦心操持，英军最初在广东洋面发动的多次挑衅进攻均被一一击退，广东水师先后取得了九龙、尖沙咀等几次小规模海战的胜利。

林则徐代表着晚清社会中的进步力量，但当时的朝政主流却是反映晚清腐朽本质的投降派思想。当英国在广东的挑衅和进攻被击退后，林则徐和邓廷桢预料英军舰队会沿海岸线北犯，立即报奏朝廷，建议“令东部沿岸早作防备”。但沿海和朝廷内的“诸文武”惧祸怕事，“颇不悦林则徐之所为”，认为是林则徐为他们找来了麻烦。特别是当英军舰队北上攻占定海后，苟且偷安的投降派势力对林则徐群起而攻之，“多有捏造蜚语上闻于朝廷者”，说是由于林则徐在广东“禁烟措置失当”才导致中英开战，从背后狠狠地捅了他一刀。昏庸的道光皇帝居然也认为“若查办林则徐，必可使英人就范”，于是将林则徐革职，让臭名昭著的琦善取而代之。

战争最讲物质力量与精神力量的辩证关系。同是这支弱国之旅广东水师，林则徐用不甘屈服的民族精神去统领它，它能顶住英军坚船利炮的最初进攻，而指挥权一旦落入投降派之手，它立即呈现出一触即溃之势。琦善到达广东后，一反林则徐的抗英立场，遣散水勇，镇压抗英群众，“力主和谈，不敢言战”。当英军进攻虎门炮台时，守将关天培“战前请援皆不准，作战中救兵亦不至”，官兵苦战四昼夜，关天培战死，虎门炮台陷落，英军攻抵广州。此后，战场形势一溃千里，无法收拾。再度北上的英军舰队一路攻陷了厦门、舟山、镇海、宁波、吴淞、上海、镇江，鸦片战争以中国彻底失败而告终，中方代表耆英与英方代表璞鼎查在江宁（南京西）附近的英国军舰上签订了中国近代史上第一个丧权辱国的《南京条约》，条款中包括巨额赔款、割让香港、开放五个通商口岸等。

长期闭关自守的中国国门，是被英国炮舰轰开的。

战争是残酷的。鸦片战争失败，开了近代中国丧权辱国的先例，其后西方列强侵华一发而不可收，中华民族迅速跌向衰败谷底。正是从鸦片战争失败那一天起，中华民族蒙受了一个半世纪的屈辱，久久直不起腰来。

中国为什么在鸦片战争中如此一败涂地？当代中国人不断地这样拷问历史，人们至今仍在继续寻找和补充着对这个问题的各种答案。

战争虽然最讲物质力量与精神力量的辩证关系，但战争归根结底又是最讲唯物论的。恩格斯对军事领域的历史唯物主义曾作过如下经典表述："暴力的胜利是以武器的生产为基础的，而武器的生产又是以整个生产为基础，因而是以'经济力量'，以'经济情况'，以暴力所拥有的物质资料为基础的。"

鸦片战争时期的中国经济，仍是以小生产为主要特征的封建主义经济，社会生产力水平低下。英国则早已完成了工业革命，它的经济是以社会化大生产为主要特征的新兴资本主义经济，社会生产力水平极高。英国是当时世界上最强大的资本主义国家。中英两国社会生产力水平的悬殊，决定了两国在军事装备上的巨大差距，中方是土枪土炮加长矛大刀，英方是钢铁军舰大炮。当时，军舰是现代大工业的产物和缩影。恩格斯说，"没有什么东西比陆军和海军更依赖于经济前提"了（那时空军尚未产生）。十九世纪中叶，欧洲一些国家的军舰几乎都是由英国制造的。当时欧洲能够制造重型火炮的三个钢铁厂就有两个在英国，另一个是德国的克虏伯兵工厂。中国在鸦片战争中的失败，表面上看是军事斗争的失败，本质上却是中国封建社会落后的社会生产力的失败。

拥有灿烂辉煌古代文化的中华民族，进入近代为何会被西方甩下这么大距离？长期以来，我们对此反思得并不彻底，总是过于情绪化地看待鸦片战争的失败，单纯用咒骂投降派解气，而没有彻底清算长期闭关锁国的教训。经历了各种风风雨雨之后，邓小平重新审视我们中华民族自鸦片战争以来的历史教训，从老根上找到了长期落后的一个根本原因，那就是几个世纪以来的闭关自守。甚至可以这样说，追溯鸦片战争失败的根本原因，是邓小平形成改革开放思路的逻辑起点。他说，“现在任何国家要发达起来，闭关自守都不能。我们吃过这个苦头，我们的老祖宗吃过这个苦头”，“如果从明朝中叶算起，到鸦片战争，有三百多年的闭关自守”，“长期闭关自守，把中国搞得贫穷落后，愚昧无知”。找到了这条根本性的历史教训，邓小平也就为中华民族找到了一把重新打开振兴之门的钥匙。

香港回归，喜逢盛世，这是中华民族以全新姿态跨进新世纪的一个重要标志。在这重要的历史时刻，我们需要用一只耳朵倾听历史，用另一只耳朵倾听未来。

哦，香港！你是一页活着的历史，听到你的名字，每一个中国人都会想起中华民族屈辱的过去；你又是一个里程碑式的崭新标志，听到你的名字，每一个中国人都会激起迈向新世纪的豪情壮志。

欢迎你，香港！

祝福你，香港！

1997年3月

长平之战

我终于找到一个机会，迎着萧瑟秋风，从黄河南岸一路驱车向北，过黄河，过沁河，进入晋东南太行山区，踏上长平之战古战场，去看了一项非同寻常的考古新发现……

司马迁："四十余万尽杀之"

长平之战，是战国末期秦国与赵国之间进行的一次规模空前的大战役，它对随后中国历史的走向和进程，产生了重大影响。

> （秦昭襄王）四十七年（前260年），秦攻韩上党，上党降赵。秦因攻赵，赵发兵击秦，相距。秦使武安君白起击，大破赵于长平，四十余万尽杀之。
>
> ——《史记·秦本纪》

一个"杀"字，好生了得！联想起来，人类社会的连绵战争，真是残酷。但战争却并不会因为它过于残酷，人们对它普遍厌恶，它就会从人类文明活动中销声匿迹。至少到目前为止，还看不到战争消失的前景。也许有人会说,如今人类正在依靠不断进步的科学技术,创造着崭新的文明时代。此话诚然不错。但很不幸,每当人类取得一项最新科技成果,往往首先被应用于军事领域。以往如此,未来也将如此。如若不信,请读读大名鼎鼎的未来学家托夫勒夫妇的《第三次浪潮战争》[1]一书,书中所描绘的未来的高科技战争的种种手段和景象,令你触目惊心。他们的预见性描述虽然不一定条条兑现,但因为有几千年人类文明史(或曰战争史)的发展轨迹作参照,对他们做出的总体判断,使人不得不信。

长平之战规模之大,"杀人"之多,影响之深远,是中国古代战争史上罕见的。

秦、赵两国在长平之战中一共投入了多少兵力?司马迁没有记下总数。我们不妨以被杀的赵国战俘为基数,作些推算。《秦本纪》中说是"四十余万尽杀之",《赵世家》中也说"四十余万皆坑之"。如嫌这两说较笼统,另有两处则说得明确而肯定。《白起王翦列传》中说"前后斩首虏四十五万人",《廉颇蔺相如列传》中也说"赵前后所亡凡四十五万"。综合这四种说法,可以肯定,被杀的赵国战俘在四十至四十五万之间。根据常识,赵国的参战兵力肯定大于被杀的战俘数,当超过四十五万无疑。再根据常识,由于秦国对赵军采取的是围歼战术,它的参战兵力只能多于赵国,绝不会少于赵国。更何况,在战役进程中,秦国还有增援兵力开往前线,这是有明确记载的。由此可知,这是一场双方交战兵力多达百万之众的生死大决战。

战役进展到关键阶段,秦昭襄王得到前线战报,得知白起已将赵军围困在长平地区,"闻赵食道绝",赵军的补给线也被切断了。

---

① 托夫勒夫妇曾因《第三次浪潮》一书轰动世界。《第三次浪潮战争》是托夫勒夫妇随后出版的另一本著作,书中描绘的未来战争种种新样式、新手段,有许多已经迅速变成现实。但我在跟踪观察伊拉克战争撰写《观战笔记》一书时,有的编辑还不知道《第三次浪潮战争》这本书,将我文章中引用的这本书名擅自改成《第三次浪潮》,令我哭笑不得。

秦昭襄王是个军事嗅觉异常灵敏的人，他立刻做出准确判断：将赵军死死围困下去就是胜利，已被切断的赵军粮道千万不能让它重新打通。他兴奋得禁不住打了一个寒战："好啊，这时再去加一把火，这一大锅肉肯定就闷熟啦！"他于是御驾亲征，从咸阳赶往河内（今河南省黄河以北、太行山南麓地区），就地征发十五岁以上壮丁火速增援前线，"悉指长平，遮绝赵救兵粮食"。看来，秦昭襄王在军事上真是很有一套，他很善于抓住敌方要害，给以致命一击。正面交战自有大将白起在指挥厮杀，他不必操心。他亲自派出的增援兵力，专门去截断赵军粮道，阻止赵国援兵。这无异于死死掐住一头困兽的喉管，任它嚎叫挣扎，咽气只在转瞬之间。"赵卒不得食四十六日，皆内阴相杀食"。那个只会"纸上谈兵"的赵军统帅赵括，绝望之际企图率军突围，"出锐卒自搏杀"。但他纵有困兽犹斗之心，却无饿虎扑食之能，刚刚冲到阵前，就被秦军射杀，赵军顿时大乱，大败，败得惨不忍睹，"数十万之众遂降秦……"

秦国夺得这个大胜利，也付出了大代价。秦军统帅白起战后说："今秦虽破长平军，而秦卒死者过半，国内空。"这一点也可以用来解释这样一个问题，秦国在长平之战胜利后，为什么未能趁热打铁，一鼓作气彻底征服赵国？不是秦国不想，而是军力来不及恢复。秦昭襄王太想一鼓作气吃掉赵国了，长平之战胜利后第二年，他就派王陵领兵进攻赵都邯郸，结果攻了一年多攻不下来。这就不难看出，秦军进攻的锐势已远不如前，组织大兵团连续进攻显得力不从心。但这时的秦昭襄王被长平之战的胜利冲昏了头脑，他认为邯郸久攻不下，主要是前线统帅王陵无能。他马上想到打胜长平之战的大将白起，想要他再次挂帅出征。白起深知量力用兵之理，如实对秦昭襄王说，秦国为夺取长平之战的胜利，付出了重大代价，现在秦军迫切需要休整，切不可轻率地连续劳师远征。秦昭襄王哪里听得进白起的劝告，生气地将袖子一拂，"使王龁代陵将，八九月围邯郸”。但事与愿违,“不能拔”,楚、魏来救,解赵都邯郸之围。

长平之战,秦、赵两国百万大军交战于野,那是何等波澜壮阔的战争场面!须知,这是发生在距今两千二百五十八年之前的一次大战役,那时的交通条件、运输工具、补给能力等,都根本无法与现代相比,这就更显得这次古代大战役非同小可。对于秦、赵两国来说,进行如此规模的大决战,都是倾其国力而为之。长平之战,是战国后期秦、赵两个军事强国最终决定谁兴谁衰、谁存谁亡的生死大决战。

长平之战对胜负双方产生的影响都是决定性的。有一个很突出的例子:北方弱小的燕国,一向仰赵国的马首是瞻。赵国长平战败后,它居然也想来欺负赵国了。燕王派相国栗腹到赵国去送礼,“以五百金为赵王酒”。说,一点小意思,这五百金请赵王您老人家买点酒喝吧。燕王的真实用意,是要栗腹去打探一下赵国的虚实。那时长平之战已经过去五六年了,但赵国的战败景象仍未改观。栗腹从赵国回去,高兴得不得了,对燕王说:“赵氏壮者皆死长平,其孤未壮,可伐也。”他鼓动燕王说,赵国的战争孤儿都还没有长大,没有壮丁补充军队,赶快打吧!于是燕王“举兵击赵”。由此可见,长平之战对赵国影响之深远。长平一败,已注定了赵国最终灭亡的命运。对于秦国来说,长平之战虽然也使它付出了沉重代价,但它付出的是胜利的代价。它的元气不难恢复,恢复之后将会变得比长平之战前更加强大。经过长平决战,秦国已将山东六国中唯一能“西抗强秦”的赵国锐气挫尽,这就决定了最终要由秦国来统一中国,这个历史走向已经不可逆转。

杜甫:“古来白骨无人收”

司马迁不愧为记录中国历史的第一大家,如本文开头所引,他在《秦本纪》中用大手笔寥寥数语，便将长平之战发生的时间、地点、过程、结局，交代得一清二楚。但是，由于他只记下了这次大战役的主干脉络，具体细节一概从略，这样一来，使得长平之战留下了诸多历史之谜。例如“四十余万尽杀之”这件事，就有许多说不清的问题。

也许，司马迁历数前朝史事，战争和杀戮已司空见惯，记不胜记。因此，在他笔下，虽然秦国与诸侯各国间的历次重要战役战斗均可找到线索，但记得都很简约，大致只记下每次战事发生的年份、地点及“斩首”（歼敌）数目。在《秦本纪》中，长平之战前就有如下一串记录：

秦献公二十一年，“与晋战石门，斩首六万”；

秦惠文王七年，“与魏战，虏其将龙贾，斩首八万”；

秦惠文王更元七年，“韩、赵、魏、燕、齐帅匈奴共攻秦。秦使庶长疾与战修鱼，虏其将申差，败赵公子渴、韩太子奂，斩首八万二千”；

秦惠文王更元十一年，“败韩岸门，斩首万”；

秦惠文王更元十三年，“击楚于丹阳……斩首八万”；

秦武王四年，“拔宜阳，斩首六万”；

秦昭襄王六年，‘伐楚，斩首二万”；

秦昭襄王十四年，“攻韩、魏于伊阙，斩首二十四万，虏公孙喜，拔五城”；

秦昭襄王三十二年，“攻魏……斩首四万”；

秦昭襄王三十三年，“攻魏卷（卷是地名）、蔡阳、长社，取之。击芒卯（魏将名）华阳，破之，斩首十五万”；

秦昭襄王四十三年，“白起攻韩，拔九城，斩首五万”；

以上是从公元前364年至公元前264年的一百年间，秦国与诸侯各国的主要交战记录。接下来，就是秦昭襄王四十七年（前260年）

的长平之战。

司马迁一路记将下来，记到长平之战时，也感到秦国这一次坑杀赵国战俘的数目实在太大了，前所未有，骇人听闻。但他仍坚持他的一贯治史原则，只记重大历史事件的主干脉络，具体细节一概从略，因而仍以“四十余万尽杀之”一笔带过，只是多用了一个“尽”字来加重一下语气。司马迁一从略不要紧，在历经两千二百多年风雨沧桑之后，后人再想从他的字里行间去追索长平之战的有关细节，变得难上加难。于是，信史中的这句话也变得有些“难以置信”起来。

比如有人会问：

“四十余万尽杀之”，究竟是怎么个杀法？为什么史籍中有的地方说是“坑杀”，有的地方说是“斩首”，还有的地方说是“挟诈”诱杀？

杀掉四十多万赵国战俘，秦国自己需要动用多少人去操刀，这可能吗？

杀掉一只鸡还要扑腾一阵呢，人非鸡犬，何况赵国战俘都是带甲士卒，更何况赵军具有“胡服骑射”传统，在山东六国军队中战斗力是最强的，为何四十余万赵卒被斩尽杀绝，竟毫无反抗，这可能吗？

四十余万尸体堆积可以成山，投河足以断流，究竟是埋了还是烧了？上古的殷商甲骨还不断出土呢，为何四十余万赵国战俘的尸骨至今一根未见……

诸如此类，疑窦丛生，迷雾重重。

考古学之所以成为一门重要科学，它的妙处就在于常常会使看来永远找不到答案的某个历史之谜，突然之间找到了答案，给人以莫大惊喜。单从当代军事考古学大事记而言，如银雀山汉墓孙子兵法竹简的出土，骊山秦兵马俑的出土，都莫不如此。这一次，我怀着极大的的兴趣，要到长平之战古战场来看新发现的赵卒尸骨坑，就是因为它对于廓清上述种种疑窦，具有不可动摇的说服力。

关注战争是军人的天性。

我先是从1996年9月17日的《人民日报·海外版》上读到一则消息，说是山西学者对长平之战的研究取得了重大突破，弄清了长平之战的全貌，并且绘制出了第一张完整的长平之战古战场地图。后来，又从1997年2月15日的《文艺报》和2月18日的《北京日报》上读到另一则消息，在山西省高平市西北山区，即长平之战古战场遗址，当地农民李珠孩与李有金父子俩在地里劳动时，偶然间发现了两千二百五十多年前"白起坑赵"的赵国战俘尸骨坑。这一重大考古发现，证明古籍中有关秦国坑杀赵国四十余万战俘的记载绝非子虚乌有，它终于使这一历史悬案有了实物见证。这两则消息，勾起了我对长平之战的浓厚兴趣。

随后，又遇见在老山作战期间曾与我一起工作过、目前正在山西省军区担任领导职务的一位战友。此人虽然在大学学的是新闻专业，却对历史颇有研究。闲谈中，他向我兴致勃勃地介绍了亲眼看到正在发掘清理的赵卒尸骨坑的情形，并热情邀请我无论如何找个机会去看看，到时他一定陪同我前往。他的介绍和邀请，更激起了我想去长平之战古战场看看的强烈念头，苦于一时找不到顺道前往的机会。

这一次，我因公来到黄河之滨，机会难得，决心顺道去看看长平之战古战场，去看看新发现的赵卒尸骨坑。由于我此行事先并无计划，我的那位战友接到我的电话时，已来不及从太原赶到高平去陪我。但他用电话赶忙张罗，为我们的行程作了周到安排，并通过晋城军分区的同志帮忙，找到了赵卒尸骨坑的发现者，高平永录村农民李珠孩，请他到现场去为我们作些介绍。

永录村位于高平市西北十多公里处，村子不小，也是永录乡乡政府所在地。我们的车子到达时，李珠孩和另外几个人都在乡政府门口等候多时了。

李珠孩，长脸，薄唇，黑瘦，面有古相。

我与他交谈时，他很少眨眼，直愣愣地看着我，但态度友善、诚恳。他告诉我说，赵卒尸骨坑是他和他的儿子李有金共同发现的，刚才他儿子也在这里等候我们，由于久等不来，现在已到小铁矿井下去上班了。我对他说："我早就在报纸上见过你们父子俩的合影，你儿子我认得。"他听后一笑，皱纹很深。

"走吧。"他说。

我们一行人跟着他出村，向村子北面的山里走去。他一直将我们领到他家的承包地里，这是一条宽阔山谷里的一块平缓坡地。他在一个长形土堆前站定，用脚踩踩土堆说："就在这下面，全是，满满的全是白骨。"

白骨，是中国古代军旅诗中的常见词汇，只消随便翻翻任何一本唐诗选，边关荒野间的战亡者白骨便俯拾皆是。如李颀的"年年战骨埋荒外"，王昌龄的"黄尘足今古，白骨乱蓬蒿"，岑参的"战场白骨缠草根"，陈陶的"可怜无定河边骨"，更如杜甫的"君不见，青海头，古来白骨无人收，新鬼烦冤旧鬼哭，天阴雨湿声啾啾"。这些诗句，感情色彩强烈，内涵也很丰富。"白骨"一词，可以说是唐朝诗人的一个创造，他们用它来表达对战争的复杂情感，营造出一种抑之也悲切、扬之也悲壮的深沉意境。诗人们既用"白骨"一词来表达对残酷战争的诅咒，寄托对深受连年战乱之苦的黎民百姓的满腔同情，有时又用"白骨"一词来传达热血沃青山、黄土埋忠骨的壮怀激烈阳刚之气，也不无壮美情怀。不过，唐朝诗人们写的"白骨"，多数是在写本朝的开边战争，虽然如李白在著名诗篇《古风》五十九首中曾追怀到秦国发动的统一战争，但唐诗中写秦始皇统一中国之前的战事毕竟为数甚少。因此可以说，这片古战场上埋着的四十余万赵国战俘的白骨，比唐诗中的“白骨”资历要老得多了。

我猜想，这些深埋在地下的老资格的赵卒尸骨，他们的亡灵两千多年来一直在冥冥之中责备着自己，作为赵武灵王之后，枉有“胡服骑射”创造过的辉煌军事传统，长平一战竟会遭到如此惨败，四十余万大军竟被秦军斩尽杀绝，蒙此奇耻大辱，何颜面对苍天和国人？他们越追悔越内疚，沉睡地下，不肯露头。他们在痛苦的深渊中经过了千年忏悔，又经过了千年思过，这才渐渐平静下来，再渐渐冷静下来，于是有了重见天日的愿望，要想出来对后人说些什么了。

他们一直在苦苦等待着，要找一个恰当的机遇来同后人见面。

机遇终于来了，1995年5月12日上午，李珠孩、李有金父子俩照常去地里劳作，铲地坎。李有金一铲下去，土层扑通一声坍塌成一个土坑，坑中露出叠压交错的森森白骨。李有金大惊，叫父亲。李珠孩走了过来，将坍塌的土层小心翼翼地向两边挖开，尸骨越挖越多。于尸骨堆中得刀币一串，共十七枚。又见一根粗大的胯骨上，有一个钻入骨头的锈蚀箭头（这个箭头后来被考古工作者命名为“铁头铜尾镞”），还有一些盔甲束带上的环扣等物。父子俩已隐约觉得事关重大，不敢再挖。当晚，李珠孩命儿子赶进城去，叫回在高平市国税局工作的妹夫田贵生，翔实告之。田贵生系军队转业干部，有军事常识，他认定那十七枚刀币是战国货币，胯骨上嵌入的锈蚀箭头乃古代作战物证，坑中尸骨乃古代军人遗骨无疑。他不无兴奋地冒了一句：“说不定与长平之战有关！”

三人商定：速报。

次日，田贵生回城，当面报知高平市文化局局长。局长于当日下午即派出考察组赶赴现场。很快，山西省文物局局长、副局长一行也火速赶到。结论:此乃长平之战秦国坑杀赵国战俘尸骨坑无疑。同年10月开始,由山西省文物局主持,对1号坑进行了发掘清理。坑宽五米、长十一米,清理出赵卒尸骨百余具。经测定,相邻的2号坑比1号坑更大,宽三至四米、长五十五米,所埋尸骨更多,但未敢动土发掘。两个尸骨坑的具体位置,均在地面做了标记。

国内传媒于1997年2月向外披露这一重大发现时,已是李氏父子发现赵卒尸骨坑将近两年之后了。考古是一门科学,科学需要严肃认真。发掘,清理,分析研究,整理发掘报告,这些都需要冷静和时间。其中令人难堪之处,往往还有一个经费问题。据说,山西省文物局在现场发掘清理时,为了谋求经费支持,慷慨允许日本某机构的人员在发掘现场摄录了全部资料。结果,反映赵卒尸骨坑千古之谜的珍贵录像资料已被带往日本,而经费却未谈成。下一步怎么办,经费无着,方案未妥,他们只得将清理过的1号坑中的尸骨做了防止风化的技术处理,然后重新用土掩埋了起来……

从初步发掘来看,尸骨坑乃天然雨裂沟壑,当初是将尸体抛入沟壑中掩埋的。经千百年雨水冲积覆盖,愈埋愈深;沧海桑田,又经过千百年翻耕冲刷,土层渐薄,尸骨日近地表,终于露头。据李珠孩向我们介绍说,由于当年是将赵国战俘的尸体抛进沟壑而埋,所以顺着这条山谷走势一路向下,尸骨坑一个接一个,一直延伸到村口的地下都有。他指着山坡地里一个个长满了荒草的土堆说,那些荒土堆下面都有白骨,挖下去就能见到。过去村里人耕地时耕出一根根白骨,有的人家盖房子挖地基时挖出一层层白骨,由于不知底细,都不当回事。现在才知道这些无名尸骨都是"白起坑赵"的赵卒遗骨,印证了老辈传下来的传说,老人们都知道古时候秦国和赵国在这里打过大仗。

李珠孩将我们领回到村口,在最西边的一户人家墙根边停下。这一家的房子新盖不久。由于村子不断向外扩大,新屋的地基是将一个长满树丛的土岗挖掉了一半向外拓展出来的。李珠孩领我们顺着墙边向外看那被切开的土岗剖面,那纠纠结结的树根里,全是一层层白骨,我的心不由得微微一颤。岑参说"战场白骨缠草根",我今天看到的却是"战场白骨缠树根"。我很佩服这家主人的胆量和气魄,他将新屋建在了古战场的尸骨堆上。他是否听到了"新鬼烦冤旧鬼哭,天阴雨湿声啾啾",我不得而知,但他的胆量和气魄却分明在提醒我,我们人类一直想要走出战争,可是转来转去,始终转不出脚下这片人类古战场的废墟。我们人类也一直在努力创造着新的生活,但人们今天所创造的一切,又何尝不是统统建筑在先人的尸骨堆上?

我从树根缝隙中抽出一根赵卒的胫骨,拿在手里细看。我不知道他姓甚名谁,但我知道他死的时候非常年轻,知道他这根骨头来源于他父母的血肉和情感。我不知道他被坑杀的时候是否有过叫喊,但我知道他作为战士走向战场时心中曾有过神圣,战斗激烈时他曾有过热血奔涌,他冲锋时嗓子里曾发出过喊杀声声,他的最后时刻经历过绝望的煎熬。而让一个如此年轻并充满血性的生命经受如此绝望的煎熬,也许是人类互相残杀时最最残酷的事情……

我将这根胫骨放在车上,带出上党,带到了豫北。如果这位古代士兵当年是被秦昭襄王从河内地区临时征召开赴长平前线的,那么但愿他的灵魂已随我回到了他阔别已久的故乡……

赵卒尸骨坑内的森森白骨,看得我惊心动魄。

杜甫那句"古来白骨无人收"的诗句,一直在我耳边回响着……

毛泽东:"杀降不可,杀俘尤不可"

我曾站在那片古战场上回首南望,观察方位地形。李珠孩告诉我，东面那座山叫韩王山，西面那一座叫将军岭。将军岭以西是丹河。丹河源出太行，由北南流，汇入沁河，沁河再向南汇入黄河。我从有关资料中得知，当年长平之战的主战场，就在丹河两岸的广阔地域内摆开。战役相持阶段，秦、赵两军隔河对峙，丹河西岸为秦军，丹河东岸为赵军。交战双方都拥有深远的战役纵深。秦军的前沿阵地直抵丹河西岸，后方阵地一直延伸到沁河以西，前后相距百余里。赵军的前沿在丹河东岸，后方阵地向东延伸至壶关一带，同样前后相距百余里。我们盘桓的丹河东岸韩王山至将军岭一线，这里是赵军的主要防御地带，也是后来决定战役胜负的核心地带。当地民间传说，廉颇老将军的营帐就扎在将军岭上，与丹河西岸的秦军对垒坚守，将军岭因廉颇而得名。如是，则将军岭为廉颇任统帅时赵军的指挥所位置。但赵军不是败在廉颇手里，而是败在赵括取代廉颇之后。从大量赵卒尸骨在此出土的情况看，这里是秦军最后围歼赵军之地。至于赵括本人命丧何处，无从考证。

长平之战已经过去两千二百五十八年了。长平之战的许多细节，在史书中已经无法找到，而在这片广阔的古战场上，却至今仍活生生地流传在民间。李珠孩和乡里、县里来的几个人，站在山坡地里向我们介绍了一串当地的地名，每一个地名都是从古时候传下来的，都与长平之战有关。如将军岭南去不远有个“三军村”，相传曾是赵军正规布阵之处，分中军、左军、右军。有个“箭头村”，因交战中箭头如飞蝗般聚落于此而得名。至于“围城”“王降”等村落，使人听之如闻赵军大势已去。再如“徘徊村”“三甲村”（据说“三甲村”由“卸甲村”演化而来），听后更觉得是赵军降秦时的真实写照。当晚，我们一行人回到晋城军分区过夜，我向军分区郭司令员要了一份一比五万的军用地图，晚饭后一个人在房间里从图上查找这些地名。我眼睛一亮，找到了那个“徘徊村”，再一细看，它还分南徘徊、北徘徊。一看这村名,我眼前仿佛立刻浮现出一位赵国将领向秦军投降前徘徊复徘徊的身影。他就像京剧舞台上一位背对观众的悲剧人物,虽然无从知道他是在埋怨赵括的指挥无能,还是在喟叹自己蒙受的奇耻大辱,但能看到他的背影在痛苦万状地战抖,一句长长的叫板,撕肝裂胆,悲怆至极……至于"杀谷""骷髅庙"等地名,则个个在印证着古籍中"四十余万尽杀之"的记载。那条丹河,据说也是因秦军斩杀赵国战俘血流成河而得名。丹者,红也;红者,血也!当地向来有"血染丹河"的传说。

韩王山,是这片古战场上最具标志性的地形物。长平之战是从"秦攻韩上党"揭开序幕的,秦国与赵国是在韩国的土地上打了这场大仗、恶仗。韩国创设的古上党郡,是太行山脉南部的一片山岳台地,海拔均在千米以上,居高临下,控制着太行山南部关隘,自古为战略要地。秦国东向图霸,非将上党地区争夺到手不可。一旦攻下上党,便可形成直逼赵都邯郸的态势。因此,秦国"攻韩上党",是作为东征六国的重大战略步骤之一来实施的,为此苦心谋划了好多年。自秦昭襄王三十九年起,秦国就先后攻占了韩国的怀邑、南阳、陉城等地,切断了上党地区与韩国本土的联系,使上党郡"孤悬"于外,失去了与韩国本土的联系。韩国知道自己不是秦国的对手,曾遣使入秦,欲献上党求和。但上党郡守宁愿抗秦战死,拒不从命。企图委曲求全的韩恒惠王,只得改派冯亭为上党守。可是,当秦国再次来攻上党时,孤立无援的冯亭同样不肯降秦,而派使者到赵国去求降。他乞求赵国说,我们韩国没有足够的力量来守住上党,"吏民皆安为赵,不欲为秦",故愿献城邑十七座,请求"再拜入之赵"。赵国君臣经过一番讨论,纳之。于是,"上党降赵,秦因攻赵,赵发兵击秦",就这样揭开了长平之战的序幕。

古代上党地区官员百姓"皆安为赵,不欲为秦",这一点看来是根深蒂固的。陪我到现地去的高平市人武部政委郭丑塔,是当地人，他给我们讲了当地民间对豆腐的一种特殊吃法，是古时流传下来的。那吃法是，将豆腐切成方块，底下一面在锅里煎黄，其余各面保持白嫩，用它蘸了豆腐渣来吃，名叫“白吃”。“白吃”与“白起”音近，是“吃”白起的意思。白起是秦国名将，诸侯各国闻白起之名而丧胆。白起的战功，在秦国的征战历程中少有出其右者。但白起在长平之战中坑杀了四十多万赵国战俘，当地老百姓世世代代对他恨之入骨，要用“吃”他来解恨。而且不是一般地“吃”他，白嫩的豆腐蘸上豆腐渣，恰似脑渣，老百姓形容这是吃白起的“脑子”。郭丑塔是专门从事军民关系方面工作的，他说：“看来古时候赵国军队和这里的老百姓军民关系很好，老乡们直到现在还同情赵军，痛恨杀人如麻的白起。”

这一点，对后人应该是有启发的，不杀战俘，乃军中通则。当今之世，处处在呼唤人权。而我们这支军队，在战争年代就非常尊重俘虏的人权。人民解放军将不许打骂、虐待俘虏，不许搜俘虏的腰包等，作为严肃的军纪来执行，自然大得人心。近读毛泽东评点二十四史手迹，见他在阅读《新五代史》卷三十二《王彦章传》一文时，有一则批语：“杀降不可，杀俘尤不可。”看来，他在解放战争期间亲自颁布《三大纪律，八项注意》以约束军纪，其中包含的中国军事文化传统的底蕴极其深厚。

李白：“龙虎相啖食，兵戈逮狂秦”

次日早晨，从古战场返回。

秋天早晨金灿灿的阳光照着山头，照着村落，照着收了庄稼的山地，萧瑟中有一种特有的韵味。车子向南走了一段路程，开始不断地转弯下坡，山腰以下有一团团白色的雾气在缭绕。随着公路的高度不断下降，雾越来越浓。车子在雾中艰难地下到平原，一头钻进了浓重不散的大雾里，车窗外的行人、树木、村庄、远山，都已看不清楚。眼睛闲了下来，思维却分外活跃，古代的战争风云在我脑际翻腾涌动起来……

一路上，一直有一个声音在问我，看了新发现的赵卒尸骨坑，你是同情赵国的惨败，还是赞赏秦国的胜利？

这使我想起解放战争胜利后，毛泽东访问莫斯科，因为一个什么话头，引出斯大林对毛泽东说了一句话："胜利者是不受谴责的。"并说，这是一般公理。斯大林对毛泽东说的这句话，我看也可以借用来评价两千多年前打赢长平之战的秦昭襄王，以及后来统一中国的秦始皇。秦国在长平之战中杀掉赵国战俘四十余万，毫无疑问为后人所不取，但秦国在当时是顺应历史潮流的胜利者，按公理秦国是不受谴责的。这里的问题是，应将"杀俘"与"歼敌"区分开来看。毛泽东在评论古人时不赞成杀降、杀俘，在他自己的军事实践中，不但不准杀俘，甚至不准打骂俘虏，不准搜俘虏的腰包。但他指挥作战却历来主张打歼灭战，主张歼灭敌人的有生力量，"伤其十指，不如断其一指"。为创立人民共和国，他一辈子指挥打了那么多大仗，歼灭了那么多敌人，他的心何曾"软"过？毛泽东对秦将白起坑杀四十余万赵国战俘这件事，有没有直接评论过，我不得而知。但我想，毛泽东肯定知道后来的秦始皇为统一中国打了许许多多大仗，秦军在战场上"杀"了许许多多人，可是他从未谴责过秦始皇。在他看来，秦始皇是位了不起的胜利者。毛泽东甚至不在乎有人将他本人比作秦始皇。对此，他曾讲过一句著名的话：他们说我们是秦始皇，可惜说得还不够，往往需要我们自己来补充，我们超过秦始皇一百倍！很难设想，如果毛泽东不具备这等气魄，他何以能取得这个天下。

被杀的四十余万赵国战俘是值得同情的，但赵国的惨败却不值得同情。秦统一中国，硬碰硬是靠真刀真枪打出来的一统天下。当其时也，舍此何为上？从春秋到战国，中国社会经历了五百多年诸侯纷争的战乱局面。秦国发动的统一战争，顺应了由“分久”到“必合”的历史潮流，这才是问题的本质，它在统一战争中“杀俘”只是令人遗憾的一个枝节。我们不应该用枝节去否定全局，不应该仅仅拿秦军“杀俘”这一点，去否定秦始皇进行的统一战争在当时历史条件下的进步性质。已经铸成的历史，它是不接受任何修改意见的，无论想对历史提出修改意见的是谁。历史除了承认自身是权威，它不承认任何别的权威。历史从来不是从文弱之人的笔管中流出来的，文人只负责记录历史。历史都是武人用大刀一路砍杀出来的，所谓“杀出一条血路”是也。否则，历史深处绝不会平白无故冒出“杀声震天”“血流成河”这两句成语来。

对于战国后期秦、赵两国的生死决战，一直是我比较注意的题目。在这以前，我已在不同的篇目中谈到过赵武灵王的“胡服骑射”和赵国的最终灭亡，谈到过秦始皇统一中国的伟业和秦朝的速亡，但都是从失败的一面去议论古人教训。看过长平之战古战场，看了新发现的赵卒尸骨坑，反倒使我留下了一个强烈的印象，秦军当时能够远离关中，几十万大军从西面、南面越过黄河天险，向上党地区实施钳形包围，将四十多万赵军围歼于一役，它所显示的秦军将领的组织指挥能力、秦军士兵的战斗力、秦军军需给养的补充能力、秦国社会的动员能力、秦国的综合国力等，都已非同小可。进而觉得，在诸侯纷争的年代，秦国能将国力、军力发展到如此地步，真是很不简单。如是观之，秦国不胜谁胜，秦国不争天下谁争？

“龙虎相啖食，兵戈逮狂秦”，这是李白《古风》中的两句诗，指的就是战国七雄互相争战兼并，最后被秦国横扫一平。李白诗风雄健，毫无萎靡之气。他在这首诗里虽然也有“王风委蔓草，战国多荆榛”的感叹，但他对秦始皇的雄才大略是很赞赏的，“秦王扫六合,虎视何雄哉!挥剑决浮云,诸侯尽西来”。秦国兼并六国于战国时代,当时的时代主题就是战争。

当然现在不同了,和平与发展是当今世界的两大主题。然而,古今时代主题虽有不同,有些根本道理却是相通的。曰:治国之道,顺应时代潮流为上。

1998年2月

振长策而御宇内

我对秦始皇统一中国的伟业，一向是充分肯定的。但我以前写到秦朝，总是首先想到它的速亡；追溯秦始皇的功过得失，也总是在寻找他的失败教训。

写作《长平之战》一文时，将我的视线引向了秦始皇统一中国之前的秦国。长平之战时，秦始皇还是一个两岁的婴儿，而秦国已经能打胜如此规模空前的大战役。这说明，秦国不是到秦嬴政继位当秦王后才强大起来的，秦国早就强大了。

战国时代，诸侯林立，天下纷争。秦国早先只是一个“邑于西陲”的诸侯小国，它为什么能在那样的时代背景下变得日益强盛起来，积聚起雄厚的国力、军力，最终由它来完成了统一中国的历史伟业呢？这就不能不注意到秦始皇统一中国前，作为诸侯小国的秦国所实行的大计与长策。从这里使我找到一个新的视点：去看看战国七雄之一的秦国，如何经过长期奋斗终于取得巨大成功的历史经验。

秦朝是中国古代史上的一座巍峨高山。秦朝的速亡，如横断山脉，山体断裂得过于突兀和陡峭。如果只从秦朝速亡这一点去看问题，好比是在太阳落山后再去观看这座高山，即使能将目光从幽深的谷底上移至陡峭的山顶，也只是看到了它背阴的一面。“前事不忘，后事之师”，这是司马迁在《秦始皇本纪》中引用贾谊《过秦论》中的一句史论名言。后人经常引用这句话来泛指吸取历史教训，这当然没有什么不对。但细细琢磨起来，其中也不无片面意味。“前事”者，无非“成”与“败”两个方面，为什么只有失败的一面才能成为“后事之师”，而成功的一面反而不能成为“后事之师”呢？秦朝的速亡是大失败，但秦国完成统一中国的伟业却是大胜利，两者都应该成为“后事之师”。秦国历经百余年奋斗取得了巨大成功，而秦朝统一中国后却短短十几年就人亡政息，从秦国到秦朝，给后人留下了双份遗产：巨大的成功和惨痛的失败，经验和教训两个方面同样应当警示千古。

后人看前朝，有时深究一人一事，细察水镜之辨，当然也不失为一种看历史的方法。而纵观历史大势，看大事件，看长过程，看一个国家的兴盛或一个朝代的上升过程，岂不是更能看出一番生气勃发的景致来！

《秦始皇本纪》中有一句话使我豁然开朗：“及至秦王，续六世之余烈，振长策而御宇内。”这也是司马迁引用贾谊《过秦论》中的话。秦始皇无疑是一位有大作为的封建帝王，但在诸侯纷争的局面下，要完成统一中国这样的空前伟业，秦始皇本事再大，仅靠他一代人的奋斗是无论如何也完成不了的。贾谊和司马迁分析认为，在秦始皇之前，秦国就已经过了六代人的不懈奋斗，秦始皇是在“续六世之余烈”的基础上，才干成了统一中国的丰功伟业。

有必要追溯一下秦国的图强史。

秦始皇的六位前辈是：秦孝公（在位二十四年）、秦惠文王（在位二十七年）、秦武王（在位四年）、秦昭襄王（在位五十六年）、秦孝文王（在位一年）、秦庄襄王（在位三年）。自从秦孝公元年（前361年）实行商鞅变法，推动秦国走上图强之路，直到秦王政二十六年（前221年，即秦始皇元年）最终完成统一中国大业，前后奋斗了一百四十年,近一个半世纪。在这漫长的奋斗历程中,秦始皇的六位前辈,真正有过大作为的是三位。

第一位有大作为的是秦孝公。秦始皇"续六世之余烈",就是从秦孝公起算的。秦孝公抱负远大,贾谊对他评价极高,说他"有席卷天下,包举宇内,囊括四海之意,并吞八荒之心"。也就是说,秦国立志要统一中国的远大目标,最早就是由他确立的。为了实现这个远大目标,秦孝公知道应该从哪里入手。他在位期间全力干成了一件大事:商鞅变法。战国前期,新兴地主阶级兴起,改革图强是当时的一种历史潮流。秦孝公即位时二十一岁,"是时河山以东强国六",秦国处在被六强排斥的地位。战国七雄,有六个在河山以东(河是黄河,山是秦岭),只有秦国在黄河以西。河山以东六强的大致情况是:魏、赵、韩三晋,魏国早先就比较强盛,赵、韩也在图谋兴起。但三晋间经常自相攻伐,这是秦国可以利用的矛盾,后来秦国也的确从中找到了东出中原的机会。最东面的齐国,正处在日益强盛起来的齐威王时代。南方的楚国,原已衰微,经过吴起变法后开始复苏,时有北侵中原举动。只有东北方向的燕国地处偏远,难有大的作为。秦国被东方六强斥之为戎狄,不得参加中原会盟。这样,战国七雄,形成了"六对一"的战略格局。虽然山东六国之间也互相争战不休,而在排斥秦国这一点上,却常常结成统一战线。不过,这反而激发了秦国历代君王的发愤图强之志。这也是矛盾规律所使然,有时对立面的作用不可小看。正是在这种战略形势的逼迫下,"孝公发愤,布德修政,欲以强秦"。他即位第二年,就发布求贤令,鼓励宾客群臣"出奇计强秦"。

商鞅此人,真有些奇才和奇谋。史书中有一段关于他出山前的故事,写得很有情致。他原是卫国的庶出公子公孙鞅[1],"少好刑

① 商鞅姓公孙,名鞅,也称卫鞅。鞅入秦,秦孝公用以变法,大获成功。秦孝公封鞅为商君。今陕西商州即古时商鞅的封地。鞅封商君后才叫商鞅。《史记》中有《商君列传》,故史书中从卫鞅入秦主持变法起,均直接称他为商鞅。

名之学”。由于是庶出，在本国不得志，跑到魏国的相国公叔痤手下去做事。公叔痤病重的时候，魏惠王前往探视，见他病得很厉害，怕是难有转机，当面征询他对继承者的意见。魏惠王问他，谁能继承你担任魏国丞相？公叔痤向魏惠王推荐了自己手下的一名年轻幕僚卫鞅，说他“年虽少有奇才，愿王举国而听之”。魏惠王没有表态，转身要走。公叔痤马上又说：“王既不听用鞅，必杀之，毋令出境。”魏惠王一走，公叔痤马上把卫鞅叫来，公开告诉他说，我向惠王推荐了你，但从惠王的脸色看得出来，他不同意用你。于是我又向惠王建议说，不想用就杀了你，惠王点头而去。现在我把这些话都如实告诉你，并不是我搞两面派，我是按“先君而后臣”的原则办事，你快快走吧，越快越好！卫鞅听罢，毫不惊慌，对公叔痤说：“惠王既然不肯听你的意见重用我，又怎么会听信你的意见来杀我呢？”他泰然得很，偏不走。果然，魏惠王回到宫里，对左右说：“你们知道吧，公叔痤真是病得很厉害啊，他的神志都不清醒了，一会儿建议我重用卫鞅，一会儿又建议我杀掉卫鞅。看他病得这样神魂颠倒，我心里非常难过。”可见，魏惠王压根儿没有把公叔痤的话当真，以为他说的是病中昏话。

正在这时，卫鞅闻知秦孝公发布求贤令，便离开魏国，西行入秦，见孝公，说以富国强兵之策。孝公大悦，任命卫鞅为左庶长，着手变法之事。

纵观中国几千年悠悠史事，古往今来，凡改革者都有一个共同特点，坚决反对因循守旧。卫鞅的变革理论是：“三王不同礼而王，五霸不同法而霸。当时而立法，因时而制礼。礼法以时而定，制令各循其宜。故曰治世不一道，便国不必法古。”像这样富有生命力的思想，是千古不会湮灭的。这些古代的先进思想，从源头注入了中国思想文化长河，沿途有一股股新的溪流与之汇合，源源不断，长流不息，只是时而潮低波缓，时而浪阔奔涌。我们今天常说的

“一切从实际出发”“因时、因地制宜”“没有固定不变的模式”“反对僵化”等，难道与卫鞅等古代改革家的先进思想之间，真的没有一丝一毫本土文化传统意义上的渊源关系吗？

商鞅变法，可以概括为“四重”：重农、重战、重法、重刑。他将散漫的民众严密地组织起来，五家为伍，二伍为什，“令民为什伍，而相收司连坐”。古代法家的变革措施，都是带点“严酷”性的，商鞅“连坐法”就是一例。他奖励农耕，以富财源。他建立的兵役制度极为周密，男性公民从二十岁算起，先劳动三年，可以积下一年余粮，然后从二十三岁开始服役。两年后复员，再轮流征调训练，至五十六岁方可免服兵役。秦国通过这种办法，训练出一支庞大后备军，可供随时征调。他奖励公战，严惩私斗，“有军功者，以律受上爵”，“私斗者，各依轻重被刑”。秦国军民英勇善战的传统，就是从这时打下的基础。他实行论功致仕的制度，首先从秦宗室贵族做起，“无功者，不得列入宗室之属籍”，“有功者显荣，无功者虽富无所芬华”。在秦国，这个制度一直贯彻了下来，直到一百多年后，在秦始皇手里都没有改变。秦始皇统一中国后，置郡县，废分封，他连自己的儿子都不分封。后来有些儒生竟抓住这一条攻击秦始皇，迂腐至极。商鞅变法十年，见大效，“道不拾遗，山无盗贼，夜不闭户，民勇于公战，怯于私斗，乡邑大治，国以富强”。接着，商鞅于公元前350年又发动第二次变法，着重建立与新经济制度相适应的上层建筑。其中有一项主要内容，便是创立县制，“划秦国为三十一县”。由此秦国政令统一，有了中央集权制雏形。进一步采取的经济措施有：废井田，开阡陌，制定赋税法，统一秦国的度量衡等。总之，秦孝公重用商鞅，通过前后两次变法，使秦国实现了第一步战略目标：在战国七雄中“富强冠六国”。

大处着眼阅青史，成败得失百年论。虽然从商鞅变法到长平之战，其间相隔一百零一年，到秦始皇统一中国相隔一百四十年，但我认为,秦昭襄王能够打赢长平之战,秦始皇能够统一中国,都同秦国在百年前实行的商鞅变法获得巨大成功有关。这是不是扯得远了点儿?非也!足够强大的国力、军力,没有上百年的积累是根本不行的。而要积聚起足够强大的国力、军力,不给整个社会肌体注入强大而持久的活力也是根本不行的。任何一种成功的社会变革,近期效果在当世就能见到,远期效果却往往要几代十几代人之后才能看得出来。否则,还讲什么"百年大计"呢!

凡立国之大计,深谋远虑,得于一策,百年后能看出巨大的远期效应。相反,若失于一策,百年后也会看出严重的远期后果。秦国能在长平之战中获胜,尤其是能够打赢平定六国的统一战争,可以看出百年前商鞅变法的远期效应。同样的道理,1840年中国在鸦片战争中的惨败,它远期的灾难性根源,也要上溯到它百年前的清朝前期,甚至到更早的明朝中晚期闭关锁国的误国方略中去寻找。故曰:治国之策,失误不得。

商鞅变法,比后来赵武灵王的"胡服骑射"早了半个世纪。"胡服骑射"也是一场著名改革,赵国从中收到过显著效果,一度成为山东六国中唯一有能力"西抗强秦"的强国。但是,最后赵国还是被秦国所灭。原因是多方面的,其中不可忽略的一点是,赵国变法图强的起步时间,比秦国的商鞅变法晚了半个世纪。这半个世纪的时间差,也是难以追赶的,更不要说超越了。故又曰:富国强兵之大业,延误不起。

第二位有过大作为的是秦惠文王,他的功绩表现在对内、对外两个方面。对内,他巩固了商鞅变法的成果,维护了政策的连续性,这一点极为重要。如果因君主更易,导致国家政策动摇多变,不但先前取得的改革成果可能前功尽弃,而且可能导致严重的混乱和倒退。对外,他顶住了六国联合抗秦的压力。由于商鞅变法使秦国国力大盛,中原诸侯各国都已很难单独抗秦,于是出现了洛阳人苏秦游说合纵，山东六国结盟抗秦的局面。秦惠文王派出相国公孙衍游说魏、齐联合伐赵，产生效果，瓦解了六国合纵之谋。接着，秦惠文王起用张仪为相，施连衡之谋，定远交近攻之策，纵横捭阖，文韬武略，成功地转守为攻，扩大了秦国疆域。他东削三晋，南击楚国，北灭义渠，使秦国地域东扩至黄河为界，中路控制了函谷关，南路兼并了汉中、巴蜀，开始形成虎视中原之势。也就是说，经秦惠文王这一代，秦国完成了一个重大的战略过渡——从实行内部变法以增强国力为主要目标，过渡到了举兵东进为统一中国而战。这是两个互相衔接的战略阶段，统一于谋求“席卷天下，包举宇内”的长远战略目标。

秦惠文王之后的秦武王只在位四年，时间太短，未有大的作为。

第三位有过大作为的是秦昭襄王。他在位长达五十六年，为了实现“席卷天下，包举宇内”的最终目标，他举兵东出中原，连年征战，几乎打了一辈子仗。秦昭襄王发动的东征，是分方向、分阶段实施的。始则南进伐楚，武关一战，将昏庸的楚怀王诱擒为俘。楚怀王从秦国逃到赵国，赵国不敢收留，又想逃往魏国，被秦兵追上，最后客死于秦。继而中路伐魏、韩，伊阙之战全歼魏、韩军二十四万人。南路再次伐楚，攻克楚国都城郢，楚顷襄王东徙入陈。中路再次伐魏，大梁之战，逼魏割地求和。北路伐赵，打得最为艰难。先是秦军在阏与之战中被赵国重创，而后秦国在长平之战中全歼赵军四十余万。长平之战是一个战略转折点。山东六国中唯一能“西抗强秦”的赵国，长平一败，大势已去。秦国通过长平之战夺取上党战略要地后，已将“楔子”打进黄河以东，继续举兵东进已有前进基地，彻底摧垮山东六国只是时间问题了。长平之战，是秦昭襄王生前策划的最后一个也是最重大的一个决定性战役。但十分遗憾，在他手里没有能够完成统一中国的历史伟业。原因之一是他当时年事已高；原因之二是秦军在长平之战中伤亡过大，一时后续力量不足；原因之三是长平之战胜利后，秦国内部将相失和，政策分歧，使统一中国的伟业走了一段弯路。

秦昭襄王之后的秦孝文王只在位一年，秦庄襄王只在位三年，两位都是匆匆过客，不足论列。

最终完成统一中国大业的，是"大略驾雄才"的秦始皇。他十三岁继位当秦王，这是当今孩子报考初中的年龄。一个十三岁的孩子，当然不能苛求他一继位就干出惊天动地的大事业来。他是一只雄鹰，也还需要有一段时间等待羽翼丰满，方可翱翔苍穹。"王年少，初即位，委国事大臣"，当时大权旁落于相国吕不韦和宦官嫪毐之手，宫内时有丑闻传出，常使小小年纪的秦王政显得有些忧郁。由于他幼年曾跟随生母在赵国受人奚落，父王（庄襄王）又死得过早，以后又传他是吕不韦的私生子，等等，这一切决定了秦王政是个早熟的、性格倔强的孩子。他继位第九年，二十二岁，终于亲政，平定了嫪毐叛乱，罢免了吕不韦，先把王位坐稳。接着起用李斯，开始对平定山东六国做出战略部署。继位第十一年（前236年），他二十四岁，成熟了，雄鹰要展翅飞翔了。从这一年开始，他以挥剑决浮云、东向扫六合的大气魄，开始举兵东进。

长平之战胜利时，秦王政才两岁。现在，当他作为一代新主举兵东进时，长平之战胜利的远期效应也就显示出来了。他的曾祖秦昭襄王通过长平之战夺取了上党这个战略要地，早早为他在黄河以东准备好了一个居高临下的出发阵地。现在，秦王政决定以上党地区为依托，要在这里作举兵东进的战略展开，首攻赵国。从这个进攻部署可以看出，秦王政的战略思维，与当年秦昭襄王打长平之战的意图很好地衔接了起来。在秦王政看来，赵国凭借黄河、太行天然屏障与秦国抗衡，是雄踞在秦国东出中原战略通道上的一只拦路虎，赵国不灭，这条战略通道就打不通。同时，赵国又毕竟是赵武灵王发动过“胡服骑射”军事改革的国度，赵军在山东六国军队中战斗力是最强的，只要啃下这块硬骨头，再去攻克其他五国，将成破竹之势。还有，直逼赵都邯郸的有利态势，早在二十多年前长平之战胜利后就形成了，只是由于当时秦国的连续进攻能力跟不上，攻过一次没有攻下，暂时搁下了。现在，秦国又经过了二十多年的养精蓄锐，灭赵之战这篇大文章，也到了该接着做完它的时候了。因此，秦王政举兵东进的序幕一拉开，他就命令王翦为主将，率杨瑞和、桓龁二将，分别屯兵上党、南阳，从西路和南路两个方向，对赵都邯郸形成合围态势。从秦王政十一年开始，先后经过阏与、缭阳、邺、安阳、井陉等一系列大小战役战斗，终于在秦王政十九年攻陷邯郸，赵国灭亡。

在秦国全力伐赵过程中，韩国慑于秦军威力，于秦王政十七年主动降秦，韩国先于赵国灭亡。

赵国一亡，接下来就真正成了破竹之势，秦王政二十二年，灭魏；二十四年，灭楚；二十五年，灭燕；二十六年，灭齐。至此，秦统一六国的历史伟业终告完成，打出了大秦帝国的一统天下，使一百四十年前秦孝公“席卷天下，包举宇内”的宏愿变成了现实，秦王政也成了秦始皇。

追溯秦国图强史，自有至理在。立国目标之远大，政策之一贯，奋斗之恒久，大事方可成也。

1998年4月

遥远的牧歌

回荡在辽阔草原的牧歌为何那么悠长，马头琴为何在草原月夜低回如诉？因为他们先祖的马蹄曾潮水般踏遍古老大陆，在辽阔无比的地域内纵横驰骋，直到另一片海洋。他们的情感活动中永远充满着对祖先的追思，他们常常唱起古老而悠长的牧歌与遥远的历史对话。他们至今仍与蓝天白云为伍，赶着马群和羊群在草原漫游，习惯于在寂寞中仰面苍穹。马头琴声低回如诉，是由于他们习惯在草原月夜倾诉心绪。

因为他们是蒙古族……

一

在我从小建构起来的粗线条的地理概念中，只记住了新疆是维吾尔自治区，一直没有认真注意到新疆地理中还有一个很特殊的问题。天山南麓有一个偌大的巴音郭楞蒙古自治州，面积约四十七万平方公里，占去新疆总面积的四分之一还多，是新疆最大的一个州，相当于内地好几个省。这些年因工作关系，我多次来到巴州，陆陆续续知道了一点西蒙古史，这才使我对蒙古族与西域历史的关系有了更深的了解。

粗粗看了一些资料，知道历史上的西蒙古，是指漠西蒙古卫拉特部，主要活动在今新疆、甘肃、青海、宁夏一带。元朝称西蒙古为“斡亦剌惕”。明朝称西蒙古为“瓦剌”，称东蒙古为“鞑靼”。西蒙古内部又分和硕特部、杜尔伯特部、土尔扈特部、准噶尔部，统称卫拉特四部。清代时，称西蒙古为“厄鲁特”。准噶尔部取代和硕特部成为西蒙古盟主后，有时也将卫拉特四部统称为“准噶尔”。

成吉思汗是东、西蒙古各部的共同祖先。

渥巴锡是西蒙古最后一位历史英雄。

渥巴锡这个遥远而陌生的名字，我也是几年前第一次来到巴州时才听到的，过去并不了解这位土尔扈特年轻首领的英雄壮举。我第一次来巴州时，经人介绍认识了巴州文物管理所的何所长，他是长期工作在巴州的文物考古专家。他很热情地领我去看了三处与渥巴锡和土尔扈特部落直接有关的遗迹。

第一处是土尔扈特部落自伏尔加河流域万里东归后的一片墓葬群。墓葬群位于天山南麓一条宽阔山谷的向南出口处，背靠天山，面向一片广阔的戈壁荒漠。荒漠向南，斜坡底部是时断时续的孔雀河，它表明游牧部落对水源的生死向往。踏上这片墓葬群，展现在我眼前的是层层叠叠就地找来石块草草垒成的方形土葬坑，有的一个坑里就埋有好几具尸骨。何所长介绍说，当年渥巴锡率领土尔扈特部落万里东归的艰辛，是常人难以想象的。他们从伏尔加河流域出发时，共有三万三千多户，十六万九千人。这支浩浩荡荡的东归队伍，在万里草原上向东进发，除了沿途连续突围造成重大伤亡外，一路上冻死、病死、累死者不计其数。后来乾隆在他亲笔撰写的《优恤土尔扈特部众记》中说“其至伊犁者，仅以半计”。实际上最后剩下的已不足半数，仅有七万多人回到伊犁。清廷将他们安置在天山牧场后，又发生了一场瘟疫，人员大批死亡，这一点从这片墓葬群的掩埋情形就能得到印证。

第二处是巴伦台黄庙。蒙古族信仰喇嘛教，黄教是喇嘛教格鲁派的俗称。黄庙因黄教得名，它是土尔扈特人进行宗教活动的重要场所。

第三处是立在铁门关山崖上的两块乾隆御制碑刻《土尔扈特全部归顺记》和《优恤土尔扈特部众记》。两篇碑刻记载了土尔扈特东归和安置的详细经过。两篇碑文是乾隆在承德避暑山庄撰写的，因为当年乾隆是在承德避暑山庄接见了万里来归的渥巴锡。他在那里写下了这两篇《记》，并“勒石热河及伊犁”，在两地都立了碑。我看到的这两块碑刻是复制件。

我终于弄清，今天聚居在新疆巴音郭楞蒙古自治州的蒙古族人，就是乾隆时代万里东归后被安置在这里的土尔扈特部落的后裔（其中有一小部分是同时东归的和硕特部落的后裔）。

二

古代的蒙古族，无疑是人类历史上无与伦比的远征民族。他们惊天动地的远征马蹄声驰进了中国史，也驰进了世界史。时至今日，人们仍能从浩瀚的中外史籍中，听到蒙古族远征马蹄的遥远回声。远征，是古代蒙古族人从他们的血统和天性中选择的生存方式。成吉思汗征服欧亚大陆，是一场波澜壮阔的远征；青年首领渥巴锡为了避免灭族之灾，率领土尔扈特近十七万部众，在哥萨克骑兵和哈萨克、巴什基尔等游牧部落军队的围追堵截中一次次浴血突围，自遥远的伏尔加河流域万里东归，又何尝不是一次惊天地、泣鬼神的悲壮远征？

蒙古族人具有强烈的实现英雄壮举的天性。成吉思汗发动西征是为了征服别人，渥巴锡率部东归是为了逃避别人的征服，他们分别处在本民族生存状态的两个极端。但是，在青年首领渥巴锡看来，他虽然已经永远不可能再像他的先祖成吉思汗一样，去攻城略地建立开拓疆域的历史功勋，但率领土尔扈特部落万里东归，同样是一种英雄壮举，因为只有蒙古族人才具备举族大迁徙的非凡胆魄和能力。对渥巴锡本人来说，只有率部万里东归，才能向他的敌人展现蒙古民族永不屈服的英雄性格，他自己也只有到万里东归的厮杀中去实现精神上的超越了。

古代蒙古族的远征史诗，从成吉思汗在肯特山麓挥鞭扬蹄奏响第一个音符开始，驰骋纵横，所向披靡，之后，它时而激越，时而低回，越过了五个多世纪的苍茫时空，最终，由渥巴锡将一个悲壮句号画在了天山深处……

三

天山是神秘的。

白雪皑皑的天山群峰，峰顶终年飘动着神秘的云翳，似乎永远在诉说着风起云涌的历史往事。寒冷的天山美丽而苍凉，苍凉而雄奇。

西蒙古的历史往事，更增添了天山景色的冷峻和神秘。

几年前我第一次来新疆时，从乌鲁木齐去南疆的来回途中，都曾驱车经过天山。由于来回走的是两条不同路线，使我得以从不同方向、不同侧面将天山前前后后打量了一番。当时我曾以写实手法，在一首诗里记下了对天山的第一印象：

我从北麓走近你
你头上那皑皑白雪
如钻石在阳光下闪亮

山坡上的草地那么平坦，挺拔的雪松
每一棵都长得恰到好处
华贵首饰将你打扮出一身贵妇人气质
还有你腹地的牧场、羊群、溪流
我从南麓向你远眺，你却成了威武男性
长久守望着戈壁荒原
头发都熬白了，还那么兢兢业业
天可以老，地可以荒，作为一座山
你硬是不肯擅离岗位
——你就从未想过要到各地去走一走吗？

当时记下的这些句子都是“眼见为实”的景象，写实主义中稍微带了一点点浪漫主义。“还有你腹地的牧场、羊群、溪流”这一句却是虚写，是另外“贴”上去的。因为当时只听说天山腹地的尤勒都斯草原景色优美，特别是巴音布鲁克天鹅自然保护区景色更加迷人，但我没有来得及进入天山腹地去。

今年暮春时节，我又一次来到新疆，如愿以偿，去了一趟天山深处的尤勒都斯草原，并且到了巴音布鲁克天鹅自然保护区。

尤勒都斯草原，就是渥巴锡和他的直系土尔扈特南路四旗的安置地点。

这片仙境般藏在天山深处的高山牧场，多少带点神秘色彩，景色真是美极了。

四

陪同我们进天山的，是我刚结识的当地两位蒙古族朋友，一位是巴州的副州长包热，另一位是和静县县长阿拉西。尤勒都斯草原是和静县的地盘,包热是和静县的前任县长,他升任自治州副州长时,阿拉西接替了他的县长职务。我怕给他们增添麻烦,一再谢绝陪同。包热副州长说,夏季快到了,他们正要进山去检查一下转场情况。阿拉西县长则说:“这是我们县的地盘,为远方客人当个向导,这是蒙古族祖先传下的规矩。”

一路上,他们又向我讲起了土尔扈特部落的万里东归,讲起了他们心目中的历史英雄渥巴锡。

我又一次被青年首领渥巴锡的英雄壮举深深感动了。

包热和阿拉西两人真不愧是成吉思汗和渥巴锡的后代,体魄高大健壮。包热副州长是位年轻干部,还不到四十岁,肤色黧黑油亮,腰身粗壮得有些吓人,我冒昧地问了一句:“多重?”他一笑:“也就一百多公斤吧。”自打第一眼见到他起,我就在心里将他与渥巴锡联系了起来,竭力从他身上寻找渥巴锡的影子。我断定青年首领渥巴锡的体魄定是好生了得,绝对不会比眼前这位包热逊色。我暗想,渥巴锡如若没有像包热这等体魄,谈何万里东归!阿拉西县长虽然不胖,肤色也相对白净,但高大挺拔,即使坐下来也显得比别人站着还高似的。他的话不多,总在静静地观察着周围的一切,总在等待着包热表态说话。他使我联想到渥巴锡东归途中的得力干将策伯克多尔济。包热的随行人员中有一位戴着墨镜跑前跑后的蒙古族人,他一路上只与包热说蒙古语,轻易不与旁人搭话。此人又使我联想起了渥巴锡智囊团中的大喇嘛洛桑丹增,他在东归途中不断地运用他的智谋向渥巴锡提出重要建议。包热的另一名随员是位汉族干部,姓杨,很活跃,不断地主动向我介绍这介绍那。他像渥巴锡身边的哪一位呢?权将他比作达什敦杜克吧!我知道,这样的比附很不合适,它只是我的联想罢了。渥巴锡策划和指挥万里东归的领导核心,连他自己在内,自始至终只有六个人。

公元1770年秋天，渥巴锡从俄国同土耳其作战的高加索前线回来后，在一个夜色深沉的晚上，在伏尔加河东岸一片叫作维特梁卡的白桦林子里，召集策伯克多尔济、舍楞、巴木巴尔、达什敦杜克和大喇嘛洛桑丹增，召开了一次决定土尔扈特部落命运的秘密会议，做出了举族东归的重大决策。会后，紧张而秘密地开始了万里东归的各种准备……

五

我们的车子一路向北，顺着盘山路不断升高。过了巴仑台，也就开始进入天山腹地了。车子在一条峡谷里走了很长时间，驶上了第一个高山达坂，路旁有一座很大的敖包。敖包是牧区边界的标志，说明我们已开始进入天山牧区。包热决定在敖包附近停车，吃干粮。像我这样当了一辈子兵的人，行军途中停下来吃干粮真是太平常的事了。但这次吃干粮，却使我获得了一种全新的感受。包热让人将两纸箱干粮从车上搬下来，打开分发。我一看，愣了。纸箱里装的不是饼，不是馍，满满一纸箱拳头大小的干羊肉块；另一纸箱是黄瓜和西红柿，既当菜，又当水。

"吃吧！"

包热吃得好香。阿拉西吃得好香。那位戴墨镜的蒙古族同胞吃得好香。应该说，我也吃得好香。这才是正宗的原汁原味的蒙古族手扒羊肉，啃着嚼着，那香！我知道，若能将拳头大小的一两块喷香的干羊肉啃下去，赶一天长路再不吃东西绝对顶得住。但我更知道我的胃绝对消化不了它，我无论多么嘴馋也不敢多吃。这就显出吃肉民族和吃粮民族的差别来了。吃肉食的和吃粮食的，在野外条件下的适应能力、生存能力、行动能力，从食欲上就区分出强弱来了。游牧民族从肉食中摄取的能量，远胜于农耕民族从大米面粉中摄取的能量。因此,在冷兵器时代,成吉思汗统率的蒙古军具有万里远征的超强战斗力,仅从食物结构这一点来看,也是毫不奇怪的。

当年渥巴锡率部万里东归的准备工作之一,就是发动全部落宰杀掉老弱牲畜,统统晾制成干肉,为万里东归备好途中耐饥之食。试想,如果十几万人每顿都要停下来蒸馍煮饭,喝汤喝水,他们在前有哈萨克人和巴什基尔人拦截、后有哥萨克骑兵追击的险恶情况下,在冰天雪地、盐碱沼泽、戈壁大漠、伤残老弱、疾病瘟疫、驱牛赶羊的万般艰难中,怎么能走得完万里东归路啊!

包热看看大家手中的羊肉啃得差不多了,他站起来,打开了一瓶烈酒,开始围着敖包洒酒、转圈。阿拉西等人全都自动跟了上去,围着敖包转了起来。敖包是由一堆大大小小的石块堆成的,石堆上插了许多树枝,树枝上拴了不少红的、绿的、花的布条,在料峭的高山冷风中飘扬。尊重少数民族的风俗习惯,是军人应有的常识和修养,我也跟在他们后面围着敖包转了一圈。敖包边上有路人贡献的罐头、酒瓶、食物,有一根羊鞭插在路旁的草地里,附近堆放着几个汽车轮胎。每一位进出这片高山牧场的牧民路过这里,都要在敖包近旁歇脚,围着敖包转圈、洒酒、祈祷、拴布条,寄托他们的情思。它是宗教,又不是宗教,但它绝对是蒙古族牧民一种虔诚的精神活动。他们神情肃穆地围着敖包慢慢走动,用一种只在唇间轻轻滚动的含混的语言念念有词,表达着他们对祖先的缅怀,对山神的祭祀,对上苍的祷告,对鬼神的敬畏。他们围着敖包祈求神灵保佑羊群、消灾避难、祛除疾病。敖包相会的年轻牧民,当然首先要为爱情祝福。

总而言之,它是一种能使人获得强烈感受,却无法说清具体内容的礼仪习俗。

这是从他们的祖先那儿一代一代传下来的。蒙古族牧民离开牧区远行，或从远方回到牧区，都要在牧区的边界处围着敖包做一次心灵的倾诉，接受一次精神的洗礼。他们要从中获得某种心灵感应，以便在精神上同他们的祖先永远保持血脉相连。

我发现，包热副州长围着敖包转圈时非常投入。一瞬间，他身上的领导干部气质暂时隐去了，他与我说笑时的那种随意和洒脱不见了。只见他神色凝重，对祖先传下的礼仪习俗表现得无比虔诚。他的神情中甚至有一缕不易察觉的哀思隐隐升起，如低沉的马头琴声传达的那种神情，隐隐哀思中有一丝坚毅挂上他的嘴角。这时的包热，是一位纯粹的蒙古族牧民之子。此刻从他身上透出的那种蒙古族人的内在气质，是他从娘肚子里带出来的，是从他骨子里自然流露出来的，无法强装，也无法掩饰。我猜想，在他围着敖包转圈的瞬间，他肯定想到了他的游牧祖先，想到了土尔扈特部落首领渥巴锡，想到了一代天骄成吉思汗。他当然更会明白无误地想到，自己是蒙古族牧民之子。

种族、血统、祖先，这些字眼的力量是强大的。

六

五月的新疆，山下的气温已很暖和了。军营里栽种的“馍头柳”已是一团一团的浓绿。荒滩上的一丛丛马兰草，叶丛中都已开出了蓝莹莹的小花朵。路过焉耆湿地，芦苇已经绿得望不到尽头了。

但是，我们的车子越往天山深处去、越往天山高处去，则越来越寒冷。天气时阴时晴，一小会儿一小会儿的阳光显得很零碎。时令好像在急速倒退似的，山腰处的草场仍是一片枯黄，像一头冻僵的老牛卧在那里，仍未苏醒。车子终于开上雪线，顺着一处山背转过去，一条山溪突然横在眼前，我们一下子扑进了一片冰雪世界。山溪两岸立着两道高达五六米的雪墙，湍急的水流从两道雪墙中间夺路而去。覆盖在山溪上的厚厚的冰雪是被流水冲开的，说明溪水已经暖了，这是春天的力量，春天来了。山的背阴处、山坡的低洼处，全是大堆大堆从剖面看上去厚达四五米的积雪。每一堆积雪的边缘都在融化，雪水将山坡上的泥土滋润得发黑，有的地方顺着路面往下淌水，被过往车辆压成烂泥浆。随行的小伙子们大多来自内地，在五月天突然见到这么多冰雪，“哇”的一声全都激动了起来，纷纷跳下车去照相、抓雪，奔到桥下将手伸进溪水中去体验雪水的温度和感觉。在溪边厚厚的雪堆旁，我发现有两片嫩叶和一朵美丽的小黄花从雪堆下顽强地探出头来，旁边又拱出一支肥嫩的不知是什么植物的胚芽，芽尖殷红，天山的草芽也带胎血吗？

包热看我们见了冰雪如痴如醉，他笑着大喊：“走啦，还得赶路哇。这点冰雪算什么，前面还有好多好多哇！”

大家上车，继续往天山深处进发。

一路上我在想，渥巴锡的东归，以及他先祖的西迁，尽管行动方向相反，但导致这两次大迁徙的根本原因，在许多方面几乎是相同的。其中交织着的几个重要因素是：牧地、祖先、宗教、战争。

七

牧地，是游牧民族赖以生息繁衍的命脉根基。

蒙古族牧民为什么都将敖包堆砌在牧区边界的进出要道旁？因为他们要向路人表明，牧区的边界是神圣的。牧区不仅是他们的生存空间，更是他们神圣的精神家园。他们必须用明确的标志物来标明它、崇敬它，拒绝外人亵渎它、侵犯它。

牧地又总是和祖先们的足迹紧紧地联系在一起，因而有时祖先的影响力是无法抗拒的。

土尔扈特万里东归之前，已在伏尔加河流域定居了一个半世纪(1628—1770)。人们不禁要问，既然后来要九死一生万里东归，早年又为何要远走他乡万里西迁呢？

是啊，先得问一声：土尔扈特部落早年为何西迁？

答案无非两条：一是在西域原来的游牧地发生了生存危机；二是伏尔加河流域是蒙古族祖先曾经到达过的地方。总之，西迁与寻找新的牧地有关，而下决心到遥远的伏尔加河流域去寻找新的牧地，又是受了蒙古族祖先的影响。

在事关部落生死存亡的抉择关头，特别是在难以做出恰当选择，甚至无可选择的危难关头，踏着祖先的足迹走，到祖先曾经到达过的牧地去，这是游牧部落的一条最高准则。土尔扈特的西迁与东归，都与这条冥冥中的最高准则有关。

明末，努尔哈赤的后金政权兼并了东蒙古(鞑靼)漠南十六部四十九领主。皇太极在关外即皇帝位后，改国号为清，东蒙古漠南各部也就归顺了清朝。而当时的西蒙古，却处在内外双重矛盾的交织之中。在外部关系上，因卫拉特四部人畜繁衍，急欲向外扩大牧地、发展贸易。但由于遭到东蒙古的阻隔，西蒙古与中原地区的交往与贸易几近断绝。欲转向中亚西亚和钦察草原谋求出路，又遇到哈萨克等部封建领主的合力排挤。在内部关系上，西蒙古卫拉特四部之间为争夺盟主地位，争战不断。准噶尔部取代了原盟主和硕特部的地位后，其他三部遭其欺凌，苦不堪言，导致更严重的内乱。土尔扈特部落是西蒙古卫拉特四部中最弱山的部落，受准噶尔部落欺凌尤甚。

内忧外患，土尔扈特部落的生存与发展日益艰难。首领和鄂尔勒克为了避免与准噶尔部发生更大的军事冲突，以保护部落的生存与发展，于明崇祯元年(1628年)，毅然率领土尔扈特全部，并联合和硕特、杜尔伯特各一部分，共计五万余帐，向西迁徙。历尽千辛万苦，长途跋涉，两三年后陆续到达伏尔加河流域下游地区，在各支流沿岸驻扎了下来。

土尔扈特部落终于找到了新的牧地。

他们希望从此能在这里过上和平宁静的游牧生活。

八

伏尔加河流域下游的这片广阔牧地，是蒙古族祖先曾经到达过的地方。它是十三世纪蒙古大帝国所辖四大汗国之一的钦察汗国所在地。

关于这片遥远的牧地，《蒙古族简史》等史籍中有如下记载：

钦察汗国，初为成吉思汗长子术赤的封地，领有今额尔齐斯河以西，咸海、里海以北地区。十三世纪三十年代后，成吉思汗的孙子辈崛起，他们决心继承祖父和父辈们的伟业，再度西征。公元1235年，以术赤嫡长子拔都（成吉思汗长孙）为统帅，以老将速不台为先锋，率领察合台长孙不里、窝阔台长子贵由、拖雷长子蒙哥等发动了新一轮西征，并命万户以下各级那颜皆遣长子从征，史称"长子西征"。其中拔都、速不台主力打败了斡罗思钦察联军，将原封地扩大至东起额尔齐斯河、西至多瑙河、南起高加索山、北括斡罗思的广大地域。公元1243年，"长子西征"还师后，拔都留驻封地未回，在伏尔加河下游建都萨莱城。他将咸海东北之地分给其兄斡鲁朵，称白帐汗；将咸海以北之地分给其弟昔班，称蓝帐汗；拔都本部称金帐汗，并统领三帐，故又称金帐汗国、钦察汗国。元朝时，钦察汗国接受元朝皇帝的册封和岁赐，属元朝宗藩，有驿路直达元大都。十四世纪末，势力渐衰。十五世纪分裂为克里木、喀山、阿斯特拉罕、西伯利亚等汗国。十五世纪末，被莫斯科公国击溃，遂灭亡。

钦察汗国虽然灭亡了，但祖先的英灵是不灭的，它永远在冥冥中昭示或暗示着后辈子孙们的行动。沿着祖先的足迹走，到祖先曾到达过的地方去，这就是和鄂尔勒克的结论，这就是土尔扈特部众的决心。

作为土尔扈特部落的首领，和鄂尔勒克率部向西大迁徙，绝不是他心血来潮的轻率举动，而是经过深思熟虑、长期准备后做出的决策。由于土尔扈特部落遭受准噶尔部落欺凌最多，在西域原牧地的生存环境不断恶化，他一直在苦苦思索着本部落的出路。他早就派出忠实可靠人员，到里海沿岸和伏尔加河流域下游做了实地调查，为西迁做了十年准备。经实地调查发现，伏尔加河下游这片一望无际的大草原，自从钦察汗国灭亡后，成了诺盖人的牧地。后来诺盖人也迁徙走了，这里成了荒无人烟的未曾开发的无主的“瓯脱地”。当时沙俄尚未控制这一地区。实地调查的情况使和鄂尔勒克激动不已，这是神的恩赐，也可以说是祖先留下的遗产。他举杯对天，放声长呼：“上苍啊！”他将一碗烈酒泼向大地，伏地跪下，亲吻着脚下的泥土，默念着祖先的名字，久跪不起。举族西迁的决心就这样定了。和鄂尔勒克的决策明显地得到了祖先的暗示，这就是种族祖先的影响力。

和鄂尔勒克将自己的牙帐建立在伏尔加河支流阿冈赫巴河畔，“置鄂托克，设桑宰”，在原钦察汗国的地域内，开始了创立土尔扈特汗国的艰辛历程。

沙俄把这片草原称作卡尔梅克草原，把土尔扈特人叫作卡尔梅克人。

九

“寻根”这个词，好像最先是由殖民者贩卖到新大陆去的非洲黑奴后裔们创造出来的。这个词饱含着人类历史演进过程中的辛酸成分。

当我翻阅土尔扈特部落西迁的资料时，深深感触到了“寻根”一词的情感内涵。

由于远走他乡是出于被迫，出于无奈，西迁后的和鄂尔勒克，内心从此充塞着排解不去的漂泊感。

故土难离，故土难离啊！

所谓思乡情结，所谓寻根情结，其实是在跨出家门的第一瞬间就结下了的。它随着时日的推移越结越深，愈加难以消弭。

和鄂尔勒克一再告诉子孙和族人们说，蒙古人永远是蒙古人，土尔扈特部落走遍天涯，也永远是卫拉特蒙古的一部分。土尔扈特部落根在东方，根在中国。

好比亲兄弟之间，在一起相处时打得头破血流，背井离乡之后却思念得不行。纵然卫拉特内部、蒙古族内部曾充满着争战、倾轧与残杀，但土尔扈特却永远不愿割断与西蒙古卫拉特部的血脉联系，永远不愿割断与整个蒙古族的血脉联系，因为他们永远属于同一个种族。

土尔扈特人的思乡情结，有两件事最能说明问题。

第一件事，和鄂尔勒克携子赶回塔尔巴哈台（今新疆塔城）会盟。

明崇祯十三年（1640年）秋，由准噶尔部首领巴图尔珲台吉和喀尔喀部扎萨克图汗共同倡议，卫拉特蒙古和喀尔喀蒙古各部共二十六位首领，会盟于塔尔巴哈台，这是蒙古各部共同的盛会。为了不失去作为蒙古族子孙的资格，和鄂尔勒克带着儿子书库尔岱青，自伏尔加河下游牧地不远万里赶回来参加会盟。这次广泛结盟的直接成果，就是制订了著名的《蒙古卫拉特法典》。参加这次会盟活动回去，远走他乡的和鄂尔勒克在精神上、心理上得到了一些安慰,使他觉得土尔扈特之根仍然深深地扎在蒙古族大家庭中。

在异域他乡创立汗国,谈何容易!土尔扈特汗国从初创之日起,就不断遭到沙俄支持或指使下的哥萨克人、诺盖人、日耳曼移民等轮番侵扰攻击。清顺治二年(1645年),和鄂尔勒克在忍无可忍的情况下,奋起反击沙俄指使下的阿斯特拉罕军队对土尔扈特牧民的恣意烧杀掳掠。和鄂尔勒克壮烈战死在阿斯特拉罕城下。

和鄂尔勒克,这位土尔扈特汗国的创始人,就这样在血泊中倒下了。

他的儿子书库尔岱青在万难中坚持了下来。

他的孙子朋楚克在万难中坚持了下来。

他的曾孙阿玉奇在万难中坚持了下来。

经过祖孙四代人的艰难创业,土尔扈特汗国总算在异乡客地艰难地站住了脚跟。

第二件事,阿玉奇盛情接待清朝图理琛使团。

阿玉奇继承土尔扈特汗国第四代汗位后,正是沙皇彼得一世在位期间。沙俄势力进一步向顿河、伏尔加河、雅伊克河流域的少数民族地区扩张。面对沙俄征服者的威胁,阿玉奇牢记曾祖和鄂尔勒克关于永远不能割断与祖国故乡联系的遗训,一方面与沙俄巧妙周旋,多次"宣誓"向沙皇表示"臣服",另一方面主动加强了与清政府的联系。清康熙四十八年(1709年),阿玉奇派出以萨穆坦为首的使团,绕道西伯利亚,历时两年有余,于康熙五十一年(1712年)春抵达北京。阿玉奇在带给康熙帝的奏文中,有几句话曾引起史学家们的格外注意:"所差之使,乃吾心腹小役,圣祖若有密旨,请赐口谕。"

从这段话的语气可以看出,土尔扈特汗国在沙俄土地上处境艰难,阿玉奇有心里话急于要同康熙皇帝讲。

看来,康熙对阿玉奇的心思完全领会了,他立即派出了历史上著名的图理琛使团对土尔扈特汗国进行回访。

所谓图理琛使团，其实使团首脑是太子侍读殷扎纳，图理琛是副手，共有随员三十二人。图理琛回国后写了一本《异域录》，刊行后被译成多种西方文字，广为流传，享誉中外，人们由此将这个使团称之为“图理琛使团”。

使团于康熙五十一年（1712年）6月23日从北京启程，也走了两年，于康熙五十三年（1714年）7月12日到达阿玉奇驻地玛奴托海。使团受到了阿玉奇的盛情款待。阿玉奇与使团讨论了一个很重要的问题：土尔扈特究竟与中国更亲近，还是与俄罗斯更亲近？阿玉奇自己的结论是：“满洲、蒙古，大率相类，想起初必系同类。”这明显是一句与清廷套近乎的话。阿玉奇还说，从衣帽服饰上看，蒙古人与中国（满洲）人也大体相同，而蒙古与俄罗斯则是“衣服、语言不同之国”，两者“难以相比”（图理琛《异域录·卷下》）。阿玉奇心向中国，溢于言表。

难怪后来有位名叫加斯东·加恩的法国学者说：“中国浪子土尔扈特人的归来之事，最初提出于1714年。”他认为，土尔扈特东归，早在康熙时代就提出来了，而且康熙很可能曾对阿玉奇有过“甘言许诺”。后来只是由于清朝发动征讨准噶尔的战争，此事才被拖延了下来。直到十八世纪中叶乾隆平定准噶尔后，土尔扈特人的东归愿望才得以实现，这时距最早提出这个问题已相隔近六十年了。

俄国人看出了土尔扈特人“身在俄邦心在汉”的思想倾向。他们在评论土尔扈特人的对俄政策时说，阿玉奇及其前辈“坚决地选择了口是心非的政策以对付俄国人”。

没有错，这正是一种“外来户”的心态和策略。阿玉奇和他的前辈们受尽了沙俄异邦势力的欺凌，他们既不愿背叛祖先，又要在异域顽强地立足生存下去，他们没有别的办法，只能这样。

十

阿玉奇去世后，土尔扈特汗国内部陷入了继承汗位的纷争，内部动乱长达四十年之久。这对立国历史很短，又是在异乡客地立足的土尔扈特汗国来说是致命的。

土尔扈特汗国渐趋衰落了。

渥巴锡在这样的背景下继承了汗位。渥巴锡是阿玉奇的曾孙，于清乾隆二十六年（1761年）1月继承了土尔扈特汗位，有的书上说他继位时十七岁，有的书上说是十九岁。

青年渥巴锡面临的形势更加险恶了。叶卡捷琳娜女皇的残暴，比彼得一世有过之而无不及。她对土尔扈特汗国实施压服、控制、削弱、监视，直至“暗行消灭”等一系列高压政策和险恶计谋。她限制渥巴锡的汗王权力，指派一名俄国军官参加汗王权力执行机构扎尔固，操纵土尔扈特汗国内部事务。她将大批顿河哥萨克移民迁徙到土尔扈特汗国的传统牧区内，“使卡尔梅克的土地逐渐缩小”，“加剧了卡尔梅克居民生活条件的恶化”，导致土尔扈特与哥萨克频频发生冲突，从此失去安宁。

青年渥巴锡面临着同先祖和鄂尔勒克同样的挑战，在伏尔加河流域立足发生了严重危机。他做出了在本质上同和鄂尔勒克同样的抉择：回到祖先游牧过的地方去！

和鄂尔勒克的西迁是漂泊，渥巴锡的东归是回归。但他们都是遵循那条最高准则在行事：回到祖先游牧过的地方去。

十一

我们的车子一直在沿着一条山谷向西，继续往天山深处走，越走越高，越走越冷。左边的山坡背阴，冰雪越来越多。右边的山坡向阳，化雪后的高山草原裸露出陌生的原始景象，一路上给人一种正在“回到古代去”的感觉。

对于冰雪，北方的草原牧民要比我们熟悉得多。他们每年差不多有小半年要在冰雪中度过，一生中差不多有小半生要在冰雪中度过。虽然过于寒冷的暴风雪会给牧民们造成灾害，但牧民们却并不怎么喜欢暖冬。包热说，渥巴锡率部东归的那一年，就赶上了一个不吉利的暖冬，伏尔加河竟没有完全封冻，西岸还有一万一千多户土尔扈特人无法从冰面上过河，没有赶上东归队伍。虽然在渥巴锡率领的东归队伍回到伊犁后的第二年春天，这些人当中又有一小部分陆续回到了新疆，但他们绝大部分已永远留在了伏尔加河流域。

包热告诉我，留在伏尔加河流域的土尔扈特人，现在同他们巴音郭楞蒙古自治州取得了联系，与内蒙古自治区也有联系。中国这边有蒙古族的重大庆典活动，他们也派代表来参加。

这再次说明，时间和空间都难以割断同一个种族间的情感纽带。

十二

著名的巩乃斯沟到了。

车子翻越过一道山脊线后，不断地拐弯下坡、拐弯下坡，气温逐渐升高，周围的积雪渐渐减少，终于不见。路旁星星点点的绿意渐渐多了起来。车子在连续下坡中又拐过一道弯去。

“哇！”

在大家毫无精神准备的情况下，满目新绿突然涌到眼前。悠闲吃草的牛羊们都抬起头来看车，几头小牛犊见了汽车四处狂奔。

一直在头里带路的包热，这时已在路旁停稳了车子，笑盈盈地

下车走了过来,不无骄傲地问我:

“怎么样,漂亮吧?”

“没得说!”

好漂亮的草地,好漂亮的牧场。

我和大家一样很兴奋。阿拉西也笑着走了过来,我拉着他以草场、牛羊为背景一起合影。照完相,我急急地走向草地。除了“新绿”这个字眼,我找不到比它更合适的词汇来形容这片草地的迷人色彩。颜色是需要互相衬托的,嫩绿的草地里开着的一朵朵小黄花,像蓝天上缀满了小星星,这些小黄花把遍地草色点缀得更加油绿,绿得人都醉了。

巩乃斯沟的牧民兄弟也真够奢侈,这么娇美的草地,也舍得让牛羊们随意去踩、随意去啃,一点不心疼。

包热和阿拉西向我介绍说,再过些时候来,比现在还要漂亮。阿拉西在一旁用手比画着说:“满山满坡的花哟,草有这么深。哎哟,巩乃斯沟,花的世界嘛!”他的话特有感染力。

新疆普通话的特点,是将每句话头两个音节的间隔拉得很长,后面的音节一嘟噜吐出,毫无间隔。前面是单发,后面是点射,听起来有一种特殊的韵味。

十三

包热说,每年最好的季节,巩乃斯沟的景色到底多么美,谁也无法说清楚,只有到实地来亲眼看一看才知道。

“那一年,”他接着说,“班禅大师在世的时候,比现在再晚个把月吧,他到新疆来了。他要去伊犁,从这里路过。出发前,他说在巩乃斯沟稍作停留,吃一顿饭就走。他来到沟里一看,哎哟,遍地的花哟。他不走了,他住下了,他一住住了好几天。”

想想吧，美丽的巩乃斯沟，景色多迷人！

我曾在南部边疆见过“十里不同天，一山分四季”的亚热带垂直分布气候，没有想到天山腹地也有类似景象。高山顶上白雪皑皑，山脚下绿草茵茵，繁花似锦。

蒙古族人历来信奉藏传佛教，班禅是藏传佛教的两大活佛之一。巩乃斯沟的美丽景色令班禅大师倾倒，而班禅大师本人则是蒙古族同胞的精神偶像。对于巴音郭楞蒙古自治州来说，能在自己的辖区内接待班禅大活佛，已是很大的光荣了，班禅大活佛如此留恋巩乃斯沟的美妙景色，在此一住几天，当然更使巴州的土尔扈特蒙古族人感到莫大荣耀。

这使我想到另一个问题，在当年促使土尔扈特部落东归的诸因素当中，绝对不能忽略了宗教的因素。在渥巴锡率领土尔扈特万里东归的六人领导集团中，就有一位引人注目的大喇嘛洛桑丹增。此人在土尔扈特汗国权力机构中占有重要地位，是扎尔固八成员之一。喇嘛教在土尔扈特人心目中是至高无上的。

游牧部落漂泊不定、无着无落的生存方式，决定了他们需要追求一种比较稳定的精神寄托。因此，在牧民中更容易培养宗教感情，牧人更容易对宗教的神秘色彩着迷，更容易对宗教表现出亲近和认同。藏传佛教在蒙古族当中广泛传播，这是毫不奇怪的。

史载：蒙古族民间早先多数信奉萨满教。元代，藏传佛教（喇嘛教红帽派，简称红教）首先被蒙古族上层接受。元末，红教日趋腐败。明初，青海藏族喇嘛宗喀巴发起宗教改革，创立喇嘛教格鲁派，改穿黄衣、戴黄帽，简称黄教。明代黄教在蒙古族地区广泛传播，有两位关键人物起了关键作用。一位是俺答汗，他是成吉思汗的十七世孙，明代东蒙古漠南土默特的万户首领，是位实力派人物。十六世纪后半期，在俺答汗的支持下，黄教自西藏经青海传入北方蒙古族地区。另一位关键人物是西藏黄教首领、哲蚌寺住持索南嘉措。俺答汗与他的关系极为密切。俺答汗为了迎接索南嘉措自西藏到北方蒙古族地区去传教,征得明朝同意,专门在青海建了一座仰华寺,以便中途落脚过渡。明万历六年(1578年)俺答汗和索南嘉措在仰华寺会面。索南嘉措为俺答汗举行了隆重的入教法会,蒙古受戒者达千人。法会上,俺答汗尊称索南嘉措为“圣识一切瓦齐尔达赖喇嘛”,“达赖喇嘛”称号由此起源。索南嘉措自称达赖三世,他的师父、师祖被追认为达赖二世、达赖一世。万历九年(1581年)俺答汗去世。索南嘉措于万历十三年(1585年)到达归化城(今呼和浩特),为俺答汗举行葬礼,并趁此在蒙古族地区传播黄教。索南嘉措为了使黄教在蒙古族中扎下根来,临终前留下遗言,说他自己死后将转世在俺答汗的家族中。于是,俺答汗的曾孙云丹嘉木措被寻为达赖转世灵童,成为四世达赖。实际上,这是西藏黄教上层与蒙古贵族上层以此特殊形式达成的一种政治结盟。通过四世达赖,将西藏的宗教权威与蒙古族的正统汗权结合为一体,从此黄教在蒙古族中的传播畅行无阻,在北方草原深深地扎下根来。

十四

土尔扈特在西迁伏尔加河流域之前,同蒙古各部一样,以黄教为最高信仰,并与西藏黄教上层建立了紧密联系。土尔扈特首领和鄂尔勒克在西迁之前,将自己的一个儿子送到西藏去当了喇嘛。

西迁伏尔加河流域后,因漂泊他乡而滋生的寻根情结使然,土尔扈特竭力维护并设法加强与祖国故乡的各种联系。他们的努力主要反映在三个方面:一是加强与卫拉特蒙古各部的联系;二是加强与清政府的联系;三是加强与西藏黄教的联系。明崇祯十三年(1640年),和鄂尔勒克带着儿子书库尔岱青赶回塔尔巴哈台参加会盟签署《蒙古卫拉特法典》,再次确认喇嘛教(黄教)为蒙古各部最高信仰。和鄂尔勒克将这条精神准则带回了伏尔加河流域，带回了土尔扈特人的精神生活之中。和鄂尔勒克于清顺治二年(1645年)战死在阿斯特拉罕城下，他的儿子书库尔岱青继承父位后，第二年就从伏尔加河流域不远万里回西藏来熬茶供佛、晋谒达赖喇嘛，以获得黄教神权对他继位的认可和支持。至第四代继承者阿玉奇执政后，更把取得黄教神权的支持视为土尔扈特汗国在异乡生存发展的根本条件之一。为此，他千方百计加强同西藏黄教上层的联系，清康熙二十九年(1690年)，达赖喇嘛赐给阿玉奇"汗"的称号，并给他送去了这一汗号的大印，从而使阿玉奇继承的汗号取得了"神授"的合法地位。

土尔扈特信奉的喇嘛教与沙俄的东正教之间，存在着不可调和的矛盾，冲突日趋尖锐。阿玉奇时期，沙俄就曾诱逼土尔扈特改信东正教，遭到了阿玉奇的坚决抵制。渥巴锡东归前夕，沙俄企图扶植已经改信了东正教的敦杜克夫家族，取代渥巴锡"重建土尔扈特部落政权"。所谓敦杜克夫家族，是原土尔扈特贵族敦罗布旺布的宠妃所生的两个儿子，他们长期生活在彼得堡，接受了东正教洗礼后改姓敦杜克夫。这是沙俄的"一箭双雕"之计，既用傀儡取代渥巴锡，又使土尔扈特人改变宗教信仰。沙俄的阴谋不仅激怒了以渥巴锡为首的土尔扈特上层，而且极大地伤害了全体土尔扈特人的宗教感情。

生存条件日益恶化，宗教信仰又受到严重威胁，在物质和精神双重危机的挤压下，怎能不促使渥巴锡和全体土尔扈特人下定决心万里东归呢！

十五

一个民族或一个部落的宗教信仰和宗教感情，是谁也不能漠视的问题。黄教信仰是土尔扈特人为之奋斗牺牲的精神追求之一。我第一次来新疆时去看的巴仑台那座黄庙建于清光绪十四年(1888年),这是渥巴锡东归一百多年以后的事了。但为什么凡是来此考察土尔扈特东归历史的人,都少不了要去看一看这座黄庙?因为巴仑台黄庙的建造与保护表明,土尔扈特东归以后的宗教信仰一直得到了较好尊重。

乾隆对这一点是看得很透彻的。他在《土尔扈特全部归顺记》中说:“俄罗斯又属别教,非黄教,故(渥巴锡)与合族台吉密谋,挈全部,投中国兴黄教之地,以息肩焉。”

正因为宗教对土尔扈特人有着如此巨大的影响力,当时乾隆和清廷在处理相关问题时,又做出了一些很微妙的安排。这一点突出地反映在对大喇嘛洛桑丹增的安置上。开始,被派到伊犁去迎接这支东归队伍的清廷官员,对洛桑丹增并未引起太大重视。随后,乾隆了解到洛桑丹增在回归过程中的功绩后,大概一时感动,特准他随渥巴锡一同前往承德避暑山庄觐见。但当他们前来觐见后,乾隆显然和近臣们仔细分析了一个重要问题:土尔扈特回归后,将会完全听命于清廷呢,还是将受到西藏黄教上层的严密控制?乾隆和清廷显然是出于今后更好地控制土尔扈特的考虑,在宴请渥巴锡等人的宴会即将开始的最后一刻,临时通知洛桑丹增“不必赴宴”,让他到皇家寺院内去诵经。此举的目的,显然是为了有意将他排除在土尔扈特领袖人物之外,示意他远离政治为好。

渥巴锡一行返回新疆时,洛桑丹增再没有随同回去,而是被准许随人去了北京,遁归佛门,从此专心念佛去了。

十六

我不时被巩乃斯沟的美丽风光所吸引,走走停停,一次次下车，用傻瓜照相机将沿途景色一幅幅拍摄下来，带走。

公路右侧的山脚下有一条浅浅的湍急的小河，是巩乃斯河的源头。水是从雪山上奔流下来的，水质纯净得让人真想舀一桶带回家去。水流在卵石上跳起一朵朵雪白的浪花，像是迎面奔来的一只只羔羊。水流的平缓处，碧蓝的天空将河水映照成蓝宝石颜色。阳光很好，白云被浸在水里。河水在一处浅滩前很优美地一拐，向下游疾走，卷出一串串旋涡。

对岸伸向河心的浅滩上，几棵青松很有风度地凑在一起，像是来到水边聚会的几位绅士。其中有一棵老松将身子倾向水面，将倒未倒，摆出一副倚老卖老的样子。另外几棵毕恭毕敬地站在它周围，似乎公认它是它们当中的权威。看来，它们对是否集体过河一事始终统一不了思想，决心难下，在此犹豫。

艺术中大概天生需要包含一些犹豫的成分，比如这棵老松就这么歪成将倒未倒的姿势，这几棵青松站立的位置眼看就要跨过河去却偏偏不过，如此等等。在艺术领域里，有些东西表达得太明确、太到位，反倒不成其为艺术了。

但在军事领域，情况就完全不同了，有时一个决心下来，可能存在某些考虑不周的缺陷，但它绝对必须表达得明确而坚定。一个虽有某些不周但在总体把握上果断正确的决心，对于某次大行动、某个大战役的成功或胜利，它的作用绝对是第一位的。有时等你把一切都考虑得周全又周全，你的决心反倒可能在种种顾虑中动摇了，或者时机已经丧失，黄花菜都凉了。

我忽然想起了青年首领渥巴锡，想起了他在伏尔加河东岸的维特梁卡树林里召开的那次秘密会议。渥巴锡尽管年轻，但他具有成大事者的气质，关键时刻敢下大决心、死决心。对他来说，那次秘密会议是具有决定性意义的。会议很好地统一了部落核心的思想，参加秘密决策的六个人一致同意东归。如果当年的渥巴锡也像这棵老松似的，已到了垂暮年龄，或者他身边的五个人也像这几棵青松，徒有高雅风度，到了水边还不敢痛下过河的决心，那么，西蒙古历史上就永远不会发生土尔扈特万里东归的悲壮故事，也就不可能产生渥巴锡这位西蒙古最后的历史英雄。

在公路的拐弯处，小河旁出现几间圆木垒成的小屋。河滩里走着一匹孤骑，骑者脸很黑，眼睛很白，从马背上扭过头来看我们。这是我在天山深处见到的第一位土尔扈特蒙古人。我怎么看怎么觉得他好像刚刚从遥远的伏尔加河流域万里归来，尚未下马。

路的左侧，背阴的山坡上都是碧森森的林木，一棵棵高山松都像训练有素又很守纪律的士兵，全都站得笔直。树木们依山就势，高低错落，站出了非凡气势。我们被告知，已进入了巩乃斯林场的范围。我注意到，林木间哪怕只有一小片空地，一个个土窝里都有人工栽种的小小的松树苗儿，收拾得相当精细。

公路与小河之间，长满嫩草的滩地像一条缎带，一直向山里铺展进去。草是少见的嫩，少见的青。牛羊们在草滩里摇着尾巴随意走动，偶尔才低下头去啃上一口，显得漫不经心，逍遥自在。

十七

包热在巩乃斯林场场部下车，有工作要处理。天色还早，他让阿拉西带我们继续向西，拐进巩乃斯沟的一条分岔山沟，名叫阿尔先沟，说是里面有上好的温泉，去洗个温泉澡，讲好晚上回到林场场部吃晚饭。

阿尔先沟是一条比较宽阔的山谷。山谷左侧有一条土路可通汽车。山谷中央是平缓的草地，有一条细流像蛇一样扭着身子从草地里游过，空气很湿润。草地上的牛比羊多。对面沿着山脚一线的丛莽尚未完全长出叶子，但这些灌木丛的梢尖上已笼罩着一层淡淡的绿雾。从山脚往上,山的褶皱处都是一片片笔挺的松树。山上凡是没有长树的地方,全都长满了青青芳草。这里没有秃山。越往里走,沟两边的山越来越高、越来越陡,山谷越来越窄,阳光辐射也越来越强。无处退让的阳光都被挤进车里来了,暖烘烘的,诱人瞌睡。

"看!"

我被一声惊叫唤醒,看见一只活物蹿上山坡,钻进洞里,一身黑毛贼亮。我叫不出它的名字,过去从未见过。只见它一滚一滚的肥胖得不行,好像没有长腿似的。快到跟前时,它紧贴着地皮一蹿,就进了那洞里。然后又掉转屁股从里面冲出来,将小脸缩在洞口,转动着两只乌溜溜的小眼珠子打量着我们。有人说它是獭,有人说它是獾,有人说它是貂。话音未落,又见一只。有人断定它们是一对恋人或夫妻,有人表示同意,有人偏要追问:"何以见得?"这倒好,被这小动物搅和得瞌睡全无。

山坡上还立着不少去年的枯草,草很深。空地上,今年的新草都已在暖烘烘的阳光下拱出地表,多数是我不知其名的阔叶草。肥厚鲜嫩的草叶在松软的泥土里刚刚露头,样子煞是可爱。极像一群戴着头盔、举着盾牌、挺着长矛的古典舞蹈演员,脸上描红涂绿,正在灯光和音乐的调动下慢慢挺立起来,准备演出一场大刀阔斧的战争舞剧。我想象着这些阔叶在夏季狂风急雨中的狂舞场面。

阿尔先温泉在一座高山脚下,它的奇特之处在于山顶上积着皑皑白雪,山脚下流出的温泉却热气腾腾。泉眼旁的一块山岩上,用强烈的色彩、粗犷的线条,画着一幅藏族风格的宗教人物,画前供有香火。温泉也被宗教化、神圣化了。于是,冒着热气的泉水被赋予了神的灵验,被赋予了并不全都灵验的太多的功能。据说阿尔先温泉在这一带很出名,下面建有一排小木板房,是供外地来治病的人洗澡用的。我们被领到最上面的泉眼出口处,山坡上修有一排简陋的水泥池子，但连个换衣服的小棚子都没有，彻底暴露在光天化日之下，不知道这样是否会亵渎“神灵”？好在季节尚早，空谷尚无足音，除了我们几位纯粹的男人，没有异性游人。

我躺在热气腾腾的水泥池子里，望着山顶上的皑皑白雪，冷的意念和热的感觉在意识中打起架来。我来不及从哲学高度对冷与热的辩证关系作周密思考，急于用主观意志将两者统一于亲身体验。我想起来了，有一次去东北，翻过大兴安岭到了一座小小的边城阿尔山，也是蒙古族牧民聚居地区，在那里也洗过一次温泉澡，不过那次是在雾气腾腾的屋子里洗的。那里的温泉群叫哈伦阿尔，是沸腾的神泉的意思。这里有阿尔先沟，那里有阿尔山。这里是古代的西蒙古，那里是古代的东蒙古。两地的蒙古族牧民信仰同样的宗教，都有同样的温泉崇拜。

我泡在热水里，望见雪峰顶上有些风起云涌的征候，便第一个出水穿衣，提醒大伙儿也都快些，该返回了。

十八

洗过温泉澡，驱走了窝在车里颠簸一路的疲乏，身上轻松得真想下车跑步前进。

一霎时，黑云涌满了山谷，车顶上骤然爆发一阵脆响，惊心动魄。铺天盖地的冰雹砸了下来。

好像千军万马踩着冰面在飞奔，白光银屑在山谷里四处飞溅，地面很快堆起雪白的一层。大珠小珠落玉盘，全是上好的珍珠。接着是雨，冰冷的、哗哗的急雨。银白的长长的雨脚从空中斜插下来，万箭齐发，瞄准地面的每一粒珍珠在怒射。地面很快起水，侧面山坡上一条条的小水流汩汩地就下来了。

凭我的军事常识和经验，在高山峡谷中遇到大雨急雨，这就成了兵书上所说的围地、死地，绝不可久留，必须赶快撤出去，越快越好。几辆车子在冰雹急雨中颠簸起伏，车身已被溅得全是泥水，行驶得十分艰难。

架在一条山涧上的一座木板桥，刚才进来时就发现它曾被山洪冲击过，有损坏，车子是小心翼翼地开过来的。但进来时天上有很旺的太阳照着，过桥时虽然有点险，心情却是坦然的。此刻在大雨中要过这座险桥，心情就有些不同了。车子一昂头开上桥去，我一眼就看到了桥面中央那个掉了两块木板的大洞，我怕司机紧张，嘴上对他说慢点，心里却希望他快点，怕山洪恰好就在这时冲下山来。

车子好不容易开过险桥，在泥水里一路挣扎。

我想起了渥巴锡率领的东归队伍在雨雪中艰难跋涉的场面。一本名叫《横跨欧亚大回归》的书中，有如下描写：

> 土尔扈特人刚刚摆脱了俄国和哥萨克追兵，山上还覆盖着厚厚的积雪，山下水雪混杂的泥地上，已布满了盲目流淌的溪流，像无数个无形而又互相连通的泉眼。早春的融雪和泥泞，使土尔扈特人的迁徙变得越来越困难。车上携带的干草已经吃光，大群大群的牲畜边走边在雪中刨吃枯草，队形散漫，行动迟缓。不断有牲畜倒毙或掉进雪坑。战士们经常要吃力地把大车从雪坑中拉出来。每天夜里都有人冻毙在路旁，狼群闪着绿幽幽的眼睛在周围游动。次日，车辆和牲畜绕过留在雪地上的人和牲畜的尸体，又在雪野上向前慢慢移动，饥饿，疲乏……

十九

我们的车子终于开到了比较宽阔的地带。冰雹停了，雨还在下。沟里的牛羊们都停止了吃草，立在冷雨里不动。它们知道跑也无用，没有地方可供它们躲雨，站着不动是没有办法的最好办法。每一头母牛旁都跟着一头牛犊，紧贴着母牛的肚子在冷雨中苦挨。

快到阿尔先沟出口处的时候，雨停了。说停就停，毫不拖泥带水。

夕阳出来了。

前边有人下车，用手指着天空大叫："啊，彩虹！彩虹！"

大家下车，看彩虹。沟东边山顶上方，水灰色的天幕上有两道彩虹，上下重叠，很艳丽。雨后青山苍翠欲滴，彩虹飞架，美极了。

雨停了，云走了，夕阳无限好，群山静悄悄。

西边的太阳快要落山了。

哦，云又来了……

谁都知道新疆干旱。像南疆的若羌、且末一带的年降水量仅十毫米左右。沙漠戈壁地区的年降水量更是稀少得远远赶不上蒸发量，艾丁湖、罗布泊就这样被烤干了。

天山腹地的特殊气候，与特殊的地形条件有关。天山山脉一般都在海拔三千米至五千米，群峰终年积雪，多冰川。天山腹地的巩乃斯沟和阿尔先沟周围都有终年积雪的高山，沟内地势低洼，空气暖湿。而高空不时有北方冷空气侵入，形成阴晴雨雪变幻莫测的气候特点。天山腹地许多谷地、盆地的气候特点大致如此。天山山区的年降水量可达六百毫米左右，是除了北疆阿尔泰之外雨水最丰沛的地区，凭此养育着一片片丰美的高山草场。

二十

第二天一早，我们从巩乃斯林场出发，一路向西，再迂回向南，去尤勒都斯草原。

我们一头扎进了巩乃斯林海。公路在很窄的山谷里蜿蜒迂回,巩乃斯河一会儿闪到公路左侧,一会儿又闪到公路右侧。两边山上的森林密密匝匝,每一块石头上都长满苔藓,每一条石缝里都伸出各种各样的绿叶,每一片叶尖上都挂着亮晶晶的水滴。路上不时遇到因山坡融雪滑下的一摊摊稀泥。

多年前,在老山前线,一位来自新疆的青年诗人曾告诉我说,内地的江河都向东流,新疆的伊犁河却向西流。他问我知道吗?我说不知道。岂但不知道,觉得不可想象,难以置信。而此刻,我亲眼看到路边的巩乃斯河真的在向西流去。它从这里出发,一直向西,汇入伊犁河。再向西流入哈萨克斯坦境内,注入巴尔喀什湖。

公路已向南拐弯,开始向上爬坡。我们正在驶出巩乃斯沟,要向南翻过一道道山梁,才能进入尤勒都斯草原。车子又爬升到了积雪的高度。巩乃斯沟已被我们甩到了左边山下。包热停下车,让我们下车看一看。我们脚下站立的这个大坂很像陕北的塬,高峻而平缓,给人以浑厚博大的感觉。这种感觉非常好。一览众山小。巩乃斯美丽而丰饶。当我向北回首巩乃斯沟的莽莽林海时,我心里涌起的也许是和渥巴锡当年告别伏尔加河时差不多的那种心情:我什么时候还能再来?

不知道。

当年踏上东归之路的渥巴锡在回首伏尔加河时,他肯定也在心里向自己发问过:什么时候还能再来?不知道。

人在告别的时刻,感情的流露往往是真实的、真诚的,不管他是在向某个人、某种生活、某块土地告别。告别荒凉,无疑会有一种庆幸之情油然而生;而向一片丰美肥沃的土地告别,心中怎能没有一点留恋和惆怅?

包热对我讲，他曾到祖先生息繁衍过一个半世纪的地方去访问过。他到了伏尔加河下游，到了阿斯特拉罕，到了那片草原。是他坚持向对方提出真诚要求，要到那片草原去看看。他站在那片一望无际的大草原上极目远望，心潮澎湃，胸膛剧烈起伏，在心中反复呼唤着祖先的名字，那一刻他的眼睛湿润了，他说。

包热感叹说："那儿是多么肥沃的土地啊！"

不知是谁插了一句："也真是，回来干什么呢？"

一声感叹，一声问语，我听着有些震撼。是啊，回来干什么呢？

是在向渥巴锡发问吗？

渥巴锡又去问谁？

如果渥巴锡真能听到他的后裔对他的这句发问，那么我想，渥巴锡一定会用无比深沉的目光，痛苦万分地看着他，用颤抖的声音对他说："是啊，孩子，如果能够不回来，我们回来干什么呢！"

二十一

渥巴锡和土尔扈特部落不得不回来。

他们面临的已经不是一般的生存危机，而是灭族之灾。土尔扈特汗国太弱小了，全部人口不足三十万。这样一个小小的汗国，一个漂泊异域的游牧部落，无论如何再经不起连绵战争的重负和摧残。而穷兵黩武的沙皇俄国，却把土尔扈特挟带进了无休止的战争灾难了。

战争，是迫使土尔扈特万里东归的最直接的原因。

土尔扈特汗国的基业创立不久，俄国便进入了沙皇彼得一世和叶卡捷琳娜二世先后统治的向外扩张时期。

沙皇彼得一世和叶卡捷琳娜女皇都酷爱战争。

彼得一世公元1682—1725年在位。他从公元1700年起，先后发动了对瑞典的战争、对波斯的战争、对土耳其的战争，掠夺了大片土地。沙皇对待土尔扈特的基本政策是控制加利用。沙皇彼得一世曾先后五次逼迫阿玉奇“宣誓”效忠，每次“宣誓”都必须包括一条基本内容：汗国承担俄国的兵役义务。阿玉奇一方面与之周旋应付，另一方面则始终坚持一个原则：土尔扈特是俄国的“同盟者”，而不是“臣民”。沙皇为了能从土尔扈特汗国不断地征集到剽悍的骑兵到前线去作战，表面上也不得不做出一些忍让，承认阿玉奇是他的“同盟者”。公元1722年沙皇彼得一世亲征波斯经过阿斯特拉罕时，曾“很隆重地接见了阿玉奇”，阿玉奇夫妇以土尔扈特汗国元首夫妇的身份，被请到停泊在伏尔加河的彼得大帝的游艇上会见了他们。

叶卡捷琳娜女皇于公元1762年通过政变继位后，公元1768年就发动了对土耳其的战争。正是这场战争，成了迫使土尔扈特万里东归的直接起因。沙俄对邻国无休止的战争，对少数民族无休止的征兵，早已使土尔扈特汗国的兵役承受能力达到了极限。仅在叶卡捷琳娜女皇发动的这次俄土战争初期，就使土尔扈特牺牲了七八万人。这对一个不到三十万人口的游牧部落汗国来说，已经超过了“残酷”的界限，达到了毁灭性的程度。而战争仍在继续，女皇进而强令土尔扈特“十六岁以上者尽出兵”，这给每一个土尔扈特家庭都带来了灾难和恐慌。残酷战争和种族歧视把土尔扈特推到了种族灭绝的边缘，“所有的人都为此感到动荡不安”，“这就是为什么不愿意再受俄国人的统治，而希望看到自己的遵守共同法规的同胞和自己原来的故乡”。

是啊，伏尔加河流域的土地那么肥沃，土尔扈特为什么要回来？假如渥巴锡能同包热直接对话，他一定会这样告诉包热：“为了让古老的土尔扈特部落永远生息繁衍下去，不被灭绝，必须回来。”

再没有比种族的延续更崇高、更神圣的目标了。

二十二

出了巩乃斯沟，向南翻越最后一道山口的时候，我们的车子又一次进入了一片冰雪世界。这是一座高山的背阴面，完全照不到太阳，又正好对着北面的一个风口，奇冷。

这一段公路的顶上，像立交桥一样建有一条长长的钢筋混凝土顶盖，被称为防雪走廊。右侧靠山，左侧悬空，深不见底。走廊顶盖上堆着厚厚的积雪。看来它的主要功能是防止山顶的雪崩将路过的车辆埋进雪里，并不能防止风雪从侧面刮上路面，因而路面虽然被罩在钢筋混凝土梁架之下，积雪仍然很厚，被翻越天山的车辆压得像汉白玉一样结结实实，坚硬奇滑。有几条从山顶下来的山涧水流，在走廊右侧堆筑成一堵堵很厚的冰墙，又顺着公路左侧的悬崖挂向山下。车子整个儿是在一个长长的冰洞里胆战心惊地向前爬行。车轮下一滑，车里的人都会一惊。这时无论展现在眼前的景象多么奇特，也很难激起置身玉宇琼楼的浪漫，担心着假如司机的精力哪怕有一眨眼工夫不够集中，车轮一不小心滑出路面，我等将魂归何处？

这是此次天山之行最险的一段路程，它像一道命运之关，过得去继续走路，一旦过不去也许就此了结。

这又使我联想到渥巴锡率部东归通过奥琴峡谷时的情景。当时同样存在着两种可能，过得去就继续东进，一旦过不去，也许就在峡谷中全军覆没。

对于渥巴锡和土尔扈特来说，为了摆脱战争，却要举族动员投入战争。在他们走出战争的通道上，一路布满战争。

二十三

土尔扈特举族东归，是以武装起义的方式开始的。

为了麻痹沙俄，渥巴锡写信给负责监视土尔扈特的基申斯科夫说，他将“从住地出发去集结军队，因为与俄国敌对的哈萨克人要袭击卡尔梅克人”。渥巴锡制订的军事策略是：趁敌不备，先发制人。首先给敌人以闪电般的一击，然后以最快速度抢渡雅伊克河(即乌拉尔河)，迅速摆脱敌人追击。

清乾隆三十六年(1771年)1月5日开始行动。

渥巴锡首先派出一支精锐分队，突袭了沙俄派驻渥巴锡牙帐的杜丁大尉兵营，一举歼灭之。接着又歼灭了基申斯科夫派来增援杜丁大尉的援军。为了扩大战果，他们分兵袭击了伏尔加河地区的一些俄国村镇。

渥巴锡将三万三千帐近十七万人的东归队伍组成三路大军，渥巴锡亲率两万多人在中间，其余领主驱赶着牛羊在左右两翼，外侧有骑兵分队巡逻护卫。他派出巴木巴尔和舍楞率领精锐部队为前锋，要求他们一路上为东归队伍扫清障碍，赶走哥萨克军，准备抢渡雅伊克河。

由于起义队伍突袭成功，开始时几乎没有受到阻击。他们按计划日夜兼程，两周后抵达雅伊克河沿岸，立即向俄国雅伊克防线诸据点发起进攻，并成功地突破了哥萨克在雅伊克的防线。库拉金城堡的统领在向俄国政府的报告中说，土尔扈特东归队伍“铺天盖地而来，淹没了草原”，他们“手持许多大大小小的旗帜”，赶走牲畜，袭击城堡，“双方用枪炮射击了整整一天，哥萨克把全部弹药都打光了”，一处处前哨和城堡遭到袭击或者被攻克，“伏尔加河卡尔梅克人已渡过雅伊克河”。

到1月21日，东归队伍全部渡过了乌拉尔河，进入了哈萨克草原，向恩巴河挺进。

由于稍微松了一口气，也由于雪深冰封，行动实在困难，渥巴锡召集扎尔固研究后决定，东归队伍在恩巴河畔休整到3月底，在此过了蒙古族新年“查干·萨拉”再走。

二十四

过早的乐观情绪中孕育着莫大危险。正当东归队伍在此为筹备过年忙碌的时候，形势正在变得险恶起来。

接到报告的叶卡捷琳娜女皇，已向全体哈萨克人发出了谕令，要他们堵截土尔扈特人。

奥伦堡省省长接到了追击土尔扈特人的命令。

雅伊克防线驻军和龙骑兵团接到了追击土尔扈特人的命令。

哈萨克小帐首领努尔阿里汗接到了沿途拦截土尔扈特人的命令。

西伯利亚阿布赉汗接到了同样的命令。

在此之前，哈萨克小帐努尔阿里汗的游牧地西邻土尔扈特牧地，双方免不了时有冲突。加上土尔扈特为了储备东归口粮，不久前曾抢掠过哈萨克小帐的牲畜，努尔阿里汗曾要求俄国政府干预，结果不了了之。现在，土尔扈特东归队伍进入了他的领地，即使没有俄国的命令，他也会报复土尔扈特人。

就在土尔扈特人欢庆“查干·萨拉”之夜，传来了部落右翼遭到哈萨克小帐和巴什基尔联军突然袭击的消息，人们被震惊了。渥巴锡立即派出舍楞和巴木巴尔驰往增援。经过浴血奋战，终于将敌人击退，但土尔扈特付出了惨重代价，伤亡达九千人。

大喇嘛洛桑丹增也负伤了。

在打退了哈萨克小帐的连续进攻后，为了减少人员伤亡，渥巴锡致函努尔阿里汗，想用真诚感动他。渥巴锡首先向他陈述了率部东归的理由，告诉他说，土尔扈特自古以来从未承受过如此沉重的税赋和兵役，已经无法再继续承受下去，希望努尔阿里汗不要在这种时候欺负土尔扈特人。但努尔阿里汗回信拒绝放行，要求渥巴锡率部返回伏尔加河，并保证由他出面调解土尔扈特同俄国的关系。

渥巴锡绝对不可能放弃东归决心，当然不会轻易相信他的劝告。

这就决定了双方的进一步战斗不可避免。

二十五

渥巴锡率领东归队伍来到恩巴河以东木哥扎雷山脉的奥琴峡谷。这个险要山口是东归的必经之路，又是唯一通道。

但是，山口已被劲敌努尔阿里汗的哈萨克军队封锁了！

东归队伍到了生死存亡的紧急关头。

渥巴锡作为远征统帅，奥琴峡谷是横在他面前的一道命运之关。

对于一支面临险恶形势的队伍来说，危在旦夕还不等于彻底绝望，因为还有一个可变因素可供挖掘转危为安的潜力，这就是指挥者的才能、智慧和胆识。假如指挥者是个无能之辈，或者他本身的意志十分脆弱，面对险恶形势既拿不出扭转危局的奇谋良策，又不能以顽强不屈的意志去激励部属作殊死搏斗，那么整个队伍就会被彻底绝望的情绪所笼罩，这就真的完了。

眼下，东归队伍迫切需要青年首领渥巴锡显示他的统帅才能。眼前的险恶形势不允许他优柔寡断，否则，在敌人围追堵截的重压下，极可能导致队伍内部人心离散，以致发生不测。渥巴锡没有辜负把生死存亡的命运交到他手上的全体土尔扈特人，没有辜负全体土尔扈特部众对他的信赖和敬仰。他派出策伯克多尔济率领一支精悍队伍，从山涧峡谷迂回到哈萨克人侧后，自己指挥耐得苦战的骆驼兵从正面发起强攻，前后夹击，一举破敌，渥巴锡的指挥成功了！

东归队伍通过了奥琴峡谷，上了图尔盖高原，暂时摆脱了哈萨克军的追击，继续东进。然后折向东南，向巴尔喀什湖西南沿岸前进。

这时，努尔阿里汗的军队与中帐阿布赉汗的军队已会合，实力大增，重新发起追击。

土尔扈特人同他们发生激战，虽然将敌击退，但遭到惨重损失。

在俄罗斯档案中，留下了当时被抓走的一位名叫阿拉斯兰的土尔扈特俘虏的口供资料，他说："卡尔梅克人想摆脱吉尔吉斯哈萨克人，被迫采取急速艰苦的行军，卡尔梅克人精疲力竭了，卡尔梅克人越往前走，他们的处境就越困难。缺少饲料，牲畜枯瘦待毙，途中又极其缺水。"东归队伍到达莫尼泰河休整时，再次陷入了努尔阿里汗、阿布赉汗五万联军的重围。

怎么办？

渥巴锡冷静地分析了形势，不能硬拼，土尔扈特已经无力硬拼，这时再硬拼只有死路一条。

他迅速派出代表与哈萨克人谈判，并同意送还在押的千余名哈萨克俘虏。谈判达成协议，停战三天，准备交换俘虏。渥巴锡利用这一稍纵即逝的宝贵时机，暗中调动兵力，火速做出部署，就在第三天深夜，他亲率主力奇袭哈萨克联军，突出了重围。

意志、胆识、计谋，青年首领渥巴锡的英雄形象终于在全体土尔扈特人心目中树立起来了。

二十六

为了甩掉哈萨克军的追击，原来计划好的路线不能走了。渥巴锡命令队伍向南进入没有河流、没有牧草的“死亡地带”，“选择了一条通过沙石地区的道路”，准备进入无边的戈壁沙漠，同哈萨克军展开一场比残酷战斗更加残酷的意志和耐力的较量。

这时已进入夏天，在烈日烘烤的戈壁沙漠中行进着的是一支伤亡惨重、极度疲惫的队伍。头顶上是炎炎的烈日，迎面刮来的是火烧火燎的热风，脚下是滚烫的砾石。戈壁中没有一棵树木，找不到任何水源。队伍中的每一辆运水车都已空了，每一个土尔扈特人的体能和意志都已支撑到了极点。不断有人员和牲畜倒毙，饥渴至极的土尔扈特人用刀子割开死畜的血管拼命吮吸……

真正的九死一生，艰苦卓绝！

哈萨克军队显然不敢贸然进入眼前的沙漠戈壁继续追击，只能在沙漠边缘继续骚扰偷袭。

渥巴锡率领队伍穿过巴尔喀什湖西南火炉一样的戈壁，越过盐碱苦涩的楚河、塔拉斯河，沿沙喇伯勒向伊犁河流域前进。

在莫尼泰河畔突围时，危急中留下了约两万帐人畜，没有来得及同时出发。他们在诺颜丹增率领下，沿巴尔喀什湖北岸向东进发。他们绕到巴尔喀什湖东岸，向南越过阿亚古斯河、列普瑟河、卡拉塔尔河，也向伊犁河流域前进。

二十七

在包热的带领下，我们的车队终于进入了大尤勒都斯盆地，直奔巴音布鲁克天鹅自然保护区。

远远地就望见一大片雪白的蒙古包，巴音布鲁克牧区区府所在地到了。在返青不久的绿色草原上，这片雪白的蒙古包是多么夺目，多么调动人的情绪。车子一直开到蒙古包群跟前，我们被告知，这是一个新建的旅游景点，专供游人来巴音布鲁克天鹅自然保护区观赏天鹅的。蒙古包群前，竖立着一组雪白的天鹅群雕。眼下季节尚早，蒙古包内空无一人。

附近的巴音布鲁克牧区政府所在地，是一个乡镇式的居民点。

天鹅湖在哪里？

“走！”

包热一声令下，又上车，又出发，去山南面的天鹅自然保护区。

翻过南面一个并不高峻的山垭，展现在眼前的是一眼望不到头的大山坡，缓缓地向正南方向倾斜下去。往下去，草越来越青，草也越来越深。烈日灼灼地照射在斜坡上，车子里越来越热，开始一件一件地脱衣服。远远地望见了一亮一亮的水。包热在前边几次走下车来，回头示意我们别下车，别大声说话，他自己在没有路的草地里找路，看准了方向就左拐右拐地向水边开去。他要领我们去看天鹅。

快到水边时，包热将车子停在一个小山丘的反斜面，下了车等我们。我们的车子开到跟前，他又示意我们别大声说话。他非常想让我们在近距离看看天鹅，又非常担心天鹅受惊飞走。等我们都下了车，他又像开动员会似的站在大家面前低声说，野生天鹅很胆小，一点惊吓都不能有，大家千万小心、千万小声。千叮咛万嘱咐之后，他领我们慢慢转过小山丘，向水边接近。这是一片小水湾，虽然同外面的大河相连，却自成一个小小天地。

“一只！”

“又一只，灰的！”

大家一激动，竟将包热的苦心嘱咐抛到了九霄云外，一声又一声地惊叫起来。包热和阿拉西只好笑笑。

发现那只浮在水面中央的白天鹅不算本事,大家从小山丘背后转过来时全都一眼看到了。那只灰天鹅有保护色,在对岸水边的枯草背景下发现它有一定难度,惊叫一下有些理由。天鹅都是白的,不知为什么那一只天鹅的羽毛有些灰色,是否同孵卵期有关?

一共四只。两对恩爱夫妻,两户小康人家。一个巢筑在水中一个孤立的草墩子上,另一个巢筑在对岸水边的枯草丛中。天鹅们总的来说表现得比较镇定,对我们也还友好。两只雌天鹅在各自的巢中孵卵,听见动静,都将脖子抻起来观察,警惕地望着我们,并不惊飞。两只雄天鹅在水中游弋,开始有些想飞,又似乎不忍心扔下爱妻,犹豫了一下,又平静下来。过了一小会儿,将头重新扎进水下去觅食。

天鹅们对生态环境的考察、对活动区域的划分,都是很讲科学的。这片小小水域,正好可供它们两户人家过上平静的小康生活。再多来一对,就可能出现食物供应不足的问题。

大家的胆子被天鹅的镇定怂恿得大了起来,纷纷站到水边去照相,都想与水里的野天鹅来一张合影。有几位举着相机对天鹅们咔嚓咔嚓照个不停。草墩子上那只孵蛋的雌天鹅终于不耐烦起来,脖子一抻,离巢滑向水面,和雄天鹅一起浮游,歪起脑袋在问:"有完没有?"

包热说,这片小水域是近距离观察天鹅的最佳地点,等于看了一个特写镜头,下面再去看看天鹅云集的大场面。

"好,走!"

二十八

的确,对于这两个正在孵育后代的天鹅家庭,不能再继续骚扰它们了。野天鹅虽然不会说话,也明显地在恳求人们不要打破它们的宁静生活。土尔扈特为什么要万里东归?说到底,还不是为了回故乡来重新找到宁静生活,才踏上了千辛万苦、九死一生的万里东归路吗?他们为此付出了多么惨重的代价!

当渥巴锡率领队伍最后到达伊犁河畔时,呈现了极为悲壮的一幕。

渥巴锡双眼深陷,形容憔悴。当他骑马踏上一道高岗,远远望见伊犁河面上跳动闪烁的银色波光时,他的表情如铜浇铁铸般凝固了。顷刻,他的嘴角剧烈地抖动起来,泪水从深陷的眼窝中决堤般涌出。他滚下马背,面向东方双膝跪下,额头贴地,久跪不起。

这曾经是他的先祖和鄂尔勒克告别这片故土时的动作。当时的和鄂尔勒克如此长跪不起亲吻着脚下的土地,在心中请祖先原谅他即将远离这片故土而去。

而此刻,渥巴锡万里归来踏上这片故土,如此面朝东方深深叩拜,他是在心中无愧地告慰祖先:“回来了,我们终于回来了!”

渥巴锡身后的土尔扈特东归队伍,剩下的人员已不到一半,一路上几乎丧失了所有牲畜。他们一个个全已形销骨立,如同一个个丢弃了肉体的灵魂,黑压压一片站在岗坡上,一双双大得异样的眼睛,呆呆地望着伊犁河水闪出的光斑,眼窝中闪动着从死亡中刚刚复活的光芒。不知是哪一个“哇”的一声哭了出来,几万人全都疯了一样扑向伊犁河,全都号啕大哭起来。

被派到伊犁河畔去出迎土尔扈特东归的清廷官员舒赫德等人,在向乾隆写的奏报中描述道,他们见到的这支东归队伍是一幅“形容枯槁,衣不遮体,靴鞋全无”,“御寒无具”,“行走如欲断魂”的悲壮景象。

我在一本书里读到西方著名探险家斯文·赫定在考察土尔扈特东归事迹后,有如下一段描写:“土尔扈特人在逃亡途中曾演出了多少场惨不忍睹的悲剧啊！有多少爱情和幸福永不复返，多少道血泪溪流在这条悲苦之路上奔涌，这路上的座座界石，便是千百个露天坟墓；无数尸体被抛在那儿当了饿狼猛禽的口中食，那些最能讲述动人心弦故事的人死在途中了，那些活下来的人，受不住重提他们经历过的噩梦。他们当然要尽力从记忆中抹去那些恐怖的场面，只是坚定地期望着未来那和平安宁的岁月。”

乾隆三十六年(1771年)7月8日，策伯克多尔济率领的前卫队伍在伊犁河流域的察林河畔，与前来接应的清军相遇。7月17日，清军总管伊昌阿、索通，在伊犁河畔会见了刚刚抵达的渥巴锡、舍楞等人及其家属。至此，土尔扈特东归远征宣告结束。

二十九

《中国大百科全书·中国地理》中说，尤勒都斯盆地，“汉代为乌孙牧地，清代为旧土尔扈特南路四旗牧地”。这里说的“旧土尔扈特南路四旗”，就是指东归后被安置在这里的渥巴锡嫡系旧土尔扈特南路四旗。

尤勒都斯，是位于天山山脉中段、南天山中的一个高原盆地。盆地周围多为海拔四千米以上终年积雪的群峰，盆地底部海拔两千四百米至两千五百米，系高山牧场。盆地中部有两道东西向的艾温尔根山，将盆地分隔成南北两块，山北为小尤勒都斯，山南为大尤勒都斯。发源于北天山依连哈比尔尕山南坡的开都河，在地势平缓的尤勒都斯南北两块盆地内蜿蜒回流，形成大面积湖沼。尤勒都斯即突厥语满天繁星的意思，形容这里的泉眼、水沼、湖泊多似满天繁星，水草丰美。

东归的渥巴锡和由他亲率的旧土尔扈特南路四旗能在这片美丽的高山牧场安顿下来，实非易事。

三十

土尔扈特的万里东归是结束了，但是渥巴锡的行程却还没有结束，他还要赶到万里之外的热河行宫去朝见乾隆皇帝，亲自到御前去表示真正的臣服。

热河的木兰围场和避暑山庄，是清王朝精心经营的两个互相关联的特殊场所。每年秋季在此举行围猎是一种准军事活动，避暑山庄又是清帝会见各少数民族首脑的地方。将两者联系起来，不难看出清王朝统治者的良苦用心。

对此，乾隆本人在《土尔扈特全部归顺记》中说得最为明白："夫此山庄，乃我皇祖所建以柔远人之地。"

每年秋季，乾隆来此围猎，各少数民族首领都要来此觐见皇上，进贡表忠。本年度又添新事，渥巴锡率土尔扈特万里来归，更使乾隆感到本朝皇威日隆，四方藩臣来归，皇心大快。他决定抓住这一天赐良机，张扬皇威，宣示皇恩。乾隆要当着前来木兰围场和避暑山庄觐见本朝的各少数民族首领的面，亲自主持接纳和安置土尔扈特，使之不仅在政治上，而且在心理上收到最大、最好的效果。乾隆从北京去热河途中，已对此事谋划了一路。一到热河行宫，他就向赴新疆处理土尔扈特来归事宜的官员下谕说，渥巴锡以下头领"均来避暑山庄朝见"。

乾隆三十六年（1771年）8月5日，渥巴锡一行在舒赫德等人的陪同下离开伊犁启程，穿越新疆全境，沿河西走廊一直向东，经大同、宣化、怀安、张家口，一路上又走了两个多月，10月中旬到达木兰围场。

渥巴锡在木兰围场的伊绵峪觐见了在此围猎的乾隆，并进献了礼品。

乾隆将第一次接见渥巴锡的地点安排在伊绵峪，其中也有讲究。据说“伊绵”就是满语接见归顺者的意思。

有人若问：渥巴锡九死一生万里来归，哪里还有什么礼品可献？有。渥巴锡先后向清廷和乾隆献出了两件土尔扈特部落传世之宝。他一到伊犁，为了向清廷表示来归诚意，立即将明朝敕封土尔扈特首领的一颗玉印献出，通过伊犁将军交给了清政府。现在，他又向乾隆帝献上了曾祖阿玉奇的一把传世宝刀，以表永世成为朝廷臣仆，从此再无兵甲之意。

乾隆则以蒙古族礼仪接见了渥巴锡，特意将接见场所设在蒙古包内，并“以蒙古语垂询渥巴锡”。

次日，乾隆在伊绵峪围猎营地设盛宴招待渥巴锡一行，参加宴会的有当朝大臣、内外蒙古王公、卫拉特诸部首领等共八十六人。

这一年正好是乾隆本人六十寿辰，皇太后八十寿辰。乾隆一心要把接纳和安置土尔扈特当作一件体现皇恩浩荡的大喜事来办，所以布置得格外周密。在渥巴锡一行从伊犁前来热河的途中，清廷要求沿途地方官员做好接待、供应，“俾得所至如归，咸得感悦”。可是，许多地方官员向来对朝廷差事搪塞惯了，这次对渥巴锡一行路过也漫不经心，处事玩忽、接待不周者大有人在，致使乾隆龙颜大怒，被革职的就有总兵阿明阿、恒德、山西按察使德文、口北道明琦、知府博尔敦、怀安知县何燧。对此事未尽职守的山西巡抚鄂宝、直隶总督杨廷璋，虽然逃过了革职厄运，也被皇上“申斥之”。

10月25日，渥巴锡跟随乾隆帝从木兰围场抵达避暑山庄。乾隆在避暑山庄举行隆重仪式，对来归的渥巴锡和土尔扈特头领们逐一加封授爵。赐予渥巴锡的封号仍为“汗”，策伯克多尔济为“亲王”，舍楞、巴木巴尔为“郡王”。经渥巴锡推荐，另一位参加过维特梁卡会议，并在东归过程中起了重要作用的达什敦杜克，被封为

“一等台吉”。这样，参加维特梁卡会议的六人当中，只有大喇嘛洛桑丹增一人未赐封号，但按四等台吉的赏格，对他赏银百两以示嘉奖。

渥巴锡和各头领们的御封名分是有了，但对于七万多土尔扈特东归难民来说，最最紧迫的却是生计问题。应该说，乾隆及清廷对土尔扈特东归难民的赈济也是比较及时和尽力的。根据乾隆“口给以食，人授之以衣，分地安居，使就米谷而资耕牧”的旨意，清政府从新疆、甘肃、陕西、宁夏、内蒙古等地募集牛羊二十余万头，米麦四万多石，茶二万余封，羊裘五万多件，棉布六万多匹，棉花三万多斤，毡包四百多顶等赈济物资，帮助土尔扈特东归难民渡过了难关。

向来喜爱树碑立传的乾隆帝，对于安置和优恤土尔扈特这样由他亲自主持完成的善政，当然更不会放过。他没有等渥巴锡离开承德，没有等上述救济物资全部运抵东归难民住地，就兴致勃勃地在避暑山庄内动笔写好了《土尔扈特全部归顺记》和《优恤土尔扈特部众记》，并在避暑山庄和伊犁两地勒石立碑，以志永垂之功。

赐封后，乾隆又多次召见渥巴锡，并与之做过多次长谈。渥巴锡向他回顾了土尔扈特部落祖先的历史往事，讲述了他自己率部东归的悲壮征程。

11月6日，渥巴锡一行从避暑山庄启程，返回伊犁。

他于何月何日返抵伊犁土尔扈特牧地无从查考，可能已是第二年春天了。

但有一点可以肯定，乾隆三十六年（1771年），渥巴锡全年的时光都是在路上度过的。对他来说，这一年的人生旅途过于漫长了。他一生中最辉煌、最艰难的旅程都集中到了这一年，一生中的大波大澜都集中到了这一年。这一年，青年首领渥巴锡真可以说是“三万里长征未下鞍”：从伏尔加河归来一万里，从伊犁到热河行宫觐见乾隆皇帝一万里，从皇上身边再回到东归难民中去又是一万里。

三十一

包热的车子一直领着我们在这片高山草原上驰骋，绕过了几处大坡，几条溪流，开上了一座山冈，他的车子停了。

“到了。”

“天鹅湖到了。”

哦，登高望远，极目天山，风光无限好。环视四方，远处的群峰顶上全都覆盖着皑皑白雪。向下俯瞰盆地，展现在眼前的是一片蒸腾着雾气的水泊沼泽。这就是“天鹅湖”。其实不是湖，是河。开都河像左右扭动在盆地中央的一条宽阔飘带，先是犹豫不决，缠绵悱恻，然后大模大样地蜿蜒东去，波澜不惊，浩浩荡荡，光滑如镜的水面泛着银光。低洼的草地中布满了一汪一汪的水沼和一条一条的细流。天山深处的宁静是摄人心魄的。这就是巴音布鲁克天鹅自然保护区。每年冰雪初融，天鹅们就一群一群从南飞越帕米尔高原而来，沿着开都河谷进入眼前这片尤勒都斯盆地内的水沼地域，筑巢孵雏。4月中旬开始产卵，一个月后雏鹅破壳而出，不久即可下水浮游觅食。冬季来临，老天鹅再带领已经练硬了翅膀的小天鹅们飞越帕米尔高原，携儿带女到南方去度假过冬。天鹅们也需一年一度来回远征。

藏在天山深处的美丽而神奇的巴音布鲁克天鹅自然保护区，是天鹅们在全球已剩下不多的最后几块福地之一，人们怎能再不悉心保护？

这里是天鹅们真正的天堂。

为了不惊扰天鹅们的天堂生活，这里的规矩是只能远望，不得靠近。看来包热对这里的地形了如指掌，我们站立的这座山冈是他选定的俯瞰天鹅湖的最佳位置。四周群山皆白，盆地内郁郁青青，一碧万顷。几位目力好的年轻人，已经望见了水沼地里天鹅云集的壮观景象了，指手画脚，兴高采烈。我举起望远镜由近而远对水沼地进行搜索。哦！我也看到了，我看到了在水中浮游觅食的一只只天鹅了！一群群天鹅在起落，上下翻飞，自由翔集……

看来，设立各种自然保护区，这是人类的一种追悔。人们发现过去有些事情做得太绝，已经追悔莫及。但人类在追悔莫及的时候又必须悔改，否则就不配称作人类。设立自然保护区，也是人类从原始植物、野生动物的生存状态反思人类自己。为何人类对动植物的保护意识一定要到它们濒临灭绝时才能被唤醒呢？一旦人类自己濒临灭绝，将由谁去唤醒、谁来保护我们人类？不管怎么说吧，自然保护区毕竟是人类意识表现出的某种觉醒，终于开始懂得各种生命系统其实都十分脆弱，经不得无休止的摧残。

人类找遍了茫茫宇宙，除了地球，至今仍未找到第二个星球拥有生命。

地球本身就是一个最大的生命保护区。

地球是茫茫宇宙中唯一的一个生命保护区。

人类自己明白这一点了吗？

我们站立的这座山冈，是巴音乌鲁牧民乡的管辖地。我们在这里认识了土尔扈特同胞巴都玛拉、敖尤特、依仁且、藏巴等。身穿蒙古族服装的东道主以牧民迎客的礼节，热情欢迎我们一行来看天鹅湖，给我们每人献了一条哈达、敬了一杯酒，然后铺开一条毯子，邀请我们席地而坐，用手扒羊肉和草原食品款待我们。我知道，这是包热和阿拉西特意为我们安排的具有地道蒙古族风味的露天午餐。我们向牧民回赠了一些礼物。由于远离繁华都市，东道主的汉语不甚熟练，多用蒙古语同包热和阿拉西交谈。他们是地道的万里东归的土尔扈特部落的后裔，是渥巴锡的正宗嫡系。

我忽然想起了二百多年前的土尔扈特东归难民，想起了他们当时那种难以想象的艰难，想起了他们流传至今的那句问候语："昨夜平安吗？"

三十二

战争、灾荒、饥饿、瘟疫，无时无刻不在吞噬着人类。人类生命除了需要面对自然界的各种威胁，更主要的威胁却是来自人类自身。在人类拥有的各种非凡能力中，相互摧残的能力、摧残其他各种生命的能力实在太强大了。人类创造文明的能力需要高深的知识和复杂的操作技术，太难掌握了；而摧残生命的能力却只要愚昧、霸道和暴行就行，又太便于掌握了。

一个小小的顽强不屈的土尔扈特部落的命运，颇能说明一些问题。

一场沙俄对土耳其的战争，就使总人口不足三十万的土尔扈特牺牲了七八万人。为了避免灭族之灾，他们决意东归。但东归途中的连续战斗、饥饿、瘟疫，又使土尔扈特人口损失大半，从十六万九千人锐减至七万余人。回归后的第一个秋冬，一场瘟疫（天花）又袭击了土尔扈特。损失最重的偏偏又是渥巴锡的嫡系部众，两个多月时间死亡"已达三千三百九十余人"。渥巴锡的妻子、女儿、母亲、幼子，也在短短两个月内相继死亡，这无疑给他造成了巨大悲痛。

据《卫拉特蒙古简史》称，东归初，清政府在伊犁地区实地调查，渥巴锡直属部众有八千二百五十一户，三万五千九百零九人。而经过那场瘟疫袭击，又几经周折之后，最后被清廷正式安置在尤勒都斯草原的渥巴锡直属南路四旗，只有约"一万人左右"。

两个世纪后，据公元1982年人口普查统计，居住在巴音郭楞蒙古自治州的蒙古族人口为三万七千二百二十五人(其中多数是土尔扈特人,还有一小部分是和硕特人)。

这是东归土尔扈特中的一支,即渥巴锡直属的南路四旗人口演变的一些线索。

三十三

人类永远在追寻和平与宁静的生活环境,但前进路上永远荆棘丛生。

当土尔扈特部落在伏尔加河流域的生存发生严重危机时,渥巴锡的东归决心是如此坚不可摧。为了达到东归目的,付出多么大的代价也在所不惜。

东归后将会遇到哪些新的矛盾和困难,渥巴锡事先肯定不可能设想得十分周详。

生活之树常青,可能恰恰是因为人类生存的本义中就永远包含着挑战和艰辛。

清廷虽然自身也是发轫于北方边疆的少数民族,但当它成为我们这个多民族国家的统治者之后,对其他边疆少数民族却历来采取恩威并施、剿抚并用的政策。对于万里来归的土尔扈特,清廷在悉心安置、慷慨赈济的同时,为了防止它重新强大起来之后难以控制,在具体安置办法上采取了多种限制性措施。

主要的有两条:

一是“务以间隔而居之”。清政府先是将渥巴锡与舍楞分隔开,舍楞被安置在阿尔泰,置二旗,称为“新土尔扈特”。然后又将渥巴锡率领的“旧土尔扈特”分成东、南、西、北四路,由渥巴锡直接率领南路,而将另外三路分别安置在其他三个不同地点,不使连成一片。

“旧土尔扈特”最后安置的情况是:南路由渥巴锡亲任盟长,被安置在尤勒都斯草原,置四旗;北路由策伯克多尔济任盟长,安置在和布克赛里,置三旗;西路由默们图任盟长,安置在精河,置一旗;东路由巴木巴尔任盟长,安置在乌苏,置二旗。此外,由恭格任盟长的和硕特被安置在博斯腾湖畔,置四旗。

二是“导其多加务农”。清廷认为,如果任土尔扈特放牧、狩猎,牲口很快就会繁衍,力量必将逐渐强大,“一旦强大,绝非好事”。用土地上的农事将他们常年拴住,其力量的再生和活动空间必将受到极大限制。这是满清王朝从统治中原汉族中得到的一条重要启示。出于这样的考虑,最初将东归土尔扈特划定在伊犁和塔城南部地区耕牧,想要将他们逐步改造成以农耕为主的归顺臣民。但是,像土尔扈特这样一个古老的传统游牧部落,农耕绝对不是他们的生存本领,务农的结果,使部落的生产、生活很快陷入了困境。这是渥巴锡始料不及的。为了土尔扈特部落的生存和发展,他多次向清廷提出请求,希望寻找新的牧地重新放牧。他亲自选中了天山深处这片气候适宜、水草丰美的尤勒都斯草原。最后,清廷同意了渥巴锡的请求,派出官员与土尔扈特对尤勒都斯草原进行了共同踏勘,准予移牧于此。

三十四

渥巴锡是位悲剧英雄,他的生命艰难而短暂。

东归后三年,渥巴锡病逝,终年三十三岁。

在他年轻生命的最后几年,他承受的精神压力和心灵磨难,是常人难以承受的。率部东归九死一生,耗尽了他的心力。东归途中,部落人畜损失如此惨重,使他内心承受着愧对先祖的自责和不安。东归后的那场瘟疫,接连夺走了他最亲近的母亲妻子儿女四位亲人的生命,对他的精神打击更加难以言表。土尔扈特部众东归后的休养生息,并不如他预想的那样顺利,又使他操劳过度。终于,他年轻而顽强的生命如强弩般折断了……

我站立在天鹅湖畔,默诵了几句悼念东归英雄渥巴锡的诗句:

山冈之上兮,有我站立,
遥望远山兮,追思英雄;
群峰垂首兮,皑皑白雪,
魂魄来归兮,天鹅翔集。

巴音布鲁克天鹅湖之旅,使大家的游兴达到了高潮。天山深处的幽静、神秘、美丽、冷峻,使大家的心情舒畅中有些震悚,均发不虚此行之慨。都说,像这样遥远的地方,一生中极可能只来一次。

而此刻,我的心情却有些沉重起来。我想起了牺牲在东归路上的那么多土尔扈特人,忽然觉得盆地内一群群洁白的天鹅,都是他们的英魂化成的,他们一年一度飞到渥巴锡为他们选定的这片牧地来,前来朝拜他们的英雄渥巴锡。我想起了渥巴锡的英年早逝,觉得四围每一座覆盖着皑皑白雪的山峰,都在悼念西蒙古最后一位历史英雄,悼念渥巴锡这位天山之子。

三十五

这时我猛然感悟到,在日益现代化的今天,人类设立各种野生动物自然保护区,撇开科学和理智等不说,单从情感角度讲,它是人类对牧歌时代的一种深刻怀念。因为人类的童年和少年,是在牧歌时代度过的。

然而,人类却注定要向牧歌时代告别,而且是永别。永别必定是悲哀的、悲壮的,是充满悲剧色彩的。

渥巴锡的去世具有巨大的象征意义:标志着牧歌时代的终结。

从成吉思汗到渥巴锡,伟大的蒙古族演出了一幕幕轰轰烈烈的历史剧,最后由渥巴锡出场谢幕,向牧歌时代永别。

这最后一幕永别剧极其悲壮,它不是渥巴锡个人的悲剧,也不是蒙古族的悲剧,而是属于整个人类历史进程中必有的悲剧成分。整个人类历史都是一幕接一幕的悲喜剧,没有悲剧也就不会有喜剧,有些悲剧是人类历史的基本情节要求所规定好了的。这不是宿命,是规律。

土尔扈特部落从西迁到东归,时间跨度长达一个半世纪。其实,他们是在充当整个人类的代表,在向牧歌时代举行告别仪式,这个告别仪式漫长而痛苦。他们的西迁和东归,是在东、西方两个强大的封建王朝的挤压下来回奔波。它说明,人类生存方式的流动状态,已经永远地让位于稳定状态。成吉思汗缔造的蒙古大帝国,代表着流动状态的胜利;而在成吉思汗曾经驰骋过的广大地域内,先后崛起的沙俄和满清封建王朝,则标志着人类生存方式的稳定状态占了上风。人类的童年就像一群顽皮贪玩的孩子,到处奔跑,四处游荡,强者为王。进入成年后,都需要稳定下来安家立业了。谁在他们的房子周围吵闹、转悠,都会遭到他们的训斥、驱赶和制服。

渥巴锡在他的搏杀和奋斗中,一直在用他的生命感悟着纯化着他的精神追求,以致最后在他的心中将这种追求神圣化了。他追求的最高境界可以简化为两个字:宁静。

他把天山深处这片尤勒都斯高山草原看成是久久寻觅的理想境地。这里四面环山,高耸接云,可以远避一切摩擦、纠纷、争战。他第一次骑马进入这片高山牧场时,他一定看到了眼前这幅天鹅翔集的美好景象。一群群天鹅在水草丰美的盆地内浅飞低翔，一定使他想到了洁白的哈达，想到了神圣的教义。他立马远望，面对远处山峰上的皑皑白雪微笑，在心中对自己也是对先祖说："找到了，我终于找到了！"他终于将土尔扈特带进了这片宁静牧地，心中油然升起一种完成神圣使命的感觉，他可以告慰先祖了。

临终，他告诫土尔扈特部众恪守宁静勿躁的生存原则，向全体土尔扈特人留下了他的遗言："安分度日，勤奋耕田，繁衍牲畜，勿生事端，致盼致祈！"

渥巴锡宁静地走了。

蒙古族远征交响诗的最后一个音符到此戛然而止。

渥巴锡的英魂就在这些飞翔的天鹅中间，和东归土尔扈特人的灵魂们在一起……

三十六

看过天鹅湖，从那座高高的山冈上下来，我们又随包热和阿拉西到了山北的阿拉腾尕森牧场。这里也是渥巴锡部落的后裔、土尔扈特蒙古人。这里呈现着一派节日气氛，一片蒙古包周围彩旗招展。牧民们刚从冬季牧场转到这片夏季牧场来，他们要在这里度过整个夏天和秋天。他们正在筹备不久将要在这里举行的那达慕大会，演练着赛马、摔跤等各种节目。

将我们迎进蒙古包内热情接待的，是一位身材魁梧的年轻人早勒台。

包热向我介绍说："他是中央民族学院的毕业生，在这里当乡长。"阿拉西一直对着这位年轻乡长在笑，看来他对这位年轻乡长的工作很满意。

在毡包内品尝过马奶子酒，年轻乡长邀请我们到草原上去看赛马。参加赛马的有青年、中年,也有少年。草原上远远地用几面彩旗标出一个大圈,骑手们要策马围着这个大圈飞奔。骑手们上马,站在同一条起跑线上,马儿们已经按捺不住,昂首,喷鼻,刨蹄。忽然一声令下,马儿箭也似的一齐蹿将出去。骑手们一个个翘起屁股,身子前倾,扬手挥鞭。一圈,两圈,三圈,渐渐拉开距离,分出先后。骑手们转过弯道,众人一齐呼唤起来。

终点处,夺得第一名的竟是一位英俊少年!

乡长奖给少年冠军一只羊。

我忽然想起了克隆羊多莉。在人类新的文明进程中,羊仍然是一位重要角色。羊儿们将和人类一同进入信息时代,跨进新的世纪,继续陪伴人类去寻找水草丰美的新牧地。

1999年1月

中国西部

中国西部是什么概念？中国地图上印有许多带“西”字的地名，但江西不在西部，广西、山西也不算西部。中国西部通常是指黄河与秦岭相连一线以西。《史记》中说战国时代“河山以东强国六”，这里的“河”即黄河，“山”指秦岭。中国的东部与西部，自古以此为界。

中国的东部与西部，究竟哪边比哪边更重要？古人似乎也一直在考虑这个问题。殷商的统治中心在东部，西周将统治中心移至西部。东周始于周平王东迁，又将统治中心迁回了东部。秦统一中国后建都咸阳，重新把统治中心选定在西部。汉朝，西汉在西部，东汉在东部。隋朝，隋文帝在西部，隋炀帝在东部。到了唐朝，再度将统治中心西移，定都长安；武则天又一度将洛阳定为东都。这是很有意思的历史现象。它说明，中国的东部与西部，好比一个人的右手与左手，走起路来一左一右、一前一后地来回摆动，很正常，很自然。但是，倘若非要在“东”与“西”之间分出哪边比哪边更为重要，挺难。有时似乎觉得右手比左手更重要，那好，保右手，弃左手。但一旦缺了左手，吃起饭来右手拿筷，却没了左手拿碗，这碗饭吃起来就别扭。有时又觉得似乎左手比右手更重要，那好，再试试保左手,弃右手。结果会怎样?一旦缺了右手,只剩一条左胳膊来回甩动,脚下走路都很难保持平衡。好在我们的老祖宗极富哲学智慧,干脆把“东西”二字合二为一,造出一个形而上的词汇。当人们用“东西”一词来指某一事物时,其中既包括“东”,也包括“西”,在这里“东”与“西”是同一的。

宋以后,虽然全国的统治中心一直在东部游移,再没有返回西部,但在东部建都的每一个朝代都在密切关注着西部。例如,西安、西宁,一眼就能看出这是两个后起的地名,是统治中心东移后才有的。这两个地名的确取得很有深意,它们一直在提醒后人,保持一个安宁的西部,历来是治国安邦的深层次问题。古代如此,当今之世也莫不如此。

西部有白雪皑皑的青藏高原,有山高水急的云贵高原,有布满冰川的祁连山脉。百川东流,江河入海,自从盘古开天辟地以来,灌溉和滋润华夏大地的水源都来自西部。西部是长江、黄河的源头。人类进化的脚步是顺着水边走的。华夏祖先最早是喝着西部的乳汁长大的。长江、黄河这两条伟大河流哺育了华夏文明,西部是华夏文明的源头。长江上游出土过元谋人牙齿化石,距今一百七十万年;黄河中游出土过蓝田人头盖骨,距今七十万年。这两处猿人化石,都比北京猿人资格老。从古至今,长江、黄河拖儿带女,养育着中华民族人丁兴旺的一大家子,任劳任怨,万古长流,实在太不容易了。亘古以来,为了这片华夏大地,这两条伟大的母亲河泪也流了、汗也流了、血也流了,乳汁似乎被孩子们吸吮得超量了。正当今日之中国要向现代化进发的时候,长江、黄河却显得疲惫了、衰老了。长江水正在变得越来越浑,特大洪峰泛滥成灾;黄河水变得越来越少,一次又一次发生断流。华夏子孙不能不严重关注这两条母亲河的健康,人们不能不把目光移向西部。西部人的生存状态、西部的雪原、西部的森林、西部的草原、西部的沙漠、西部的矿山，这一切都给长江、黄河带来了什么重大影响？换言之，东部的快速发展，究竟给西部带来了什么重大影响？很显然，事情已经到了需要认真关注一下西部的时候了。一个国家、一个民族的文明进步，永远需要母亲河为之灌溉和滋润，永远需要母亲河的日夜涛声为之相伴相随。长江、黄河之于中国，恰如密西西比河之于美利坚，多瑙河、莱茵河之于欧洲，伏尔加河之于俄罗斯。如果没有长江、黄河这两条母亲河的健康，中国要想真正搞成现代化是不可能的。开发西部，治理西部，养护西部，是中华民族的"饮水思源"工程。

悠悠华夏，既光辉灿烂，又多灾多难。华夏之邦能够历尽万劫而不灭的重要原因，就是因为中国有一个广阔的西部，回旋余地大。西部对于华夏子孙的恩泽是难以说尽的。西部拥有宽阔的胸怀、博大的包容精神。旧时西部地广人稀，河东的青壮年活不下去时就往河西走，到西部去逃生，一曲《走西口》唱得让人撕心裂肺。不仅苦命的老百姓如此，甚至连封建帝王、民国独裁者也如此。八国联军打进北京，慈禧太后带着光绪皇帝狼狈逃出北京城，直奔西安去避难。慈禧在逃难路上饿急了，饥不择食吃了一个窝窝头，回京后还时时想起这个窝窝头，过些日子就嚷嚷要尝一口，这可能是西部留给她的难忘印象。日本侵略中国，铁蹄踏遍半壁河山，蒋介石躲避到重庆，于是导致在西部发生了震惊中外的西安事变，这件事对中国当代历史的走向也曾产生过重要影响。这是外族入侵、民族遭殃之际，西部以博大的胸怀为不肖子孙提供庇护的两个例子。回顾中国当代革命史，想当年蒋介石杀气腾腾，对红军连续发起五次大"围剿"，极欲一举消灭之。红军撤离江西根据地，一路往西走，在西部找到了广阔的回旋余地。长征两万五千里，爬雪山，过草地，到陕北，在西部扎下根来。经过休养生息，发展壮大，最终夺取了革命胜利。

归根结蒂,西部是炎黄的故乡。炎帝和黄帝的原籍都在西部。黄帝死后就葬在他的故乡陕北。黄帝陵上,至今古柏参天,郁郁葱葱,浓荫蔽日,森森然一派古意,豪气长存。普天之下的炎黄子孙,平时浪迹天涯,各谋生计,每年春季都要派出代表,不远千里万里会聚到黄帝陵来寻根拜祖。黄帝陵下,有轩辕手植巨柏,根深叶茂,气度非凡,树身需十来人合抱。两棵巨柏虽历经旷世风雨,却至今仍生机盎然,昭示华夏之邦生生不息,源远流长。数典不能忘祖,搞现代化不能忘记老祖宗。后人只有认真干出几件彪炳史册的大事业,才能对得起炎黄祖先。西部大开发若能干出实实在在的业绩,可算其中一件。

纵观上下五千年,西部的历史传统全在一个"大"字。秦始皇东向扫六合,挥剑决浮云,开创了中国空前统一的大格局。书同文、车同轨、统一度量衡,这些统一措施的深远影响,直至今日还在对中国的文明进步起着积极作用。汉高祖刘邦虽是东部人氏,帝业却成于西部,一曲《大风歌》豪情万丈,流传千古。汉武帝雄韬大略,一生开拓,将广阔西域归入中华版图,建立了丰功伟业。大唐盛世,更是中国古代史上的精彩华章,长安道上各国使节纷至沓来,都要来亲眼看一看世界东方这个泱泱大国的风采。西部的广阔地域和历史文化传统,养育了影响中国历史进程的大气魄。历史上,西部兴起过几个大朝代,这些大朝代都干成了一系列大事业。西部大开发,只一个"大"字好生了得,气魄直追古人。

新千年伊始,中国大地上呼啦啦传遍西部大开发的热烈话题,使人精神为之一振。

一个国家,一个民族,如果长时间缺少提神的举措,人们长时间找不到提神的话题,生活将会变得平平淡淡、琐琐碎碎,人们的精神世界将会渐渐被平庸所销蚀,日子虽也一天一天过,可是总觉得不怎么能够提起精神来。要是那样,对一个国家、一个民族保持强劲的发展势头是很不利的。

眼下，西部大开发已经成为媒介的一个宣传热点，接下去的事情是需要脚踏实地去干，干出实实在在的业绩来。

但愿将来，子孙后代翻阅历史时，西部大开发真正能够成为照亮后人眼睛的一个亮点。

2000年3月

贺兰山下

宁夏这地方，给我的感觉是神秘而奇特的。比如见到神秘而奇特的西夏文，"乍看字字都认得，细看个个识不得"，陌生，却又充满魅力。西夏文是个谜，西夏王陵也是个谜，党项人更是个谜，贺兰山下有一个又一个西夏古国之谜。

在北方，宁夏的地理环境山护河卫，得天独厚。贺兰山是宁夏北面的一道屏障，它为宁夏遮挡着从浩瀚的腾格里沙漠刮来的漫天沙尘，抵御着西伯利亚袭来的凛冽寒流。黄河却将最丰沛、最温柔的一段水流注入了宁夏境内。躺在河套里的宁夏，就像被黄河抱在臂弯里喂奶的孩子，得到了黄河的格外宠爱。"天下黄河富宁夏"，在遥远的农牧时代，这种山护河卫的地理优势很容易转化成军事、政治能量。历史上，它曾庇护西夏王朝在此偏安坐大长达一百九十年，呈一方豪强，极一时之盛。宁夏南部，又可依托六盘山阻挡中原来的兵马，北宋、南宋都对西夏拿不出更好的办法。

成吉思汗一代天骄，铁骑威震欧亚，但他一生中遇到的一块最难啃的骨头，竟是近在咫尺的西夏国。成吉思汗先后对西夏发动了六次征讨，最后一次将西夏都城围困了半年，尚未攻下，他自己却因战伤发作，死于六盘山中。成吉思汗临终留下遗嘱，他死后密不发丧，继续攻打。这时恰好来了一场地震，西夏守军终于支撑不住，向蒙古军投降。蒙古军恨极之下，不仅杀掉了献城投降的最后一位西夏王李睍，而且一把火将西夏都城化为灰烬，仅剩西夏王陵内的一座座黄土墓冢留在了贺兰山下。据说，这些墓冢当年都是用熬熟的糯米浆和了黄泥堆筑而成的，虽已历尽战火风雨，至今却仍未塌圮。如今，人们把西夏王陵内的一座座黄土墓冢称作"东方金字塔"，使西夏古国更增添了一层神秘色彩。

创立西夏国的党项人消失得无影无踪了。史书中没有留下他们的确切记载，现存的五十六个民族中也没有党项族。有人说，党项族来自西部的古羌。又有人说，党项族来自东北的拓跋鲜卑。还有人说，西夏国灭亡之际，党项人有的被迫从军，有的被迫迁徙，散居在大江南北，渐渐融入了汉族之中。谁能真正说清，党项族是从哪里来的，又到哪里去了？

独特性越强的东西，往往越脆弱。西夏的历史文化遗产极其独特，中国只有这一份，世界也只有这一份，没有重复，不会再生，也无法重造。在西方，长盛不衰的西夏学被称为"绝学"。

我们人类的确面临着一大困惑，一方面，正以越来越快的速度创造着全新的文明成果；另一方面，历史文化遗产、自然资源和生态环境却在迅速遭到破坏。历史在湮灭，水源在枯竭，物种在灭绝。

因而，在迈向现代化的进程中，人们不得不重新审视人与自然环境、人与历史文化遗产等这样一些重大关系。又不得不以远见和良知做出正确的抉择，采取恰当的措施，或未雨绸缪防患于未然，或亡羊补牢挽救损失于万一。无论带有何种历史文化背景的人们，在他们跨进现代化门槛时，都必须牢牢确立几个基本观念：仔细保护历史文化遗产；珍惜与保护自然资源；严格监管生态环境。

西部大开发的热浪扑面而来，宁夏人越来越强烈地感觉到，保护西夏文化遗产、保护宁夏的自然资源和生态环境已显得日益紧迫。以往宁夏人最爱向外地人言说的话题，除了西夏王陵、贺兰山岩画外，就是他们这里拥有的“红、黄、蓝、白、黑”五样宝。“红”是枸杞，“黄”是甘草，“蓝”是贺兰石，“白”是滩羊皮，“黑”是发菜。发菜因与“发财”谐音，这些年随着市场经济的发展，使它身价百倍，风靡全国，远销海外。但我这次来宁夏，发现宁夏人对发菜的态度有了改变，他们不再津津乐道发菜是天下少有的绿色食品了，因为他们看到每年浩浩荡荡的人群拥入宁夏和内蒙古草原采集发菜，对草场造成了极大破坏，使草原急剧沙化，对宁夏和内蒙古的生态带来了严重后果。长此下去，大自然对宁夏的馈赠将会荡然无存。宁夏人现在已不再宣传发菜，不再提倡用发菜招待客人，更反对外地人再拥到这里来采集发菜。宁夏人已经有了生态观念，已经有了环境保护意识。

对于保护西夏历史文化遗产，宁夏人的紧迫感则来得更早。宁夏人深知，西夏文物虽很丰富，但已日益稀少。在中国浩如烟海的历史文物中，几乎每一件西夏重要文物都具有不可替代性，任何破坏或毁灭都将是无法挽回的损失。

2000年8月

西夏古塔

耸立在贺兰山下的一座座西夏古塔，每一座都具有重要的历史文化价值。我先去看了银川市内的海宝塔，它的历史比西夏历史还长，至今已有一千六百年左右。据记载，海宝塔由“赫连勃勃重修”。赫连勃勃是五世纪中叶的一位乱世英雄，他占据了整个河套地区，势力范围延伸至陕北、陇东，是十六国时期的夏国君主。陕北的统万城就是他当年筑的都城。赫连勃勃这个人引起了我很大兴趣，因为史书中明确记载他是匈奴人。匈奴人对中国古代史的影响太大了，秦汉时期自不必说，一道万里长城就是因匈奴人而筑。十六国时期的刘汉、前赵、夏、北凉等政权，都是东汉时内迁安置的南匈奴人建立的。但后来，匈奴人却从历史上消失了，现存的五十六个民族中也没有匈奴族，这一点它与党项族相类似。这些古老民族，都曾在中国历史舞台上轰轰烈烈地出场，分别演出过呼风唤雨的一幕，但最后却一个个在灯光渐暗中悄然离去，不知去向，把一个又一个历史之谜留给了观众。

一个民族的历史文物，是这个民族的文化储存器。眼前这座古塔，默默地在这里站立了一个世纪又一个世纪，见证了千百年沧桑史事，但它除了随风传来几声隐隐约约的风铃声，从来一句话都不说，它像永远伸直了一个指尖指着天外，以其古老邈远的神态引发人们的无穷遐想。

海宝塔下有董必武、林伯渠两位开国老人的题词碑刻，可见这座古塔的重要地位。

出了银川市西郊，远远就能望见拜寺口双塔。这是两座著名的西夏古塔，像双子星座般并肩耸立在贺兰山东麓的山脚下。贺兰山东麓没有植被，山体的颜色浑黄中带点褚红，山坡下有宽达一二十公里的乱石荒滩。我们的车子在乱石滩上颠簸了一个多小时，总算开到了双塔下。双塔下是个小山村，庄稼树木葱茏一片。在贺兰山的苍凉背景上，兀自出现这样一小片有塔有树有人家的幽静景致，的确很是吸引人。眼前这幅好景致，全仗着这里有一股好水养育着。历史上，信佛的朝代都是在山里有水的地方建庙，山上有水就有庙。但和尚们喜欢把话倒过来说："有庙就有水。"这就给人一个错觉，似乎庙里的神很"灵"。拜寺口双塔被围在一个单独的院子里，墙根下有几间小屋子，有一对老夫妇在此看守这两座古塔。男主人是个矮胖老头儿，我问他名字，他答："木子李，建设的建，帮助的帮，李建帮。"但我怀疑可能是"李建邦"，在这偏远的西夏古地，老辈人喜欢为孩子取这类名字。他告诉我说，他不是这个村子的人，今年六十五岁了，老家在山下，孩子们都独立过了，他是被考古队请上山来看守这两座古塔和塔院的。他还压低了声音对我说，原本是叫本村一个老头儿看的，可是在他手里丢了不少文物。塔里有不少东西，从周围地里也捡回来不少东西，都放在这几间屋子里交给他看管，可是一件一件都没了。问他弄哪里去了，他支支吾吾说不清楚，考古队就不叫他看了。

李建帮说，这两座古塔前几年刚整修过。他仰着脸用手指着古塔说："你看每个角上的那些风铃，整修时都换成了铁的了。原来的旧铃铛可好了，说铁不是铁，说铜不是铜，风一刮，铃声传几十里，山下老远都能听到。”又说，“过去没人管，旧风铃都流失到老乡家里，大困难那年头都被当作破铜烂铁卖掉了，多可惜，文物啊。”这时我发现，两座古塔远看时外形完全一样，走近了看就看出差别来了。西塔地基略高，东塔地基略低。西塔塔身的每一层、每一面都有一个佛龛，每个佛龛里都有一尊精美的小佛。东塔的塔身比西塔略小，塔身是光身，没有佛龛和佛像，是简易型。我猜想，西塔是为男主人建的，东塔是为女主人建的。在双塔后面的山坡上，有一片考古队正在清理的墓塔，塔身都没有了，只剩地面上一座座塔基，每座塔基下都是一个墓。每个塔基都用塑料薄膜蒙着，一堆堆断砖码放得整整齐齐，上面都写有字母和编号。考古真是一项十分细致的工作，对待每一块破砖烂瓦都马虎不得。

我忽然觉得奇怪，这里为什么只有佛塔，没有寺庙？李建帮指着西面更高的山坡上说：“你看那里，不是有一个个台基吗？老辈里有好大的一片寺庙建筑群，现在房屋一座也没有了。”我们跟着他爬上了山坡，荒草间的古砖古瓦密密铺了一地，石垒的一处处台阶状房基历历在目，遍地断砖瓦砾中有一种很特殊的砖，每一块砖上都有五个深深的手指印。李建帮说，这种砖是西夏特有的，别的地方见不到。他不无担忧地说：“这些房基考古队都还没有来得及清理，现在西部要开发了，四面八方来的人越来越多，野外的东西很难看得住啊。”

下山时，李建帮指着山沟告诉我们，这条山沟叫拜寺沟，顺着这条山沟往贺兰山腹地去，沟里还有一座拜寺沟方塔。沟很深，没有路，一般人到不了那地方。十年前，文物盗贼用炸药炸毁了拜寺沟方塔，当时这个案子震惊了海内外。宁夏这地方，过去比较闭塞，许多重要西夏文物“藏在深山人未识”，那时反倒比较安全。例如举世闻名的西夏王陵在荒野里湮没了八九百年，早期的贺兰山岩画更是在荒山野岭间存在了上万年，都是在“文革”时期才发现的。它们过去一直安然无恙,可是一经发现并公布于世,安全系数立刻大减。在拜寺沟方塔被炸前三个月,宁夏文物部门在修复贺兰县另一座古塔时,在塔顶内发现了十多尊彩绘泥塑佛头、一批彩绘绢画、一批西夏文印刷雕版等,被列为当年全国十大考古发现之一。文物盗贼凭着灵敏的嗅觉,立即来到宁夏,选定人迹罕至的拜寺沟方塔下了手。拜寺沟方塔是1984年才被发现的,它湮没深山八九百年都平安无事,被发现后仅六年,1990年11月就被炸毁了。

在中国这片土地上,历史文物的命运一直不够好。一个多世纪以来,西方列强从中国掠走的历史文物不可胜数。据说,流失在世界各国二百多家博物馆中的中国文物多达一百多万件,这还是不完全统计。被八国联军掠夺去的几件圆明园文物,前些日子居然被大摇大摆拿到中国的香港来公开拍卖,虽然最后被保利集团重金购回,但中国人心里总觉着不是滋味。西夏文物一直是国际盗宝者垂涎的重要目标。二十世纪初,匈牙利籍英国人斯坦因、瑞典人斯文·赫定、美国人华尔纳等人都到中国来盗掘过西夏文物。尤其俄国人科兹洛夫从黑城盗走的西夏文物车载马拉,今天中国研究西夏史的学者有时不得不到俄国去查阅资料。最近这些年,中国土地上又出现了一股盗宝风潮,他们往往里应外合,将目光瞄向西部文物富藏区,西夏文物是他们企图猎取的重要目标之一。

十年前炸毁拜寺沟方塔的案子至今仍未告破。但四年前,即在拜寺沟方塔被炸六年后,在北京和银川同时公布了一个轰动世界文物界的考古新发现:世界现存最早的木活字印本在我国宁夏出土,印本就出自那座被炸的拜寺沟方塔,这是一个由大悲转为大喜的结局,大大出乎人们的意料。

拜寺沟方塔被炸后,考古专家们当时本想火速赶到现场去清理,哪怕能发现一星半点劫后余物也好。但公安部门为了破案,要保护现场,文物部门只得苦等破案,差不多整整等了一年,破案之事仍无消息，一年后，经过请示批准，宁夏文物考古研究所才正式组队，前往清理被炸古塔废墟。资深研究员牛达生先生主动请缨，要求担任领队。他在这里搞了一辈子西夏文物考古研究，怎么也想不到竟会发生如此疯狂破坏文物的严重问题。他心情沉重得像是要去料理一位老人的后事，挑选了几位能干的年轻人，一起进了山。外面的人只知道那里不通路，考古队吃水要雇民工用小毛驴往里驮，一小桶水要花十五元钱。进去一个月了，还没有什么消息。大家都已不抱什么希望了，肯定不会有什么收获了，古塔被炸造成的损失已永远无法挽回了。

可以想象，当时古塔在文物盗贼炸塔的一声巨响中轰然倒下，跌得粉身碎骨，巨大的空谷回声从四面八方向炸塔的文物盗贼发出怒吼，他们也许一无所获，落荒而逃。以抢救历史文物为毕生事业的考古学家牛达生先生，带领一批年轻的考古工作者来到古塔被炸现场，他们像见到一位旷世老人被炸翻在地，倒在血泊之中，惨不忍睹。他们细心得像是在抢救这位被炸老人的医生护士一样，轻手轻脚，丝丝入扣，一块砖一块砖地清点，一层一层地往下丈量、清理、登记，终于有了重大收获。先是在一根古塔中心木柱上发现了两则同样内容的西夏文和汉文题识，记载了古塔修建经过。接着清理出的重要文物有：西夏文佛经、汉文佛经、汉文文书、西夏文木牌、丝织品、钱币、舍利子等。在约二十多万字的古文献中，发现了一部最为珍贵的西夏文佛经《吉祥遍至口和本续》，共九册，约十万字。专家们查阅了海内外现存的三百六十多种西夏文佛经目录，没有与此内容相同的经卷，认定为海内外存世孤本，其价值无法估量。

牛达生先生凭着考古学家的职业敏感，他断定，只要埋下头来对这批文物做深入研究，一定会有更多重要发现。从此，他天天静心伏案，沐手而阅。终于，他从这部西夏文佛经的字里行间发现了秘密，不由得眼睛一亮，心跳加快，他对自己说，这是木活字印本！这是中国最早的木活字印本！不，这是世界最早的木活字印本！

这是一个了不起的大发现。宋代的木活字印本太罕见了。牛达生知道，全世界现存大约一千部左右中国宋版书，都是雕版印本。我国现存的木活字印本，都是明代的版本了。因此，《光明日报》在报道这一消息时，文章中用了“震惊世界的研究发现”这样的标题。

在宁夏博物馆内，我见到了满头银发的考古学家牛达生先生。我当面向他请教，他娓娓道来，同我谈了近两个小时。他对我说，他的主攻专业不是西夏文，因而他阅读西夏文经卷尚有一定难度，但他还是一字字、一句句、一行行、一页页地研读着这本西夏文古籍。渐渐地，他从字里行间发现，这本古籍在印刷风格上与雕版印本有种种不同，诸如：版框栏线四角不衔接，有的超长，有的不足；有的字体大小不一，笔锋不尽相同；有些相邻的字墨色却浓淡不一；文中发现倒字，但又不属避讳；时见错排、漏排，偶有汉文与西夏文混用；有的页面上残留着字模隔行竹片印痕，等等。这一切都证明，这是一本木活字印本。这真可以说是一种“读书读进骨缝”的研究方法。1996年11月6日，由国务院文化部科技司主持，在北京新落成的中国印刷博物馆内，召集了国内一大批文博、考古、历史、图书、印刷、出版等方面的一流专家学者，对牛达生先生的研究成果进行了鉴定，一致得出结论：西夏文佛经《吉祥遍至口和本续》，是迄今为止发现的世界上最早用木活字印刷的古籍。

牛达生先生向我介绍说，我国古代印刷术经历了雕版印刷、活字印刷两大发展阶段，而活字印刷又经历了从泥活字到木活字的发展过程。我国最早的古籍是甲骨文、钟鼎文，随后是竹简、木牍，发明造纸后是写本、抄本。隋末唐初，我国最早发明了雕版印刷，由此大大促进了中华文化的发展。毕昇在北宋庆历年间又发明了活字印刷,这使印刷术又产生了一个飞跃。据沈括《梦溪笔谈》记载,毕昇发明活字印刷时,也曾试过木活字,但由于木材纹理疏密不同,沾水后膨胀系数不一,字模高低不平,沾墨不均,技术上没有过关,他放弃了。毕昇最后搞成的是泥活字。所以传统学术观点一直认为,木活字是元代科学家王祯发明的,主要依据是王祯在他写的《农书》中较详细地介绍了木活字印刷工艺。前些年有的学者就对此提出了不同看法,认为王祯只是完善了而不是发明了木活字印刷。这次发现这本最早的木活字印本,使后一种观点得到证实。它的发现,使发明木活字印刷术的时间至少提前了一百多年,从元代上移至宋代。人类印刷史的有关章节要据此改写。

宁夏历史博物馆的李馆长向我介绍说,牛达生先生发现这部世界现存最早的木活字印本,还有另一层更重大的意义,它关系到捍卫我国最早发明印刷术的历史地位。在我的思想上,在所有中国人的思想上,印刷术是中国古代的四大发明之一,这是全世界早就公认的历史事实,谁也不会对此提出任何疑问。可是,这个历来毋庸置疑的问题,这些年却遇到了来自韩国的挑战。事情的起因是这样的,1966年韩国庆州佛国寺内的一座古代佛塔遭到雷击,由此发现了塔内保存的一卷大约刻印于公元701—704年间(中国唐代武则天时期)的汉文经卷。当时,正值我国"文革"动乱时期,文博考古事业几近荒废。而韩国学者却以极大的热情研究和宣传他们发现的这部古代经卷。他们认为,这部雕版印刷的古代经卷比中国过去发现的古代印本都"早",于是在国际上大事宣传印刷术"起源于高丽"的观点,挑起了一场印刷术发明权的归属之争。李馆长说,这是一件非同小可的事情,中国学者不可不与之据理力争,以捍卫我国最早发明印刷术的历史荣誉。

牛达生先生与我交谈时,心平气和地阐述了他的观点。他说,印刷术在中国古代的发明、发展，经历了一个完整的历史过程，有一系列脉络清晰的历史记载，有十分丰富的考古发现。我国这次发现的这本世界上最早的西夏文木活字印本，虽然刻印年代没有韩国印本早，但它以更加充分的物证，进一步把我国古代印刷术的发展脉络连贯了起来，更有力地证明了中国是最早发明印刷术的国家，这个历史地位不可动摇。他认为，韩国发现古代印本只是一个孤立的考古事件，说明不了问题。韩国学者从他们的历史中拿不出相关的历史事实来支持他们的观点，这既不符合印刷术从发明到发展的自身规律，也不符合发明印刷术必然对一个民族的历史文化产生广泛而深远影响的历史事实。况且，中国唐代与高丽的历史联系是众所周知的，这本韩国印本完全不能排除由中国传入的可能性，因为它不但是用汉文书写的，而且经文中有四个武则天创制的特殊文字。

我回京后，又带着这个问题去参观了中国印刷博物馆，访问了有关学者。在这里，我看到了我国古代印刷实物的一系列原件或复制品。常务副馆长张连章接待了我，他向我介绍了中韩学者围绕印刷术发明权展开学术之争的一些情况。他告诉我，今年秋天，各国专家学者要来中国召开世界印刷大会，他们印刷博物馆正在积极筹备。他说，中国是印刷术的故乡，这是改变不了的。

一件稀世文物——宋代西夏文木活字印本的发现，回答并印证了历史上诸多重大问题，由此可见西夏历史文物的地位多么重要。这使我联想到，中国历史的一个最显著的特点，就是民族的多样性、丰富性的融合和统一。中华文化就是这种民族的多样性、丰富性在纷争中相互交融会合并最终达成统一的产物。辽阔的中国版图、悠久的中国历史、古老的中华文化，都是由生息在这片疆域的多民族共同参与缔造的。虽然《吉祥遍至口和本续》是一件西夏文物，但它证实的却是中国在人类历史上最早发明印刷术这样一个重大问题。中国的少数民族大多集中在西部,中国历史文化的多样性和丰富性特点也更多地反映在西部。悉心保护西部的历史文化,说到底就是保护中华民族的强大凝聚力。

2000年9月

边 墙

一

今年夏季,我有机会去西北走了一些地方,从宁夏南部的古城固原,到河套地区,再到河西走廊,一路上屡屡见到那道土筑的明长城。我的思路时时被它牵引着,一步步引向修筑明长城的遥远岁月。在北方,每当见到长城,我心中都会烽烟滚滚,脑子里涌过一阵又一阵历史风云,也闪过一个又一个“假如”:假如秦始皇统一中国后不去兴师劳民修筑万里长城,秦帝国能否避免速亡?假如明代不去重复秦始皇修长城的“错误”,而是沿着郑和开拓的航线去经略海洋,中国能否避免走进闭关锁国的死胡同?或者说,假如中国土地上压根儿就不存在这道万里长城,中原和北方的农牧民族能否在千百年和睦共处中相交相融?要是那样,中国历史将会发展成一种什么样子?

但我知道,历史是没有“假如”的。

长城是中国历史的一根装订线,倘若把长城从中国历史中抽掉,中国这部古老的线装书将散落一地,凌乱得无法收拾。没有长城就没有中国历史。不解读长城,也不可能真正读懂中国历史。

鲁迅先生说过，长城是“伟大而可诅咒”的，这何尝不是鲁迅先生对中国历史文化发出的一声浩叹？长城是一种无可替代的象征，它是中国历史文化的象征。辉煌亦长城，悲叹亦长城。

今天，不管人们从何种角度、用何种眼光去审视长城，如何纷纭评说，长城都是古中国书写在这片土地上的一部大书。战国长城是它的第一版，秦长城是第二版，明长城已是第三版了。战国长城好比是由不同作者写成的一些独立短篇，但它们拥有相同的主题，表明战国群雄们既要互相防范，又要共同提防北方游牧民族南侵。秦长城则将这些独立短篇串连到一起，改写成了一部卷帙浩繁、浑然一体的长篇巨著，表明北方游牧民族已成为统一后的中央帝国面临的最大威胁。此后，中国历代封建帝王将长城这部巨著翻阅了一千五百余年，难免出现卷边、缺角、残破、少页等。于是，明长城又将秦长城重版了一次，虽然作了不少修订补充，篇幅有增无减，但它除了重复秦长城全封闭型的防御思想，并没有为这部大书增添任何新意。

明代人叫长城为“边墙”。边墙之“边”，当然是边防的意思。明代有“九边”，即在北线设立了九个边镇：辽东镇、蓟州镇、宣府镇、大同镇、山西镇、延绥镇、宁夏镇、固原镇、甘肃镇。“镇”是军事编制，九个边镇也就是九个边防军区。边镇的主要任务是分段修筑和管理边墙，分段负责守边任务。边墙西起嘉峪关，东到鸭绿江，总长一万两千七百余里。朱元璋对“墙”情有独钟，也是有来历的。朱元璋驰骋纵横之时，有位谋士朱升向他献策：“高筑墙，广积粮，缓称王。”朱元璋采纳了他的建议，每打下一座城池，就用“高筑墙”的办法巩固城防，打下一座，守住一座，步步为营，最终夺取了天下。朱元璋当上皇帝后，他把这个带有浓重农民色彩的军事思想加以放大，仍按“高筑墙”的思路来守卫偌大的中国。他上台不久，便开始在北线修补秦始皇留下的那道老墙。

明代国祚二百七十六年，历十六帝，大修长城十八次，小修从未间断过。若从洪武二年朱元璋命徐达修筑居庸关算起，到万历三年戚继光在蓟州沿线修迄一千三百三十七座空心敌台为止，时间跨度长达二百五十余年。事实上，直到万历十四年，宁夏镇还在修边墙。明代修长城修得这么勤，修到最后，努尔哈赤的儿子多尔衮还是从长城外打了进来，明朝还是亡了。

二

在万里长城这根琴弦上，两千多年间弹奏出的都是同一首古歌：问天下谁主沉浮？

中国这片辽阔版图告诉我们，缔造中国古代历史的任务，是注定要由中原农耕民族和北方游牧民族共同来完成的。但是，代表中原农耕文明的历代封建帝王一直思想不通，下决心不让北方游牧民族参与进来，一次又一次地修筑万里长城，高垒深沟，坚决隔离。中原的历代封建帝王，都把万里长城当作他们的生命线。皇上们都讲究“面南而坐”，其实他们内心深处却一个个都面向着北方，把目光死死盯住了那道万里长城，以守住这道防线为基点，来构筑他们的“万年基业”，考虑他们的生死存亡。

而在北方游牧民族看来，他们既然生息在这片穹庐之下，参与缔造中国历史是上苍赐给他们的权利，他们是非要参与进来不可的。正如鲁迅先生所说，靠一道万里长城，“胡人何尝挡得住”。长城好比一道处处渗漏的大坝，总也挡不住北方游牧民族南下的历史之潮。我们不妨翻开中国的历史账本粗略计算一下，秦以前且不去说它，秦汉以降两千多年间，并不都是中原王朝的一统天下，至少有一半时间是与北方游牧民族共享天下。魏晋以后经历的十六国时期、南北朝时期，隋唐以后的五代十国时期、宋辽金夏时期，在这前后七百余年间，北方游牧民族连连突破长城，拥入塞内关内建立起一个个南下政权，纷纷将他们的名字注册进中国历史。再往后便是蒙、满两大游牧民族先后入主中原，主宰中国历史长达三百五十余年。

蒙元入主中原，是北方游牧民族千百年顽强南下达到的第一个高潮，如果将长城以内比作一个湖，这是北方之潮第一次灌满了这个湖。夹在元、清两朝之间的明朝，则是中原本土之礁对北方之潮的反弹。虽然明朝支撑了二百七十六年，但将它放到历史长过程中去看，这种反弹带有暂时性质。只要长城外积蓄的力量超过关内，北方之潮就必定会再次泻进关内来的。满清入关，便是涌进长城的第二个高潮，再次将湖水灌满。等到湖水在剧烈翻滚激荡中最终将长城内外的“水位”拉平之时，也终于把长城两边各自积聚的力量消耗殆尽了。此后，湖水便渐渐归于平静，最后竟成为一池死水。

到了这时，长城两边你来我往的对手坐在地上你看看我、我看看你，谁也没有力量再站起来继续斗上一个回合。双方脸上都有一丝苦笑：你赢过，我也赢过。你输了，我也输了。谁都没有赢。长城终于成为伟大古迹。可是精力已被它耗尽了，时间已被它耽误了。于是轮到外敌不断前来入侵了。

终于，长城内外的人们满腔悲愤地齐声高唱：中华民族到了最危险的时候，把我们的血肉筑成我们新的长城！

三

朱元璋从开国之初就着手修边墙，当时是出于巩固大明政权的现实需要。大将徐达率领的北伐军攻陷元大都后，元朝是灭亡了,但元朝的残余势力并未彻底消灭。元顺帝带着后妃太子、贵族大臣退往漠北,随时可能卷土重来。朱元璋的思维逻辑也只能如此:北宋是被来自北方的金国势力消灭的,南宋是被来自北方的蒙古铁骑灭亡的,这是刻骨铭心的深刻教训。他自己能否坐稳江山,危险仍然来自北方。怎么办?秦皇汉武为他传下了经验:修长城。

明朝开国之初,作为一个新生政权,毕竟还在上升时期,对北方的防御还不到采取"全封闭"措施的时候。因而洪武年间修长城,主要是修筑了长城沿线的一些重要关隘,以及在重要地段修缮了烽、堠、墩等报警系统。明长城最为著名的几处重要关隘,都是朱元璋下令修筑的。洪武二年,命大将徐达修筑了居庸关;洪武五年,命大将冯胜下河西,修筑了嘉峪关;洪武十四年,又命徐达修筑了山海关。

修筑山海关,是朱元璋为大明王朝埋下的一个不祥伏笔。明朝开国之初,辽东仍掌握在蒙元残余势力手中。洪武四年,盖州牧刘益表示愿意归顺明朝,向明廷纳贡。朱元璋却像接到一只烫手的山芋,有些拿不稳、放不下。他最初将盖州改置为定辽卫,洪武七年又设辽东总兵,洪武八年又改定辽卫为定辽都使,洪武十年又撤销定辽卫所属州县,改设二十五卫。从这些频繁变动中,多少可以看出一些朱元璋的心情,他对东北方向那片天地一直有些放心不下,不知道究竟如何处置才是最为妥帖的办法。他左想不放心,右想不放心,最后决定要在通往东北的咽喉处修筑一座"雄关"。当时明朝立国才十四年,朱元璋似乎已隐隐感觉到东北方向迟早会发生不测,不得不防。不知道他是不是早就预感到,二百六十余年后,明朝统治大厦会从这里溃塌。

朱元璋命徐达将山海关修筑得如此高大,用来掩饰他内心过早出现的一丝惊慌。但他可曾想到,一修山海关,也就从此形成了"关内"与"关外"的隔膜。关外的女真人向南一望,发现已被一座山海关挡住了去路，立刻觉得大事不好，大明王朝把他们当成“异己”看待了，将他们“关”在门外了。

今天人们登临山海关，在惊叹其雄伟壮观的同时，不知道有没有觉察到这座“雄关”骨子里的虚弱，如果不是朱元璋内心有些发虚，人们实在想象不出为什么要在这里修筑这座“雄关”的充分理由。是遵循祖传老例吗？不是。秦长城“起临洮，至辽东”，最东头一直修到平壤附近，广大的辽东地面早就包括在秦朝开辟的中华版图之内了，为什么要造一座关卡将它“隔”出去？是沿袭前朝旧制吗？也不是。元朝时，东北方向的岭北行省、辽阳行省，地域之广更是了得，辖境直抵北冰洋海岸。可是明朝开国不久，就从秦长城旧址后撤五六百里，在这里筑起这座山海关，只能说明朱元璋有些小家子气，他对东北方向强悍的女真人早就防了一手。但他哪里知道，他一修山海关，人们的心理被严重误导了，人们从此都把山海关当作了长城的“起点”，把关外早就存在的一千多里秦长城抛弃在“外”了。虽然朱元璋和他的继承者一直有效控制着关外，但由于有了这座山海关，“关内”与“关外”的隔膜感已难以消除。关外的女真人从此就在心里与大明王朝暗暗地较上劲了。他们有朝一日在关外崛起，必定要打进关内来，入主中原，取而代之，这是后话。

封建时代的中原农耕文明作为一个漫长的历史过程，秦朝是它的第一座高峰，明朝已是它的余脉。这种内在的差别，从秦长城与明长城的总体格局上也能反映出来。当然，秦长城与明长城所贯彻的都是内敛型的防御思想，它反映了古代农耕文明的本质特征，与古代游牧民族扩张型的军事思想在本质上是不同的。但是，秦长城毕竟具有一种外向的气势。秦始皇并灭六国后，一方面下令废除内长城，“堕坏城郭，决通川防，夷去险阻”，拆除六国间的各种阻隔；另一方面命蒙恬“北逐戎狄，收河南，筑长城”，将秦、赵、燕三国的外长城连缀了起来。秦长城“并阴山至辽东”,“截辽水而入高丽”,从今甘肃临洮一直向东延伸到今朝鲜平壤附近。也就是说,秦朝把长城从“内线”推向了“外线”,而明朝长城则刚好相反,是把长城从“外线”转向了“内线”,处处显出萎缩之相。修筑山海关是一例,从秦长城原址后退了五六百里。我在河套地区见到的边墙又是一例,它比阴山秦长城后退了八九百里。

四

永乐大帝,这位下令编修《永乐大典》的帝王,在明代十六位帝王中,是很有作为的一位。但后人看他,也不免有些遗憾。修了几千年长城的中国,在永乐大帝手里曾出现过转变战略思路的机遇,即:从修筑长城转变为出海远航经略海洋,可是这一机遇从他手中滑掉了。

永乐帝朱棣是朱元璋的四子,十一岁被封为燕王,二十一岁赴北平燕王府上任。在诸藩王中,燕王处在与北元残余势力周旋的第一线,他在北平燕王府度过了二十来年,经历了边关风雨的锻炼,增长了军事才干。有一次,他亲自领兵北出迤都山,擒获北元太尉乃尔不花而归。《明史》说他“智勇有大略”。朱元璋一直觉得立储的皇太子朱标不如他,朱标早逝后继立为皇储的长孙朱允炆更不如他,曾多次动念易储朱棣,均被群臣劝谏制止。朱元璋病重之际,谕敕朱棣:“攘外安内,非汝而谁?”并谕示北线诸塞王和众将领“一切号令悉听燕王节制”。但建文帝朱允炆即位后,听信兵部尚书齐泰等人的计谋,急欲削夺诸藩王权力,并把主要矛头对准权力最大的朱棣。他们调兵遣将,收买奸细,企图里应外合,“生擒燕王”,将他除掉。朱棣在千钧一发之际,以其非凡的胆魄和出众的军事才干,将身边的险情一一化解,并乘势发动“靖难之役”,从北平一路打到南京，一举夺取了帝位。

我们打开史书可以看到，朱棣称帝后，集中精力、国力，投注到了两件大事上：一是巩固北部边防：二是向南发展航海。

第一件大事，巩固北部边防，一直由永乐大帝亲自在操持。他称帝后，立即紧锣密鼓地采取了一系列措施来加强北部边防，并将北平改名为北京，着手建设他这个"龙兴"之地，为日后迁都北京预作准备。他这样做，也许是因为先帝朱元璋曾一再提醒他要"永防边患"；也许是因为他身在燕王府二十余年，对加强北部边患有着更深切的体会；也许是因为他突然离开燕王府到南京称帝而去，对遥远的北部边防愈加放心不下。总而言之，他把巩固北部边防看成是他帝业的根基所系，这对一位从北方燕王府起家的新帝来说，也在情理之中。

永乐帝北部固边采取的是"稳住两翼，中间出击"的策略。

右翼：对辽东地区，他并没有因为朱元璋修筑了山海关而放松对辽东的经略和控制，他的辽东政策是富有开拓性的。永乐元年，他就派保定侯孟善前往辽东，把辽东都司建设成一个强有力的军事机关，使之成为在东北的一个据点。然后向北步步推进，不断延伸有效管辖范围，先后恢复和新设了朵颜山兀良哈三卫、建州女真诸卫、海西女真诸卫、奴儿干女真诸卫，随后又在最北面建立了奴儿干都司，大大加强了对西起鄂嫩河、东至库页岛、南濒日本海、北抵外兴安岭的广阔地域内东北女真各部的有效控制。据《中国军事通史》记载，明朝在最北面的奴儿干地区先后建立了一百八十八个卫所，其中一百五十二个是永乐年间建立的。

左翼：对河套以西地区，建立了赤金蒙古卫、沙州卫、哈密卫，加强对西域各部的控制，保障了河西走廊的安全。

中间出击：即集中力量打击北方蒙古三大势力（东蒙古鞑靼、西蒙古瓦剌、辽东蒙古兀良哈），将此作为北部固边的主要矛盾来对待。

第二件大事，激动人心的航海任务，永乐大帝将它交给太监郑和去担任。郑和是跟随朱棣起兵夺取帝位的心腹之一，鞍前马后，功不可没，故委以重任。郑和原名马文和，小字三保，回族，祖籍云南，祖父和父亲都到过伊斯兰教圣地麦加，他从小就对海外有所了解，充满着向往。朱棣对郑和的身世、志向了解甚深。永乐三年，朱棣刚刚将宫内头绪理清，将北部边防稳住，便命令郑和组织庞大船队出洋远航。要知道，明朝开国之初，朱元璋为了防止“海疆不靖”，实行了非常严厉的禁海政策，“不许片木下海”。朱棣以其超人胆识，改变了先帝旧制，派遣郑和与副使王景弘“率水手官兵两万七千八百余人，乘宝船六十二艘，远航西洋”。当这支庞大船队在喧天的鼓乐鞭炮声中从苏州刘家港起锚，浩浩荡荡向长江口扬帆出发时，永乐帝即使不到现场送行，也能在宫里想见那盛大热烈的场面，为之激动。

郑和航海，是永乐朝的一大辉煌业绩。郑和的航海船队，大体上每次出洋两年，回国后休整一年，然后再进行下一个航次，每三年一个航海周期，就这样连续不断地进行着。永乐大帝多么希望有朝一日与北方蒙古各部相安无事，以便使自己静下心来，听听郑和讲述西洋见闻，多思考一些发展海上贸易之类的事宜。可是，北方边患一直困扰着他，不让他抽出身来把主要精力投入到开拓海洋这件大事上去。

永乐大帝为了巩固北部边防，真可以说到了殚精竭虑的地步。开始是“抚”与“防”两手并举。“抚”就是推行怀柔政策，遣使通好，招附归顺，委官封王，赏赐笼络。“防”就是修边墙。永乐初年，他就命令河北至山西北线“皆修边墙，挖深沟”，沿线修筑烽、堠、墩报警系统。永乐十年，他再次命令北线边将修筑壕、垣，加强边墙防御体系。但是，他这样采取两手并用的政策，有时效果却是相互抵销的。对方正在用猜疑的心态观察他推行的怀柔政策究竟是“真心实意”还是“不怀好意”呢,他一修边墙,等于明白告诉对方说,我压根儿就不信任你们!对方的回答自然也就非常直截了当,你修吧,一道黄土边墙,别想挡得住我们!

当“抚”与“防”都已经不能解决问题时,永乐大帝就只能下决心“打”了。从永乐八年至二十二年,永乐帝连续不断地亲征漠北。第一次亲征,斡难河战役击败鞑靼,得胜而归。第二次亲征,忽兰忽失温战役击败瓦剌,又一次得胜而归。不久,鞑靼复苏,重又南侵,迫使永乐大帝下决心第三次亲征。这一次,他的动作很大,出征前先于永乐十九年九月宣布迁都北京,决心从此坐镇北方,与蒙古南侵势力斗争到底。

这里就出来一个问题,永乐大帝下决心将统治中心北移,从表层原因看,是出于当时斗争形势所迫;从深层原因去分析,却是出于一种“历史本能”。也就是说,历史进程所呈现的客观形势,要求永乐帝找到统治中国这片广阔版图的战略平衡点。自古以来,中国的统治中心一直在东西之间或南北之间来回变动。这种来回变动的过程,实际上就是寻找战略平衡点的过程。古代交通、通信手段落后,地域上的控制能力往往具有决定性意义。早期,主要是在中原农耕文明内部寻找战略平衡点,具体表现为统治中心在东部与西部之间来回变动,从夏商周至两汉都是这种情况。三国时代,中原农耕文明内部开始分解,两晋、十六国、南北朝,统治中心呈“耗散”状态,它标志着由“东西平衡”开始向“南北平衡”过渡。隋、唐时期,中原农耕文明中兴,又回归到寻找“东西平衡”,隋文帝的统治中心在西部,隋炀帝移至东部;唐朝统治中心大部分时间在西部,武周曾一度确定洛阳为东都。宋辽金夏时代,北方游牧文明崛起,又向寻找“南北平衡”过渡。辽代把北京作为五京之一的“南京”,与北宋都城开封对峙;金代把北京作为“中都”,与南宋都城临安对峙。元朝忽必烈统一中国后，将北京定为“大都”，这是中国历史上第一次在南方农耕文明和北方游牧文明之间找到了一个较为合适的战略平衡点。明灭元，定都南京，重心偏了。坐在南京皇宫里的朱棣，深知巩固北方是他坐稳江山的关键，但他处理北方事务常有鞭长莫及之感。因此，他决定迁都北京，也可以说是奉历史之命，重新找回制衡南北的战略平衡点。这说明了一个什么问题呢？它说明中国历代帝王一直受到北方力量的“牵制”。也就是说，中国的历史走向一直受到北方力量的“牵制”。你想向南发展吗？不行。你想开拓海洋吗？也不行。为什么？因为北方始终有一股强大力量随时都会把你拉回来。

朱棣称帝以后，北方蒙古势力的南侵活动从未停止过。从永乐八年至二十二年，永乐大帝在十四年间连续发动五次亲征，平均不到三年就要出征一次，消耗的精力、国力可想而知。最后两次亲征，均因鞑靼首领阿鲁台远遁避战毫无收获，朱棣自己却被折腾得疲惫不堪。这时一个怪圈已经形成：朱棣越想“吃掉”鞑靼，却越是“吃”不掉它；越是“吃”不掉它就越想“吃”掉它。他在这个精神旋涡中越陷越深，不能自拔。在第五次亲征返回的路上，朱棣病死在榆木川（今内蒙古多伦西北）。永乐大帝的一生，就这样被这个“北方旋涡”吞没了。

永乐大帝病逝在榆木川亲征路上时，恰好郑和第六次航海归来，正在国内休整。朱棣逝世的消息对他的打击有多大，可想而知。郑和偃帆歇船，在极度伤感中为永乐大帝守着长孝。十年后，郑和率领船队重新起锚，去作第七次也是最后一次远航。不过，要想使他重新振作起建立航海大国的雄心壮志是不可能了，他只是要去完成最后一次追随永乐大帝的感情远航。郑和与他毕生追随的永乐大帝以同样的方式殉国，他于1433年死在最后一次航海归国途中。

富有开拓精神的永乐王朝就这样结束了，而明朝修边墙，却将从此进入高潮。

五

说到明长城，不能不说说明英宗朱祁镇这个人物。明朝的衰落是从他手里开始的。他两度称帝，中间在“土木之败”被俘，被西蒙古瓦剌军抓去当了一年俘虏。他由此丢掉了皇位，由他的弟弟朱祁钰继任，是为代宗。一年后瓦剌将他放回，他忍气吞声当了六年有名无实的“太上皇”。之后，他趁代宗病重时复辟，处死代宗，杀掉于谦，二度称帝。明朝从他手里走向衰落，明代修边墙却从他之后进入高峰。

明朝是个“早衰”的朝代。永乐大帝之后，朝政迅速走向腐败。英宗第一次称帝的正统年间，大明政权就露出了衰败之相，重要原因是宦官专权，朝政黑暗。明朝开国，朱元璋“鉴前代之失”，曾对宦官干政作过一系列严厉限制，在内宫门口立了一块铁铸的警告牌：“内臣不得干预政事，预者斩。”但令人遗憾的是，这个严厉制度却在永乐帝手里被破坏了。永乐帝在与建文帝争夺帝位的过程中，暗中得到过内宫宦官的帮助，所以他称帝后对宦官“多所委任”。历史证明这是很糟糕的做法，后患无穷。由于这个缘故，有人对永乐帝重用郑和也有不同看法，认为三保太监是个宦官，朱棣对他过于宠信，给他的权力太大了。是啊，如果将永乐帝重用郑和同他宠信宦官的大政策联系起来，的确有了另一种性质。好在实践证明郑和不辱使命，宦官误国与他关系不大。但不管怎么说，永乐帝宠信宦官的先例一开，后面就愈演愈烈。

英宗是永乐的曾孙，他九岁即位时还是个小毛孩子，宦官王振专权，肆无忌惮。英宗成年后仍然唯王振之言是听。朝政昏庸腐败，在军事上带来的严重恶果，就是边备废弛，军纪松弛，军心涣懈，士兵大批逃亡。据《明英宗实录》记载，自正统三年至十四年，逃亡士兵达四十余万。结果，北线狼烟四起，风声鹤唳。这时，西蒙古瓦剌部兴起，降服了东蒙古鞑靼部和辽东兀良哈部，控制了西起中亚、东接朝鲜、北连西伯利亚、南抵长城的广大地区。瓦剌首领也先一面接受明廷封号，向明廷纳贡；一面窥探明廷虚实，伺机南侵。

正统十四年，也先“胁诱群胡，大举入寇”，明军全线失利，朝廷一片慌乱。宦官王振将战争视同儿戏，认为靠皇帝亲征的“威势”就能“吓退”也先，竭力怂恿英宗亲征。主管军事的兵部尚书邝埜、兵部左侍郎于谦等力主“六师不宜轻出”，礼部尚书王直也率朝中百官力谏劝阻。但英宗一概不听，他只听宦官王振一个人的，执意率五十万大军亲征。英宗是昏庸之君，毫无军事常识，一切交给王振指挥。结果，土木堡一仗，明军惨败，英宗皇帝被瓦剌军抓走，当了俘虏。

也先把英宗抓在手里，养着，却不杀。不杀，是因为他不想一刀割断同明廷的关系。他知道，长城两边的关系是永远割不断的。双方打归打，祖祖辈辈已经打了千百年，在这样打打停停中也生存了千百年。从这个意义上说，长城不仅是一道隔离墙，长城也是一条将两边“缝合”在一起的纽带。瓦剌军抓走英宗后，明廷与也先的联络反而变得十分频繁起来，双方使者来往不绝，讨价还价。也先以英宗做筹码，向明廷敲诈去了不少财物。最后，也先以护送英宗回朝为名，长驱直入，诱攻北京，明军在于谦指挥下将也先击退。这时，也先知道英宗已被明廷废黜，再将他羁绊下去用处已不大，第二年将英宗放回，与明廷和解。

“土木之败”，给朱明王朝留下的耻辱感是刻骨铭心的。因此，英宗以后的几个朝代，也就成了明朝修边墙的高峰期。

略举若干记录如下：

成化十年，延绥巡抚余子俊筑宁夏盐池至陕西清水营边墙一千一百七十里。

成化十年，宁夏巡抚徐廷璋筑黄河以东边墙三百八十七里。

弘治十五年，总制尚书秦纮筑宁夏同心至陕西靖远边墙六百里，又向东至甘肃饶阳三百里；铲山崖三千里。

自正德至嘉靖年间，河套地区成为鞑靼南侵的主要地区，历任总制在河套地区反复修边墙，修了外边修内边，因而宁夏镇的边墙重重叠叠修了两千里，是“九边”中最长的。

辽东边墙（自山海关至鸭绿江），正统七年开始修筑，至成化十七年初步完成，历时四十年，全长一千九百五十里。

嘉靖年间，宣大总督翁万达，修筑北京延庆至山西天镇、偏关等地的内边、外边共一千余里。

于是形成一个怪圈，边墙一步步修筑完善，明朝却一步步走向衰落。我们今天在八达岭、山海关、嘉峪关等地看到的明长城是雄伟的，但它不是明朝兴旺的象征，恰恰是明朝走向衰落的象征。

六

明朝修边墙耗费了巨大国力。修边墙对明朝的政治、军事、经济带来了什么影响？我们在史书中可以看到这样一条轨迹：随着明朝的边墙越修越完备，这个朝廷也变得越来越保守越来越封闭。军事上，到了明朝中期，虽也涌现过像于谦这样的少数几位名将，但随着边墙越修越长、边壕越挖越深，许多明军头目离开了城墙依托已不会作战，明军的战斗力严重退化。

嘉靖二十九年（1550年）发生的“庚戌之变”就很能说明问题。当时，东蒙古鞑靼土默特部首领俺答，为了对付西蒙古瓦剌部，遣使请求明廷纳贡互市，以获得他们急需的农产品和手工业品。明廷如果能够因势利导，开放边贸，岂不是好事？但明廷却惊魂乍起，害怕“土木之败”重演，竟杀掉来使，一口拒绝。其实这时离英宗被俘的“土木之败”已经过去整整一百年了，一个一百年都不能适应时变的政权，它能有什么前途？嘉靖皇帝也是一个昏庸之君，朝中奸相严嵩专权，政治黑暗。这时的明长城，充其量只是掩饰明廷虚弱本质的一道“坚硬”外壳，一遇战事，却一触即溃。嘉靖二十九年六月，俺答突破边墙，进攻大同，总兵张达、副总兵林椿战死。八月，俺答再攻大同，因贿赂严嵩之子严世藩而得到宣大总兵一职的仇鸾，惶恐无策，竟然以重金贿赂俺答，请他“移寇他塞”，转攻别处。俺答引兵东去，入古北口，攻掠怀柔、顺义、通州，明军毫无抵抗能力。朝廷急调各路援军，来了五万多援军“皆不敢战”，任凭俺答围着北京城横扫一圈而去，如入无人之境。俺答大摇大摆，仍从古北口班师北去。

这就不能不问：修边墙究竟起到了多大作用？

引起“庚戌之变”的直接原因，是明廷拒绝通贡互市，与此形成鲜明对照的是“隆庆议和”，两种边防政策，两种截然不同的效果。隆庆五年（1571年），在内阁大学士高拱、张居正和宣大总督王崇古等人的共同努力下，主动对鞑靼实行和解政策。王崇古将来降的俺答孙子送回，朝廷封俺答为顺义王，并赐封鞑靼各首领官职，准予纳贡互市。从此，保持了北部边境较长时期的安宁。

纵观长城史，总的趋势是越修圈子越小。明长城同秦长城相比小了一圈。明代修边墙的前期与后期相比，也是修了外墙修内墙，修了“头边”修“二边”，一圈一圈往里缩。到后期，其他地方已经顾不上了，只能集中力量对京城外围的边墙加高加厚，增强其防御功能，说明这个王朝也快到尽头了。

明代修边墙的最后一个阶段，集中在隆庆至万历年间。自从

“庚戌之变”后，明廷似乎时时刻刻感到来自北方鞑靼的威胁，京城的危机感越来越重。朝廷便把东南沿海抗倭名将谭纶、戚继光调进北京，加强京城防卫；另一位抗倭名将俞大猷继续留在南方。谭纶来京后在兵部主事，他对北京外围东起山海关、西至河北怀来两千多里边墙进行了考察，以军事家的眼光指出了原有边墙在防御上存在的问题，提出了在边墙上加修敌台等改进措施。他把这个任务交给了戚继光。

戚继光是谭纶的属下，统制蓟州、昌平、保定三镇守备练兵事宜。他上任后兢兢业业，对加强京城武备、提高京城防卫部队作战能力，做了大量卓有成效的工作。他在蓟州、昌平一线的边墙上建成了一千三百三十七座空心敌台，台顶能瞭望，台中能住人，“下发火炮，外击寇贼”；并在边墙外侧铲偏坡、挖品坑、掘堑壕，使来犯之敌“马虽强不得驰骤于下，钩竿不能到，云梯不能安”，从而使边墙的防御功能得到明显增强。同时，他还建立了一支由战车营、骑兵营、步兵营混合编成的机动作战部队，并根据他在南方抗倭作战的经验，结合北方京城守卫的特点，亲自制订练兵条例严格施训，训练出了十万精锐。戚继光在蓟州镇任职十六年，“边备修饬，蓟门宴然”。

可是，戚继光再能干，也只能为明廷解决局部性的问题，他无力解决明王朝兴衰存亡的根本性问题。万历十一年（1583年），朝廷内全力支持戚继光的首辅张居正去世，他们的政敌立刻活跃起来，戚继光很快被调离北京，去了广东。第二年，他和辽东总兵李成梁都被作为张居正的党羽遭到参劾。万历皇帝完全不念戚继光抗击倭寇、拱卫帝都之功，拿起朱笔一点，将他革职。不久，一代名将戚继光就在极度郁闷中死去，死时一贫如洗，医药不备，闻者无不唏嘘扼腕。

山海关，这是明长城的起点，最后却成了大明王朝的终点。

戚继光是公元1588年1月17日死的。就在戚继光死的这一年，山海关外发生了一件大事，明廷的一位关外命官，建州左卫都指挥使努尔哈赤，完成了他打天下的第一步目标，统一了建州女真五部。此后，他经过近三十年奋战，完全统一了东北女真各部。万历四十四年（1616年），努尔哈赤在关外建立了大金国。万历四十六年，也就是万历皇帝死的前一年，努尔哈赤在山海关外正式宣布："今岁必征明国！"

长城外，向大明王朝进攻的号角吹响了。

长城内，李自成已在遥望北京，不久，明末农民大起义的熊熊烈火也将燃烧起来。

明代的边墙，尽管一直不停地修了二百五十多年，却并没有围住明朝的"万年基业"。

纵观中国古代存亡之道，有两对因果关系，经常使人思考一些问题：

其一，修长城修了几千年，结果，忽必烈还是从长城外打了进来，努尔哈赤的后代还是从长城外打了进来。

其二，除了永乐大帝有魄力派遣郑和下西洋外，历朝历代的封建帝王都惧怕"海疆不靖"，因而一贯奉行海禁政策，但结果还是被英国炮舰从海上一炮轰开了国门。

七

那天傍晚，我们坐了车子开出银川市区，去看水洞沟古人类遗址。车子过了黄河大桥一路向东，驶进河套，在一个标明"水洞沟遗址"的路牌处向左拐下荒滩，不一会儿就开到了水洞沟边上。沟底卵石缝里有一些细小的水流，无水的地方积满了淤泥，车子无法继续前进。离原始人居住的洞穴还有一段距离，如果步行前往，到了那里也看不清什么了，只得作罢。

水洞沟的北岸陡峭壁立，我们找到一个小斜坡登了上去。哦，崖顶上原来就是明代修筑的边墙。“这不就是明长城吗？”我登上一座半塌的土筑城垛向两边一望，只见一道破残的土墙串联着一座座半塌的城垛，向东西两边延伸远去。向西去的一头伸进血红夕照下的贺兰山山影，隐没不见了；向东去的一头沿着绵延起伏的山冈蜿蜒而去，消失在暮色朦胧的天际。

边墙外，沙漠里有一个工地模样的去处，建有两座蒙古包式的水泥建筑，场坪里停着两辆黑色轿车和一辆运输卡车。有人介绍说，那是一位个体治沙专业户，在此安营扎寨，投资治沙，搞沙漠开发。这引起了我的兴趣，想去探个究竟。于是走下城垛，从一个豁口处出了边墙，在沙地里深一脚浅一脚地走到了工地。个体户名叫肖大生，呼和浩特人，汉族，挺瘦，却留着满脸胡子，粗犷气质极像蒙古族人。工地里有人在干活，他自己在蒙古包式的水泥屋子里做晚饭。烧的是罐装煤气，铁锅上倒扣着一只脸盆，脸盆上压了一块石头，呲呲啦啦往外冒着热气。问他煮的是什么，他说蒸馒头。盆里的茄子切好了，他正在切肉。见我们要和他说话，他笑着迎出屋子，站在门口与我们交谈。

我问：“你治沙怎么个治法？”

他答：“先打井，撒上草籽，喷灌，草一长出来就行了，再种各种树。”

又问：“需要多大投资？”

他答：“慢慢来，现在刚起步，将来总共需要几千万吧。”

再问：“看样子不会马上有回报，投入那么多资金怎么办？”

他答：“第二年就会有回报，八一电影制片厂明年要拍《生死腾格里》，他们要用我这片场景，我收费。”

旁边有人问他：“听说你在二连浩特已搞成了一片，是吗？”

他答:“是的,现在那里是一个旅游点,主要接待蒙古国来的游客。”

我又问:“为什么又要来这里开发?”

他答:“我看上了这里的发展前景。这段长城上有个缺口,缺口里面有个水洞沟遗址,沟里还有一点水。西部大开发,他们宁夏肯定会把水洞沟遗址开发成旅游景点。到那时,我这里就行了。”

我好生诧异:“你怎么说‘他们宁夏’,你这里离银川很近,难道不属于宁夏?”

他答:“我这里属于内蒙古。”

我听了一愣:“分界线在哪里?”

他笑道:“喏,长城为界。”

哦,多么根深蒂固的“长城为界”!

不过,我眼前的这位肖大生,从北方沙漠草原来到这个长城豁口前,向长城里面观察西部大开发的动向,他看到了希望。他决心要在长城豁口外的沙漠里播种一片绿色,建立一个前进基地,然后谋求向长城以内发展。

此刻,长城外的内蒙古和长城内的宁夏,正处在西部大开发的同一条起跑线上。

2000年11月

居 延 海

一

居延海在哪里？居延海在内蒙古自治区最西端的额济纳旗。古时候，居延海有东西两个水泊，丰水时二泊相连，枯水时二泊分离。汉时统称居延泽，魏晋一称西海，一称居延海，唐时统称居延海。居延海的源流是弱水河，弱水河发源于祁连山。祁连山的冰川雪水自古孕育成条条河流，弱水河从祁连山北坡流下，流经甘肃张掖地区时称黑河，再向北流入内蒙古自治区额济纳旗境内称弱水河（也称额济纳河），在弱水河沿岸形成居延绿洲，最后注入居延海。在古代，碧波浩渺的居延海很有名，史书上屡屡提到它。

可是，居延海现在已经干涸了。

居延海畔有我们的卫星发射基地，它使我有机会一次次走近干涸后的居延海，一次次目睹这里的荒漠景象。

在草原、沙漠、戈壁这一组生态系统中，水源是关键环节。有水源，这些地方便是草原牧场；水源枯断，草原很快退化成荒漠戈壁。居延海干涸，同黄河、塔里木河断流一样，是中国生态环境变化的大事件之一，它不仅对西北，而且将对更大范围的生态、人文变化产生深远影响。

这几年，北京每年春天的沙尘暴越来越严重，专家、媒体组成的联合考察队溯风而上，一路向西追查风沙之源，一追追到内蒙古自治区最西端的额济纳旗。在这里，人们发现历史上有名的居延海已经干涸了，湖底一片沙砾，广袤的居延绿洲已全部沙化，大片胡杨林在枯死，满目“大风起兮尘飞扬”的昏黄景象。终于真相大白：风起额济纳，沙落北京城。

居延海的干涸引起了普遍关注。北京人开始关注这件事，因为沙尘暴影响了北京的空气质量，进而影响了北京人的生活质量，使北京人无法舒畅地呼吸，早上出门会有沙子吹进眼睛里。内蒙古人在关注这件事，因为居延海已干涸几十年了，那里的草场早已沙漠化，许多物种已灭绝，水鸟已不再飞来，牧民的生存环境正在变得越来越艰难，可是盼水一直盼不来。现在好了，沙尘暴刮到了北京，北京人急了。只要北京人一说话，事情说不定就会有转机。甘肃人也在关注这件事，因为居延海的源头在甘肃，居延海干涸与上游截水太多直接有关。如何解决这个矛盾，甘肃身在利害之中，不能不关心。中南海也在关注这件事，因为居延海干涸引起的生态恶化后果日益严重，各方面的呼声越来越强烈，是得下决心、想办法了，再不能目睹居延海继续干涸下去了。

二

居延海是不该干涸的，这一带自古就是战略要地。

祁连山——弱水河——居延海，从南向北形成一条绿色走廊，它的东面是巴丹吉林沙漠，西面是千里戈壁。这条绿色走廊是古代北方游牧民族的生命线、繁衍地，从这里向南可达青藏高原，向西可至准噶尔盆地。同时,这里也是中原王朝从河西走廊前往西域的咽喉要道,两条走廊在这里交叉成一个战略上的十字路口。北方游牧民族控制了这条南北走向的绿色走廊,也就拦腰切断了东西走向的河西走廊,阻断了中原王朝通往西域的主要通道。谁控制了这一地带,谁就掌握了战略主动权,自古为兵家必争之地。汉武帝击败匈奴、开拓西域,关键之役就是派遣霍去病"入居延收河西",牢牢控制了河西走廊这条战略通道。在这片干旱地带,一个内陆海的重大军事意义是不言而喻的。汉武帝为了防止这一战略要地得而复失,采取了一系列措施来加强对这一带的守备。如,筑外长城延伸到居延泽,又派强弩都尉路博德在居延地带修筑遮虏障,"益发戍甲卒十八万酒泉、张掖北,置居延、休屠屯兵以卫酒泉"(《史记·大宛列传》)。

可是,居延海现在已经干涸了。

居延绿洲从汉代开始就是著名的屯垦区,曾为历代固守西北做出过贡献。汉代在这里大量屯兵守备,军粮供给是个大问题。汉军发现这里水源丰沛,土地广袤,便组织士兵挖渠灌溉,垦荒种粮,就地解决了这一矛盾。屯垦戍边成为汉代实行的重要军事制度。居延垦区周围构筑有城、障、烽、台等一系列防御工程,屯垦军民有患作战,无患耕作。直到今天,这里的戈壁荒漠中仍留有大量汉代屯垦遗迹。这一次,我到现地去看了"甲渠塞"遗址,它也叫"甲渠侯官"遗址。"甲渠"即总渠,"侯官"是守渠官的等级职称。这是荒凉戈壁滩上的一个大土墩,土墩四周已被千百年刮向这座土塞的沙砾掩埋壅塞,土墩中央尚可看出一间间房间轮廓。大土墩前立有一块大理石石碑,标明它是国务院公布的全国重点文物保护单位。二十世纪三十年代和七十年代,曾对这个遗址进行过两次发掘,先后出土汉简一万二千余枚。我站在大土墩上极目四望,只见四野里一片混混沌沌,苍苍茫茫,狂风乍起,飞沙走石。两千多年前，这里却是阡陌纵横，水波涟涟，稻秧油绿，蛙声四起。

可是，居延海现在已经干涸了。

又看了西南面十多公里处的“甲渠第四燧”废墟，当年它是归甲渠侯官管辖的一个小塞。废燧用铁丝网围着，铁丝网里围着一圈堆得很高的新土。陪我到现地去的额济纳旗旗委副书记永红对我说，内蒙古自治区文物考古部门刚来这里发掘过，又从这个废燧里挖到了一批汉简。我从铁丝网的一个入口处走进去，发现四周新挖开的一圈沟壁上烟熏火燎，是当年烤火取暖的火墙。房间里有一个灶台痕迹，墙上耷拉下来的墙皮一层又一层垒加在一起，估计是住进一拨人就泥一次墙，以盖住墙上的污迹，开始新一轮屯垦生活。古人在两千多年前留下的这些生存痕迹，给人的感觉似乎他们刚刚离去，气息尚存。

经考证，在居延海周围，除了汉代的屯垦遗址，还有唐、西夏、元等不同朝代的屯垦遗址。卫星遥感图像显示，古代居延垦区的屯垦范围最大时达到四十六万亩以上。西夏时这里的屯垦经济发展到鼎盛时期，居延海畔的黑城废墟就是西夏王朝的“黑山威福军司”所在地，沙俄科兹洛夫曾从这座黑城废墟中挖走了轰动世界的大批西夏文物。“额济纳”即西夏语“黑水”的意思，因注入居延海的弱水河上游是黑河。又因远处有黑戈壁，狂风刮来空中黑云蔽日，黑城由此得名。元代在这里设立亦集乃路，“亦集乃”由“额济纳”转音而来。

三

居延海是不能干涸的，这里繁衍生息着一支土尔扈特部落的后裔，他们应该得到更多水的恩泽。

土尔扈特部落的每一页历史都富有悲壮色彩。土尔扈特是古代游牧在西北地区的西蒙古卫拉特四部之一，另外三部是杜尔伯特、和硕特、准噶尔。1628年前后，准噶尔部在卫拉特四部中坐大，土尔扈特部落势力较弱，经常遭受其排挤、骚扰和欺凌。无奈之下，在部落首领和鄂尔勒克率领下远走他乡，向西漂泊至伏尔加河流域停留下来，在那里创建了土尔扈特汗国。在异国他乡，土尔扈特人受尽沙皇势力的欺凌，他们的思乡之情、归乡之心一直没有泯灭。1698年，汗国第四代汗王阿玉奇，派遣他的侄子阿喇布珠尔回西藏礼佛进香，陪同阿喇布珠尔一起回来的还有他的母亲、随从五百多人。据说，阿喇布珠尔还负有一项秘密使命，顺便试探清廷对土尔扈特部落归来的态度。阿喇布珠尔在西藏居留了五年，1703年起程返回伏尔加河流域。途经西域时，被土尔扈特宿敌准噶尔阻挡，断了归路。阿喇布珠尔遣使入京，向康熙帝"乞请内附"。康熙准奏，将嘉峪关以西至敦煌之间的地域赐封给阿喇布珠尔。阿喇布珠尔死后，其子丹忠承袭。由于他们的牧地西部靠近准噶尔，常受侵扰。雍正年间，丹忠又呈请内迁。经核准，迁进嘉峪关以内，随后进入额济纳河流域，在居延绿洲定牧，一直延续至今。陪我去看"甲渠塞"遗址的旗委副书记永红就是土尔扈特后裔。他们是土尔扈特人当中最早东归的一支。后来渥巴锡率领整个土尔扈特部落东归，那是1771年的事了，比他们晚了七十多年。

六年前，我第一次来到额济纳旗时，土尔扈特人按照他们的古老风俗，盛情接待了我这位远方来客。我们的车子还没有开到旗政府所在地达来呼布镇，旗领导早早远迎十几里，已站在路边等候我们了。我们一下车，就向我们献哈达，敬下马酒。中午又按他们的最高礼节，用烤全羊款待我们，由土尔扈特长者、旗政协主席割下第一块羊肉递给我，又切下肥羊尾巴上的一条白油要我吃下去。席间，用小银碗向我们一杯又一杯地敬酒。土尔扈特人的热情好客，令我久久难忘。

可是，那次他们就告诉我说，居延海已经干涸了。我听后心里沉甸甸的，不知该怎么回答他们才好。

土尔扈特人祖祖辈辈一直在寻找一片宁静的水草丰美之地，以结束部落的漂泊。居延绿洲是这支最早东归的土尔扈特人最终找到的定牧之地，他们已在这一带繁衍生息了三百年。居延海干涸，对于北京人来说意味着每年春天会从远方刮来沙尘暴，对于在这片土地上繁衍生息的土尔扈特人来说，则意味着更直接、更严重的后果。面对日益恶劣的生存环境，这个古老部落莫非又将被迫迁移，远走他乡？

土尔扈特人曾漂泊了几个世纪，他们再不能漂泊了。在这个古老部落的身旁，就有人类现化文明的标志——酒泉卫星发射中心。一个日益发达的现代社会，应该有能力改变居延海的面貌，更有责任改善土尔扈特人的生存环境。

酒泉卫星发射中心实际位置不在酒泉，在酒泉以北三百公里处的一片戈壁荒漠中，是在内蒙古自治区额济纳旗境内，这里是土尔扈特人的家乡。当年，为了建造这个卫星发射场，土尔扈特牧民向北迁移了一段距离，把弱水河旁的一片草场让了出来，实际上是让出了一处水源，让给卫星发射中心在此建立生活基地。土尔扈特人则向北迁到更加靠近居延海的地方，当时居延海还有水，还有成群水鸟。

可是，居延海现在已经干涸了。

当我们重新审视这片沧海桑田、海枯石烂的古老土地，难道我们能够为居延海的干涸去责备先人吗？不能。先人们毕竟在荒漠中留下了他们曾在这片土地上创造过的文明痕迹。他们曾为这片土地带来过军事上政治上的显赫地位，带来过农事上的繁忙和丰稔，带来过文化上的喧闹和灿烂。而我们这个时代，又能在这片古老土地上留下些什么痕迹？

居延海是无论如何不应该让它干涸的。

四

居延海干涸，与天时、地利、人和三个方面都有关系。祁连山的冰川雨雪来自天，气候变化，降水量减少，此其一；居延海地处荒漠干旱地带，蒸发量大，渗漏率高，加速了水的消耗，此其二；半个世纪以来，中国人口爆炸，弱水河上游过度垦殖，处处截流浇灌，使弱水河下游变成了无水河，此其三。

古人说，天时不如地利，地利不如人和。居延海干涸的最大原因来自于人为因素，说穿了就是甘肃、内蒙古如何分水的矛盾。要解决好这个矛盾，关键是要做好人的工作。成事在天，谋事在人。矛盾明摆着，总得有人把话挑开，又有人出面协调决断，事情才有希望办成。

初春的一个晚上，到北京来开会的内蒙古自治区党委书记刘明祖、自治区主席乌云其木格，告诉了我们一个好消息：居延海有望重新蓄水了。刘明祖说，他向朱镕基总理写了一封信，提出了解决居延海干涸问题的建议。朱镕基总理很重视，立即作了批示，要解决。

几天后，我又一次来到酒泉卫星发射基地。工作之余，又到额济纳旗去了一次。通往额济纳旗所在地达来呼布镇，已经铺设了一条柏油公路。沿途是过去被称作居延绿洲的地带，却见不到一丝绿色。荒漠中，一丛丛枯蓬全被沙尘蒙得灰头土脸，在风中摇晃。远远地，却看到了地势低洼的地方有白晃晃的水在流动。永红副书记告诉我说，今春开冻以来额济纳河的水流还没有断过，说明上游截水克制了，这是前些年没有过的。但是，他们目前还舍不得将水放到居延海里去。他们要抢在开春以前，尽可能多地将上游来的水灌到额济纳河两岸的地里去，要让居延绿洲重新绿起来。

这片土地真的渴坏了，上游放了那么多日子的水，居延海东泊还是没有水。

从卫星基地返回北京时，我们先坐车到了张掖。张掖地委的王炳书副书记热情地陪我们一起吃晚饭，半夜里又赶到火车站送我们上火车。他告诉我们说，朱总理考察甘肃时明确指示，黑河上游要下决心搞成节水农业，要为下游弱水河（额济纳河）多放水。甘肃省为了落实国务院的调水方案，对张掖地区来了个“约法三章”：不再从其他山区向张掖地区移民，张掖地区不再种水稻，浇地不再漫灌。王副书记说，他们曾组织领导干部看了一部二十世纪初由德国人拍摄的、反映居延海景色的电影，那时候居延海还是一派苇绿鱼肥的水乡风光，现在居延海干涸成这个样子，大家心里觉得真有些说不过去，所以多为下游调剂一些水，大家没有意见。

看来，做“人和”的工作见效了。

回到北京后，又在4月2日《人民日报》“为水资源的保护管理和利用献计献策”的专栏中读到一篇文章，是专门讲黑河流域水资源调度问题的。文章说，2001年2月，国务院第九十四次总理办公会议做出决策，加大力度，加快步伐，用三年时间实现黑河流域水资源统一管理调度目标，实现东居延海“波涛汹涌”。

我想，这是居延海在新世纪第一个春天听到的好消息。

2001年4月8日

清东陵六记

一、封建帝王怎样“自己埋葬自己”

游清东陵，是去看封建帝王们如何“自己埋葬自己”。按封建王朝的规矩，少年皇帝一登基，接着要办的另一件大事，就是由皇家风水先生为他寻找“万年吉地”，选择好葬身之地，早早开始挖掘坟墓。帝陵营造过程中，地宫规模、规格、豪华程度以及地表气派等，皇帝本人都是一次又一次要亲自过问的。封建帝王们这种“自己埋葬自己”的浩大工程，本身就是封建制度的重要组成部分。他们将一座座帝陵营造得无比雄伟壮观，通过这种豪葬形式，大事渲染至高无上的封建皇权思想，以使封建制度得以延续。

革命年代，革命者有句口号叫作“彻底埋葬封建主义”。但从革命成功以来几十年的实际情况看，封建主义埋葬得并不十分彻底。究其原因，是由于在认识上对如何埋葬封建主义屡屡产生偏差。最早，误认为打倒了封建政权就是埋葬了封建主义，其实不然。后来，误认为采取“文革”中“破四旧”的办法就能彻底埋葬封建主义，更是荒唐。现今，误认为只要一搞改革开放就能自动埋葬封建主义,其实也不尽然。虽然现代化是作为封建主义的对立物出现的,但在建设现代化的过程中,直至将来搞成了现代化之后,也不等于封建主义就会彻底销声匿迹。它至少说明两点:第一,封建主义的东西至今阴魂不散不足为怪;第二,肃清封建主义残余的影响仍需长期努力。

为了了解一点封建帝王们怎样“自己埋葬自己”的知识,我们请来了清东陵文管所的专家李寅,他河北大学历史系毕业,已在清东陵工作多年,颇有些研究成果,时有文章发表,著作即将出版,他答应到时给我寄一本。他边走边介绍,我们不时问一问。一路看下来,封建主义的“死规矩”真不少。

从南面进入清东陵陵区,过了兴隆口,远远就看见一座高大的石碑坊,远远地它就给你一个感觉:气象不凡。过了石碑坊,就是清东陵的正门,俗称“大红门”,是一座有三个大门洞的高大城楼。按皇家规矩,到此先要来一个“下马威”,谒陵的帝王、后妃、官员们都要在此下马下轿,步行通过大红门。这是封建王朝自立规矩自己表演,做给活人看,目的是要在人们心目中制造皇陵的“崇高”感,让你对封建皇权崇敬之、崇拜之。

从大红门往里去,这条中轴线正对着清室入关后的第一位帝王顺治帝的孝陵。迎面一座大碑楼,正式名称是“神功圣德碑亭”,里面立着一块高近七米的大石碑,刻有顺治帝一生的“功德”。其实,顺治帝一生的“功”并不大,清室入关,他并不是真正意义上的开国之君。入关那一阵子,在他背后掌舵的是他的母亲孝庄文皇后,在第一线冲杀的是他的叔父多尔衮,他自己还是个六岁的孩子。顺治帝的“德”也并不很高,董鄂妃死后,他竟“看破红尘”,闹情绪要到五台山去“出家”为僧。但清皇室却把这位入关第一帝的功德碑楼造得又高又大,为的是要撑起清王朝的门面。通往顺治帝孝陵前的那条神道,笔直,修得又宽又长。神道两旁排列着十八对石像生，文臣、武将、马、麒麟、象、骆驼、獬豸、狮。文臣武将各三对，石兽每种各两对，长长地排列了将近一公里，浩浩荡荡，列为仪仗，人借兽势，以壮皇威，营造出帝王气象。

神道尽头的陵寝区是一个三进式院落。院落门外，道路两边有制作冥食供品的东西朝房、神厨库。院落大门叫隆恩门，俗称“三座门”，门上有块竖写的“隆恩门”字匾，中间是满文，左边是蒙文，右边是汉文。左为上，右为下，蒙文在汉文之上，满文又在蒙文之上，汉文地位最低。满人入关从汉制，但仍觉蒙人比汉人更亲近，同是马背民族。这“三座门”还有些讲究，中间是“神门”，东侧是“君门”，西侧是“臣门”。中间的“神门”是专供墓主灵魂出入的，入葬时灵柩、神位都从“神门”进入。谒陵时，东侧的“君门”是供帝君与皇家人员走的，西侧的“臣门”是朝中官员们走的。神、君、臣，皇权神授，君君臣臣，至死不乱，处处在宣示这套封建等级观念。

院落第一进是一座大殿，称隆恩殿，也称享殿，是祭祀活动的主要场所。抬头看那挑檐上的兽饰，过去一直看不懂，不知道它们都叫什么名称，这次经李寅指点，知道檐头上第一个叫“骑凤仙人”，后面依次为一龙、二凤、三狮子、四天马、五海马、六獬豸、七押鱼、八狻猊、九斗牛、十行什。第一个“骑凤仙人”该是道教中人物，后面都是些异兽鬼怪。殿基四个角上有四个石刻的兽头伸在外面，似龙非龙，叫“螭首”。皇宫建筑上都有这些东西，陵墓建筑上也有这些东西。不知道经过了怎样的复杂演变过程，将这些道教人物和神话传说中的牛鬼蛇神混编到一起，充当神化帝王的工具。历来的封建帝王，都要想尽各种办法、借助各种手段来神化自己，活着是这样，死了还是这样。

二门柱，也是一道门。两根石柱，中间一个门，应该叫它“二柱门”更贴切。二门柱的每根柱头上各有一只石兽，名叫“望天吼”，也叫“蹲龙”，像一条蹲着的龙，它张开了大口在“望天吼”，吼什么不知道。

明楼，是墓穴前的最后一座建筑。明楼前是一个砖铺的大斜坡，没有台阶，上去时需弯下腰才能走，下来时需低着头才能走。李寅说，这道斜坡就叫“上弯腰，下低头”，使人走在上面表现出对帝王亡灵的敬畏之状。封建帝王们为了从精神上统治人，真是把办法想绝了。

明楼背后是个“哑巴院”，因为这里是最后封闭墓道的地方，挑些哑巴来此干活，干完活就将他们遣散，以守住陵墓内的秘密。从这一点看，帝王们也蠢得可笑，想用这些办法来“封口”，怎能封住？千百年的历史告诉人们，别的都能封住，唯独“口”是封不住的。

二、昭穆葬制及活人排序法

清室入关后历十帝，有个口诀：顺在前，康雍乾，嘉道咸，同光宣。清东陵葬有顺、康、乾、咸、同五帝，以及这五位帝王名下的一百五十多位皇后嫔妃三宫六院。另五帝葬在清西陵（溥仪在清西陵有他一座墓，不是陵）。

顺治帝是入关后第一帝，他的孝陵在清东陵中轴线上，东侧是康熙的景陵，西侧是乾隆的裕陵。据李寅介绍，此为“昭穆”葬制，是封建宗法制度立下的排序规则，东为昭、西为穆，昭为上、穆为下。宗庙、墓葬，均按此排序规则确定次序位置。查得《辞海》中“昭穆”条说：“昭穆者，所以别父子、远近、长幼、亲疏之序而无乱也。”

清室入关后，先在遵化建了清东陵，顺治、康熙父子都葬在这里。雍正是个有独立性格的帝王，他不愿和他们葬在一起，又在易县修造了清西陵。后来由乾隆立下一条规矩，从他开始，按“昭穆”葬制“东一个、西一个”地往下排，轮流葬在清东陵、清西陵。这样，乾隆在清东陵，嘉庆在清西陵。但下面轮到道光帝就开始乱了，他本该葬在清东陵，而且陵墓也已开始修筑，因发现地下积水，他怕死后做水鬼，便移到了清西陵。这样，他儿子咸丰帝就葬到了清东陵。接下去，咸丰帝的儿子同治帝本该葬到清西陵，但慈禧为了死后能和丈夫、儿子同葬一地，又下旨将同治帝改葬清东陵，又乱了。清帝葬制的混乱，从道光帝开始，也非偶然。清朝盛极而衰征候起于乾隆后期，嘉庆朝很短，到了道光手里已败象毕露，鸦片战争一败涂地，从此江河日下，难有起色。从此，帝王墓葬也不再严格遵循祖制，随心所欲，总之是乱了套了。不过，道光帝在最后一件事情上表现出了一点自知之明，他因为鸦片战争吃了败仗，开了割地赔款的先例，深知自己死后评价不会高，提前下谕说，他死后陵前不立“功德碑”。以后各帝一代不如一代，死后也都不敢再立“功德碑”。很显然，道光帝是清朝走向败落的一道分水岭。如今人们去游清东陵、清西陵，稍为注意一下就可发现，道光、咸丰、同治、光绪的陵前都没有“功德碑”，宣统墓前更是什么也没有啦。

尽管清代帝王们不按定制，随意乱葬，但这个“昭穆”排序法却传了下来，直至今天仍在到处沿用。无论哪个单位，开大会，坐主席台、拍合影照，都是采用这个办法排序定位，左为上、右为下，一左一右交替着往下排。但多数人只知其然，不知其所以然，并不知道这种排序法来源于封建宗法制度。这也难为大家，现在从小学到大学的课本里都没有讲过这个问题，报纸上也从未作过介绍，但每逢开会、照相，却都要盲目照搬前人一茬接一茬传下来的这个排序法。有些基层单位负责会务工作的年轻人，常常弄不清哪一边算左、哪一边算右。他站在台下往台上一看，认为他左手这边就是左，右手这边就是右，指挥台上的工作人员按他的意见摆桌签，结果把序位全给摆颠倒了。他出错的原因，是以他自己为基准来确定左右，这就把事情搞颠倒了。站在对面看过去，方向刚好相反，他的左边是照相者的右边,他的右边是照相者的左边。古人讲迷信,人要面南而坐,太阳从东方升起,东方在左边,左为上。若按我们军中的习惯,每次集合站队,立正,向右看齐,排头在右边,右为上,这和“昭穆”排序法刚好相反。国际上通行的是英文字母排序法,国家代表团就按国家名称的第一个字母ABCD往下排,个人就按名字第一个字母的先后往下排。我们国内也还有另一种排序法,即按姓氏笔画的多少来排序。但更为通行的是按职位高低来排序,若是偶然错一下,被排低的那位领导会记你一辈子。革命年代不讲究这些,比较随意,延安时期有不少照片毛泽东都站在边上,他照样笑容自若。

封建主义处处讲等级、讲排场那一套,它的“遗传基因”会变异成今天的某些形式主义。例如,有时排大队拍合影照,人数多到几百人上千人,光排位子就得排老半天。第一排主角的位子一定要居中,两边的人也不能排乱。谁在谁的左边,谁在谁的右边,谁挨着谁比较合适,左边的谁需要和右边的谁相对称才比较好,真得“细思量,费斟酌”。有时排到最后,左边多了一把椅子,或右边少了一把椅子,都会影响到主角是不是在正中间,需要数了又数,还得拉个什么人到边上去补位。这样的大合影照拍几次就让人烦了,每次至少提前半小时集合,站在架子上挤得出汗,等得心烦,站得腿酸。好不容易照完了相,腿也麻了,人也累了,两腿抖抖地从架子上走下来,准能听到有人在咕哝:“拍这么多合影照,有什么用?”主要是现在不打仗,有的是时间,时间不花钱。但拍这样的大合影要花很多钱,公家出,不心疼。

三、康熙是比较务实的人

来到康熙的景陵一看,就知道康熙这个人比较务实。眼前就有一个例子:顺治帝陵前的神道修得笔直笔直,康熙帝陵前的这条神道却是随地形变化修筑的一条弯道。康熙受祖母孝庄文皇后教诲,一生务实,注重节俭。开始修景陵时,正值平定南方三藩之乱,国库并不充实,遵照康熙本人旨意,修陵从简。神道右侧原是一片低洼沼泽,填平了再修神道工程太大,于是因地制宜,修了一条弯道,避开沼泽,也很自然。顺治帝陵前有十八对石像生,康熙帝陵前减到只剩五对,表示一下就可以了。

康熙帝玄烨,虽然生在帝王之家,小时候也是多灾多难。他从小出过天花,好不容易逃过一劫,活了下来,算他命大。但小小年纪留下一脸麻子,也少不了受到小同伴们的讥笑、欺负。他八岁丧父,十岁丧母,成了孤儿,全靠祖母孝庄文皇后将他扶养成人。由于他出过天花,有了免疫力,因祸得福,被祖母孝庄文皇后将他选定为皇位继承人,八岁继承了皇位。生理上有某些缺陷、小时候心灵受过刺激的人,长大后往往肯于发奋努力,显得比一般人聪明,康熙就属于这种类型。他聪明好学,博闻强记,能文能武,雄才大略。他事必躬亲,励精图治,有的史学家称康熙是"我国历史上最勤政的帝王之一"。

康熙帝在位六十一年,有过大作为,至少表现在以下三个方面:第一,下大决心平定四方边患,维护了国家的统一和广阔疆域。他这方面的成就超过明朝。老实讲,清王室作为"异族"入主中原,要站住脚就不易。到康熙亲政时,清室入主中原才二十四年,由康熙来平定四方边患,难度要比中原本土起家的帝王大些。康熙亲政后,首先除掉鳌拜,立住脚跟,随后立即着手平定四方边患、巩固大清疆域。为了维护国家统一局面,他出手的第一项举措就是撤藩,由此引起三藩之乱,他也不怕,坚决平定吴三桂等人的叛乱,使云南、广东、福建的问题得以彻底解决,南方得以巩固。接着,果断出兵攻灭台湾郑氏政权,并派兵驻守台湾,牢牢掌握了台湾主权。台湾问题历来是中国东南方向的一大难题,康熙解决得十分利索,这件事意义特别重大。紧接着,又转过身去,出兵驱逐盘踞在黑龙江流域的沙俄入侵者雅克萨的军队,遏制了沙俄的侵华野心。然后派索额图与沙俄谈判,签订了《中俄尼布楚条约》,确定了中俄东段边界,把东北稳住(这次签约,康熙在领土问题上做出了让步,后人对此有意见)。西北的问题更加复杂,他下的决心也更大,先后三次亲征,平定准噶尔叛乱,又巩固了西北边陲。晚年,又派兵平定了西藏上层分子勾结准噶尔发动的叛乱,巩固了对西藏的主权。第二,在内政上着力发展农业生产,奖励垦殖,安置流民,停止圈地,整治黄河,等等。使农业生产得到迅速恢复和发展,人民得到休养生息,为迎来一个较长时期的国泰民安奠定了基础。第三,高度重视文化建设。他下令进行全国性的土地测量,绘制《皇舆全图》,这件事具有政治、军事、经济、文化等多方面的重大意义。他开博学鸿词科,设明史馆编修《明史》,编《全唐诗》,编《康熙字典》,编《佩文韵府》《古今图书集成》等。当然,他也有屡兴文字狱的不光彩记录。

看康熙的有关资料,有两点令人佩服:其一,他敢于承认自己是常人。说:"朕之生也,并无灵异",长大了"亦无非常"。其二,他拒绝吹捧。他当了六十一年皇帝,又干过一系列大事,无疑是"德高望重"了,大臣们先后八次奏请给他上尊号,他八次坚决拒绝,不要,硬是不要。吹什么,不吹,没有什么好吹的。自始至终,自信,清醒,不为虚名所诱,不为谀辞所惑,不为政绩所累。一个封建帝王,思想有此境界,也真是难能可贵了。

康熙陵神道最南端的那座大碑楼,1952年7月14日被天雷击毁,颓圮至今,一直未修复。下半部分是暗红色老墙,天雷轰顶处露着白灰,如一位白发老翁,五雷轰顶仍不为所动,悠然坐看南山,破败中有豪气。

四、乾隆好大喜功

乾隆裕陵的地宫被打开，这是孙殿英1928年盗墓造成的结果。1978年经过清理后对游人开放至今。乾隆生前迷恋佛教，地宫内充满佛教氛围。石门上、石墙上、石拱券顶上，都刻的是佛像、佛经，迷信得很。

说起来，康乾盛世，加上中间的雍正朝，前后一百多年好光景，乾隆占其半，不能说他没有政绩。但乾隆其实是躺在康熙、雍正两朝文治武功的基础之上，吃了不少现成饭。前面有康熙朝开创的宏伟业绩，后面又经过雍正整肃了康熙晚年的某些积弊，厘清了纲纪，他接手的是一个好摊子。当然，他接手以后稳住了局面，前期也还勤政，在此基础上也干出了不少政绩。军事上，平定了准噶尔叛乱，消灭了新疆天山南部大小和卓木势力，“两平金川，靖台湾”，“黄河之源、葱岭于阗之山，皆列疆内”。经济上，几次减免全国粮赋，减轻了老百姓的一些负担，促进了生产发展。文化上，完成了《明史》的编修，还编修了《四库全书》等。

但乾隆此人好大喜功，好听吹捧，好自我卖弄。他的文采其实一般，却到处写诗，见什么写什么。人们不敢当面说他的诗不好，但从来没有人说他的诗好。写诗这件事，写得好与不好，最终要由历史说了算。汉高祖刘邦只写了一首《大风歌》，豪情万丈，大气磅礴，传之千古。乾隆一生写了四万三千多首诗，史无前例，空前绝后。但无情的历史却连一点面子也不给他，没有为他留下一首诗。乾隆又非常喜欢卖弄他的书法，走到哪里写到哪里，写了就到处刻碑，墨迹遍布全国。可是怪了，人们从来不承认乾隆是书法家。我曾问过几位当今的书法家，这是什么原因？他们的回答发人深思：“乾隆没有自己的东西”，“没有一笔是他自己的”。从清东陵返回途中，在蓟县一座寺庙内见到镶在墙内的一方碑刻，又是乾隆的字，草书，写的是“敖(鳌)不可长，志不可短，情不可纵，意不可满”，他凑起来的这四句话，句句都对，却没有一句是他自己的，所以这块碑在民间也没有留下什么影响。

但乾隆自视极高，又非常在乎人们对他的看法。他自我夸耀建有“十全武功”，自称“十全老人”，完美无缺。他七十寿辰的时候，工部尚书彭元瑞写了一篇题为“古稀之九颂”的颂词吹捧他，文中引用杜甫“人生七十古来稀”的诗意，称他为“古稀天子”。他对这一美称喜不自胜，认为“意新词雅”，觉得自己当之无愧，为此刻了一枚“古稀天子”章，成为他最得意的“御宝”。人们现在从许多古字古画上都能见到乾隆的这枚印章，凡是他晚年看过的字画，他都要盖上此章。“上有所好，下必甚焉”，他喜欢自吹，就有人为他大吹特吹。他陵墓前立的大石碑就叫《十全功德碑》，碑文中竟有这样的评语：“集列祖创守之大成，兼尧舜禹汤文武孔子之勋德，帝王以来未有若斯之盛者也。”什么秦皇汉武、唐宗宋祖、成吉思汗、努尔哈赤、康熙雍正，在他乾隆面前，统统不在话下，吹得真是可以。他大兴文字狱，焚毁禁书，窜改史籍，禁锢思想，连写字不避他的讳都不行。

就在乾隆自我陶醉的蒙眬眼神中，大清朝盛极而衰的过程就从他手里开始了。

五、乾隆、慈禧被翻乱了尸骨

我以前曾写过一首题为“盗墓贼”的诗，里面有这样一些句子：

来时赤条条，去时紫冠锦袍
灵魂可以出窍，珠宝却要带进棺材

石砌土封深埋……
还有最后一名对手:盗墓贼
他不肯将你忘记
迟早会找上门来,你等着好了
既然敢追到阴曹地府来
为了取回你不该带走的珠宝
就得将你这具尸骨翻乱!

被翻乱尸骨,大悲哀。乾隆、慈禧,就被盗墓贼翻乱了尸骨。为什么?因为他们两位活着最奢靡、最腐败,陵墓修得最豪华,死后带进墓穴的珠宝最多,价值之巨难以估量,这就为他们自己种下了祸根。灵魂的清污高下,对待财富的态度是一把检验的尺子,一量就准。从帝王太后直到凡夫俗子,概莫能外。一个王朝在上升时期,帝王们一般都励精图治,勤政清廉,充满朝气。一个人如有高尚的精神追求,也不会去追逐金银财宝。乾隆的精神高度远不及康熙,清朝从他手里盛极而衰并不奇怪,表面上架子虽然还没有倒,内囊里却已渐渐在朽了。他的精神世界早已奢靡化、庸俗化,一心要为自己死后营造一个佛教描绘的"极乐世界",将此作为最高目标,这就注定了在他治下的民族前途将暗淡无光。看乾隆陵墓地宫,与看秦始皇陵的兵马俑坑,给人的感觉是绝对不一样的。秦兵马俑坑给人的强烈感觉是"驰骋开拓",属意天下;乾隆地宫给人的明显感觉则是"升天极乐",意归一己。名为"天子",灵魂寄托之所不在天下,而在一己,败象矣。

从乾隆之后,清朝一代不如一代,走向了衰败。到了慈禧手里,清朝江山已是落花流水,不可收拾。凡败落之朝,一切权力都会变成掠夺财富的工具。慈禧历经咸丰、同治、光绪三朝,且长期垂帘听政,大权在握,搜刮有术,骄奢淫逸到了极点。咸丰帝定陵东侧的定东陵，是慈安、慈禧两宫太后的陵墓。这两座陵墓是慈安、慈禧活着时修的，各耗白银二百多万两。慈安死后，慈禧独揽朝政，为所欲为。光绪二十一年(1895年)，她又下令将自己的陵墓彻底重修，非要在豪华上超过慈安不可。当时的情况是，中国刚刚在甲午战争中惨败，被迫签订了《马关条约》，向日本割地赔款，赔款数高达两亿五千多万两。《马关条约》墨迹未干，慈禧不思重振河山，却马上下令重修自己的陵墓。当重修工程进行到第四年时，就已拨出白银一百五十余万两。后面还修了九年，一共耗费了多少银两，李寅说，因档案散失，已无法查清。重修费用肯定大大超过最初建造的费用。重修工程长达十四年，直到光绪三十四年(1908年)她临死前十几天，才不得不“完工”。重修后，陵殿内雕砖扫金，金龙盘柱，豪华至极。她死后，随葬的珠宝数量之多、价值之巨，富可敌国。只消看一看她棺材底下的铺垫就够了：第一层铺“金丝镶珠宝锦褥”，上面镶有大小珍珠一万两千六百零四颗，镶有红、蓝、祖母绿等宝石二百九十块。第二层铺丝褥，丝褥上铺撒五分圆珠两千四百颗。第三层铺绣佛薄褥，上面缀有珍珠一千三百二十颗。铺垫如此，至于她穿的、戴的、盖的，珠宝何其数，也就可想而知了，大盗孙殿英之流怎能不垂涎下手？

乾隆、慈禧陵墓被盗掘之状，惨啦！乾隆裕陵地宫内葬有一帝二后三妃共六具棺椁，地宫石门被炸开后，石窟内积水很深，乾隆大棺浮在水面，盗匪们斧劈镐撬，将六具棺椁砸开，拖出尸体，扒出尸骨，洗劫珠宝。盗匪们掏空了六具棺材意犹未尽，又用网兜捞捡水中的遗珠遗宝，捞出一堆堆尸骨，扔得墓穴顶上满地都是。事后，已逊位的末代皇帝溥仪派人去重殓，除嘉庆帝生母孝仪皇后的尸体尚未腐烂，仍可单独入殓外，其余五人的尸骨混杂一起，无法分清，竟遇到了中国历史上从未遇到过的一个大难题：帝王后妃的尸骨乱成一团，如何重殓？若错将乾隆帝骨殖殓入后妃棺内，或将皇后尸骨殓入嫔妃棺内，都是大不敬，怎么办？遗臣们一商量，以帝、后、妃五人同入一棺的办法解决了这一难题，开创了一个“能上不能下”的先例。

慈禧的棺材被撬开时，满棺珠光宝气，慈禧尸体尚未腐烂，盗匪们哪里还管这些，将慈禧尸体拖出棺外，将棺内之物洗劫一空。这还不算，又将慈禧“卸去龙袍，将贴身珠宝搜索一空”。溥仪派人重殓时，慈禧的光身尸首已暴尸四十余日。

如此疯狂盗掘帝陵的惨状，既是乾隆、慈禧个人的悲哀，也是大清王朝的悲哀，更是中华民族的悲哀。一个民族竟会败落到如此地步，握有军权的人猖狂盗掘帝陵，毫无法纪、廉耻可言。究其原因，完全是清朝本身的腐败造成的，乾隆、慈禧属于自食恶果，也说明这个封建王朝早该灭亡了。骇人听闻的孙殿英盗掘清东陵事件发生在1928年7月，当时的中国虽已经过了辛亥革命，但民族危亡的危机仍未过去，仍在衰败的谷底挣扎。在晚清的腐败氛围里滋长起来的“新一代”人物，其灵魂同样污浊不堪。土匪出身的孙殿英灵魂如此低劣丑恶且不去说它，当时国家当政者们的灵魂又怎样呢？盗墓事件案发，全国震惊，舆论一致谴责。孙殿英为了过关，向蒋介石夫妇及南京政府要员大肆贿赂。这一招果然奏效，盗陵大案就此不了了之。后来孙殿英有过一段自述，称得上天下奇文，抄引在此，可供辨认行贿者、受贿者灵魂嘴脸的参照：

……“乾隆墓中陪葬的珠宝不少，最宝贵的是乾隆项上的一串朝珠，上面有一百〇八颗珠子，听说是代表十八罗汉的，都是无价之宝。其中最大的两颗朱红的，在天津与雨农（戴笠）见面时，送给他做了见面礼。还有一柄九龙宝剑，有九条龙嵌在剑背上，还嵌有宝石，我托雨农代我赠给委员长

（蒋介石）和何部长（何应钦）了”。“慈禧太后墓崩开后……随葬的东西就多得记不清了。从头到脚，一身穿挂都是宝石，翡翠西瓜托雨农代我赠宋子文院长。口里含的一颗夜明珠，分开是两半，合拢是一个圆球。我把夜明珠托雨农代我赠给蒋夫人（宋美龄）。宋氏兄妹收到我的礼物，引起了孔祥熙部长夫妇的眼红。接到雨农电话后，我选了两串朝靴上的宝石送去，才算了事”。

纵观历史，凡当政者“不理江山理敛财”者，此政权必亡无疑矣。

六、清朝的影响仍无处不在

文章写到这里，早该煞尾，但我还有几句附带的话想说说。去清东陵的路上，我就在想，清朝是离我们最近的一个封建王朝，直至今日它的某些封建主义影响仍然无处不在，不能小看了这个问题。我们的社会正在日新月异地向现代化进发，新鲜事物接踵而来。但细心观察却能发现，在今天的现实生活中，还能处处见到清王朝封建主义的某些影响。

我们今天说得最多的一句新话是什么？就是要在新世纪中叶实现中华民族伟大复兴。这句新话就是专门针对清王朝的腐朽没落讲的，中国秦汉时很强大，盛唐时也很强大，到了清朝才衰败到极点，才使我们今天要为中华民族的伟大复兴而奋斗。香港回归，澳门回归，是新时期经历的两件大事，但如果不提清朝中叶以后的衰败没落，就无法说清这两件大事的来龙去脉。可是现在，一方面是全民族正在奋发努力，要彻底医治晚清腐败留给中国的历史创伤；另一方面，却也有某些人、某些官员在暗恋着封建主义的东西。堂堂的会客厅里出现了宽宽大大的红木“龙椅”，配上杏黄缎子坐垫，打造出皇家气派，大模大样坐在那里会见客人，上电视，显摆不知丑。上行下效，现今充斥电视屏幕的历史故事要数清朝的最多，拍了慈禧拍康熙，拍了雍正拍乾隆，拍了帝王拍格格，拍了佳人拍才子。如今封建主义的大清朝成了一块臭豆腐，谁都想拿来闻一闻、尝一口。清宫的御膳、御药、御酒，都被重新包装，详为介绍，隆重推出。某位清室遗老写的字，每一笔都像扶不起的烂稻草，一看就是败落相，硬是有人求他写，拿来做成招牌招徕顾客。时装模特穿起清宫女装一步三摇在T形台上走一圈，京城鞋店内的厚底仿宫女鞋立即热销，等等，等等，举不胜举。

这说明，尽管辛亥革命、五四运动就反对封建主义，后来在中国共产党领导下推翻三座大山取得成功也已过去了半个多世纪，可是直到今天，仍然有人觉着封建主义说起来可恨，有的东西享受起来也蛮可爱。封建主义是一剂迷魂药，一迷上就要犯病，犯祸国殃民之病。

“封建”和“迷信”是一对亲家，封建主义的东西一抬头，迷信的东西便肆无忌惮。前几年（我说的是前几年），“气功大师”满天飞，中央电视台每年春节联欢晚会上都要把那位身怀“特异功能”的“奇人”请出来露脸亮相，真是活见鬼。这与某些要人、名人被封建主义的阴魂附体直接有关。北京的一流医院、一流医生有的是，但某些党政要员、各界名人，有了病却不到医院去看，把这些骗子请到家里瞎猜乱摸，弄得他们神魂颠倒，又是合影，又是题词，为他们提供种种方便。这些骗子拿了与大人物的合影、题词到社会上去招摇撞骗。一时间，这些乌烟瘴气的东西在社会上形成风气、造成气候，法轮功邪教便借着这股邪气蔓延开来，虽然近在咫尺，甚至朝夕相见，有些官员却熟视无睹，个别的甚至怂恿参与，终于难以收拾，这才发急。还有不少党政要员拿了公款大年初一拥到庙里去“烧第一支香”，请问他们骨子里信奉的是什么“主义”？他们知不知道老百姓在戳他们的脊梁骨？

真正让人感慨系之，它说明反对封建主义残余思想的任务，还远远没有终结！

2001年6月

草原上的庙

一

内蒙古大草原，除了敖包多，就是喇嘛庙多。我这次到内蒙古，在河套地区，阴山南北，一路上看了好多喇嘛庙。在四子王旗看了王爷庙、希拉穆仁庙，路过武川县看了召河庙，去白云鄂博途中看了百灵庙。到鄂尔多斯高原去瞻仰了成吉思汗陵，返回时又看了两座重要寺庙美岱召、五当召。从地图册上看，阴山北去，草原上的庙还多着呢，诸如白乃庙、温都尔庙、土格木庙、爱力格庙、白英庙……这些庙，一座座标在地图册上，散落在草原深处，有的也许至今仍保存完好，依旧香火缭绕，有的也许只剩下一座废墟，甚至已荡然无存，只剩下一个地名了。但是，只要留下一座庙，哪怕只留下一个庙名，就会留下一串故事，为空旷的草原挽留住许多历史细节。

喇嘛庙是内蒙古草原上的重要历史文化遗存。在辽阔草原，蒙古族的历史以两种方式存在着，一种是诗化的存在，另一种是物化的存在。成吉思汗创造的历史辉煌，是一首壮阔的抒情史诗，世世代代流传在草原牧民的口头传说中，飘荡在悠长的牧歌里，回旋在马头琴的琴声里。而蒙古族的晚近历史，则被岁月沉淀下来，物化为草原上的一座座喇嘛庙。在内蒙古草原上看庙，如同阅读蒙古族历史的一个个片断，思绪会时时融入天苍苍、野茫茫的境界里。

北方草原，在蒙古人崛起前就有崇佛传统。佛教自汉末传入中国，公元五世纪北魏统一了北方，魏文成帝大兴佛事，开凿云冈石窟。回想当年我初次看到云冈石窟时的第一感觉是，北魏政权在山崖上开凿出如此巨大的佛像，主要是给中原人看的，目的是要塑造出一种顶天立地的精神偶像，在心理上慑服中原人。后来北魏政权南下，迁都洛阳，又在洛阳开凿了龙门石窟。北魏政权始终以佛教立国治人平天下，用今天的话说，它们高度重视利用意识形态的力量为巩固政权服务，但北魏很快也亡了。我曾在《云冈石窟》这首诗里写道，“可惜，五万多尊石像/ 最终未能守住北魏打出的半壁江山/ 这些佛像们也太大意了/ 居然没有一位带枪”。

蒙古人崛起得晚，他们性格粗犷豪迈，以武力取天下，原先是不信佛教的。成吉思汗信奉的是北方草原的原始宗教萨满教。他驰骋纵横，征战欧亚，一切假借“长生天”的旨意行事，以装神作法的“通天巫”为工具。成吉思汗也信过道教，他经过长年征战，可能内心的精神饥渴日益加深的缘故吧，在率领远征军西征途中，不远万里派人到山东蓬莱把著名的道教领袖丘处机召去，在军帐中向丘处机请教道教教义。据说，成吉思汗在西征途中，对各地宗教均采取了较为宽容的政策，但未曾见过他信奉佛教的记载。

二

喇嘛教是藏传佛教的俗称。据有的学者考证，蒙古族上层直接与藏传佛教接触,始于成吉思汗孙子辈。成吉思汗去世后,三子窝阔台继大汗位。窝阔台死,长子贵由继大汗位,次子阔端在凉州封王。阔端派大将多达那波进军西藏,多达那波从西藏带回消息说,西藏的佛教极为盛行,宗教派别很多。他向阔端建议,为了使西藏真正归顺蒙古,仅仅用武力征服还不够,还必须借助藏传佛教的力量,使他们心服。阔端采纳了多达那波的建议,经过分析比较,邀请西藏佛教教派中最有学问的萨迦派首领班智达前来。班智达带来两个童年侄子,即十一岁的八思巴和他七岁的弟弟恰那多吉。叔侄三人走下青藏高原,来到凉州,为阔端出谋划策,劝说西藏各教派首领和地方首脑臣服蒙古。同时,班智达开始在蒙古上层贵族中传教。

藏传佛教与北方蒙古族的关系,可以说是中国古代史上的奇观之一。它构成的是这样一个历史现象:先是蒙古人举着闪亮马刀,经河西走廊挺进青藏高原,用武力征服了西藏;然后是藏族人手里捻着佛珠走下青藏高原,经河西走廊进入北方蒙古草原,用藏传佛教征服了蒙古人的心灵。

蒙古人的崛起过程表明,在历史上崛起的任何一支力量,无论它的军事实力多么强大,“武”的一手使用到一定时候,都会产生“力不能及”的感觉,都会转向意识形态寻求帮助。当年多达那波建议阔端借用藏传佛教的力量征服西藏,就是一例。

后来,藏传佛教更在元朝取得“国教”地位,那是经过成吉思汗的另一个孙子,即元始祖忽必烈之手来实现的。元朝开国前,蒙古大汗的汗位,已从成吉思汗三子窝阔台系转移到了四子拖雷系。贵由之后,拖雷的长子蒙哥继承大汗位。蒙哥大汗在为统一中国、建立元朝政权的奋战过程中,亲自领兵进军四川,令胞弟忽必烈南征大理国。忽必烈率军南征途经六盘山,听说凉州有位吐蕃高僧班智达,心想大理国盛行佛教,若能将班智达带在身边,一定会有很大帮助，便派人去请。派去的人到了凉州才知道，班智达已经圆寂，他的两个侄子仍在凉州。其时，八思巴已长大成人，佛道渐深。于是，八思巴兄弟俩被召至忽必烈帐下，随军出征。不久，蒙哥大汗在攻打四川钓鱼城时中箭加痢疾身亡，忽必烈从鄂州前线返回漠南草原继承大汗位，将八思巴兄弟俩带回草原。忽必烈在元上都（今内蒙古锡林郭勒盟正蓝旗元上都遗址）称帝时，封八思巴为“国师”。定都元大都（北京）后，在京城设总制院，又任命八思巴为院使，掌管全国佛教和西藏军政事务。八思巴协助朝廷在西藏置万户，定赋税，设驿站，使元朝中央政府对西藏实施了有效管辖。后来，忽必烈又加封八思巴为帝师、大宝法王，位高至尊，权重一时。

对于意识形态重要作用的认识，成吉思汗尚处在一种朦胧状态，他的孙子忽必烈则已进入自觉状态。忽必烈对意识形态工具的运用，也比祖父成吉思汗自如多了。对于驰骋天下的蒙古人来说，这是一个了不起的大进步。成吉思汗和他的四个儿子轰轰烈烈地打出了一片又一片广阔天地，也曾在那些土地上建立过一个个汗国，但最终却未能巩固住千辛万苦创立起来的蒙古大帝国。后人从中得出结论，马上可以打天下，却难以治天下。直到第三代忽必烈，才把打出的一片天下巩固住，建立了较为稳固的元朝政权，统治中国近百年。

元朝时，藏传佛教在蒙古人中的影响，主要在贵族上层。

明灭元，蒙古人丢掉了全国政权，退回到北方草原，藏传佛教在蒙古地区也随之衰落了。

三

我们到鄂尔多斯草原去瞻仰了成吉思汗陵，从包头返回呼和浩特时，在黄河北岸、大青山南麓，看了一座重要寺庙美岱召。美岱召的建造，成为一个新的起点。美岱召建于明代万历年间，它标志着明代中后期藏传佛教在北方草原重新兴起，形成一个新的弘佛高潮。其主要特点是，藏传佛教开始从蒙古贵族上层走向民间，在北方草原得到广泛传播，以至发展到“遍地建庙”的地步。

这就引出一位关键人物：俺答。

俺答是成吉思汗的十七世孙。美岱召是俺答当年在蒙古族地区大兴藏传佛教的高潮中建造起来的。俺答是明代嘉靖至万历年间塞外蒙古土默特万部户首领，因其势力在蒙古各部贵族争雄中不断扩张，逞强称“汗”，故有的史书上也称他为阿勒坦汗、俺答汗。

俺答在历史上留下的主要印记有：

其一，他是明代嘉靖年间北部“边患之首”。俺答趁明朝严嵩专权、朝政混乱之机，屡屡南进侵扰，以至突破边墙，攻掠大同，横扫怀柔、顺义、通州，一直打到北京德胜门下，然后扬长而去。后来张居正等人主政，对塞外蒙古实行和解政策，封俺答为顺义王，准予纳贡互市，才使北边渐趋平静。

其二，他是藏传佛教在蒙古地区广泛传播的关键人物。起先，俺答并不是北方草原蒙古各部的主宰。由于统领蒙古各部的卜赤汗过于软弱，使俺答在蒙古各部贵族争雄中显示出强劲实力，进而逞强称“汗”。他为了使自己取得“正统”地位，多次派人前往西藏迎请高僧前来蒙古地区传教，诉求于藏传佛教的力量，使草原牧民心服于他。

其三，他还是达赖喇嘛的始作俑者。明万历六年（1578年），俺答亲赴青海迎请西藏著名宗教领袖宗喀巴的三传弟子、哲蚌寺住持索南嘉措前来蒙古地区传教。索南嘉措在青海仰华寺为俺答举行了隆重的入教法会，蒙古贵族受戒者千人。法会上，俺答尊称索南嘉措为“圣识一切瓦齐尔达赖喇嘛”，这便是“达赖喇嘛”称号的最早起源。“达赖”是蒙语，意为“大海”；“喇嘛”是藏语，意为“上师”。索南嘉措自称达赖三世，他的师父根敦嘉措、师祖根敦珠巴，被分别追认为达赖二世、一世。当时，索南嘉措也向俺答回赠了一个“法汗”称号，互相满足了对方的心理上、政治上的需要。

俺答前往青海“迎佛”这件事，当时也牵动了大明朝廷。俺答势力在北方的不断扩张，一直是大明朝廷的心腹之患。当时，朝廷得悉俺答正与西藏索南嘉措会于青海，担心俺答占据青海不走。明神宗想让俺答从青海退兵，苦无良策。但朝廷同时得知，俺答对索南嘉措十分尊重。朝廷于是派出使者，邀请索南嘉措前往甘肃，与甘肃巡抚侯东莱会面。索南嘉措应邀到达甘肃，甘肃巡抚侯东莱向他传达了朝廷的上述意思。索南嘉措让甘肃巡抚侯东莱给宰相张居正捎回一封书信，意思是说，“阁下吩咐顺义王早早回家，我就让他回去吧”。果然，俺答不久就从青海返回了内蒙古。这件事使大明朝廷大为震惊，明神宗苦无良策的事，通过索南嘉措一句话就办到了。于是，朝廷对索南嘉措刮目相看。明神宗封索南嘉措为“大觉禅师”，并赠以僧帽、袈裟、彩缎等物，这使索南嘉措在西藏佛教界地位大大提高。

这就形成了一个连环套，俺答借助索南嘉措在西藏佛教界的影响，来提高自己在蒙古人心目中的地位；而索南嘉措则利用其对俺答的影响力，提高了自己在大明朝廷心目中的地位，又利用大明朝廷对他的嘉勉，提高了自己在西藏佛教界的地位。这就足以说明，政治从来不可忽视宗教，宗教也从来脱离不了政治。

美岱召面对滔滔黄河，背靠巍巍大青山，地处河套以北、阴山南麓东西通衢要冲。在此登高一望，高山大河，森林草原，尽收眼底。庙宇四周，一圈四方形石垒围墙，围墙上有垛口，远望如山谷中一座古代城堡。我们从一个石垒的高大门洞进入寺院，院内当门几棵高大古松，色深如黛，苍苍然一派古意。门楼上镶有一块石匾，它是美岱召现存最早的文物。石匾上刻了四句颂词，“呈图巩固，帝道咸宁，万民乐业，四海澄清”。另有小字款刻，记载的是俺答的孙媳五兰妣吉许愿建造灵觉寺泰和门的经过，说是不到一月便告竣工，如有神助云云。落款处还刻有“木作温伸、石匠郭江”两位工匠的名字，这在古代碑刻中很少见。匾文上方，刻有一行横书蒙文，未知何语。从这块石匾上得知，此庙最早叫灵觉寺。

灵觉寺演变成美岱召，又有一段故事。俺答和索南嘉措相继去世后，为了使藏传佛教在蒙古地区得到更广泛的传播，西藏黄教上层和蒙古贵族上层共同谋划，把俺答的曾孙云丹嘉木措寻为达赖三世的转世灵童，成为达赖四世。达赖四世长到十四岁时，被请回西藏哲蚌寺去坐床，离开了漠北草原。为了填补蒙古地区宗教领袖的空缺，西藏僧界指派麦力达活佛前来灵觉寺担任住持。从此，信徒们称灵觉寺为麦力达召。天长日久，口口相传，麦力达召演变成了美岱召。“召”与“昭”同音，西藏有大昭寺、小昭寺。

四

剽悍的蒙古人，出发时手里举着马刀，返回时手里捻着佛珠。

历史似乎证实了这样一个演化过程，藏传佛教一旦在北方草原落地生根，它使蒙古人的情感激流渐渐被一条精神河床所约束，从此不再四处横溢，渐渐进入了淙淙流淌的平静境界。曾经纵横天下的蒙古人，犹如一匹狂奔之后的烈马，大汗淋漓，驻足草原，昂首远眺。正当它渐感疲乏饥渴之际，隐隐听到庙宇间传出阵阵诵经念佛之声。这声音好似来自遥远天穹，使这匹烈马渐渐听得沉醉，渐渐忘却了一路奔突的万般艰辛，也渐渐消弭了火焰般急驰冲突的天性。

当代的蒙古人，回忆起历史上藏传佛教对蒙古族产生的深刻影响，心情是颇为复杂的。无疑地，藏传佛教极大地丰富了蒙古族的历史文化，但它却对蒙古人的性格产生了不小的“软化”作用。有的蒙古族学者就认为，自从北方草原盛行藏传佛教以来，蒙古族“昔日的勇敢善战强健之风渐失，遂化为温和萎靡”。当然，这种观点所包含的情感因素，更多的是在追怀和感叹蒙古人曾经叱咤风云的辉煌历史。蒙古人的历史教训，看来是从一个极端走到了另一个极端，最终又似乎把马刀和佛珠这两件宝物都丢了。不过，从民族心理上说，蒙古族人最终找到了新的平衡，因为他们在参与缔造中华民族历史的过程中，已将本民族的奋斗历程融进了这部完整历史，中国是蒙古族祖先治理过的国家，中国是蒙古族人的祖国，中国历史中包含着蒙古族的血肉精神。至于蒙古族留下的历史教训，当然也要由中国历史的全体继承者去共同记取了。

武力好比是“火”，意识形态好比是“水”，这相克相济的两样东西，哪一样少了不行，过了也不行的。冲天大火会把人烧死，滔滔洪水也会把人淹死。一味穷兵黩武，最终可以导致自身毁灭；一味靠倾泻意识形态洪流去荡涤一切、淹没一切，最终也会导致自身毁灭。历史已经不止一次地演化出了这样的规律。文武何以相济，水火何以调匀，乃天字第一号大学问。回过头去看，蒙古人同后来入主中原的满族人相比，在“文”与“化”两个方面都有些差距就是了。

内蒙古草原中部的四子王旗，有一座“王爷府”遗址，在它的所有建筑中只遗存下来一座喇嘛庙，它是四子王时期的宗庙，当地老百姓叫它“王爷庙”，早已败落了。这处遗址，我以前随部队开赴内蒙古演习时曾经来过一次。这次是到航天着落场来，顺便又来看这座“王爷庙”，进一步弄清了它的历史演变过程。四子王旗，它的起源是满清入关前，由皇太极赐封给成吉思汗旁系后裔的一块领地，受封的是成吉思汗胞弟哈斯尔的第十六代孙(脑音岱的四个儿子),当时称四子部落。满清入关,有个先决条件,它必须首先与关外的蒙古各部结成牢固联盟,以便建立一个稳固的后方,消除后顾之忧,然后才可放心大胆地长驱直入,打进关内,以图天下。为此,在努尔哈赤征服东北蒙古各部的基础上,皇太极又采取了一系列联蒙措施。一是与蒙古贵族通婚联姻。皇太极的庄妃(即后来扶持顺治、康熙二帝坐稳天下的那位很了不起的孝庄文皇太后),就是蒙古科尔沁部落首领赛桑的女儿。二是给蒙古各部贵族后裔划地封王进行笼络安抚,皇太极赐封四子部落领地就是这一政策的产物。清廷在关内坐定天下后,又回过头去对蒙古各部分而治之,顺治年间在关外蒙古族地区设立盟、旗建制,四子部落改为四子王旗,此名称一直沿用至今。

包头东北方向的阴山深处有一座重要寺庙五当召。清王室入关后,把藏传佛教从蒙古人手里接过去,成为清廷治理北方蒙古地区的重要工具,五当召便是与这段历史密切相关的一座重要寺庙。远远看到山坡上散布着一片高低错落的白色庙宇建筑,被一片葱郁的山林映衬着,景色浓郁而深沉。五当召建于清乾隆十四年(1749年),乾隆御书寺名广觉寺,蒙古族人则称它为五当召。古代这里是一片原始森林,当时是就地伐木,建造了这座规模宏大的五当召。“五当”是蒙古语“柳树”的意思,当时建庙处有大柳树,故名。想必大柳树附近必有充沛山泉,有水源是建庙的重要条件。现在山谷里已见不到柳树,山上仍有黑森森的零星古松。

中国漫漫几千年封建社会,在中原坐天下的帝王们,都要拿出极大的精力去对付北方“边患”,基本思路都是采取坚决的隔离措施:修长城。但唐朝不修长城,清朝也不修长城。唐朝和清朝对付“边患”采取的是另一种手段:弘佛。康熙有句名言“建一寺胜养十万兵”。清朝的先祖起于北方,世世代代与蒙古族打交道,康熙本人一生中有很多时间用于征服西北叛乱,他对藏传佛教在蒙古地区的影响和作用看得十分透彻。他认定，要想使蒙古人臣服，就要多建寺庙，鼓励信佛。乾隆也说过，“兴黄教即所以安众蒙古，所系非小，故不可不保护之”。黄教，即藏传佛教格鲁派的俗称，蒙古地区的藏传佛教均为黄教。五当召，就是清廷在蒙古族地区大兴藏传佛教的一个例证。

五当召规模很大，与此庙相关的历史人物事件很丰富，包头市组织专家学者对五当召进行了深入研究，现已发展成包头市的一个重要旅游景点。

五

走进草原上的一座座庙，就像走进北方草原的一个个历史场景，心中会时时浮起一缕缕沧桑感。从四子王旗政府所在地乌兰花镇前往航天着陆场阿木古郎草原途中，有一处河湾，河湾里有一个村落，蒙语叫红格尔，那里有一座希拉穆仁庙。庙前山谷中的那条小河，就叫希拉穆仁河。这是一条季节河，夏季雨后水流湍急，平时水流量很小，但河滩很宽。我们见到它时正在化冻，滚满卵石的河滩里有一闪一闪的水流在流动。草原牧民崇拜佛，也崇拜水，干旱的草原上有一条小河流过，珍贵得如同甘露。据说，旧时的希拉穆仁庙香火很盛，殿宇相接，僧众三千，汉族人称它为大庙。但历经清末动荡、日寇侵华、“文革”内乱等几次大的破坏，殿宇建筑已大部被毁。庙中最后一位活佛格拉僧图登布六世，经历风风雨雨，一直活到现在。四子王旗政协为他在红格尔村单独盖了一处房子，将他安置下来，在村中安静度日。我们走进仅剩的一座佛殿，神坛上有信徒前来供奉的零星香火。旗里来的陪同者介绍说，此庙已列入四子王旗文物保护计划，要重修，苦于一时筹集不到这么多资金。走出佛殿，我望着尚未返青的草原，眼前浑黄一片。希拉穆仁河从遥远年代淙淙流淌至今，它流走了千百年沧桑，灌溉着亘古苍茫。

离开四子王旗，在武川县顺路看了一座召河庙。这是一座得到较好维护的寺庙。庙里有一位蒙古族喇嘛，名叫根登。他向我们介绍说，这座寺庙的蒙语名字叫查干哈达，汉人也叫它普会寺。内蒙古草原上的喇嘛庙，同一座庙往往有好几个不同的名字，有的是蒙古族与汉族对同一座寺庙的不同叫法，有的是不同历史时期对同一座寺庙的不同叫法。它像一本书的提纲，为你了解历史提供了线索。由于我们要去白云鄂博，急着赶路，对召河庙没有来得及细看细问。

途中经过达茂旗百灵镇，百灵镇上有一座很有名的百灵庙，不能不看。达茂旗的全称名叫"达尔罕茂明安联合旗"，它是由历史上几个不同的蒙古族部落演变而来的。百灵庙规模很大，管理也较严格。门口有个售票窗口，说明它平时是对外开放的。但我们去时却关着门，里面正在维修。百灵庙在内蒙古地区名气很大。一位年纪较大的僧人引导我们参观，进了一殿又一殿，真有些寺深莫测的感觉。正殿很大，立着一排排柱子，中间一条过道，两边放着一排排宽大的木榻，那是供僧人们诵经时盘腿打坐用的。陪同参观的喇嘛介绍说："过去这些柱子上都包裹有毛毯，'文革'中一场大火烧了三天三夜，全烧光了。后来这大殿又成了屠宰场，杀牛宰虎的。"我发现这位喇嘛说话用词很善于夸张。好在此庙现已得到了很好的维修和保护，有些地方还在进一步修葺。大殿内，左角上有一个很大的玻璃罩子，里面罩着一件精美的沙雕作品，名叫"坊城"。全部用彩色沙子堆砌而成，城郭楼台，玲珑剔透，色彩绚丽，艺术水平很高。喇嘛说，这座沙雕作品，是庙里上一次举行佛事纪念活动时做的。今年还将举行佛事纪念活动，他们准备再做一座新的沙雕。

中国老百姓有个说法：盛世修庙。依我看，原有的重要庙宇，作为一种历史文化遗存，尽力修复，好生保护，完全应该。但是，毕竟时代在前进，文化需更新，若是再去盖新庙、塑新神，大可不必矣。

2003年1月

汉武帝与匈奴的战争

导　语

汉武帝刘彻，雄才大略。他一生与匈奴的交战，是西汉最重要的战事。

在中国历史领域，以往一直有一个旧观念，或者说，中国存在着一个两千多年的历史现象。诚如明代宋濂所说："自古帝王临御天下，皆中国居内以制'夷狄'，'夷狄'居外以奉中国。"今天看来，这一旧观念反映的是大汉族主义历史观，是值得反思的。但是，它却是中国古代两千多年间无法回避的历史现象。秦汉时，北方主要有匈奴、突厥、东胡三大族系。它们顽强不息地以扰边南侵的方式，要参与到与中原汉族共同缔造中国历史的进程中来。怎样才能参与进来，并最终融为一体？一个字：打！好比两块铁，互相击打，火花四溅，最终这两块铁被放到同一只打铁炉内烧红，再叠放到一起锻打，把铁渣打掉，纯铁留下，于是你中有我、我中有你，融为一体了，牢固了。

秦汉时，这种"参与愿望"表现得最为强烈的是匈奴。由于中原本身长期处于战乱动荡之中，因此，秦始皇统一中国后，修了一道万里长城，对北方匈奴采取了“隔离”政策。秦始皇希望“闹中取静”，但秦汉之际的中国北方，由于匈奴不断南侵，一直“静”不下来。刘邦建立西汉之初，为平定韩王信叛乱，在白登山（今山西阳高县南）遭受过匈奴军包围，史称“白登之围”。刘邦鉴于内乱未平，政权尚不巩固，对匈奴采取了退让妥协政策。但这种政策只能缓解一时，不能从根本上解决问题。西汉时期，匈奴南侵达到高潮。

因此，万里长城实际上是为北方游牧民族建立的一座伟大纪念碑，纪念他们顽强不息地要参与到缔造中国历史进程中来的伟大精神。

汉武帝的尚武政策

汉武帝继位时，西汉已开国六十多年，经历了高祖、惠帝、吕后、文帝、景帝五代，完成了由乱到治的过程。文、景两朝，实行“与民休息”“轻徭薄赋”政策，史称文景之治。尤其汉景帝时期，周亚夫平定吴楚七国之乱是一个转折点，表明西汉政权内部的不稳定因素得到彻底解决，国运进入和平发展轨道。文景之治，使西汉政权出现了“京师之钱累巨万”“太仓之粟露于外”的富裕景象，老百姓日子好过多了，国力也有极大提升。这时，西汉朝廷对北方匈奴不断入侵扰边越来越不能容忍，雄才大略的汉武帝下决心要解决这个问题。

汉武帝于建元元年（前140年）登基，当时他十六岁。他登上皇位后考虑的第一件大事，就是“欲事灭胡”。他登基第一年，就派博士公孙弘出使匈奴刺探情况。第二年，又派张骞出使西域，准备联合大月氏共击匈奴，“以断匈奴右臂”。但是，当时朝政还受到汉武帝老祖母窦太后的制约，朝中老臣也都安于现状，主张继续对匈奴奉行“和亲加送礼”的政策。汉武帝知道不能操之过急，头几年继续沿用这种政策。

但汉武帝心中自有打算，他着手进行抗击匈奴的各项准备。他把长期在边境与匈奴作战的两位名将李广、程不识调入京内，分别担任未央宫和长乐宫卫尉，一方面通过他们了解匈奴情况，一方面向他们灌输抗击匈奴的意图，也亲自考察他们的军事才能。元光四年（前134年），汉武帝提拔李广为骁骑将军派往云中（今内蒙古托克托县东北），将程不识提升为车骑将军派往雁门（今山西右玉县南），驻防抗击匈奴第一线。

随后，就发生了马邑伏击战和边市袭击战，这两次汉匈交战，是汉武帝小试牛刀。

马邑伏击战发生在元光二年（前133年），汉武帝二十三岁。雁门关外有座重要边城马邑（今山西朔州市东北三十里马邑村）。马邑城里有位土豪聂壹，通过王恢向汉武帝献计道，他可以利用与匈奴边市贸易的机会，用假投降的方法吸引匈奴单于领兵前来，我们提前设伏，一定可以击败匈奴。汉武帝打击匈奴的心情已经压抑了很久，这一次，他借聂壹所献之计为由头，召集群臣讨论，先说出了自己的意图：“朕饰子女以配单于，币帛文锦，赂之甚厚”，但单于仍“侵盗无已”，边境百姓不得安宁，“今欲举兵攻之，何如”？大臣中分两派，王恢竭力支持，韩安国竭力反对。汉武帝下决心要打，采纳王恢意见，利用聂壹吸引匈奴，决定打一次马邑伏击战。汉武帝不知是出于什么考虑，让一位反战派头面人物韩安国担任马邑伏击战的统帅，明显失策。部署既毕，聂壹“逃”往匈奴，对军臣单于说，我准备杀掉马邑长史，举城投降匈奴，妇女财物尽归匈奴，请单于派兵接应。军臣单于一听有利可夺，允诺之。聂壹回到马邑，从监狱里拉出一个犯人杀掉，把他的人头挂在马邑北门城楼上，对军臣单于的使者说，马邑长史已被杀掉，“可急来”。军臣单于领兵十万前来，行至离马邑百余里，只见牛羊遍野，不见牧人，顿生疑惑，停止前进。这时匈奴抓到一名巡边的雁门尉史，用长矛对准他的心窝，尉史把汉军埋伏的情况全盘供出，军臣单于大惊，庆幸自己没有中计，迅速退兵。军臣单于认为这名雁门尉史救了匈奴，封他为“天王”。马邑伏击战计划全部落空。汉武帝盛怒之下，把王恢逮捕，投进监狱，迫他自杀，以谢天下。马邑伏击战后，军臣单于进行报复性扰边入侵，袭杀边郡官吏，掳掠百姓，汉匈进入全面战争状态。

边市袭击战发生在元光六年(前129年)，汉武帝二十七岁。由于匈奴各种生活物资对内地的依赖性很大，边市贸易仍在正常进行。当年春天，匈奴又入侵上谷郡掳掠杀人。入秋，汉武帝命令公孙贺、公孙敖、李广、卫青四将各率万骑左右的兵力，趁边市赶集之日，兵分四路同时出击。但这次作战出师不利，公孙贺出云中(郡治在今内蒙古托克托县东北)事前缺乏侦察，判断有误，未遇匈奴，空手而归。公孙敖出代郡(郡治在今河北省蔚县西南)，反被匈奴打败，损兵七千。名将李广出雁门，寡不敌众，全军覆没，本人负伤被俘。“飞将军”李广在匈奴名声很大，匈奴俘获李广后如获至宝，用布络将负伤的李广挂在两匹马中间驮着他走。李广斜眼瞄见近旁有位少年骑着一匹好马，他运足力气，翻身跃上少年马背，抱住少年飞奔，一路逃了回来。按西汉军律，吃了败仗的公孙敖和李广当斩，他俩花钱赎为庶人。

这一仗，有位年轻将领卫青却一战成名。卫青出上谷(今河北怀来县东南)，对匈奴勇猛直追，一举攻破了匈奴的龙城(今内蒙古正镶白旗附近)，歼敌七百，得胜而归。龙城是匈奴单于大会属国诸王、祭祀天地祖先的圣地，卫青攻破匈奴龙城，对匈奴震动极大，而对汉武帝则是一次鼓舞。

卫青是个私生子。卫青生父郑季是位县一级的小官，在汉武帝姐姐平阳公主家当差。平阳公主原先叫阳信长公主，嫁给曹参的后代曹寿为妻，曹寿是平阳侯，随夫改称平阳公主。郑季与平阳公主家的奴婢卫媪私通，生卫青。卫青小时候被送回郑季家抚养，郑季的嫡妻和嫡子们都歧视卫青。卫青稍大，平阳公主很喜欢这孩子，又让他回到母亲身边来，做平阳公主的侍从骑奴。卫媪生有一男三女，卫青有两个同母异父的姐姐，大姐叫少儿，二姐叫子夫。子夫能歌善舞，汉武帝有一次在姐姐家看上了子夫，被选入宫中，很快得宠，子夫的弟弟卫青也被召入建章宫去当差。汉武帝的陈皇后无子，得悉子夫怀孕，心生忌妒，拿卫青出气报复，编个理由将他下狱，准备杀死卫青。汉武帝的侍从公孙敖与卫青是一起练习骑射的骑友，约了几位壮士劫狱救出卫青。这件事被汉武帝知道，他不仅没有责备这几个年轻人，反而任命卫青为建章宫宫监，做自己的侍中。子夫生下儿子后，封为皇后，卫青升为太中大夫。卫青没有辜负汉武帝对他的关爱栽培，初次领兵出战就立下显赫战功，被封为关内侯。从此，卫青成为汉武帝手中的一张王牌，成了抗击匈奴的主将。

河套战役

万里黄河，唯富一套。黄河全长五千余公里，最为富庶的是河套地区。河套以南，史书上称“河南地”，水网密布，农牧皆宜，离长安又很近，成为汉匈争夺的核心地带。秦始皇“使将军蒙恬发兵三十万人北击胡，略取河南地”，夺回的就是这一地区。

汉武帝大举反击匈奴，最先取得突破性胜利的也是在这一地区，史称“河南之战”。这与现代人概念中的“河南”相去十万八千里，我将它改称“河套战役”，读者看了更明白。

发动河套战役时汉武帝二十八岁。河套战役的主将是卫青，战役持续时间长达两年，分前后两个阶段。

第一阶段，汉武帝元朔元年（前128年）秋天，匈奴兵分三路扰边。左路两万余骑攻辽西郡（今辽宁义县西），杀死辽西太守；中路攻入渔阳郡（今北京密云西南）；右路攻入雁门郡（今山西右玉县南）。卫青率三万骑出雁门，李息率兵一部出代郡，击退匈奴军。

第二阶段，汉武帝元朔二年（前127年）春天，匈奴左贤王又大举进攻上谷郡（今河北怀来）、渔阳郡（今北京密云西南）。汉军采取正面牵制、右翼远距离迂回包围战术，取得极大成功。正面由御史大夫韩安国率七百人迎击匈奴，韩安国负伤，退入营垒坚守不出，匈奴掳掠千余人及大批牲畜而去，继续向东侵扰。汉武帝命韩安国移师右北平（今辽宁凌源西南）坚守，阻击匈奴东进。汉军主力由卫青、李息二将率领，出云中（今内蒙古托克托东北），直插至高阙要塞（今内蒙古大青山与狼山相连处的石兰计山口），切断了盘踞在河套内的白羊、楼烦二王与匈奴腹地的联系。卫青从这里南渡黄河，反身对河套内的白羊、楼烦二王发起突然袭击。白羊、楼烦二王没有料到汉军会从背后袭来，仓促应战，溃不成军，率少数亲兵逃遁。汉军杀敌数千，俘敌三千，缴获牛羊百万余头，收复河套内全部失地。

河套战役，是西汉开国以来同匈奴作战取得的第一次重大胜利。河套战役获胜后，中大夫主父偃向汉武帝提了一条重要建议，他说，河套地区水丰地肥，蒙恬逐匈奴、筑长城，首先争夺的就是这片战略要地。河套地区被黄河环绕着，全国各地运输来的军需物资都可以通过这里转往边境前线。把河套地区建设好，这是灭胡根本大计。汉武帝采纳他的建议，在河套地区新置五原、朔方二郡。将原来的九原旧城（今内蒙古包头西）改为五原郡治；汉武帝把南方沟通西南夷的工程停下来，动用十多万人在此筑朔方城

（今内蒙古乌拉特前旗东南），并从内地招募十余万移民至朔方实边。这样，就把河套地区建设成了与匈奴作战的前进基地，从这里可以向北、东、西三个方向出击。

夺取河套地区，是一个战略态势的重大转换。匈奴占据河套时，在西汉北方防线中央部位打开了一个大缺口，进攻矛头可以直指长安，西汉朝廷心里一直发虚。西汉夺取河套，并把它建设成为进攻匈奴的前进基地后，好比转过身去向匈奴伸出了一根坚挺的长矛，匈奴心里开始发虚。

阴山战役

阴山山脉东段称大青山，西段称狼山。阴山山脉是匈奴单于王庭所在地，是匈奴的心脏地带。阴山山脉对于匈奴的重要性，《汉书·匈奴传下》中记录下了郎中侯应给汉元帝上书中的一段话："臣闻北边塞至辽东，外有阴山，东西千余里，草木茂盛，多禽兽，本冒顿单于依阻其中，治作弓矢，来出为寇，是其苑囿也。至孝武世（汉武帝），出师征伐，斥夺此地，攘之于漠北。建塞徼，起亭燧，筑外城，设屯戍，以守之，然后边境得用少安。漠北地平，少草木，多大沙，匈奴来寇，少所蔽隐，从塞以南，径深山谷，往来差难。"因此，"匈奴失阴山之后，过之未尝不哭也"。

阴山战役史称"漠南之战"，我这里把它改称阴山战役，道理同河套战役，让读者一看就明白。匈奴失去河套地区后，匈奴王庭所在地阴山山脉就失去了屏障，汉军的攻击目标直指匈奴心腹。匈奴在焦虑不安之下，对边郡的入侵活动连续不断。汉武帝元朔二年（前127年），匈奴趁汉军忙于巩固河套地区，攻占了上谷郡造阳地（今河北省赤城至独石口一带）。元朔三年（前126年），汉武帝三十岁。年初，军臣单于死，他的弟弟左谷蠡王伊稚斜与军臣单于太子於丹争立，於丹兵败降汉，西汉封於丹为涉安侯，但於丹一个月就病死了。伊稚斜单于对汉边发动疯狂的报复性入侵，杀死代郡太守，又攻入雁门关杀掠，接着又率九万骑攻入代郡（今河北蔚县西南）、定襄（今内蒙古和林格尔县西北）、上郡（今陕西榆林县东南）。匈奴右贤王则对失去的河套地区反复入侵抢掠。

面对匈奴的频繁进攻，汉武帝决定全力反击，将匈奴单于王庭逐出阴山山脉。

阴山战役第一阶段，打击的主要目标锁定为匈奴右贤王，先损其一翼。元朔五年（前124年）春，西路由卫青亲率主力出高阙，苏建为游击将军、李沮为强弩将军、公孙贺为骑将军、李蔡为轻车将军，七八万人"俱出朔方"。东路由李息、张次公二将"俱出右北平"，以牵制匈奴东部兵力，策应西路卫青主力对匈奴右贤王的围歼。卫青挥师北出高阙，长驱直入六七百里，于夜间抵达右贤王王庭所在地，立即发起突然袭击。匈奴右贤王没有料到汉军能深入塞外这么远，当晚喝醉了酒。遭到突袭后仅带一名爱妾和数百亲兵，在夜幕掩护下仓皇北逃。卫青俘获右贤王以下俾小王十余人、部众一万五千人、牲畜"数十百万"。卫青凯旋时，"至塞，天子使使者持大将军印，即军中拜车骑将军青为大将军，诸将皆以兵属大将军，大将军立号而归"。历史上，大将军这一职务是从卫青开始才有的，这是西汉最高军阶，高于太尉。这是一项殊荣，不是常设职务，因人因功而设。卫青回到长安，汉武帝又封卫青六千户。

阴山战役第二阶段，打击目标直指伊稚斜单于本部。匈奴右贤王遭受沉重打击后，同年秋天又出万骑南下侵袭代郡，杀死代郡都尉，掳走边民千余人。为了进一步打击匈奴气焰，元朔六年（前123年）二月，汉武帝决定再次对匈奴反击。以大将军卫青为统帅，率领公孙敖、公孙贺、赵信、苏建、李广、李沮六将，以十万余骑出定襄，寻找匈奴主力决战。年仅十八岁的小将霍去病（卫少儿之子)第一次跟随舅舅卫青上战场,卫青任命他为校尉。大军出定襄后,途中与匈奴骑兵打了一场猝不及防的遭遇战,汉军击退匈奴,斩首三千余级。由于目标已暴露,塞外早春,气候还十分寒冷,不宜北出更远。卫青决定将汉军后撤至定襄、云中、雁门一线休整待机。四月,气候渐暖,卫青再次出击,向北挺进数百里,遇匈奴伏兵。右将军苏建、前将军赵信率领的三千余骑全军覆没。苏建只身逃回卫青大本营;赵信原来就是匈奴俾小王,归汉后被封为翕侯,战败后带领八百骑重新投降了匈奴。卫青率领主力全力反击,歼敌一万九千余人,将匈奴击溃,反败为胜。初次参战的霍去病神勇无比,他见伊稚斜单于兵败逃窜,率领八百轻骑穷追数百里,歼敌两千余人,"斩单于大父行藉若侯产"(伊稚斜单于的伯祖父),俘获匈奴相国、当户和伊稚斜单于之叔罗姑比等,功居全军之冠。霍去病一战成名,凯旋后,汉武帝封这位青年将领为冠军侯。

阴山战役,有胜有败,有得有失,但实现了逐匈奴出阴山的战略目标,伊稚斜单于将匈奴的大本营从阴山地区迁至漠北。从此,阴山方向的战事明显减少,匈奴频繁侵袭边境的势头得到了初步遏制。

河西战役

夺取河西走廊,沟通西域,联合大月氏共击匈奴,"以断匈奴右臂",这是汉武帝登基之初就形成的战略构想。由于当时条件尚未成熟,一直未能付诸实施。经过十七年对匈奴的不断进攻,尤其是取得河套战役、阴山战役胜利之后,终于可以把这一战略构想付诸实施了。

河西走廊是中原沟通西域的战略通道,全长一千多公里,南有祁连山,北有合黎山、龙首山。祁连山终年积雪,河西走廊水源丰富,是游牧民族天堂般的天然牧场。合黎山、龙首山以北是浩瀚的巴丹吉林大沙漠。河西走廊原先是月氏人的牧地,汉文帝时,匈奴逐走了河西走廊的月氏人。匈奴占据河西走廊后,就通过祁连山把蒙古高原与青藏高原连通了起来,广阔的西域都成了匈奴的势力范围。

汉军取得阴山战役胜利后,已将匈奴单于王庭逐至漠北。匈奴在漠南地区的残余势力在东西两头,东北方向剩下左贤王;西北河西走廊则有浑邪、休屠二王占据着。东北方向的左贤王构不成主要威胁;河西走廊的浑邪、休屠二王则北连匈奴单于腹地,西控西域各国,南控西羌诸部,沟通西南青藏,对内地构成很大威胁。显然,夺取河西走廊,已成为进一步打击匈奴势力的关键。于是,汉武帝把进攻匈奴的重点转向河西。

发动河西战役时汉武帝三十五岁。

打通河西走廊的大功臣是年轻将领霍去病。汉武帝元狩二年(前121年)是霍去病之年。那一年的春、夏、秋三季,他连续三次出征河西,把盘踞在河西走廊的休屠、浑邪二王扫荡一清。

春季攻势。

那年春天,霍去病奉命"将万骑出陇西",向河西走廊发动初次进攻。陇西,泛指甘肃陇山以西。陇山是六盘山南段的别称,西汉时,陇西郡治在狄道(今甘肃省临洮县南)。霍去病出陇西,"逾乌盭,讨遬濮,涉孤奴"。这三句话比较费解,颜师古注:"乌盭,山名也。"盭,绿色的意思。"逾乌盭",指翻越乌鞘岭(祁连山东段支脉)。"讨遬濮",遬濮是匈奴所属的一个游牧部落小王国,被顺路征服之。"涉孤奴",孤奴是石羊大河的古称,发源于祁连山,经武威地区向北流入腾格里沙漠后消失,上游滩宽水浅,故能涉水而过(《汉书·卫青霍去病传》)。

各种不同版本的军事史、战争史,对霍去病元狩二年河西战役春季攻势的叙述颇多混乱,有些说法自相矛盾。把《史记》《汉书》《资治通鉴》中的有关记载相对照,可以发现一些引起混乱的原因。最早的版本是司马迁在《史记·卫将军骠骑列传》中的记载,各种版本的相关记载源出于此。司马迁开头只写了几句很简单的话:"元狩二年春,以冠军侯(霍去病)为骠骑将军,将万骑出陇西,有功。"下面引用了汉武帝嘉奖霍去病的一段话,原文如下:

> 天子曰:"骠骑将军率戎士逾乌盭,讨遬濮,涉狐奴,历五王国,辎重人众慑耆者弗取,冀获单于子。转战六日,过焉支山千有余里,合短兵,杀折兰王,斩卢胡王,诛全甲,执浑邪王子及相国、都尉,首虏八千余级,收休屠祭天金人,益封去病二千户。"

汉武帝的这篇"嘉奖令",综合性地讲了四层意思:第一,霍去病的主要作战经过,"逾乌盭,讨遬濮,涉狐奴,历五王国"(遬濮王、折兰王、卢胡王、休屠王、浑邪王);第二,霍去病在作战中的突出表现和作战特点,即:不怕疲劳连续作战——"转战六日",敢于长途奔袭,对敌发起深远攻击——"过焉支山千有余里",敢于短兵相接与敌人厮杀——"合短兵";第三,霍去病取得的一系列重大战果,"杀折兰王,斩卢胡王,诛全甲,执浑邪王子及相国、都尉,首虏八千余级,收休屠祭天金人";第四,对霍去病的奖励,"益封去病二千户"。

多种版本的军事书籍,把这段话中霍去病的作战经过和他获得的战果,机械地对应起来演绎,结果使作战次序、作战对象、作战地点、所获战果出现了许多错位现象。

汉武帝先说到霍去病"过焉支山千有余里",最后才说到他"收休屠祭天金人"。如果对应起来演绎,"过焉支山千有余里",应该到了敦煌一带,而休屠王的王庭是在河西走廊东段(以武威为中心),浑邪王的王庭在河西走廊西段(以张掖为中心),霍去病怎么可能到了敦煌一带又折回千余里，再返回武威来“收休屠祭天金人”？有的书上为了自圆其说，就说休屠王是带着祭天金人跑到河西走廊西段去和浑邪王“合兵一处”抗击霍去病。不是没有这种可能，而是这样一“抹”，后面的诸多问题远未得到合理解释。

《汉书·卫青霍去病传》在引用汉武帝这段话时，在“合短兵，杀折兰王”中间又加进了“鏖皋兰下”四字，连贯起来就成了“过焉支山千有余里，合短兵，鏖皋兰下，杀折兰王，斩卢胡王”，这就带来了更大的混乱。皋兰山究竟在哪里？查阅多种古地名资料，焉支山以西至敦煌一带并无皋兰山。甘肃省境内皋兰山只有两处，一处是今兰州市区的皋兰山，兰州古名即皋兰，得名于此山。另一处是甘肃临夏县南的皋兰山，又名石门山，《中国历史地名大辞典》中《皋兰山》条目说《武帝纪》中所记霍去病“至皋兰”即此山，信然。

《汉书·武帝纪》中记载霍去病这次春季战役只有一句话：“遣骠骑将军霍去病出陇西，至皋兰，斩首八千余级。”历代注家对“皋兰”均有注，应劭注：“在陇西白石县，塞外河名也。”孟康注：“山关名也。”应劭和孟康两位的注应该是可靠的。应劭注皋兰“在陇西白石县”，白石县为西汉所置，治所即今甘肃临夏东南一小古城。应劭注皋兰是“塞外河名”，孟康注皋兰是“山关名”，这两种说法并不矛盾，指的是同一个地方。皋兰山即石门山，山谷中有水流。应劭注皋兰是“河名”偏重的是地理概念，孟康注皋兰是“关名”偏重的是军事概念。皋兰山即临夏县南之石门山无疑，它是出陇西进入河西走廊的一个重要关隘，看来霍去病是从这里进入河西走廊的。

颜师古的注就来了问题：“皋兰，山名也。霍去病传云‘过焉支山千有余里，合短兵，鏖皋兰下，即此山也’。”按照颜注，皋兰山应在焉支山以西千余里的地方，即敦煌一带。颜注首尾不相顾，既然霍去病已经过了焉支山千有余里，怎么会紧接着与匈奴鏖战在临夏以南的皋兰山下，“杀折兰王，斩卢胡王”呢？地理位置显然对不上了。

有的书上就说“杀折兰王，斩卢胡王”的战斗发生在霍去病返回途中，地点就是在临夏县东南的皋兰山下。这显然是为了“消除矛盾”的揣测附会之说了。

编撰《资治通鉴》的司马光大概发现了《汉书》这段话中某些文字容易产生歧义，所以他干脆把“合短兵，鏖皋兰下”这两句都删掉了，反倒使意思更加通达明白：

> 霍去病为骠骑将军，将万骑出陇西，击匈奴，历五王国，转战六日，过焉支山千余里，杀折兰王，斩卢胡王，执浑邪王子及相国、都尉，获首虏八千九百余级，收休屠王祭天金人（《资治通鉴·汉纪十一》）。

夏季攻势。

霍去病取得春季大捷后，汉武帝受到极大鼓舞。当年夏天，他决定对匈奴发动一场规模更大的夏季攻势。夏季攻势分西路和东路两个方向同时出击，以西路为主要进攻方向。东路由李广和张骞领兵出右北平，攻击匈奴左贤王，以掩护西部主力出击。西路由霍去病率主力，公孙敖领兵配合，再次进攻河西走廊。公孙敖领兵出陇西，从正面吸引和牵制敌人。霍去病率精骑主力，采取远距离、大迂回的方式，从北地郡（今甘肃庆阳市西北）出塞，从灵武（今宁夏银川南）渡过黄河，翻越贺兰山，“涉钧耆（水名），济居延（居延海）”，从居延海（今内蒙古额济纳旗境内）折向东南，沿弱水河进至祁连山与合黎山之间的黑水流域，出敌不意，插至匈奴侧后。公孙敖部迷失方向，没有按时与霍去病会合。霍去病当机立断，从侧后向匈奴发起猛烈突袭。匈奴军猝不及防，大败，被歼三万余人，单桓、酋涂二王所属两千余人投降，俘获单桓、酋涂、稽且、遬濮、呼子耆五王，以及诸王王子五十九人，另有相国、将军、当户、都尉六十三人。这些匈奴小王都是匈奴单于之子，被俘人员中有一位王母是单于阏氏。霍去病又获得夏季攻势大捷。

东部的李广和张骞却打得很不顺利。李广与张骞在进军途中失去联系，李广率领的四千骑兵陷入左贤王四万骑的重围。面对十倍于己的匈奴兵力，李广并不慌乱，令其儿子李敢率数十骑发起第一次冲锋，以鼓舞士气。他命令队伍列为圆阵，四面对外。匈奴骑兵连续发动冲击，矢如雨下。激战中，汉军杀伤匈奴数千人；汉军死伤过半，箭矢将尽。李广的箭法名震匈奴，他让士兵们拉满弓，引而不发，他自己用大黄连弩射死匈奴裨将数名，这时天也黑了下来，匈奴攻势减缓。第二天继续激战，张骞率万骑赶到，左贤王退兵，汉军失利而归。西部的公孙敖、东部的张骞，都在行军时迷失方向贻误战机，按西汉军律，当斩，花钱赎为庶人。

秋季受降之战。

伊稚斜单于对河西走廊春、夏两次惨败，极为恼怒。他认为主要责任在浑邪王，准备把他召到单于王庭以罪诛杀。浑邪王惊恐之下，与休屠王密谋降汉。他们先派使者去找驻守在朔方郡的汉将李息乞降，李息派驿道快马将此事火速报告汉武帝。汉武帝既高兴又担心，怕对方诈降袭击汉军，派霍去病带兵前去受降。霍去病已领兵出发，那边休屠王反悔，浑邪王怕坏事，把休屠王杀了，收编了他的部众。霍去病率军渡过黄河后（渡河地点失考），与浑邪王部众遥遥相望。这时浑邪王部众出现躁动，有的小王见汉军阵势强大，不想投降，开始逃跑。霍去病率精骑驰入匈奴阵中，将浑邪王监护起来，斩杀不愿投降逃跑者八千余人，这才将浑邪王部众镇住。霍去病派人先将浑邪王护送去长安，自己带领部队监护四万多匈奴渡过黄河南返。朝廷发车二万辆迎接来降匈奴，最终将他们分别安置在陇西、北地、上郡、朔方、云中五郡的黄河以南、秦长城以外的地区内，“赏赐数十巨万”，“因其故俗，为属国”。

这一部分最早内迁的匈奴人，渐渐与汉族人融为一体了。

浑邪王降汉后，汉武帝封他为漯阴侯，食万户。休屠王被浑邪王杀了，但休屠王的太子金日磾也在俘虏队伍中，当年只有十四岁，没入汉宫养马。汉武帝发现这小孩把马养得很好，封他为马监，对他很器重。金日磾在汉武帝关怀下逐步升迁，最终得以进入西汉朝廷的权力核心。汉武帝去世时，他最小的儿子汉昭帝刘弗陵继位时才八岁，金日磾以车骑将军头衔，与大司马大将军霍光（霍去病同父异母弟）、左将军上官桀受诏辅政。这是西汉包容大度的一个例子。

秋季受降战后，河西走廊全为西汉占领，实现了“断匈奴右臂”的战略目标。当年，汉武帝下诏将陇西郡、北地郡、上郡的戍卒减少一半，“以宽天下徭役”（《汉书·卫青霍去病传》），在河西走廊以战争换得了和平。

西汉在河西走廊设置了四个郡，筑了三座城。四个郡即武威、张掖、酒泉、敦煌。三座城即光禄城（今内蒙古乌特前旗东北）、居延城（今内蒙古额济纳旗东南）、令居城（今甘肃永登县附近）。四郡三城的设置和建造，目的是牢牢控制河西走廊，进行有效管辖和精心治理。为了填补驱走匈奴后的这片真空地带，又在居延绿洲开渠造田，驻军屯垦，移民实边。从此，从兰州以西的金城郡和整个祁连山脉一直到盐泽（罗布泊）“空无匈奴”。匈奴失去河西走廊，遭到空前沉重的打击。

史书中记载了匈奴的哀叹：“亡我祁连山，使我六畜不蕃息；失我焉支山，使我嫁妇无颜色。”

漠北会战

漠北会战，是巩固河套、阴山、河西三大战役胜利的后续行动，是汉匈双方带有战略决战性质的一次大会战。汉武帝的战略思维是敏锐的，他知道，如果不打这一仗，匈奴势力很可能不用多久就会卷土重来，汉军夺取的河套、阴山和河西地区就有可能得而复失。所以，深入漠北，进一步给匈奴势力以歼灭性打击，这是巩固胜利的必要步骤，即使消灭不了匈奴主力，也要把匈奴敢于南犯的气焰彻底压下去。

从汉武帝元朔元年至元狩二年（前128年—前122年），短短七年间，匈奴一败再败，水丰草美的河套地区失去了，谷深林茂的单于王庭所在地阴山山脉失去了，天堂般的祁连山河西走廊天然牧场失去了。

匈奴时刻伺机报复。元狩三年（前120年）春季，伊稚斜单于发数万骑入侵右北平和定襄两郡，杀掳千余人，企图引诱汉军北进反击，在漠北设伏围歼汉军。汉武帝召集大臣将领们讨论对策。汉武帝说，现在赵信（投降匈奴的汉将）成了伊稚斜单于的军师，他要小聪明，认为汉军进入漠北路遥天寒风沙大，人困马乏食不济，必败无疑。我偏要派遣大军向漠北进军，同匈奴决一死战，看看到底谁胜谁负。在河套、阴山、河西三大战役连续取胜的形势下，大臣和将领们谁敢反对天子旨意，都同意远征漠北，出击匈奴。

为了筹集大量军费，这一年汉武帝改革币制税制，实行盐铁专卖，初算缗钱。初算缗钱就是收取商人的资产税。那时候还没有银行，有钱人都把钱一串一串串起来储存在家里，满箱满柜，储钱越多，按比例抽税越多。

发动漠北会战时汉武帝三十七岁。

元狩四年（前119年）初夏，汉武帝命卫青、霍去病各率五万骑兵远征漠北。又调集步兵数十万，民间私马四万匹，向前线运送军需辎重，沿途搞保障。按照预定计划，卫青为右路，率前将军李广、左将军公孙贺、右将军赵食其、中将军公孙敖、后将军曹襄，共五万骑出代郡，对匈奴左贤王实施歼灭性打击；骠骑将军霍去病为左路，率精骑五万出定襄，寻找伊稚斜单于主力决战。从这一战略部署可以看出，在汉武帝心目中，霍去病的统帅才能已在卫青之上。

霍去病出定襄不远，抓到一名匈奴骑哨，一审问，骑哨说单于主力已经东移。霍去病将这一情报速报汉武帝，汉武帝立即下令，卫青与霍去病交叉换位。霍去病改为右路，出代郡寻歼单于主力；卫青改为左路，出定襄全力攻击匈奴左贤王。

卫青改从右路出定襄后，从抓获的匈奴俘虏口中得知，单于主力并未东移。他搞清单于主力所在位置后，命令前将军李广与右将军赵食其合兵一处，“出东道”，从右翼迂回，掩护主力侧翼，相机攻击左贤王。李广几次恳请卫青说，我一生与匈奴交战，这次好不容易遇上与匈奴单于主力交战的机会，请求充当大将军前卫去冲锋陷阵，“愿先死单于”，但卫青坚持令出不改。从兵法上讲，让李广和赵食其分兵迂回也符合战术要求，但其中却包含着复杂的感情因素。据《史记·李将军列传》记载，在这次出征之前，李广几次请战，汉武帝认为他老了，“弗许；良久乃许之”。但出发前，汉武帝又提醒卫青说，李广毕竟老了，几次出战都失利，这次不能派他与单于主力交战。另外，卫青的亲信、好友公孙敖对自己有过劫狱救命之恩，因在河西战役中迷路贻误战机当斩赎为庶人，急需再立战功，方可重新封侯。卫青以分兵为由，把李广支开，让公孙敖随同自己一起作战，为他创造立功机会。

调遣毕，卫青亲率主力穿越浩瀚的沙漠戈壁，向北挺进千余里，直插漠北伊稚斜单于主力驻地，“见单于兵阵而待”。卫青见状，采用了构筑临时阵地与骑兵游动攻击相结合的全新战术，他下令将武刚车环成圆形，构筑成临时阵地；命令五千骑兵向匈奴军发起轮番冲击。伊稚斜单于以万骑迎战，激战一天，未分胜负。日落时，突然来了沙尘暴，“大风起，沙砾击面，两军不相见”。卫青指挥汉军在沙尘暴掩护下从两翼包抄合围匈奴军。在汉军包围圈即将合拢之际，伊稚斜单于率数百骑在夜幕下向北逃遁。战至深夜，双方均有较大伤亡，汉军左校清点战俘时发现伊稚斜单于已经逃脱。卫青立即派轻骑追击，自己率大军在后跟进。匈奴军的作战特点是“来如兽聚，去如鸟散”。伊稚斜单于既已逃脱，他的部众立即溃散。卫青率军北追二百余里，斩杀、俘获敌军一万九千余人，但没有追上伊稚斜单于。卫青率军挺进至寘颜山赵信城(今蒙古国中部哈努依河中游东岸)，缴获匈奴囤积在此的大批粮食和军用物资。汉军在此驻留一日，饮马造饭，补充给养，装运物资。返回时，将运不走的匈奴粮食物资全部放火烧毁。

李广、赵食其迷失方向，未能到达漠北参战。卫青率军回到大漠以南，李广、赵食其才与大军会合。卫青派人去查问李广、赵食其迷路情况，难免带有责备之意。曾经威震匈奴的名将李广觉得颜面尽失，同时对卫青心存不满，心灰意冷，对部下说：“广结发与匈奴大小七十余战，今幸从大将军出接单于兵，而大将军徙广部行回远，又迷失道，岂非天哉！”说完拔剑自刎，“广军士大夫一军皆哭”(《汉书·李广苏建传》)。

李广是名将，但不是福将。他是将门之后，先祖是秦代名将李信，“世世受射”。李广不仅有深厚的将门背景，他本人的军事实践也很丰富。周亚夫平定吴楚七国之乱时，李广就是校骑都尉，“取旗，显功名昌邑下”。之后，他几十年在北方守边抗击匈奴，先后担任过上谷、上郡、陇西、北地、雁门、代郡、云中等七个边郡的太守，与匈奴交战七十余次，“飞将军李广”威震匈奴。李广质朴、口讷、爱兵。他带兵，“乏绝之处，见水，士卒不尽饮，广不近水，士卒不尽食，广不尝食”，对士卒“宽缓不苛”，得到士卒爱戴。司马迁评价李广的品行，引用了一句名言：“其身正，不令而行；其身不正，虽令不行。”李广射技精湛，但过分拘泥于命中率，战场上情况无论多么紧急，他非要靠近敌人几十步以内，“度不中不发，发即应弦而倒”。看来他缺少一点“寸有所长，尺有所短”的辩证思维。因此，他在作战中几次被敌围困，甚至被俘。他射猛兽，虽能“射石没羽”，也几次被猛兽所伤。李广在汉武帝时期之所以负多胜少，一来是老了，也同他只注重射技，轻视战术创新有关。他几次在沙漠戈壁中行军迷失方向，也能看出他军事素质的局限性。他同新一代抗匈名将卫青、霍去病相比，军事谋略与战略战术显然是落后于时代了。因此，李广的悲剧结局，从本质上说，是时代前进的淘汰法则所造成的。

但是，由于其中又夹杂着人际关系的复杂因素，李广的悲剧结局影响了这个军人世家几代人的命运。李广有三个儿子，长子李当户，次子李淑，三子李敢。长子、次子均早逝。三子李敢曾是霍去病手下的一员战将。就在李广自杀的漠北会战中，李敢跟随霍去病“击胡左贤王，力战，夺左贤王鼓旗，斩首多，赐爵关内侯，食邑二百户，代广为郎中令”。李敢认为父亲之死是卫青欺逼所致，一直耿耿于怀，不能自控，以致将卫青击伤，卫青“匿讳之”，不敢说。这件事被霍去病知道了，卫青是霍去病的舅舅，他要替舅舅报复李敢。有一次，李敢、霍去病等一起随汉武帝去甘泉宫狩猎，霍去病借机一箭射死了李敢。那时霍去病正是宠极之时，汉武帝对外说，李敢是被鹿角挑死的。皇上替霍去病遮掩了过去，别人还能说什么？李广的长子李当户有个遗腹子李陵，长大后拜为骑都尉，长期在河西走廊屯田守边。后来跟随西汉另一名将领李广利出战匈奴右贤王，因寡不敌众，力战兵败，投降了匈奴，司马迁为李陵辩护，受到株连，被处以宫刑，这是后话。名将李广本人和他的儿孙都是悲剧结局。

再来说说左路霍去病的作战情况。霍去病从代郡出塞后，由于从匈奴骑哨口中得到的情报有误，并未遇到伊稚斜单于主力。霍去病率骑兵轻装疾进，“取食于敌”，长驱北进两千余里，对左贤王发动了猛烈进攻。左贤王溃败而逃，霍去病一直追到狼居胥山

(今蒙古温都尔汗西北之肯特山),斩杀匈奴北车耆王,歼灭匈奴军七万余人,俘获屯头王、韩王等三人,相国、将军、当户都尉等八十三人。霍去病为了庆祝胜利,“封狼居胥山,禅于姑衍,登临瀚海(贝加尔湖)”,祭告天地,凯旋。

霍去病屡战屡胜的奥秘何在?其一,他胸襟博大,以灭匈奴为己任。汉武帝为了奖励他,要为他盖宅第,他拒绝说:“匈奴不灭,无以为家。”其二,他本人的军事素质出众,作战骁勇无比,“善骑射”,“有气敢往”,经常率先疾驰迎敌。其三,他平时沉默寡言,少年老成,善于思考,计谋深藏不露,“少言不泄”。其四,他用兵善于从大处着眼,战术思想先进。汉武帝想教他学习吴起和孙子兵法,他回答说:“顾方略何如耳,不至学古兵法。”他作战尤其“敢深入”,长途奔袭,深远攻击,疾速取胜。他将“破釜沉舟”之法运用到沙漠作战中,弃粮疾进,“取食于敌,卓行殊远而粮食不绝”。其五,得益于他的精兵、良将和好马。霍去病的部将、士卒、军马,都是经过严格挑选的,曰“常选”,从普通中挑选出众者。他率领的是一支真正的精锐之师,所向披靡,攻无不克,战无不胜。霍去病作战,最大的特点是能够把他掌握的优势能量合成一股锐不可当的气势去冲击敌人,无坚不摧。建设精兵之重要,这是古代战争史上的一个经典例子。其六,他是汉武帝真正的心腹爱将,得到了汉武帝的莫大信任。到后来,这一条甚至超过了大将军卫青。他每次打了胜仗回来,汉武帝总是对他褒奖有加,封赏不绝,这使霍去病麾下的将士们都有一种莫大的光荣感,这种光荣感又会转化成必胜信念。一支打出了威名的部队,士兵们越打越有信心,敌人则闻风丧胆,往往能成为常胜之师。

霍去病也是一名私生子。霍去病是卫青同母异父姐姐卫少儿的儿子,“其父霍仲孺先与少儿通,生去病”,霍去病随生父霍仲孺姓。卫少儿的妹妹卫子夫成了汉武帝的皇后,卫少儿改嫁给詹事陈掌为妻(见《汉书·卫青霍去病传》)。卫青、霍去病以卫家两代私生子的身份，得到汉武帝的宠信，而且都成为他的心腹大将，都为抗击匈奴立下了不世之功，这从一个侧面反映出，汉武帝时期的西汉，有一种包容大度的大汉气象。

《汉书》作者班固专门写了一段霍去病的缺点，难得。霍去病“少而侍中，贵不省士”，他从小入宫过惯了皇家贵族生活，带兵不懂得爱兵，这是他与从底层成长起来的将领最大的不同处。他出征河西时，汉武帝让宫廷膳房为他准备了几十车食物，等到部队返回时，他把吃剩的“粱肉”全都丢弃了，但军中却有饥饿的士兵，他不管不问。出征漠北时，士兵缺粮，有的已饿得不能自振，“而去病尚穿域蹋鞠也”，在沙漠中踢足球玩得十分开心。霍去病英年早逝，死于元狩六年（前117年）九月，死时只有二十四岁。他是中国古代战争史上从天际划过的一颗耀眼流星，光彩夺目，一闪而过。

漠北会战，汉军给了匈奴以歼灭性的打击。伊稚斜逃亡中失去音信，传说他已经死亡，右谷蠡王自立为单于。十几天后伊稚斜单于又重新出现，右谷蠡王只得取消单于号。遭到惨败的匈奴，狼狈和混乱到如此地步。伊稚斜单于率领残部向西北远遁，从此“漠南无王庭”。西汉百余年的匈奴边患，得到基本解决。

漠北会战，汉军同样损失巨大。士卒战死数万，损失战马十余万匹，再无法编组强大的骑兵集团。更主要的是“征发烦数，百姓贫耗”。国库空了，许多军饷也欠发了，“赋税既竭，犹不足以奉战士”，“是时财匮，战士颇不得禄”。

汉匈双方都已精疲力竭，汉匈双方进入休战状态。元封五年（前106年），卫青也去世了。

西域之战

西域，是西汉才开始使用的地理概念。“西域以孝武（汉武帝）

时始通，本三十六国，其后稍分至五十余，皆在匈奴之西，乌孙之南”(《汉书·西域传》)。西汉前期，西域都是匈奴的势力范围，与北方广阔无垠的蒙古大草原相连，匈奴势力对西汉构成半月形包围。汉武帝登基不久就有“打通西域，以断匈奴右臂”的战略构想，下决心要打破这个半月形包围。这足见汉武帝登基之初，就具备非凡的战略眼光和一位少年大帝的雄心气魄。但汉武帝对西域用兵，却是他在位三十年之后了，这时他已接近“知天命”的年龄。他在元封元年(前110年)的一道封禅诏书中说，“南越、东瓯咸服其辜，西蛮、北夷颇未辑睦”，大有“壮志半酬，心事未了”之慨。

元封三年(前108年)，汉武帝四十八岁，首次对西域用兵，打击目标是楼兰和姑师两个小国。楼兰的国都，即罗布泊腹地的楼兰古城废墟；姑师的国都，即交河古城废墟。这两个小国地处西出阳关前往西域的要冲，出使西域的汉使都要靠这两个小国接待，不堪重负。由于他们都受匈奴控制，经常劫杀汉使，汉廷以保护汉使的名义，派遣赵破奴率兵讨伐楼兰、姑师。赵破奴率领七百轻骑疾进，突袭楼兰，一举将楼兰王擒获。又乘胜挥师北上，攻克姑师。这对西域是一次震动，楼兰王向汉廷表示臣服，不久就向汉廷进贡，并送一名王子到长安充当人质。匈奴对楼兰王降汉大怒，亦发兵攻楼兰，楼兰王将另一名王子送往匈奴当人质，两面周旋。这是处在大国夹缝中的小国生存之道，只能如此。

元封六年(前105年)，汉武帝五十一岁。乌维单于死，其子乌师庐继立，因年幼，史称儿单于。这时匈奴将王庭向西收缩，“左方兵直云中，右方兵直酒泉、敦煌”。汉武帝利用匈奴内部矛盾加剧的机会，一面派李广利远征大宛，一面加紧对匈奴进行分化瓦解。太初元年(前104年)秋天，李广利远征大宛。大宛国(地处今乌兹别克斯坦境内费尔干纳盆地)远离长安一万二千余里，沿途都是沙漠、戈壁、盐沼，在这样的地形条件下万里远征，耗费巨大，将士们的艰辛难以形容。这是汉武帝凭个人主观意志办事、穷兵黩武色彩十分强烈的一次军事远征，它与打击匈奴势力并无太大的直接关系。汉武帝远征大宛的直接动机有二：其一，李夫人新宠，李广利是李夫人之兄，他有意要为李广利提供一个立功受封的机会；其二，欲求大宛汗血宝马。同匈奴作战，骑兵是最强有力的兵种。由于在同匈奴连年交战中军马损失太多，急需繁殖恢复，汉武帝想求得宝马改良马种。汉武帝听说大宛汗血马出在贰师城（今吉尔吉斯斯坦境内马尔哈马特），他封李广利为贰师将军，命他率领西部属国六千名骑兵和几万名“郡国恶少年”远征大宛。

由于西域是匈奴的势力范围，风闻汉军至，均闭城不迎，拒绝为汉军提供给养。李广利只得一路攻城而进，攻破城池就得到一些给养，攻不破就绕城而过，保障难继，苦不堪言，士兵在途中死伤逃跑不计其数。到达大宛边境时，仅剩下疲惫不堪的几千人。先攻大宛东部的郁成国（今吉尔吉斯斯坦奥什东北），没有攻下来，死伤无数。李广利与左右商量说，郁成国都打不下，贰师城更打不下，撤回吧。撤回到敦煌阳关外已是第二年（前103年）的夏天，回来的士兵只剩下十分之一二。李广利上书汉武帝，陈述西去大宛之路途遥远和艰难，“士卒不患战而患饥”，请求罢兵。汉武帝见书大怒，遣使驰往敦煌阳关宣诏：“军有敢入，斩之！”李广利只好带领残兵在阳关外待命。

在汉廷的分化瓦解下，匈奴左大都尉准备谋杀儿单于后向汉廷投降，汉武帝下令在塞外预筑受降城（今内蒙古巴彦淖尔盟狼山西北），并于太初二年（前103年）派赵破奴率两万骑兵出朔方西北两千余里，至浚稽山（今蒙古国戈壁阿尔泰山中段之古尔班博克多山）接应。但匈奴左大都尉议事不密，儿单于抢先下手，将左大都尉捕杀，并发兵迎击赵破奴。赵破奴且战且退，退到距受降城还有四百里的地方，被八万匈奴军包围，激战之下，全军覆没，赵破奴被俘,投降匈奴。面对李广利和赵破奴的接连失利,朝廷大臣们都主张放弃远征大宛,集中兵力对付匈奴。汉武帝却固执地认为,连大宛这样一个西域小国都征服不了,整个西域都会讥笑汉朝,大宛非征服它不可。

太初三年(前102年),汉武帝五十四岁。他命李广利率领一支六万人组成的杂牌军(由西部边郡骑兵、释放的囚徒和各地恶少组成)第二次出征大宛。这次大大加强了后勤保障,调遣了十万头牛、三万匹马以及万余头骆驼毛驴等杂畜,为远征军搞运输保障。汉武帝又征发甲卒十八万屯酒泉、张掖,以为远征军后援。这一次,由于汉军声势浩荡,西域小国一反常态,纷纷开城相迎,提供给养。只有轮台国闭城不迎,李广利下令攻克,屠城而去。李广利率三万骑抵达大宛国都城贵山城下,"围其城,攻之四十余日"。大宛国贵族为了图存,杀国王毋寡向汉军乞降,并"出其马,令汉自择之"。汉军带去的相马师选得上等善马数十匹,中等马三千余匹。李广利扶立大宛亲汉贵族昧蔡为大宛新国王,与之签约结盟,凯旋。这次回到阳关以内,已是太初四年(前101年)春天。

两次远征大宛,耗时四年,"损五万之师,靡亿万之费"。在许多人看来,远征大宛得不偿失。但汉武帝看到的却是另一面,"自贰师将军(李广利)伐大宛,西域震惧,多遣使来贡献"。出使西域的西汉朝廷使者再没有人敢欺负了,自敦煌至盐泽(罗布泊)都筑起了亭障;轮台、渠犁都建起了兵站,专设田卒数百人,置使者校尉领护,专门负责接待过往使者。从此,汉朝开始逐步掌握对西域的控制权,匈奴在西域的影响开始缩小,战略上确实也有不小的收获。

但是,从总体上说,汉武帝晚年开拓疆域的雄心壮志变成了一意孤行的穷兵黩武,这使他一步步走向了胜利的反面,导致汉军在随后同匈奴争夺西域的战争中一败再败。

天汉二年(前99年),汉武帝五十七岁。夏五月,李广利败于天山,丧师两万余人。九月,李陵败于浚稽山,投降匈奴。天汉二年是汉军失败之年,其中有几条深刻教训。其一,汉武帝晚年好大喜功,穷兵黩武。其二,汉武帝在此前对匈奴取得的一连串胜利面前盲目乐观,思想轻敌,决策草率。其三,军中出现将帅派系之争,君臣猜疑,军心不齐。其四,李广利和李陵孤军长途奔袭,无后勤保障,无牵制行动,无后援兵力,这样的军事行动带有冒险性,必败无疑。

天汉二年的一连串失败,使汉武帝十分震怒。这时已五十七岁的汉武帝,在位已经四十一年,可以说是一位"功盖前朝"的老皇帝了。大凡这种类型的老皇帝都会犯这样的毛病,他们固执地不肯承认失败,不愿意面对失败。为了挽回一时难以挽回的失败,他们宁肯付出十倍的代价去换来更大的失败也在所不惜。

天汉四年(前97年),汉武帝五十九岁,他又对匈奴发动了一次声势浩大的进攻。李广利率骑兵六万、步卒七万出朔方,路博德率万余人为策应;韩说率步卒三万余人出五原,公孙敖率一万骑兵、三万步兵出雁门,向匈奴发动多路出击。面对汉军二十多万人的强大攻势,匈奴且鞮侯单于立即采取相应对策,他把妇幼老弱、重要物资全部转移到余吾水(今蒙古国鄂尔浑河支流土拉河)以北,自己率领十万精骑在余吾水南岸严阵以待,以逸待劳,迎击汉军。李广利率军长途跋涉到来,与之激战十余日,无法取胜,引兵撤退。公孙敖与匈奴左贤王部相遇,也很快败退下来。韩说扑空,无功而返。主将李广利与匈奴作战,同卫青、霍去病相比,简直太低能了。

汉武帝与匈奴交战长达四十四年,由于他晚年穷兵黩武导致国库耗空,百姓穷困,怨声载道,引起朝廷内部矛盾激化,最终导致汉武帝与太子刘据父子交兵,数万人死于非命,太子刘据兵败自杀。

征和三年(前90年),汉武帝六十六岁,迎来了他与匈奴交战几十年来最大的一次失败:国舅李广利兵败燕然山(今蒙古国杭爱山),背叛朝廷,投降匈奴。这次惨败,引起了汉武帝的深刻反思。征和四年(前89年)六月,汉武帝发布了一篇著名的轮台诏(也称罪己诏),“深陈既往之悔”。他宣布:“当今务在禁苛暴,止擅赋,力本农,修马复令,以补缺,毋乏武备而已”(《汉书·西域传》)。汉武帝晚年能够光明磊落地诏示天下,承认错误,主动纠正对外战略与对内政策上的偏差,这在封建帝王中绝无仅有,这也是汉武帝的另一种伟大。

虽然设立西域都护府是汉武帝曾孙汉宣帝(刘询)神爵二年(前60年)的事了,但正是有了汉武帝对匈奴势力的一生征战,西域才终被收入中国版图,千秋功业,伟哉!大哉!

2008年12月

两汉鬻爵考略

一

西汉的文景之治，是后世称道的一段历史好光景。然而文景时代，却开了一个极坏的先例，公开标价卖官、交钱可以抵罪。它造成的吏治污染，两千余年难以肃清。

西汉开国之初，由于连年战争，财政严重困难。《史记·平准书》中说："汉兴，接秦之弊，丈夫从军旅，老弱转粮饟，作业剧而财匮。"意思是说，汉初财政严重困难，主要原因来自两个方面：一是"接秦之弊"，秦朝留下的窟窿太大了；二是"作业剧而财匮"，汉朝开国，百废待兴，要办的事情太多。

汉初财政困难到什么程度？"天子不能具钧驷，而将相或乘牛车，齐民无藏盖"。按古制，天子乘驷马皇辇，四匹马必须是同一种毛色的良马。但国家困难，天子带头过艰苦日子，四匹马不一定非要追求同一种颜色了，能凑够四匹就行了。皇上出行，四匹杂色马拉着皇辇在京城里匆匆路过，沿途的官员和老百姓均驻足而观，轻声慨叹。就像一个普通人穿了一件打补丁的衣服在街上行走，日子艰难哪。皇上都这样，别人还能发什么牢骚？将相乘牛车，这句话不用翻译，一看就懂。汉初的将相，都是些名垂千古的人物，但国家困难，将相们乘牛车去上朝，并不丢身份。不像现在，县是贫困县，新官上任都换豪华车。“齐民无藏盖”，齐民就是平民、良民，区别于奴婢、贱民、逃犯之类。老百姓家里没有多余的粮食和值钱的东西，瓮、缸、罐、盆，全都敞口朝天，不用盖盖，连老鼠都不用防，一个字：穷。

财政严重困难，总得想办法解决。汉文帝和他的大臣们想了不少办法，有些是治本的办法，有些是治标的办法，有些是没有办法的办法（不办）。也有一些是饮鸩止渴的办法，这方面的副作用，后患无穷。

贾谊当时很年轻，不到三十岁，有学问，有见解，敢说话，汉文帝起用他为太中大夫。贾谊针对秦朝的几条主要教训，提出了相应的建议：其一，秦朝苛征，“赋敛无度”，把老百姓都榨干了，造成财政来源枯竭——因此要予民休养生息。其二，秦朝酷刑，“繁刑严诛”，最终把老百姓都逼反了——因此要宽以待民。其三，秦朝穷兵黩武，“兵革不休，士民疲敝”——因此要尽量避免战争。贾谊特别强调：“民不足而可治者，自古及今，未尝闻。”他认为最主要的是要让老百姓先富裕起来，一切事情才有可能找到解决的办法。这些都是治本的办法，汉文帝都采纳了。

“文帝即位，躬修俭节”，他一切都以节俭为原则。汉文帝继位之初，分封的列侯都集中居住在长安，供应他们吃喝拉撒，“吏卒给转费苦”。为了节省民力，汉文帝即位第二年就下了一道诏令，让受封的列侯都到各自的“食邑”去过日子。并且把“诛诸吕，安刘氏”的大功臣周勃找去谈话，要他带头。周勃是大忠臣，刘邦封他为绛侯，现在文帝要他带头去“食邑”，他就带头去了山西绛县，从此失去了相位。汉文帝这样安置周勃，也许还有别的考虑，书上没有说。

凡是治本的措施，见效都得有个过程，慢。有时远水解不了近渴，汉文帝也采纳了一些饮鸩止渴的办法。推行鬻爵赎罪之策以敛钱，就属于这一类。汉文帝时，“匈奴数侵盗北边，屯戍者多，边粟不足给食当食者”。汉文帝知道打仗要花大钱，他竭力避免同匈奴打仗。但是，仅仅增加北方的戍边人数，这笔开支就承受不了。他急了，怎么办？朝廷内有个职位不高的文官“文学太常掌故”，名叫晁错，他上了一道《论贵粟疏》，为汉文帝出主意。晁错分析了当时农民和商人的不同处境，指出，“今农夫五口之家，其服役者不下二人”，家中剩下的劳动力耕种土地，辛苦一年，所得无几；“而商贾大者积贮倍息，小者坐列贩卖，操其奇赢，日游都市，乘上之意，所卖必倍，故其男不耕耘，女不蚕织，衣必文采，食必粱肉”。他说，商人手里有钱，但他们政治地位低下，都羡慕当官的有权有势。商人的这种心理需求，可以利用。于是晁错出了一个主意，“今募天下入粟县官，得以拜爵，得以除罪。如此，富人有爵，农民有钱”。晁错认为这是“两全其美”之策，他估计不出三年，“塞下之粟必多矣”。汉文帝也顾不得许多了，马上采纳晁错的建议，公开标价卖官：“令民入粟边，六百石爵上造，稍增至四千石为五大夫，万二千石为大庶长，各以多少级数为差。”上造、五大夫、大庶长，都是汉朝官员的级别，价码一清二楚(《汉书·食货志》)。

先例已经开了，它对刺激粟价上涨、促进农业发展，起到了一定作用，但它贻害后世的副作用暂时还看不出来。于是，这套办法成了西汉朝廷的“急救方子”，一旦国家有事，财政吃紧，朝廷就推行鬻爵赎罪之策以敛钱。汉景帝时，“上郡以西旱，亦复修卖爵令”，并且“贱价以招民”，将官职降价出售，以吸引更多人来买官。交钱抵罪这一条也同时实行，“得输粟县官除罪”。文帝、景帝父子俩，靠这一手度过了财政难关。

长期以来，人们一直把晁错的鬻爵赎罪以敛钱之策，包裹在重农政策里面，混为一谈，加以美化，很少指出这一做法的严重危害。这一点，集中反映在对晁错《论贵粟疏》这篇文章的评价上。《史记·平准书》和《汉书·食货志》中都说："至武帝之初七十年之间，国家亡（无）事，非遇水旱，则民人给家足，都鄙廪庾尽满，而府库余财。京师之钱累百巨万，贯朽而不可校，太仓之粟陈陈相因，充溢露积于外，腐败不可食。"同时还讲到汉武帝继位之初马匹漫野，甚至长安街头也到处是马，堵塞巷内行人，等等。这段记载，被广为引用。历来的评论都是怎么讲的呢？《古文观止》是一部很有权威性的选文读本，它在《论贵粟疏》编者按中说，晁错的《论贵粟疏》"论证了农业的重要性，提出了劝课务本，奖励粮食生产，促进农业发展，打击商人投机牟利，从而富国强民的主张。汉文帝采纳他的建议，经过文帝、景帝两朝的推行，农业生产有了很大的发展，到汉武帝时粮食非常充足，为发动大规模抗击匈奴的战争准备了物质条件"。编者按完全回避了晁错主张鬻爵赎罪以敛钱以及它所带来的历史性负面影响，通篇都是溢美之词，言过其实了。另有一本《秦汉史话》，作者在引用上面这条历史记载时，倒是没有回避晁错主张鬻爵赎罪以敛钱这件事，但也是从正面肯定其历史作用，认为它"对于抗击匈奴的骚扰、减省转输之苦，都有一定意义"。

这些评价，都值得商榷。这里面有两条必须加以区分：其一，晁错主张"贵粟"以重农，同他主张鬻爵赎罪以敛钱，这两者不能混在一起笼统地加以赞美。其二，汉武帝继位之初，汉朝呈现的富足景象，这是由多方面的因素决定的，并不完全是晁错《论贵粟疏》这一政策建言的功劳。最根本的原因，是几十年间"国家无事"，没有战争，没有大的灾荒。

顺便要说一下，从西汉开国到汉武帝继位，说这七十年间"国家无事"也不够准确。西汉的历史是从刘邦打进关中接受子婴投降那一年算起的(前206年),汉武帝继位是公元前140年,开国满打满算六十七年。头二十六年,国家不仅“有事”,而且事情很多。头五年,刘邦与项羽争天下,打得不可开交。刘邦在垓下会战中最后打败了项羽,他正式称帝是在子婴投降后第五年。其后,天下是不是从此太平了呢?没有!刘邦一直骑在马背上东征西讨,为平定异姓王叛乱而战,直到他公元前195年去世也没有完全平定。刘邦死后吕后专权,公元前180年吕后死,当年周勃、陈平联手平定诸吕集团,血溅长乐宫。这么一路走过来,怎么说天下无事?真正天下无事,是文景两代至汉武帝继位这四十年间(前180年—前140年)。由此可见国家安定之重要。能够维持四十年安定局面,国家的面貌就能大变。

有些人津津乐道于汉文帝的“无为而治”,这也要作点具体分析。首先,不能把“无为而治”解释为“无所作为”。其次,一位帝王能不能靠“无为而治”坐稳天下,要看他赶上了什么历史机遇。汉文帝继位时,国家要干的大事——开国打天下、平定异姓诸王叛乱、诛灭诸吕集团——都由前辈们干完了。汉文帝即位,历史规律赋予他的使命,就是稳住天下、发展生产、安定民生。到汉武帝继位时,“天下无事”已经四十年,这是多么宝贵的黄金岁月啊,国家怎能不富足!把汉武帝继位之初的天下富足,归结为文景之治的结果并不错,但把文景之治的功劳又归结到文帝的“无为而治”和晁错包括鬻爵赎罪以敛钱在内的《论贵粟疏》政策建言,这种认识就有很大的片面性了。

汉武帝是雄才大略的有为之君,他最大的历史功绩是打败了长期骚扰北方的匈奴,开拓并巩固了比秦朝更辽阔的疆域。但汉武帝最后也走向了巨大成功的反面——穷兵黩武。汉武帝连年用兵,北伐匈奴,南征西南夷,通西域、征大宛、求宝马,国库耗空,又连年灾荒,经济凋敝,陷入了严重财政危机。卫青和霍去病北伐匈奴打了许多大胜仗，朝廷竟拿不出钱来支付军队的奖励费用。怎么办？汉武帝只得重新启用老祖宗传下的饮鸩止渴的办法："入物者补官，出货者除罪。"

汉武帝时期，公开标价卖官搞得比较"规范"，定出武功爵十一级，起价十七万，每提高一级增两万：一、造士；二、闲舆卫；三、良士；四、元戎士；五、官首；六、秉铎；七、千夫；八、乐卿；九、执戎；十、左庶长；十一、军卫。买得武功爵第五级"官首"的可以通过考试补吏，先试用。第七级"千夫"以上可以免除徭役及赎罪。由于买官的人太多，服徭役的人越来越少，后来只得取消。汉武帝元鼎年间，又陷入财政困难，又恢复"入谷补官，郎至六百石"。汉武帝元封年间，大司农（财政部长）桑弘羊迫于财政开支紧张，"又请令吏得入粟补官，及罪人赎罪"。

文帝、景帝、武帝祖孙三代，采取这种饮鸩止渴之策解决财政困难。由于西汉时鬻爵赎罪所敛之钱均入国库，因而它对吏治所造成的严重污染，以及这种吏治污染对政权的严重腐蚀作用，暂时还没有完全暴露。

二

到了东汉，花钱买官、花钱赎罪之策，变成了上至皇帝、下至宦官权臣捞取私房钱的重要途径，这种毒害作用就完全暴露出来了，它致使东汉朝政迅速腐败，直至不可救药。

东汉时，皇帝一个比一个昏庸荒淫，朝政一天比一天黑暗。东汉的汉灵帝，除了荒淫，还公开标价卖官"聚钱以为私藏"。汉灵帝卖官的公开标价为：官阶二千石的卖二千万，官阶四百石的卖四百万；朝廷的三公九卿标价为："公千万，卿五百万"（《后汉书·灵帝纪》）。地方官的标价高于京官，因为地方官便于向老百姓直接搜刮。买官者,家庭富裕的先交钱,后上任;一时交不出钱的,可以先上任,上任后加倍交付。这等于公开逼迫各级官吏去向老百姓横征暴敛。

买官者先得去走门子,走门子先得花一笔钱。中平二年,有位"冀州名士"崔烈,通过汉灵帝的奶妈"入钱五百万",买到一个司徒职位(朝廷"三公"之一)。当年三月,汉灵帝亲自为崔烈主持任命仪式,文武百官都出席了。汉灵帝对左右亲信说,我真后悔,当时要是再慢点答应他,至少可以得到一千万。汉灵帝的程夫人在一旁讥笑道:"人家崔烈是冀州名士,他怎会花钱买官呢?这五百万还是我说了话他才肯拿出来的,你还不满足。"这句话被传了出去,人们都知道了崔烈走门子买官的路径,从此声望大跌。

汉灵帝卖官还有一个典型例子,曹操祖上不姓曹,复姓夏侯。曹操父亲曹嵩,是夏侯惇的亲叔父,从小过继给宦官中常侍曹腾做养子,改姓曹。曹腾在宫中混了四十余年,从黄门小太监陪太子读书做起,先后"奉事四帝"(顺帝、冲帝、质帝、桓帝),顺帝时迁中常侍,桓帝时封费亭侯。他一生所得俸禄、赏赐,加上求他说情办事之人的贿赂,积聚的钱财多得惊人。他死后,曹嵩袭其费亭侯爵位,又花了一亿万钱(公开标价的十倍),从汉灵帝手中买到一个太尉官职。太尉是武官最高职务,位列"三公",除"掌四方兵事",还与司徒、司空共行宰相之职。曹操的养祖父曹腾是宦官、父亲曹嵩花大钱买高官,这两条,经常遭人诟病。曹操与袁绍年轻时是朋友,但袁绍根本瞧不起曹操。后来两人争天下,袁绍在声讨曹操的檄文中痛骂曹操养祖父曹腾是"阉党""妖孽",骂曹操的父亲曹嵩"因赃买位",骂曹操是"鹰犬之才"。其实曹操本人雄才大略,三国君主中真正想统一中国的也就是他,但为什么在戏曲小说中曹操被百般丑化,"永世不得翻身",恐怕同他祖上两代人的不光彩行为不无关系。

汉灵帝通过卖官敛钱，积聚了大量钱财，无处存放，中平二年(185年)，“帝造万金堂于西园，引司农金钱、缯帛牣积堂中，复藏寄小黄门、常侍家钱各数千万，又于河间买田宅，起第观。”汉灵帝这样的昏君治国，天下怎能不乱？唐朝名臣魏征主持编撰的《隋书》，总结前朝教训时讲到汉灵帝卖官之事，曰：“灵帝……通卖官之路”，“天下贿成，人受其敝”，致使“道关政乱”。

皇帝是这样，宦官、权臣们更加肆无忌惮。汉顺帝、汉桓帝时期，梁冀的两个妹妹分别是这两位皇帝的皇后，梁冀专权，一手遮天，鬻爵敛钱，横征暴敛，强取豪夺。大小官员任命前先要到梁府去走门子，得到任命后，赴任前先要到梁府去“道别”。各地大员进京给皇上进贡，先得给梁家送一份。送给皇上的东西，也要先拿去让梁冀“过目”。梁冀家里的财富海满山积，夫妇二人对街起高楼，富可敌国，天下发指。汉桓帝的梁皇后死后，汉桓帝对梁冀这位国舅的专权行为已经忍无可忍。延熹二年(159年)，汉桓帝在单超等几位宦官的鼓动下，痛下决心，“帝御前殿”，亲自坐镇指挥，召集“虎贲、羽林、都侯剑戟士合千余人”，搜捕诛杀梁党，梁冀夫妇自杀。梁冀的家产被抄没变卖，所得价值“合三十余万万”，相当于朝廷全年赋税收入的三分之一。汉桓帝诛灭梁冀后，天下盼望新政，谁知汉桓帝因感激单超等五名宦官诛灭梁冀有功，均封侯，世称“五侯”。宦官当道，朝政更糟。“五侯尤贪纵”，“竞为虎狼，噬食小民”，“虐遍天下，民不堪命”。

以上这一切，最终都转化成了底层老百姓的深重灾难。东汉末年，终于爆发了黄巾大起义。

买官卖官，危害之烈，东汉的腐败和灭亡，就是一面历史镜子。

2009年3月

楚汉相争一局棋

楚汉相争一局棋。中国象棋把楚汉战争作为经典战例，博弈双方围绕“楚河汉界”进行攻杀，从中解读出军事斗争的无穷变化无穷奥妙。胜败无常，无尽感叹。

楚汉相争，项羽执红，刘邦执黑，项羽明明占得先手，明明应该是他赢的，可是最终他偏偏就输了。世世代代都有人为项羽扼腕叹息。年年复年年，每到夏日傍晚，全中国的城市乡村，路灯下，石碾上，到处都摆开了一局一局的棋，围着一堆一堆的人，人们一代接一代地想帮助项羽把这盘棋翻过来。可是下过来、下过去，下到最后，项羽只差一步棋，硬是输了。刘邦一直处于被动，一直疲于奔命，可是最终偏偏是他赢了。

人们常说，一着不慎，满盘皆输。项羽走错的何止是一步棋？他一次又一次，眼看胜机已在自己两指间夹着了，只要把这颗子往该放的地方放下去，他就赢定了，可是，每到节骨眼儿上，他都把关键的一步棋走错了。落子无悔，这是规则。下到最后，垓下会战，项羽的棋子被刘邦吃得精光，只剩一枚老将。项羽拔剑自刎，以谢江东父老。汉军一位小头目王翳上来一刀把项羽的头割了下来，他提起项羽那颗鲜血淋淋的头颅一看，发现项羽两只双瞳仁的眼睛仍然怒睁着,他死不瞑目啊!

战争不是下棋,战争要比下棋复杂得多。但下棋演绎的是一套最基本的战争机理,胜负之间的许多玄机奥妙,与战争是相通的。

鸿门宴,楚汉战争序幕

我把鸿门宴作为楚汉战争的序幕来写,这与各种版本的中国古代战争史有所不同。按照中国古代战争史的通常写法,楚汉战争的爆发过程如下:项羽在关中封了十八位诸侯王,自立为西楚霸王,然后引军东归,定都彭城,号令天下。不久,齐国田荣叛乱,攻灭项羽封在齐国地面上的三位诸侯王(齐王田都、济北王田安、胶东王田市)。项羽亲率大军前往齐国平定,陷入了与田荣的战争泥淖,难以脱身。汉王刘邦,抓住机会,从汉中杀回关中,迅速平定三秦(项羽封在关中的雍王章邯、塞王司马欣、翟王董翳),接着东出武关,占领中原,继续东进,攻克了楚都彭城。项羽从齐国回救彭城,就此爆发了长达四年半的楚汉战争。战争史学家们这样叙述,自有他们学术上的严谨。

在我看来,楚汉战争的序幕应该往前提,把鸿门宴作为楚汉战争的起点。因为在鸿门宴之前,项羽和刘邦是集合在同一面“楚怀王”旗帜下的反秦同盟军,他们都称“楚军”。鸿门宴上,刘、项关系彻底破裂,两人转眼成为争夺天下的对手,由此拉开了楚汉战争的序幕。把鸿门宴作为楚汉战争的序幕来写,这场战争的前因后果就更加连贯了,项羽命运中的悲剧气氛也被烘托得更加浓烈了。

楚汉战争从鸿门宴喝酒开始,别开生面,极具戏剧性。

叙述楚汉战争,遇到一个历史纪年问题。从秦朝灭亡到刘邦称帝,中间相隔四年半楚汉战争时间。秦朝灭亡于公元前206年十月，而刘邦“即皇帝位于汜水之阳”是公元前202年2月。这四年半时间，中国没有皇帝，中国的“头头”是西楚霸王项羽，汉王刘邦仅仅是项羽分封的十八位诸侯王之一。在《史记》中，《项羽本纪》是排在《高祖本纪》之前的，原因就在这里。但司马光编撰《资治通鉴》时，却把“高祖元年”直接与秦亡时间衔接了起来，这与刘邦称帝的时间不相吻合。

本文叙述楚汉战争，采用“楚汉元年”至“楚汉五年”的特定概念。

鸿门宴的背景如下：

刘邦于楚汉元年（前206年）十月入关至霸上接受子婴投降。项羽入关比刘邦晚了两个月。项羽的先头部队于汉楚元年十二月才到达关中戏西（今陕西临潼县东北戏水西岸）。项羽对刘邦抢先入关这一点极为不满，他埋怨楚怀王有偏心，让他去啃硬骨头，让刘邦去捡便宜。他对刘邦一路上遇坚不攻、见缝就钻这一点非常瞧不起，认为刘邦没有打过一次真正像样的大仗、硬仗，完全是靠投机取巧抢先入关。项羽心中的一股怒气，像井喷似的要喷发。

鸿门宴就在这样的背景下开席。

司马迁写鸿门宴，总共才千把字，人物、情节、对话、表情、动作、心理活动，写得跌宕起伏，惊险万分，精彩至极。先是一段铺垫，由于项羽对刘邦抢先入关极为不满、极不服气，他在西进入关途中已经两次大怒。项羽第一次大怒，是因为刘邦派兵扼守函谷关，想阻止他入关。刘邦身边有个鲰生对刘邦说，项羽一旦入关，关中恐怕就不是你刘邦的了，应该赶快派兵去守住函谷关，把项羽挡在关外。刘邦真的派兵去扼守函谷关，真的想把项羽挡在关外。项羽的先头部队到达函谷关，发现刘邦派兵挡关，“羽大怒”，指挥大军破关而入。项羽第二次大怒，是他到达关中戏西之后，刘邦手下有位名叫曹无伤的人给项羽捎过话来说：“沛公欲王关中，使子婴为相，珍宝尽有之。”这句话又一次点燃了项羽心中的怒火，“羽大怒，曰：‘旦日飨士卒，为击沛公军！’”其时，项羽驻军鸿门，刘邦驻军霸上，两军相距四十里，跨上马背抽一鞭子就到了。双方的兵力对比，“项羽兵四十万，号百万。沛公兵十万，号二十万。”（《史记·高祖本纪》）项羽在兵力上占有绝对优势，刘邦兵力“不能敌”。项羽的谋士范增建议项羽对刘邦“急击勿失”！

可是项羽营垒内部出了问题。项羽的叔父项伯，这是个只考虑个人友情不考虑天下得失的人。他过去曾杀过人，是张良保住了他的性命。他得知项羽准备急攻刘邦，连夜赶到刘邦营中去找好友张良，将项羽的计划和盘托出，叫张良立即跟他走，不要在这里等死。张良却是重大节、讲大义的人，他对项伯说，我是奉韩王之命护送沛公入关的，如今沛公遇到这样万分危急的情况，我不去告诉他一声，自己溜之大吉，这太不仗义了。张良把项伯的话全都告诉了刘邦。刘邦大惊，急问张良：“为之奈何？”张良反问刘邦，谁让你派兵到函谷关去阻挡项羽入关的？刘邦答：“鲰生。”张良又问，你自己估量一下，你能打得过项羽吗？刘邦沉默了一会儿，说了实话：“不能。”张良说，那就请项伯给项羽传话，说你绝对不敢背叛项王。刘邦为了摸清底细，盘问张良，你是怎么同项伯结下生死之交的？张良把来龙去脉说了一遍。刘邦又问，你和项伯谁年长？张良答，项伯年长。刘邦就说，那好，你请他进来。刘邦的应变能力是说来就来的，他立即摆开酒席，举起酒杯为项伯祝寿，认项伯为兄长。推杯换盏间，又同项伯结成了儿女亲家。刘邦话锋一转，对项伯正言道，我进入关中后同关中父老约法三章，秋毫无犯，并封存了秦室府库。我派兵去守函谷关，只是防止盗贼进关抢劫。我日日夜夜都在等待项王进关，“岂敢反乎”！项伯答应回去一定照实传话。项伯临走时，嘱咐刘邦第二天务必早一点过去亲自拜谢项王。

项伯连夜返回项羽军中，将刘邦的话如实转告了项羽，并对项羽说，如果不是沛公先入关中，你能这么容易入关吗？人家刘邦立了大功，你却想消灭人家，这是不义之举，还不如善待人家的好。几句话就把项羽说软了，项王“诺”。看来，项伯为刘邦说情这一节，瞒过了范增。《史记》中找不到当晚项羽找范增商量明天如何应对刘邦的记载。所以，在第二天的鸿门宴上，项羽、项伯、范增三个人的想法和行动很不一致，协调不到一起。

第二天，刘邦带上张良、樊哙、夏侯婴、靳强、纪信以及随行步兵一百来人，来到项羽营帐，解释、表白、谢罪。项羽听后随口说：“嗨，都怪你手下那个左司马曹无伤传的话，否则我也不至于发那么大的火。”说完立刻转过脸去大声喊道：“宴请客人！”

范增辈分最高，项羽尊他为“亚父”，坐北朝南。项羽和项伯叔侄俩并排坐西朝东。刘邦坐南朝北。张良坐东朝西，侍候在刘邦右侧。请，喝酒。席间，范增几次目扫项羽示意：下手！快下手啊！项羽却“默然不应”。范增忍耐不住了，起身离座，出去找项庄。项庄是项羽的堂弟。范增对项庄说，项王的心肠太软了，你进去给刘邦敬酒，然后舞剑助兴，借机把刘邦杀了，否则将来我们都要被他收拾！项庄遵命，进去敬完酒，“舞剑助兴”。项伯一看苗头不对，“亦拔剑起舞，常以身翼蔽沛公，庄不得击”。

你看看，项伯、项羽、项庄，叔侄三人三条心，根本想不到一起，项家怎能夺取天下？

张良在一旁也急了，到门口去找刘邦带来的卫将樊哙。樊哙急问，里面情况如何？张良说：“项庄舞剑，意在沛公！”樊哙“带剑拥盾入军门”，项羽的卫士想阻止他入内，被他用盾牌一推击倒在地。樊哙闯入军帐，“披帷西向立，瞋目视项王，头发上指，目眦尽裂”，司马迁的形容词也是够丰富的。

项羽盘腿坐在席上，见这么一位鲁莽人物闯了进来，双膝一并,“按剑而跽”。这是项羽的一个本能反应,他挺直身子,准备起立拔剑自卫,问刘邦:“这位客人是谁?”张良答道,他是沛公的参乘樊哙。参乘就是负责驾驭马车的。项羽对樊哙的举动小小吃了一惊,同时又对他有些赏识,便说:“壮士,赐酒!”侍者捧给樊哙一斗酒,“哙拜谢,起,立而饮之”。项羽又吩咐:“赐之彘肩。”彘,古时对猪的称呼,彘肩就是猪的一条前腿。项羽的侍者对樊哙的无礼举动很不满,端给他的是一条生猪腿。樊哙哪里管它生的熟的,将盾牌往地上一扣,拔剑在盾牌上割而食之,吃生肉。

项羽又问樊哙,壮士还能喝酒吗?樊哙的话里立刻崩出了火星:“死都不怕,还怕喝酒!”樊哙借着酒劲,当面痛批项羽道,秦王有虎狼之心,所以天下人都起来反他。楚怀王与诸将有约在先,先入关中者王之。如今沛公先入关中,秋毫无犯,封存府库,还军霸上,以待项王来。沛公派兵去守函谷关,只是为了防盗贼。沛公如此劳苦功高,不但没有得到你封赏,你反而听了小人的挑拨,要想谋害沛公,你忘了秦王朝为什么会灭亡吗?樊哙对项羽的这一通狠批痛揭,竟使项羽一时语塞,只对樊哙说了一个字:“坐。”樊哙在张良身边坐下。

刘邦趁项羽一时回不过神来,弓着腰溜出去上厕所,走到门口又转身向樊哙招手,要他出去。

项羽见刘邦迟迟不进来,让陈平去请,张良也跟了出去。刘邦见了他们二人说,我刚才出来没有向项王告别一下,这不太礼貌,怎么办?樊哙说:“大行不顾细谨,大礼不辞小让,今天人家是刀俎,咱们是鱼肉,还辞什么行,快走,剩下的事都交给张良去应付。”张良问刘邦:“来的时候可曾带些礼物?”刘邦说:“有的。我给项王带了一对白璧,给范增带了一对玉斗,怕范增动怒,不敢献,都交给你去处理吧。”张良说:“好的。”刘邦又对张良说:“我们走小道,翻过骊山二十来里就到自己营中,你在帐外稍等片刻,等我们走远了你再进去。”

刘邦单身独骑，一路狂奔。樊哙、夏侯婴、靳强、纪信四人持剑执盾，与一百来名步兵在后步行跟进，负责断后。

张良估计刘邦已奔出较远，才回到项羽军帐，对项羽说：“真是对不起，沛公不胜酒力，醉得不成样子，无法向大王道别，他先走了，要我代他向大王道谢。”张良将一对白璧献给项羽，项羽接过白璧放在坐榻上。张良又将一对玉斗献给范增，范增接过玉斗放在地上，拔剑将它击得粉碎。他对项羽今天痛失击杀刘邦的天赐良机懊丧得无法形容，大怒曰：“竖子不足与谋，夺天下者，必沛公也！”在范增眼里，项羽徒有匹夫之勇，全无天子之勇，一点血性都没有，酒糟都不如，豆腐一块！

刘邦回到营中，立即把曹无伤杀了。

历史上，有许多重要的历史瞬间，转眼之间就有可能改写历史。鸿门宴就是这样一个历史瞬间，项羽只消使个眼色，历史就可能改写。但项羽却错失了这步千载难逢的“杀”棋，留下千古遗恨。项羽这个人，在战场上杀人如麻，眼睛都不眨一下。但到了鸿门宴这样的节骨眼儿上，他却起不了杀心。在这一点上，韩信非常瞧不起项羽，他曾对刘邦说，项羽徒有“妇人之仁”，毫无王者气概，他成不了大事，最终一定可以打败他。

项羽一连走错四步棋

项羽在鸿门宴上错失了杀机，但鸿门宴之后，他的称霸之心却变得急不可耐。项羽在战场上玩“武”的一套天下无敌，但他玩“文”的一套往往一出手就是错招。鸿门宴之后，项羽一连走了四步错棋。

第一步错棋：引兵西屠咸阳。

本来,咸阳的事情已由刘邦处理完毕,而且处理得比较稳妥。刘邦赦免了主动投降的秦王子婴,封存了秦王室府库,清查了咸阳户籍,与关中父老约法三章,然后回军霸上,咸阳的人心已经基本稳定。可是鸿门宴之后,楚汉元年十二月,项羽率领楚军开进咸阳,杀掉早已向刘邦投降的秦王子婴,放纵军队抢掠,放火烧毁秦宫秦陵,大火三月不灭。这与刘邦的做法形成了鲜明对照,关中父老对项羽大失所望,心向刘邦。

第二步错棋:废黜楚怀王。

项羽西屠咸阳后,回兵戏下,派人去向楚怀王报告,本来想以此向楚怀王讨回一个公道:巨鹿决战是我项羽打胜的,秦军主力是我项羽消灭的,子婴也是我项羽杀掉的,灭秦的最大功臣是我项羽,“王关中者”应当是我项羽,不应该是刘邦。不料,楚怀王当头给他泼了一瓢冷水,回答得非常干脆:“如约!”也就是说,“先入关中者王关中”这一条不能变。

有一个背景,项羽不知道。当初楚怀王在部署灭秦之战的时候,面临两大任务,一要歼灭河北战场上章邯指挥的秦军主力,二要打进关中去攻占秦都咸阳。楚国有一批当年的老将,都提醒楚怀王,派谁去占领关中这件事要慎重。秦国百姓在秦始皇的暴政下生活太久了,应该派一位有仁义之心的将领去占领关中。他们对项羽和刘邦两人作了一番比较,认为“项羽为人剽悍猾贼”,他攻下襄阳后把投降的秦军士卒和老百姓“皆坑之”,“所过无不残灭”,派项羽去关中安定不了秦人之心;“独沛公素宽大长者,可遣”。因此,楚怀王命令项羽和范增跟随宋义去河北“救赵”,同章邯指挥的秦军主力进行巨鹿决战;而让刘邦从河南西进,收集陈胜、项梁失败后的散兵,相机进入关中。楚怀王这样安排,明显是要为刘邦抢先入关创造条件,希望刘邦尽快能拿下关中,并把关中的人心稳住。

项羽不了解这一背景，对楚怀王坚持“如约”极为不满。项羽对周围的人说，他楚怀王也是我们项家把他扶立起来的，他一点战功都没有，凭什么要当天下之主？于是，项羽“尊怀王为义帝，实不用其命”，把楚怀王架空了。项羽自封为西楚霸王，定都彭城，取而代之，号令天下。项羽这样做，忽略了一个极大的政治性问题。当年陈胜、吴广起义打的是“大楚”“张楚”旗号。项羽跟着叔父项梁起兵反秦时，同样打的是“大楚”旗号。当时项梁为了增强对各路义军的凝聚力、号召力，扶立了楚怀王，使各路义军都集合在楚怀王这面旗帜下。现在，他废黜楚怀王，等于自毁旗帜。项羽的队伍都是楚国子弟兵，他废黜楚怀王，队伍马上就人心涣散了。

第三步错棋：乱封诸侯王。

项羽废黜了楚怀王，自立为西楚霸王，并由他分封了十八位诸侯王：汉王刘邦、雍王章邯、塞王司马欣、翟王董翳、西魏王魏豹、河南王申阳、韩王郑昌、殷王司马卬、代王赵歇、常山王张耳、九江王英布、衡山王吴芮、临江王共敖、辽东王韩广、燕王臧荼、齐王田都、胶东王田市、济北王田安。当年秦始皇废分封、置郡县是一个历史大进步，项羽灭秦后又大封诸侯王，这是一次历史大倒退。秦始皇好不容易把战国七雄归为一统，项羽却重新分封了十八位诸侯王，加上义帝（楚怀王）和他自己，全国变成了二十个政治实体，搞得比战国时期还要四分五裂。

由于项羽对许多复杂的政治因素一概作简单化处理，分封中封出了一大堆矛盾，埋下了许多战火重起的导火索。最大的问题在西部。他把刘邦挤出关中、赶往汉中之后，自己理应留下来占据关中，经略天下，这才是与刘邦争夺天下的大气魄、大动作。但他却把关中一分为三，封给了三位秦军降将章邯、司马欣和董翳（简称“三秦”），这是项羽最大的失策。关中老百姓都痛恨这三个人，他们带出去的几十万关中子弟都没有回来，秦王朝灭亡了，他们却重新回到关中来称王称霸，毫无人心基础。刘邦被迫去了汉中，但汉中绝对困不住刘邦争夺天下的雄心，他迟早要杀回关中来，项羽对这一点根本没有看透。

项羽对东部的问题也没有处理好。东部有两位重要人物没有得到项羽的分封，一位是活跃在齐国地面上的田荣，另一位是活跃在梁国地面上的彭越。田荣是原齐国诸侯王族的后裔，在秦末的起义风潮中，田荣、田横兄弟俩跟随堂兄田儋在山东狄邑起兵，杀掉秦廷命官，一度曾与项梁联合抗击秦军。由于巨鹿决战、进军关中时田荣都没有派兵参加，项羽记恨在心，不封田荣，也不能说没有一点理由。但田荣对自己被排除在分封之外极为不满，第一个跳出来反抗项羽，以武力攻打项羽分封在齐国地面上的三位田姓王。另一位彭越，原来是活动在巨野泽一带的土匪头子，秦末陈胜吴广起义之际，他乘机收集散兵游勇，发展实力，一度投靠刘邦。刘邦西进入关时，他没有去，留在开封一带打游击，对抗击秦军有过一定贡献。但彭越同样没有得到分封，使他很快与田荣合流，成为东部反对项羽的主要力量。

第四步错棋：定都彭城。

如果项羽把刘邦挤出关中之后，自己留下来占据关中，定都咸阳，那么他前面的种种失当举措也许还有补救的机会。可是，他偏偏在定都问题上犯了一个更加致命的错误。当时有一位读书人韩生，很有见识，一片好心，他建议项羽说："关中阻山河四塞，地肥饶，可都以霸。"这是一个很大的战略眼光。在当时的历史条件下，"得关中者得天下"。关中刚好位于中国之中，土地肥沃，旱涝保收，四周又有山河之险作为屏障，东有函谷关、南有武关、西有大散关、北有萧关，故称关中。可是，项羽不具备这样的战略眼光，看来他也没有重新统一中国的战略胃口。他一心只想衣锦还乡、荣归故里，十足的土老鳖思想。他回答韩生说："富贵不归故乡，如衣绣夜行，谁知之者？”韩生万万没有想到，在战场上叱咤风云的项羽，他的政治见识竟浅薄到如此地步！项羽把关中这样一块战略要地拱手让给三位秦朝降将，无异于在围棋棋盘上丢失了一个生死点位。韩生忍不住在背后对人说：“人们都说楚人沐猴而冠，果然。”有人向项羽告发了韩生这句刻薄话，项羽把韩生下油锅“烹”了。从此以后，还有谁肯向项羽献计献策？

项羽这个人，他的言行中有许多十分矛盾的地方。从他废黜楚怀王、大封诸侯王、把刘邦挤出关中等举动来看，他似乎大有取代秦始皇重新统一天下的鸿鹄之志。但从他自封为西楚霸王、定都彭城这两条来看，却又暴露出他胸膛里跳动的压根儿就不是一颗帝王之心。秦以前的楚国，地域广阔，依各地风俗不同，分为南楚、东楚、西楚。项羽自封为西楚霸王，说明他的胸腔内不仅没有装下整个中国，甚至没有装下整个楚国，他的目标仅仅是楚国地盘“三分天下有其一”，其心已足矣。彭城是项羽的家乡，他定都彭城，纯粹是为了实现“衣锦还乡，荣归故里”的狭隘目标，说到底，项羽骨子里还是封建割据那一套。

项羽走出的上述四步错棋，把他在战场上生死搏杀取得的胜利，打出的威名，一点一点全都输得精光。

彭城会战

楚汉元年二月，项羽在戏下分封完诸侯王，四月“兵罢戏下，诸侯各就国”。项羽本人“荣归故里”，回到彭城，一心做他的西楚霸王去了。他原以为从此天下都会听他西楚霸王的了，谁知他回到彭城未出一月，天下就乱了起来。

东部的齐、燕、赵三国先乱。

齐国，项羽分封的新齐王田都前往临淄就国，未得分封的田荣举兵攻打田都；田都兵败，逃往楚国。田荣原来拥立的齐王田市，被项羽降为胶东王，田市只想保个平安，自动前往胶东就国去了。田荣认为田市毫无骨气，追到即墨，把他杀了。田荣回军途中，授予彭越将军大印，两人联合起来攻打济北王田安，把田安也杀了。田荣除掉了项羽所封的齐地三王，自立为齐王，公开与项羽对抗。

燕国，项羽把原来的燕王韩广降为辽东王，韩广不服，举兵抗击项羽新封的燕王臧荼。经过几个月交战，臧荼杀了韩广，把辽东也收为燕地。

赵国，项羽把原来的赵王赵歇降为代王，封张耳为常山王，封陈余为三县侯。陈余对这三项分封都极为不满，派夏说去齐国联络田荣，联合攻打张耳。张耳兵败，逃往关中，投靠了刘邦。陈余迎回赵歇，仍为赵王。赵歇感激陈余，封陈余为代王。陈余留在赵歇身边辅佐他，派夏说代替他去管理代国。

这样，田荣、彭越、陈余在东部结成了反对项羽的联盟。

楚汉元年八月，刘邦趁项羽忙于应付关东齐、燕、赵三国叛乱，采纳韩信“明修栈道，暗度陈仓”之计，以迅雷不及掩耳之势，从汉中杀回关中，平定三秦。主要战斗只进行了个把月，司马欣和董翳就向刘邦投降。只有章邯退入废丘（今陕西咸阳以西）死守，坚持了十个月，汉军引水灌废丘，章邯自杀，汉军收复关中全境。

项羽对东部和西部遥相呼应的反楚势力，反应非常迟钝。他对东部田荣、彭越、陈余的联合反楚迟迟没有采取强有力的反击措施，直到彭越攻打楚军，项羽才派出了一位毫无战功军威的萧公角去同彭越作战，结果被彭越打败。西部，刘邦迅速出汉中、回关中、平定三秦，章邯在废丘苦苦支撑了十个月，项羽既没有派兵阻击刘邦进入关中，也没有派兵去关中救援章邯。直到刘邦的军队东出武关，进入南阳地区，与王陵的军队会合后继续东进，项羽才发兵至阳夏（今河南太康）拒汉军。

这时，项羽两面受敌：东部田荣、彭越和陈余联合反楚；西部刘邦正在迅速东下。哪一边是他的主要战略对手？项羽在战略判断上又发生了一个重大错误，他竟置刘邦领兵东进于不顾，亲率楚军主力去讨伐齐国的田荣。

楚汉二年十月，项羽鉴于形势吃紧，对义帝（楚怀王）说“古之帝者广地千里，必居上游”，逼义帝（楚怀王）迁往长沙郴县（今湖南郴州市），密令九江王英布、临江王共敖击杀义帝（楚怀王）于江上。

楚汉二年一月，项羽引兵伐齐，攻田荣。至城阳（今山东鄄城东南），击败田荣，田荣向北逃至平原（今山东平原县西南）。由于田荣一连杀掉了好几位齐王，齐国百姓视田荣为一害，将他捉住杀掉。项羽恢复田假为齐王，本来齐国后面的问题可以让田假自己去收拾，但项羽又犯了一个错误，继续向齐国北部进军，把战争矛头对准齐国百姓，“烧夷齐城郭屋室”，所过之处，“多所残灭”。项羽的行为激起了齐国百姓的愤怒，田荣之弟田横收集田荣几千残兵，百姓响应，群起反抗项羽。田横打败了田假，田假再次逃往楚国，项羽怒其不争，将田假杀了。田横立田荣之子田广为齐王，展开了对项羽的长期抵抗。项羽深陷齐国战事，难以脱身。

楚汉二年三月，已经东出武关、抵达中原的刘邦，趁项羽在齐国难以脱身的机会，征服了项羽封在中原的五位诸侯王（河南王申阳、韩王郑昌、西魏王魏豹、殷王司马卬、常山王张耳），控制了中原这片广阔的战略枢纽之地。并于当月采纳洛阳董公的建议，为义帝（楚怀王）举行公祭，刘邦“袒而大哭”，临江祭奠三日，“三军之众为之素服”，并派出使者遍告各国诸侯，号召诸侯各国共同发兵讨伐项羽，为义帝（楚怀王）复仇。刘邦这一手，极具煽动性、号召力，使项羽陷入了极大被动。

楚汉二年四月，刘邦率五十六万大军，兵分三路，三箭齐发，进攻彭城。北路，由曹参、樊哙率领，下梁，入齐，从左翼进攻彭城；

中路，刘邦亲率主力，从洛阳东下，正面突击彭城；南路，由张良、周勃率领，出南阳，从右翼合围彭城。不久，在梁地活动的彭越也率领三万人加入对楚军的战斗，汉军声势更盛。

项羽仍然留在齐国与田横纠缠，只派出部分兵力在阳夏和曲遇（今河南中牟东）阻击汉军，派大将龙且驻守定陶。首都彭城空虚，他竟置之不顾。

刘邦于当月就夺取了彭城。刘邦夺取彭城后，尽情享受项羽留在都城的“美人货赂”，天天“置酒高会”，放松了对项羽反击的警惕。

刘邦攻占彭城的当月，项羽亲率三万精骑，从鲁北南下，回救彭城。途中遇到前来阻击的汉将樊哙，根本不是项羽对手，被他一举击垮。项羽率领楚军追击樊哙一直追到彭城，与汉军大战于彭城城下。从早晨打到中午，仅用半天时间，就将汉军压缩在彭城东郊谷水与泗水汇合处，汉军被歼和落水溺毙者十余万。汉军急往彭城西南山区败逃，楚军紧追，又将汉军压缩至灵璧以东的睢水边。楚军再次发起猛攻，汉军争渡睢水而逃，被歼十余万，“睢水为之不流”。

刘邦被围，眼看将被项羽俘获，西北方向突然刮来一阵沙尘暴，遮天蔽日，刘邦趁机率十余骑突围而出，刘邦父亲、妻子吕氏被项羽俘虏。刘邦的大舅子周吕侯（吕后之兄）指挥所属部队阻击楚军，延缓了楚军的行动，掩护刘邦狂奔西逃至下邑，又逃往荥阳。败逃中，刘邦的儿子（即后来的汉惠帝刘盈）和女儿在途中与刘邦相遇，爬上了他的车子。刘邦为了自己逃命，竟把两个孩子几次推下车去，多亏夏侯婴将这两个孩子保护了下来。

彭城会战，项羽神速反击，大胜显威，慑服了诸侯，形势为之一变，殷王司马卬战死；塞王司马欣、翟王董翳重新投降了项羽。陈余发现张耳未死，觉得受了刘邦的欺骗，也投楚背汉。西魏王魏豹“绝河反汉”，与楚和好。田横也与楚军停战结盟。彭越也放弃了在梁地攻占的十多座城邑，北撤至河上（今河南滑县北）。经过彭城会战，项羽基本上收复了西楚的全部失地。

项羽以三万精骑长途奔袭，一举打败刘邦几十万大军，创造了古代战争史上以少胜多的奇迹。只可惜，项羽战术上是巨人，战略上永远是侏儒。

荥阳、成皋争夺战

刘邦兵败彭城，狼狈西逃。他逃到下邑（今安徽砀山），跳下马背，一只脚还没有从马镫中拔出来，急忙回头“踞鞍而问”张良：“哪些人能帮助我共同打败项羽？”张良点了三个人：英布、彭越、韩信。张良说，英布和彭越“可急使”；韩信可独当一面，干成大事。你只要肯重赏这三人，“楚可破也”。刘邦说，好。他派人前去策反英布，去鼓动彭越加紧袭扰项羽后方粮道，交给陈平大量黄金去分化项羽领导集团。

刘邦逃到中原荥阳和成皋一线，停了下来，不逃了。中原是战略枢纽之地，荥阳、成皋这两个战略要点，历来兵家必争。荥阳在东，成皋在西，两地相距不远，互为呼应。成皋即春秋时的虎牢关、今汜水镇。刘邦在荥阳、成皋一带与项羽对峙、周旋，你来我往，反复争夺，度过了他一生中最为艰难的时刻。

荥阳、成皋争夺战长达两年多，大致经历了三个回合，胜负几经易手。

第一回合，项羽急攻荥阳、成皋，刘邦用离间计化解了项羽的攻势。

楚汉三年春，项羽对汉军发动猛攻，荥阳以东的汉军据点全部被他扫平，接着派兵袭击荥阳与敖仓之间的粮道，切断了汉军的粮食供应。四月，项羽包围了荥阳，刘邦眼看难以顶住，主动向项羽请和，愿以荥阳为界，荥阳以东的地盘都让给项羽。刘邦的意图十分明显，只要能保住荥阳这个战略要点，在中原就有立足之点，就不怕找不到转机。项羽准备接受刘邦的求和条件，范增一眼识破刘邦的缓兵之计，竭力反对议和。他对项羽说，彻底击败刘邦的机会又一次出现在你眼前，“今释弗取，后必悔之”。于是，项羽对荥阳继续加强进攻。刘邦分析，项羽不肯议和停战，肯定是范增的主意。他命令陈平花重金买通项羽左右，散布流言说范增、钟离眛由于一直没有得到项羽的封地，两人已另有所图，准备投降刘邦，里应外合打败楚军，刘邦准备给他俩“裂地封王”。项羽起了疑心，派使者到刘邦军中去摸底。陈平设下一计，请刘邦亲自出面接待。先端上一桌好菜，项羽的使者一到，故意说：“哦，搞错了，我们以为是亚父（项羽尊称范增为亚父）派来的使者，原来是项王派来的使者，换菜！”把一桌好菜撤走，换上一桌便菜。使者回去向项羽如此这般报告了换菜情节，项羽越发疑心，从此再也不听范增的任何建议。范增伤心至极，对项羽说：“天下事大定矣，君王自为之，请赐骸骨归卒伍。”范增拂袖而去，负气回彭城，气死在半路上。项羽逼走了范增，急攻荥阳，刘邦危急。五月，陈平等使出诈降之计，让纪信装扮成刘邦，夜间打开荥阳东门，声称荥阳城内“食尽，汉王降楚”。项羽信以为真，准备接受刘邦投降。陈平派两千名女子组成大队，走在纪信乘坐的“王车”前面，正在攻城的楚兵都停止了攻城，拥向前去观看那两千名女子组成的大队。就在这时，刘邦率数十骑从荥阳西门逃之夭夭。“王车”一到跟前，项羽一看车上坐的是纪信，知道上了大当，下令将纪信烧死，再攻荥阳。可是荥阳的城门已经紧闭，急攻不下。荥阳以西就是成皋，项羽估计刘邦极可能逃往成皋。他留下主力继续攻打荥阳，分出部分兵力迂回到西边急攻成皋，刘邦刚刚离开。楚军虽然攻下了成皋，刘邦却已逃往关中。这时荥阳仍未攻下，项羽的主力被牵制，无法西追刘邦。

刘邦逃到关中，准备迅速调集关中的后备兵力前去夺回成皋。谋士辕生向他建议说，汉楚双方已在荥阳、成皋一线长期对峙、反复争夺，这样下去不是办法。他建议刘邦改变一下思路，率军南下，出武关，到南阳一带活动。项羽必会率军南下来攻，这时可坚壁深垒，不同项羽交战，把他的兵力拖住，以缓解荥阳、成皋前线的压力。同时，让韩信在北线加强对魏、赵、燕、齐等国的进攻；让彭越加紧楚军后方的袭扰；让英布在南方向楚军发起进攻。刘邦依计行事，果然调动项羽来回奔突，疲于奔命。先是彭越攻占下邳，楚将薛公战死。项羽千里回师东下，反击彭越。刘邦趁机北上，夺回了成皋，解了荥阳之围。

第二回合，项羽攻克荥阳、成皋，占领敖仓；刘邦大败，逃往巩县，然后在极端困难的条件下组织反击。

楚汉三年六月，项羽刚刚东下击退了彭越，忽闻刘邦乘机夺回了成皋，立马回师，对汉军进行第二次大规模进攻，一举攻下荥阳、成皋，刘邦败逃到巩县。但刘邦韧性十足，败而不馁。他从巩县北渡黄河，到韩信营中去搬兵。当时韩信已一连扫平了魏、代、赵、燕四国，正和张耳一起，率领大军在黄河北岸的修武休整。刘邦是个诡计多端的人，他深知自己的军事指挥才能与韩信无法相比，韩信在北方战场连战皆捷，自己在中原战场一败再败，焦头烂额。他担心韩信手握重兵会起变心，为了以防万一，他和夏侯婴假装成汉军使者，趁黎明前韩信军营尚未起床，两人骑马驰入韩信军帐，先把兵符抢夺到手，然后再坐下来同韩信和张耳两人说话。刘邦见韩信与张耳混在一起，更增添了一分担心，一人成事，两人成祸，必须把他们分开。他命张耳回赵国去留守，宣布拜韩信为汉相，提拔了韩信。然后对韩信说，你把这支军队留下，我荥阳前线急用。你到赵国再去征发新兵，另组一支新军去攻打齐国，从左翼策应荥阳正面战场。韩信二话没说,遵命。刘邦将韩信的大军抓到手后,先派出一部分兵力去加强巩县的防御,以阻止楚军继续西进威胁关中。然后派遣卢绾、刘贾率领两万步兵,灌婴率领一支精锐骑兵,从白马津南渡黄河,去配合在梁国地面活动的彭越,加强对楚军后方的袭扰,“烧楚积聚”,使荥阳前线的楚军得不到粮食。彭越得到刘邦派来的汉军增援,一连攻占了梁国地面的睢阳、外黄等十七座城邑,搞得项羽后方风声鹤唳,鸡犬不宁。

楚汉三年九月,项羽深感后方问题严重,被迫第二次挥师东下,前去平定彭越的游击势力,留下大司马曹咎和司马欣守卫成皋。项羽临走时再三告诫曹咎“谨守成皋”,即使刘邦来挑战,“慎勿与战”。并说,我十五天内肯定击败彭越,马上回来。

刘邦的谋士郦食其向刘邦献计说,项羽这次夺取了敖仓,却不明白占据敖仓的极端重要性,自己又挥师东下去攻打彭越,只留下一些弱兵在成皋留守,这是舍本逐末之举,“天赐汉也”。他建议刘邦“急复进兵,收取荥阳,据敖仓之粟,塞成皋之险,杜太行之道,距飞狐之口,守白马之津,以示诸侯形势,则天下知所归矣”。

楚汉四年十月,刘邦采纳郦食其建议,从修武南渡黄河,向成皋发起进攻。曹咎起初还牢记项羽的告诫,坚守不出。但经不住汉军的一再辱骂挑战,一怒之下,轻率出击。汉军佯败,渡汜水而退。曹咎和司马欣中计,率楚军渡汜水追击。渡到一半,汉军突然反击,楚军大败,成皋失陷。曹咎和司马欣违令出击,丢失成皋,自知军责难逃,两人均自杀于汜水之上。刘邦夺回成皋,占据敖仓,并在荥阳以东包围了楚将钟离眜的部队。

第三回合,项羽回救成皋,久攻不下,被迫与刘邦议和,以鸿沟为界,楚汉平分天下。

项羽东下,按预定计划,仅用十几天时间就将彭越击败。彭越北逃,项羽收复了梁国地面十余座城池。可是,当项羽进军至睢阳时，得到了两条极坏的消息：一是成皋与敖仓失守，曹咎和司马欣均自杀于汜水之上；二是韩信已经攻下齐国，正在南来，对楚军后方构成了严重威胁。项羽深感局势严重，但他却做出了分兵出击的错误决策。他派大将龙且率二十万楚军开赴齐国去阻击韩信南进；亲率楚军主力重返荥阳前线，在正面战场对汉军发起第三次大规模进攻。

刘邦驻守广武（荥阳东北），坚守敖仓，使楚军得不到军粮。项羽率楚军进抵广武，刘邦坚守不出。项羽无法从敖仓得到军粮，大急，把彭城会战时俘获在手的刘邦父亲押到阵前，威胁刘邦说，你今天再不出来交战，"吾烹太公"。刘邦回答说，起义之初，我与你结为兄弟，我的父亲也是你的父亲，你果真要烹我老父，"则幸分我一杯羹"。项羽每到这种时候，都嘴硬心软，他对刘邦父亲下不了杀手。

这时，项羽对刘邦说了一句动心的话："天下匈匈数岁，徒以吾两人耳，愿与汉王挑战决雌雄，毋徒苦天下之民父子。"刘邦却回答说，我只想同你斗智，不想同你斗力。项羽大怒，命令弓箭手射刘邦，刘邦胸部中了一箭，他却一弯腰掩饰道："啊，这畜生射中了我的手指。"项羽挑战未成，退入营中。刘邦这一箭也伤得不轻，为了防止汉军产生恐慌，张良逼着刘邦忍住剧痛去看望部队，"强请汉王起劳军，以安士卒"，先把军心稳住，然后急送刘邦进入成皋城中疗伤。

双方对峙数月，成胶着状态。不久，项羽又得到一个极坏的消息，龙且率领的二十万楚军被韩信全歼，韩信的军队正在继续南下，进攻矛头直指楚都彭城。项羽深感危机逼近。

这时，刘邦的箭伤基本痊愈，他迅速采取了三条措施：第一，自己回关中去了一趟，只停留了四天，从关中调出一批新锐，重返广武前线，增强了与项羽对峙的实力。第二，命令彭越在项羽后方加强袭扰攻势，“往来苦楚兵，绝其粮食”。第三，封英布为淮南王，命他开辟南方战场，向楚军发动进攻。这样，项羽四面受敌，陷入了极端困难的境地。

双方在广武相持到楚汉四年九月，楚军兵断粮、马缺草，实在支撑不下去了，无奈之下，项羽主动将彭城会战时俘获的刘邦父亲、妻子送回刘邦军营，与刘邦议和，以鸿沟为界，平分天下，西为汉，东为楚。

议和毕，项羽于当月引兵东归。由于梁地都被彭越占领，他无法从荥阳直接东归，只能向东南绕道阳夏、固陵（今河南淮阳北），返回楚都彭城。他骑在马上，郁郁而行，抬头望天，发现自己心里的一团团愁云全都涌到了天上，阴霾满天，不见阳光。

垓下会战

天下已经分了，项羽也引兵东归了，战争终于停止了。刘邦准备罢兵西归，返回关中。他的两位谋士张良和陈平却说，不！应该趁项羽郁郁东归的机会，立马对他发起追击，一举将他消灭，“天赐汉王，机不可失”！一句话提醒了刘邦，对啊，追杀项羽他狗日的！

项羽前脚东归，刘邦后脚就追了上来。楚汉五年十月，刘邦追击项羽至固陵（今河南太康南）。这时离项羽东归只相隔一个月。项羽大怒，竖子也太不讲信义了，回身反击，刘邦大败。

这时，韩信、彭越、英布还没有前来与刘邦会师，刘邦孤军冒进，哪里是项羽的对手。刘邦在固陵地区转入防御，再次问计于张良，怎样才能使韩信、彭越尽快前来会师，共同打败项羽？张良说，你原来向他们许过愿，打败楚军后要封给他们土地。现在项羽已经兵败东归，韩信和彭越却尚未得到封地，他们都在等待观望。如果你现在就把淮阳以东直到海边的土地都封给韩信，把梁国的土地封给彭越，他们马上就会领兵前来攻打项羽，天下唾手可得矣。刘邦依计行事，将上述地盘分封给了韩信、彭越，将淮南封给了英布。上述三人得到了封地，果然立即领兵前来与刘邦会师，战场形势急转直下。

向项羽发起猛烈进攻的主力是韩信。韩信命曹参留守齐国，他自己亲率大军一路南下，以灌婴的骑兵为前锋，逢城必克。由于项羽的主力都在荥阳前线，后方空虚，韩信的军队进展异常神速，连克薛、沛、留（均在今江苏境内），只个把月时间，就攻克了楚都彭城。这对项羽是最为致命的一击，从此他已难有回天之力。接着，韩信又马不停蹄向西发动进攻，从今安徽境内攻至今河南境内，很快就与刘邦会师于颐乡（今河南鹿邑东）。南方的英布和刘贾也于十一月渡过淮水，围攻寿春，诱降了楚大司马周殷，然后向北发展进攻，攻克了城父，然后向西与刘邦会师。彭越从梁地南下，也在这时与刘邦会师。刘邦的四路大军全部会合，对项羽形成强大压力。

项羽于楚汉五年十二月从固陵向东撤退至垓下（今安徽灵璧东南），汉军追击而至。这时楚军后方已被韩信全部占领，项羽再无退路，只能孤注一掷，在垓下与汉军决一死战。

这时的兵力对比，汉军的各路人马共约五六十万人（其中韩信的部队就达三十万人），楚军只剩不足十万人。韩信充当合围项羽的汉军总指挥，"淮阴侯将三十万自当之，孔将军居左，费将军居右，皇帝（刘邦）在后，绛侯、柴将军在皇帝后"（《史记·高祖本纪》）。韩信下令对项羽发起攻击，项羽绝地反击，凶猛剧烈，韩信失利，后撤，项羽挥军追击。

正当项羽奋力追击韩信时，孔将军、费将军从左右两翼合击项羽，韩信回身反击。三军合围，将项羽击垮。

项羽率残军退入营垒，被汉军四面围困。入夜，项羽闻"四面楚歌"，这是刘邦向项羽发动的心理战，刘邦用这把软刀子将项羽和楚军将士从心理上彻底摧垮了。

项羽感到大势已去,突围而逃。

这时的项羽狼狈至极,“项王乃上马骑”,这个“骑”字,《项羽本纪》有注:“单乘曰骑”,说明项羽是只身突围,已经顾不得指挥部下了。从军事层面说,项羽只顾自己逃命,不去指挥自己的残存部属同敌军作最后的拼死搏杀,这并不是军事领袖的光彩举动;但从情感层面说,却是很悲壮的一幕,他并不指望别人为掩护他逃命而死,他谁也不想“连累”,就靠自己去杀开一条血路,逃得出逃不出,全靠“天命”了。不过,追随项羽的勇士还是有的,“麾下壮士骑从者八百余人,直夜溃围南出,驰走”。

天亮后,汉军发现项羽已突围,刘邦派灌婴率五千精骑追击。项羽自垓下向东南方向溃逃,渡过淮水,逃至阴陵(今安徽定远西北),身边仅剩百余人。

这时迷路,问一农夫:“前方哪里有路?”农夫答:“左。”项羽等一干人马急向左,上当,陷进沼泽,被汉军追上。

项羽反身向东,再次突围而出,逃至东城(今安徽定远东南),身边只剩二十八骑。又有数千汉军追来,“项王自度不得脱”,但他绝不屈服,绝不投降。

这时,项羽对身边这些至死追随他的将士们讲了一段话。他说:“吾起兵至今八岁矣,身七十余战,所当者破,所击者服,未尝败北,遂霸有天下。然今卒困于此,此天亡我也,非战之罪也。今日固决死,愿为诸君快战,必三胜之,为诸君溃围,斩将,刈旗,令诸君知天亡我,非战之罪也!”

从这段话中,可以窥见一点项羽当时的心态。言语中,他既有身先士卒浴血拼杀视死如归的英雄豪气,也有瞻前顾后为自己解脱兵败之责的沽名钓誉。他反复说的一句话就是“天亡我也,非战之罪也”,他希望天下人都知道,他项羽不是不能打胜仗的人,他之所以失败，责任不在他自己，是“天命”使然，老天爷再不肯帮他的忙了。其实人到了这种地步，什么辩解、表白都已无用。更何况，任何人一旦站到历史面前，都是不容为自己的悲剧结局辩白的。项羽与刘邦，各有何长、各有何短，历史全明白。

项羽将二十八骑分成四队，从四个方向对汉军发起突击，然后聚为三处，展开最后的决死战斗。他率领二十八骑反复冲击三次，“斩汉一将”，“复斩汉一都尉，杀数十百人”，自己一方仅亡两骑。

最后，项羽率仅剩的二十六骑突围南走，来到长江边上的乌江渡口（乌江不是江，是地名，在今安徽和县东北长江西岸），乌江亭长已将渡船停歇在江边等候项羽，项羽一到，亭长劝他急渡。他对项羽说：“江东虽小，地方千里，众数十万人，亦足王也。”

乌江亭长不说这句话还好，一说这句话，顿时勾起项羽的另一种心情，他忽然决定不过江了。他回答乌江亭长说：“天之亡我，我何渡为！且籍与江东子弟八千人渡江而西，今无一人还，纵江东父兄怜而王我，我何面目见之？纵彼不言，籍独不愧于心乎？”充满愧意，充满自责，一位悲剧英雄的情长气短，动天地，泣鬼神。

这时的项羽，已不图什么东山再起，只图为自己的人格战斗到底。项羽这位悲剧英雄的这种性格，获得了后世许多人的同情。一般地说，老百姓都喜欢耿直不阿、性率情真之人，都讨厌玩弄权术、奸诈刁钻的人。项羽不像勾践，勾践为了求生和复仇，可以屈身为奴，甚至去吃夫差的粪便。项羽也不像刘邦，刘邦一次又一次以“一时之权变”摆脱困境、绝境，最终“以诈力成功”（《汉书·韩彭英卢吴传》），夺取了天下。项羽认输、认命，绝不贪生怕死。但项羽这种情长气短的性格，从根本上说不是搞政治、打天下的性格，他最终只能成为一位摆脱不了“人情味”的悲剧英雄。

项羽把自己的爱骑送给了乌江亭长，以谢他的一片好意。他命令追随他到最后一刻的部属们一律下马步行，持短兵器接敌。

“独籍所杀汉军数百人”(司马迁这句话有些夸张),“项王亦身被十余创”。这时,围攻他的人都上来了,项羽“乃自刎而死”。

刘邦悬赏斩得项羽头颅者得千金、邑万户,项羽被汉军中的吕马童、王翳、杨喜、杨武、吕胜五人抢夺分尸,五人皆得封侯。

项羽死后,他的脑袋还被刘邦派了一次用场。《项羽本纪》中说,项羽死后,西楚地面很快都向汉军投降了,由于起兵之初楚怀王曾封项羽为鲁公,鲁国百姓忠于项羽,唯独鲁国百姓不肯向刘邦的军队投降。刘邦本想“引天下兵屠之”,有感于鲁国人“守礼义,为主死节”,于是“乃持项王头视鲁,鲁父兄乃降”,刘邦用项羽的人头去招降了鲁国。

为了争取鲁国人心,刘邦“以礼葬项王”于鲁国的穀城。刘邦安葬这位曾经结为兄弟的死敌时,居然也哭了,“汉王为发哀,泣之而去”。哭归哭,刘邦将项羽的碎尸安葬完毕,于楚汉五年二月“即皇帝位于汜水之阳”(《资治通鉴·汉纪三》),天下毕竟已经到手了。

我曾在一首诗中这样形容刘、项相争的结局:

韩信东渡黄河
将项羽一步步逼到乌江
楚霸王拥别虞姬
仰天浩叹
只见他身子一晃
手中那把利剑当啷落地
刘邦一笑
他赢了

2009年4月

安史之乱

安史之乱，是唐朝从鼎盛走向衰落的转折点。安禄山和史思明，能在盛极一时的大唐搞出这么大乱子，他们是何许人也？

安禄山与史思明

“安禄山，营州柳城杂种胡人也。”（《旧唐书·安禄山传》）。安禄山生父早亡，不知姓氏。安禄山本姓康，小名“轧荦山”，突厥语“战斗神”的意思。他母亲阿史德氏是突厥巫师，后来改嫁安国（都城在今乌兹别克斯坦布哈拉）突厥将军安波至的兄长安延偃。据《新唐书·安禄山传》中说，安延偃本人也是“虏将”。唐开元初，突厥内乱，安禄山与突厥将军安道买（可能是安氏家族的另一位兄弟）的儿子一起逃出突厥，逃到岚州（今山西岚县北二十五里岚城镇）。安道买的次子是岚州别驾，收留了他们。不久，安延偃举家迁往营州柳城（今辽宁省朝阳市），安禄山与安延偃的亲生儿子安思顺等“并为兄弟”，安禄山从此改姓安，取名禄山。营州是胡商云集之地，商业活动十分活跃。安禄山长大后懂六种“番语”（中亚地区的语言），在营州当“互市牙郎”（翻译），接触的全是投机钻营这一套。

“史思明，本名窣干，营州突厥杂种胡人也。”（《旧唐书·史思明传》）。史思明祖籍是西域突厥史国（都城今乌兹别克斯坦沙赫里夏勃兹）。史思明是怎么来营州的，具体过程不详。新、旧唐书中说，史思明比安禄山早生一天；两人是同乡，从小“相善”，长大后同样“通六番语，亦为互市郎”，又是同行。安禄山白胖得出奇；史思明则“姿瘦，少须发”，“性急躁”。

后来，两人都投奔到幽州节度使张守珪门下，同为“捉生将”，类似现在的侦察兵角色，专门“抓舌头”。每次出动，必有擒获，这使张守珪很满意。《新唐书》中还说，安禄山“知山川水泉处”，经常带上三五骑去埋伏，往往能擒获前来取水的几十名契丹人，从此得到张守珪器重。

安禄山能够“飞黄腾达”，从主观方面来分析，他从小受过各种“特殊”熏陶，为他准备了条件。其一，他母亲是突厥巫师，巫师作法，两眼往上一翻，她的“灵魂”马上能“通天”，把死的说成活的，活的说成死的，黑的说成白的，白的说成黑的。这使安禄山浑身上下充满了说鬼话骗人的遗传基因。其二，他继父家有突厥将军的家族背景，使他从小滋长了出人头地的向往。凡是朝廷来的人，不问官职大小，他都不惜血本，百般奉承、讨好、重重地贿赂。这些人回到朝廷，人人为他说好话。其三，他通晓六种番语，干过“互市牙郎”，长期接触投机钻营之术。其四，他从小好斗，以骁勇闻于乡里，从军后很快受到幽州节度使张守珪青睐，不仅收他为养子，还使他平步青云，提拔为平卢兵马使擢特进、幽州节度副使。其五，他“性巧黠”，既聪明又狡猾，拍马功夫天下第一，这是一种非同寻常的“本事”。后来唐玄宗、杨贵妃，被他拍马拍得魂不附体。

“盛唐”背后的“荒唐”

安禄山的发迹史，充分暴露出盛唐深宫中的种种荒唐事。

第一件荒唐事，唐玄宗强占儿媳妇。这件事对安禄山篡权谋反的全过程起到了十分关键的作用。封建帝王都荒淫，但唐玄宗荒淫到了把儿媳妇杨玉环弄来做自己的妃子。促成这件荒唐事的荒唐人物，是宦官高力士。高力士是武则天时期的小太监，“以强悟给事左右”。他原姓冯，有位老宦官高延福收他为养子，改姓高。高力士倾心巴结唐玄宗，处事“阴巧可意”，因帮助唐玄宗诛杀意欲谋反的姑母太平公主有功，被授予右监门卫将军。四方奏请，都要通过高力士才能递进去，小事都由他“专决”。唐玄宗常说，由高力士挡着，“我寝乃安”。宰相李林甫、杨国忠，边将安禄山、安思顺等人，都是通过“厚结高力士”爬上了高位。尤其是把杨贵妃搞到唐玄宗身边，更是高力士一手策划的。唐玄宗原来宠爱杨皇后和武惠妃，自从杨皇后和武惠妃相继去世后，一直“郁郁寡欢”。高力士虽然是位阉人，却一点也不影响他琢磨唐玄宗的生理、心理需求。他打听到唐玄宗第十八子李瑁之妃杨玉环美艳绝伦，通晓音律，善解人意，他就给唐玄宗出了个荒唐主意，先把杨玉环弄进道观去当几天“道士”，拐一个弯，再弄到唐玄宗身边来。杨玉环“回头一笑百媚生，六宫粉黛无颜色”。唐玄宗一见杨玉环，魂不守舍，已经没有心思理政，“芙蓉帐暖度春宵”，“从此君王不早朝”，把一切都交给奸相李林甫去处理。

第二件荒唐事，安禄山认杨贵妃为“干妈”。查一下他们两人的出生年月，安禄山出生于武则天长安三年(703年)，杨贵妃出生于唐玄宗开元七年(719年)。安禄山比杨贵妃年长十八岁，按照唐朝的结婚年龄，安禄山完全可以当杨贵妃她爸。安禄山野心大、脸皮厚，双腿一跪，亲亲热热叫了杨贵妃一声“妈”，杨贵妃当时脸红不脸红，史书中查不到。唐玄宗却在一旁开心地笑了，怎么知道的？史书中有记载：安禄山每次进宫，先拜杨贵妃，后拜唐玄宗。唐玄宗“怪而问之”，安禄山回答说：“我是番人，番人先母而后父。”

唐玄宗一听，非但不再生气，反而“大悦”（《新唐书·安禄山传》）。什么叫“大悦”？“大悦”就是开心得不得了，这种心情，不笑怎么表达？安禄山是狐狸精生的儿子，他心里完全明白，只要捧乐了杨贵妃，也就撂倒了唐玄宗。杨贵妃本来就是个风骚女人，否则不会把唐玄宗弄得神魂颠倒。她自从有了安禄山这个“干儿子”，怎能不在深宫中弄出一些风骚事来？有一年安禄山过生日，“上（皇帝）及贵妃赐衣服、宝器、酒馔甚厚”，这就可以了吧？不，“后三日，杨贵妃召禄山入禁中”，怎么叫“禁中”？后宫中外人一律不得入内的去处，杨贵妃居然违禁把个番将安禄山叫进去了。她做了一个锦绣大襁褓，“裹禄山”。唐玄宗听到后宫嘻嘻哈哈，问什么事？左右回答说，贵妃在“三日洗禄儿”（小孩生下来第三天要洗澡）。唐玄宗“自往观之，喜，赐贵妃洗儿金银钱，复厚赐禄山，尽欢而罢”。从此以后，“禄山出入宫掖不禁，或与贵妃对食，或通宵不出，颇有丑声闻于外，上亦不疑也”（《资治通鉴·唐纪三十二》）。

第三件荒唐事，唐玄宗“遂命杨铦以下（与禄山）并约为兄弟姊妹”（《旧唐书·安禄山传》）。安禄山认杨贵妃为“干妈”，唐玄宗却命安禄山与杨贵妃的六位堂兄弟姊妹“并约为兄弟姊妹”。杨铦、杨锜、杨国忠都是杨贵妃的堂兄，虢国夫人、韩国夫人、秦国夫人是杨国忠的三位妹妹。唐玄宗荒唐到了人伦颠倒的地步，昏不昏啊？

第四件荒唐事，奸相李林甫把安禄山抓在手里当一枚棋子使，舍国保相位。安禄山究竟有多大能耐，品行如何，居心何在，李林甫看得一清二楚。安禄山谁都不怕，就怕李林甫。安禄山每次入朝奏事，与李林甫交谈，安禄山想说的事还没有说出口，李林甫都能先替他把话说出来，“禄山以为神明，每见林甫，虽盛冬亦汗洽”（《旧唐书·安禄山传》）。李林甫对他却每每“接以温言，中书厅引坐”，有时还把自己的披袍披到安禄山肩上，缓解他的紧张情绪。李林甫为何要这样做？他作为老奸巨猾的宰相，一味重用番将安禄山，可能会产生哪些严重后果，他不可能一点没有想到。可是，李林甫为了一己私利，一味怂恿唐玄宗信任安禄山、重用安禄山。因为按照唐朝的规矩，朝廷任用高官走的是“出将入相”的路子，一般都由资深功高的大将军前来接替宰相职务。李林甫生怕汉族大将军挤掉他的相位，有意促成番将担任重要军职。这些人勉强能说几句汉话，但对汉文都不精通，入朝后要处理大量诏书文牍宗卷之类，无法胜任，不可能让他们来当宰相。这样，李林甫就能长期占住自己的宰相宝座。

朝中许多大臣、边使、宦官，凡是接触过安禄山的人，都接受过他的贿赂，都在唐玄宗面前说他的好话。安禄山讨得了杨贵妃的欢心，又有宰相李林甫为他撑腰，又有那么多人为他说好话，他还有什么得不到？唐玄宗一再提拔安禄山。安禄山飞黄腾达到什么地步呢？他身兼平卢、范阳、河东三镇节度使，又兼河北道采访处置使、御史大夫、左仆射，封东平郡王。手中握有全国三分之一兵力、管辖全国五分之一国土面积。

关于史思明的发迹史，《旧唐书·史思明传》有如下一段记载：“天宝初，频立战功，至将军，知平卢军事。尝入奏，玄宗赐坐，与语，甚奇之。问其年，曰：‘四十矣。’玄宗抚其背曰：‘卿贵在后，勉之。’迁大将军、北平太守。”他同样得到了唐玄宗的垂青，地位直线上升。天宝十一年(752年)，经过安禄山举荐，又“授平卢节度都知兵马使”，成为安禄山手下的一员得力大将。

安禄山叛乱经过

唐玄宗身边是不是没有任何人看出安禄山的谋反之心呢？不是的，至少有三个人看出了安禄山必反无疑，但他们的意见都被唐玄宗挡了回去。

第一位，张九龄。张九龄当时还是中书侍郎，在朝廷中地位并不高。有一次，安禄山以范阳偏校之职入朝奏事，“气骄蹇”。张九龄就对裴光庭说：“乱幽州者，此胡雏也。”(《新唐书·张九龄传》)。另一次，幽州节度使张守珪率军讨伐奚、契丹二番，安禄山轻进兵败，张守珪奏报朝廷，要以兵败罪诛杀安禄山。这时的张九龄已是中书令，说话已有分量。他在安禄山的罪状上批示道：“穰苴出师而诛贾庄，孙武习战犹戮宫嫔，守珪法行于军，禄山不容免死。”但宰相李林甫兼领安西大都护、朔方节度使，番方事务以他的意见为主。在李林甫的游说下，唐玄宗对张九龄签署的意见御批“不许，赦之”。张九龄又去向唐玄宗面奏道：“禄山狼子野心，有逆相，宜即事诛之，以绝后患。”唐玄宗却说：“卿无以王衍知石勒而害忠良。”王衍和石勒都是十六国时前赵国的人物，王衍是汉人，石勒是羯族人。唐玄宗批评张九龄不要用种族偏见看人，再次把张九龄驳了回去(《新唐书·张九龄传》)。安禄山死里逃生，很快青云直上。

另两位，太子李亨和杨国忠。李林甫死后，杨国忠代为右丞相。李林甫生前竭力主张废太子李亨，另立李瑁为太子，李亨对李林甫当然耿耿于怀。太子李亨与杨国忠之间虽然也有矛盾，但在对待安禄山的看法上却是一致的。李亨看透了李林甫排斥汉将、重用番将的险恶用心。李林甫一死，太子就和杨国忠多次对唐玄宗说，李林甫重用安禄山别有用心，养虎遗患，安禄山必反无疑，但唐玄宗根本不信。杨国忠建议召安禄山入朝验明真相。安禄山在朝廷有内线，他早已揣摸到杨国忠召他入朝的用意，入朝就入朝，他不怕。安禄山入朝后向唐玄宗百般表忠心，唐玄宗对他“慰勉再三”，又为他加官晋爵，提拔他为尚书左仆射，然后放虎归山，让安禄山返回经营已久的反叛巢穴范阳(今北京)。

唐玄宗每次都用一副好心肠笑眯眯地看着安禄山，安禄山却满脸堆笑地用另一副心肠在看着唐玄宗。他发现唐朝有三条致命软肋：其一，唐玄宗年事已高，“颇内惧”，怕杨贵妃。其二，杨国忠为非作歹，不得人心。其三，全国武备松弛。于是，安禄山渐生“轻中国之心”，并且变得“日益骄恣”起来。入朝时，见了太子不拜。唐玄宗问他为何不拜太子，他假装不懂，反问唐玄宗：“什么叫太子？”唐玄宗告诉他，太子就是他百年之后接替他皇位的人，他又假装紧张，慌忙拜太子，说是自己不懂朝廷规矩。

安禄山早就在进行谋反的准备，他以防御北方为名，在范阳城北筑雄武城，贮积兵器。他利用兼任闲厩使、陇右群牧使等职之便，命人精心挑选牧养良种战马几万匹。他暗中聚敛钱财、私制官服、鱼袋（官服等级标识），挑选了八千名“曳落河”（壮士、近卫精兵）加紧训练，等等。除了唐玄宗没有看出他的“反迹”，许多人都看到了。安禄山原来的计划是等唐玄宗“千秋万岁后，方图叛换”。由于杨国忠等人的不断揭发，他的狐狸尾巴已经藏不住了，不得不提前行动。

天宝十四年（755年）春天，唐玄宗派宦官辅璆琳以送珍果为名，去范阳暗访安禄山的谋反迹象。安禄山给辅璆琳以重贿，辅璆琳回京后向唐玄宗报告说，安禄山“竭忠奉国，无有二心”。不久，辅璆琳受贿之事暴露，唐玄宗为了不惊动安禄山，以别的罪名把辅璆琳杀了。安禄山马上警觉起来，每次朝廷有人前去范阳，他都托“病”不见。有时不得不见，就“盛陈武备，然后见之”（《资治通鉴·唐纪三十三》）。

杨国忠急于得到安禄山的反叛证据，指使京兆尹李岘搜查安禄山在长安的府邸，搜出安岱、李方来等人与安禄山策划谋反的来往信件，杨国忠把这几个人都杀了。这时，唐玄宗对安禄山的谋反阴谋不再怀疑，但如何处置这件事，他却采取了一种“哄小孩”的办法，派宦官冯神威出使范阳，去给安禄山传话，“朕新为卿作一汤

（浴池），十月于华清宫待卿"，想把安禄山骗到骊山华清池来，将他逮捕。安禄山是一只狡猾透顶的老狐狸，唐玄宗天真得像一位小宫女，想用一块红手绢把这只老狐狸招引过来，老狐狸肯过来吗？

杨国忠为何揭发安禄山谋反如此积极？这是一场狗咬狗的剧烈争斗，是两位大奸之间的"争风吃醋"，他们两人要争夺的是"一人之下、万人之上"的地位。

天宝十四年（755年）十月九日，安禄山在范阳举兵叛乱，诈称唐玄宗命令他带兵进京讨伐杨国忠。杨国忠是杨贵妃的堂兄，原名杨钊，"少年嗜赌好酒，不齿于亲族"。后来从军，授新都尉。天宝初，因贵妃得宠，杨氏家族鸡犬升天。杨钊由一名小小的兵曹参军升迁为监察御史、御史中丞，并赐名国忠。李林甫死后，杨国忠接任右丞相兼礼部尚书，身兼四十余职。杨国忠和他的三个妹妹虢国夫人、韩国夫人、秦国夫人及两位兄长杨铦、杨锜五家，暴敛豪富，王侯莫比。这时的唐玄宗已经无心朝政，把一切都交给杨国忠去处理。杨国忠结党营私，"选任官吏均于私第暗定"，国人对杨国忠切齿痛恨。安禄山以讨伐杨国忠为口号举兵叛乱足见他的奸诈，一时被他迷惑了不少人。安禄山叛军总兵力达到二十多万。他的叛乱计划是，留下部分兵力留守范阳（今北京）、平卢（今辽宁朝阳）、大同军镇（今山西朔州），这几个地方是他的根据地。他亲率大军从范阳出发，一路南下，进攻矛头直指洛阳、长安东西两京。

唐朝啊，唐朝！在太平盛世里沉醉太久了，各地的军备松弛得不成样子，安禄山叛军所过之处，唐朝官员望风而逃。十二月二日，安禄山叛军在昌北（今河南延津西北）南渡黄河，当日气温骤降，叛军用长绳系住临时找来的一些破船，联结在黄河两岸，在破船上铺上草木，一夜之间冻成一座冰桥，叛军得以顺利渡过黄河。叛军连克灵昌（今河南滑县西南）、陈留（今河南开封东南陈留镇），河南节度使张介然当了叛军俘虏。

安禄山在陈留得到消息，他在长安当人质的儿子安庆宗已被处死，他放声大哭，疯狂地泄愤报复，斩杀了河南节度使张介然以下及陈留官员和百姓万余人。然后率领叛军进攻荥阳，荥阳城头上的唐军守卒，一听到鼓角声起，居然纷纷晕倒，“自坠如雨”，全都摔死（《资治通鉴·唐纪三十二》），这是唐军的莫大耻辱。

天宝十四年（755年）十二月十二日，安禄山叛军攻克东都洛阳。翌年正月，安禄山在洛阳称帝，国号大燕。

平定安史之乱的三个阶段

第一阶段是唐玄宗时期，从安史之乱爆发，到马嵬坡事件处死杨贵妃、唐玄宗逊位，时间跨度为八个月（755年十月至756年六月）。这一阶段经历了以下主要事件：

山西之战。安史之乱爆发后，唐玄宗免去了与安禄山有亲戚关系的安思顺朔方节度使职务，任命九原太守郭子仪为朔方节度使。郭子仪手下的主要将领有李光弼、高濬、仆固怀恩、浑释之等。郭子仪抢在安禄山叛军之前，控制了太原，击败了河东郡的几股叛军势力，打通了朔方与太原的联系，为下一步东出井陉关，向河北境内的安禄山叛军发动进攻创造了条件。

洛阳陷落。其时唐朝的武备松弛得无法想象。唐玄宗任命安西节度使封常清驰往洛阳，临时募集到六万兵员，抵抗安禄山叛军。同时又在长安募集兵员约五万人，由高仙芝统领出潼关，阻挡安禄山叛军入关。封常清的六万新兵没有经过训练，安禄山叛军来攻，一触即溃。天宝十四年十二月十二日，洛阳陷落。

错杀大将。高仙芝从长安领兵出潼关时，唐玄宗派了一位宦官边令诚当监军。宦官监军，他们不懂军事，却假借皇上名义干预指挥，往往与将帅发生冲突。高仙芝统领的部队都是一路收集的散兵和临时募集的官员子弟等，战斗力根本不行。洛阳失守后，封常清往西退至陕州，碰到高仙芝，他对高仙芝说，洛阳已经丢了，潼关无兵，如果叛军来攻潼关，长安就危险了，不如去守潼关。封常清和高仙芝退守潼关，立即组织防御，阻挡住了叛军进攻。负责监军的宦官边令诚，却回到长安向唐玄宗奏报说，封常清“以贼摇众，而仙芝弃陕地数百里，又盗减军士粮赐”。唐玄宗大怒，命令边令诚立即返回前线，就地处斩封常清、高仙芝二将。封、高二将是唐朝名将，过去屡立战功。将士们为二将大呼冤枉，哀哭求赦之声惊天动地。这一错误处置，导致唐军军心涣散，严重影响了唐军斗志。

常山之战。洛阳失守后，朝廷传令各地唐军从河北、河南两个方向抗击安禄山叛军。常山之战第一阶段的主角是常山郡（治今河北正定）太守颜杲卿，他是颜真卿的堂兄。安禄山叛军南进路过常山，颜杲卿无力抵抗，“伪降之”。暗中派人与平原县（今山东陵县，当时属河北道）太守堂弟颜真卿等人联络，倡议共同起兵反抗安禄山叛军，河北十七郡响应，共推颜杲卿为盟主。他们计杀了安禄山叛军的几名将领李钦凑、高邈、何千年，收其兵甲，声势大振。安禄山得到常山起兵的消息，后院起火，坐立不安，立即派史思明率大军包围常山，次年正月九日常山陷落，叛军屠杀常山军民万余人；太守颜杲卿被俘后押往洛阳被杀。常山之战第二阶段的主角是唐朝名将李光弼。常山失陷后，朝廷任命李光弼为河东节度使，领兵东出井陉关，平定河北叛军。常山军民得到李光弼率军前来河北平叛的消息，群情激奋，杀退了守城叛军，活捉了守城叛将安思义。李光弼进驻常山后，史思明率领两万叛军来攻，李光弼与史思明叛军激战四十余日。三月底，史思明断李光弼粮道，李光弼向山西郭子仪求援。郭子仪派精兵来援，使李光弼兵力达到十多万，与史思明在河北中部地区从四月战至五月，李光弼歼敌四万多人，终于打败叛军,史思明落马跛足而逃。

平原之战。平原之战的主角是颜真卿。后人只知道颜真卿是大书法家,很少有人知道他还有比书法更光辉的业绩。安禄山叛乱时,河北诸郡皆降。唐玄宗叹息道:“河北二十四郡,无一忠臣邪?”唯独平原县太守颜真卿不降,他组织修城池、储军粮,一个月共征得壮丁、勇士万余人,然后派司兵参军赴京驰奏,唐玄宗见奏大喜,对左右大臣道:“朕不议真卿何如人,所为乃若此!”颜真卿得到李光弼收复常山的消息后,主动配合西线作战,同清河郡一起攻下了魏郡(治今河北大名东北),歼敌万余人,俘获千余人、战马千余匹。河北的战况,曾使安禄山一度产生了危机感。叛军平卢游奕使刘客奴曾遣使主动来同颜真卿联络,表示愿意归顺朝廷,并主动请战攻取范阳,为朝廷效力。为了笼住刘客奴的归顺之心,颜真卿派人运去大批粮食衣物表示慰问,并把幼子送去为人质。

潼关失守。唐玄宗下令处斩了封常清和高仙芝二将,命令在长安养病的河西、陇右节度使哥舒翰为兵马副元帅带病出师迎敌。哥舒翰领兵八万,连同高仙芝旧部和各道派来的增援部队,号称二十万大军,进驻潼关。此时,已经攻下洛阳的安禄山忙于在洛阳称帝,没有马上进攻长安。这时,郭子仪从山西向河北出击,大败史思明叛军,河北诸郡纷纷杀死叛军头目归降唐军。安禄山叛军北路已被切断,潼关有哥舒翰二十万大军把守,进退两难。安禄山感到形势对他极为不利,开始同他的两位谋主高尚、严庄商议如何退保范阳的计划。恰在这时,唐玄宗做出了一个急于求成的错误决策,天宝十五年(756年)六月,命令哥舒翰主动出潼关向安禄山叛军发动进攻。哥舒翰深知安禄山狡诈多计,善于用兵,主张坚守潼关不出。这时,郭子仪、李光弼上奏提出了一个极好的建议,“请引兵北取范阳,覆其巢穴,质贼党妻子以招之,贼必内溃,潼关大军,唯应固守以弊之,不可轻出”(《资治通鉴·唐纪三十四》)。唐玄宗对这几位将领的正确意见全都不听。杨国忠迎合唐玄宗的心理说,目前“贼方无备,而翰逗留,将失机会”,唐玄宗居然信了,一天几次派宦官去催促哥舒翰出关反攻。不得已,哥舒翰于六月四日领兵东出潼关。从潼关至函谷关,中间要经过七十里崤函孔道,南面是壁立万仞的华山和崤山山脉,北面是波涛滚滚的黄河,自古兵家视为畏途。六月初七,哥舒翰指挥的唐军向东开进到河南境内灵宝以西的西原,与安禄山叛军崔乾祐部遭遇。叛军提前埋伏在险道高处山上,准备了大量滚木礌石,其余兵员故意做散状部署,以吸引唐军进入孔道。哥舒翰坐船从黄河里观察南岸敌情,见敌军不多,便指挥十多万部队向东发动进攻。唐军进入孔道,叛军伏兵突起,滚木礌石顷刻而下,唐军被大量砸死击伤。孔道狭窄,部队拥挤,混乱不堪。哥舒翰让部队躲在毡车内冒着滚木礌石向前冲击,打开一条通路,但没有成功。叛军却在前方点燃几十车柴草,东风劲吹,浓烟滚滚。唐军向烟雾内万箭齐发,日落箭尽,却发现烟雾内并无敌兵。叛将崔乾祐迂回到唐军侧后发起攻击,唐军大乱。部分兵员向山谷逃窜,部分兵员被挤下黄河淹死,部分兵员回头向潼关方向败逃。潼关外挖有三道堑壕,深一丈、宽二丈,本来是用来防御叛军骑兵的,这时从灵宝败逃回来的唐军兵马纷纷跌进堑壕,瞬即填满,全被后面蜂拥而来的兵员马匹踩踏而死,逃回潼关的仅八千多人。哥舒翰被部将挟持到洛阳向安禄山投降。天宝十五年(756年)六月初八,潼关失守。

长安陷落。潼关失守后,唐玄宗召集群臣商议对策,最终采纳了杨国忠的建议,逃往四川。六月十三日,唐玄宗带着杨贵妃、太子李亨、宰相杨国忠等人,在几千禁军的护驾下,逃离长安。他们出城不久,叛将孙孝哲领兵攻占了长安,先在京城大掠三日,然后又大掠郊县。

马嵬坡之变。六月十四日,唐玄宗一行逃到马嵬坡(今陕西兴平县西二十里),将士饥饿疲劳,怨声四起。由禁军将领陈玄礼和高力士合谋,利用唐军将士对杨国忠的愤怒情绪,杀掉了杨国忠及其妹韩国夫人、秦国夫人。虢国夫人和她的儿子逃到陈仓县(今陕西宝鸡),也被当地官员抓获杀掉。禁军士兵的愤怒情绪仍然难以平息,围住马嵬坡不散,要求唐玄宗对杨贵妃"割恩正法",唐玄宗无奈,命高力士领着杨贵妃到附近寺庙佛堂内将她缢杀。六月十五日,唐玄宗下令从马嵬坡出发,禁军将士们说,杨国忠当过剑南节度使,他的心腹都在四川,大家不愿到四川去。这时的唐玄宗已经威风扫地,他只能委曲求全,答应先到扶风郡(治今陕西凤翔)。十七日到凤翔后,禁军士兵们公开对唐玄宗发牢骚,出言不逊,眼看局面随时都有失控的危险。恰在这时,四川进贡的十万匹春綵(蚕丝织品)刚好运到扶风。唐玄宗当场把这些春綵分发给禁军士兵,才把大家的情绪安定下来,把他送到了成都。

第二阶段是唐肃宗时期,从唐肃宗在灵武即位至唐肃宗去世,时间跨度为六年两个月(756年六月至761年九月)。这一时期经历主要事件如下:

唐肃宗在灵武即位。在马嵬坡处死杨贵妃后,老百姓拦住唐玄宗仍然不让他走,请他把太子李亨留下,统领诸将共击叛军,唐玄宗同意了。太子李亨从马嵬坡退回灵武(今宁夏灵武西南)。七月十二日,李亨在灵武即皇帝位,是为唐肃宗,遥尊唐玄宗为太上皇。唐肃宗就以灵武为基地,指挥这场平定安史之乱的战争。

组织平叛班子。唐玄宗与太子李亨分手时,只给太子李亨留下了两千人。到平凉,唐肃宗从皇家军马场得到几万匹军马,这是一批作战急用之物。又在平凉募得五百名兵员,但五百人连看管几万匹军马都不够用啊!唐肃宗身边的朝廷文武官员不到三十人,当时的困难处境可想而知。好在老皇上已不得人心,新皇上人心所向。河西节度使李嗣业,率领五千兵员赶到灵武来了;安西行军司马李栖筠,派出七千兵员赶到灵武来了;郭子仪亲率朔方五万精兵,赶到灵武来了。

制定平叛计划。唐肃宗找来了一直不肯做官的好友李泌,请他帮助出谋划策,平定叛乱。李泌为唐肃宗拟定的基本战略指导思想是不要急于求成,分三步实施:第一步,先下两刀,一刀切断常山与范阳的联系,一刀切断关中与河东的联系,这样就把叛军分割在长安、范阳、常山三地,首尾不相顾。第二步,南北夹击,端掉安禄山老巢范阳(这是郭子仪、李光弼原先向唐玄宗提过的建议)。第三步,以四方大军围攻两京(洛阳、长安),荡平叛军。但唐肃宗觉得这样时间会拖得很长,没有采纳。

内部又出乱子。唐肃宗平定安史之乱第一年,一事无成,内部一连出了三个乱子。第一个乱子,宰相房琯乱出主意,反攻长安,大败而归,打乱了平叛计划。第二个乱子,镇守江陵的永王李璘(唐玄宗养子)搞分裂,率领几万兵马顺江而下,准备攻占金陵(今南京),割据江南,“如东晋故事”。唐肃宗不得不暂停对安史之乱的平叛,先调兵遣将围攻李璘。直到至德二年(757年)二月,才把李璘叛军消灭。第三个乱子,唐肃宗的宠妃张良娣,与宦官李辅国狼狈为奸,诬告建宁王李倓(肃宗次子)为了想当兵马元帅,想陷害广平王李俶(肃宗长子)。肃宗一怒之下将李倓赐死。这几件事,严重影响了唐肃宗精力,延误了平叛作战进程。

太原之战。至德二年正月,史思明率十万大军进攻太原,其战略企图是,攻下太原后,长驱直入夺取朔方、河西、陇右,以巩固京都长安。否则,叛军攻取的长安只是一座孤城。李光弼的主力都部署在朔方,太原空虚。他组织团练几千人和太原民众顽强抵抗顶住了叛军进攻。恰在这时,安禄山在洛阳被他儿子安庆绪杀掉。这一突如其来的重大变故,给李光弼保卫太原带来了极大转机,太原之战共歼灭叛军七万余人。太原之战的胜利,使唐军与叛军的力量对比发生了根本变化。

安禄山被杀。安禄山由于身体奇肥，常发痔疮，不能坐朝听事。反叛以来，眼睛又渐渐失明，可能是糖尿病晚期。他心情越发暴躁，常用斧钺瞎砍人，连他的主要谋士严庄也被他砍过。严庄“日夜谋之”，最后决定杀掉安禄山，扶立其子安庆绪。那一天，严庄让安庆绪站在门外，他持刀领着安禄山的贴身侍者李猪儿进入安禄山的营帐内。李猪儿挥起大刀朝安禄山的胖肚子上乱砍。安禄山床头经常放着一把刀，可是他眼睛瞎了，抓刀没抓着，大喊：“家贼！”肠子已经血泊狼藉流了一床，头一偏就死了。身边几个人就在他床下挖了一个坑，把他的尸体用毡毯一裹就埋了。

睢阳之战。这是一次十分壮烈的城市保卫战。安庆绪弑父篡位后，为了南下进入江淮，夺取唐朝税赋的主要来源之地，对睢阳（今河南商丘）发动了一次又一次强大攻势。唐军以河南节度副使张巡为睢阳军事指挥，睢阳太守许远负责调运军粮、维修战具。张巡指挥唐军歼灭叛军两万余人，俘获叛军将领六十余人，将叛军打退。三月中旬，叛军对睢阳发动第二次进攻。张巡坚守到四月，主动出城突袭，尹子奇被射伤左眼，差一点被活捉，再次把叛军打退。七月初，尹子奇第三次对睢阳发动进攻。这时，睢阳城中已经断粮，只剩下六百名士兵。张巡指挥唐军坚守到十月，城中的树皮、马匹、老鼠、麻雀全都吃尽，出现了吃人现象。这时将士们都主张突围而走，但张巡和许远认为睢阳是江淮门户，一旦失守，危及江淮。十月九日，睢阳陷落，张巡、南霁云、雷万春等三十六将被杀，太守许远被俘。睢阳之战，坚守了十个月，“前后大小战凡四百余，杀贼卒十二万人”。张巡是为平定安史之乱献身的英雄之一，他从指挥雍丘之战到指挥睢阳之战，一直坚持了二十一个月，直至牺牲，成功地阻止了安禄山叛军进入江淮地区的战略图谋，保卫了唐朝的税赋基地，为唐军实施最后反击争得了时间，守住了财源。

唐肃宗部署反攻。唐肃宗时期，平定安史之乱的最大功绩是收复两京。至德二年(757年)二月，在李泌的建议下，唐肃宗从灵武移驾凤翔，部署反攻。九月，唐肃宗派豳王李守礼之子李承寀为敦煌王，命他与仆固怀恩出使回纥借兵收复两京。仆固怀恩为了完成皇命，把两个女儿都嫁给了回纥毗迦可汗的儿子(后来的登里可汗)为妻。李承寀与回纥达成的出兵条件是，“克城之日，土地士庶归唐，金帛子女皆归回纥”。

收复长安。至德二年九月，回纥出动的四千精锐骑兵已经到达凤翔与唐军会合。九月十三日，元帅李俶、副元帅郭子仪统帅十五万大军，从凤翔出动。二十七日抵达长安以西香积寺北、沣水以东地区，安庆绪出动十万叛军相抵抗。唐军以李嗣业为前军，郭子仪率中军，王思礼率后军。回纥骑兵迂回到叛军侧后，与唐军主力前后夹击，叛军大败，“斩首六万级，填沟堑死者甚众”，叛军退入长安城中。天明，叛军弃城而逃，唐军收复长安。入城后，回纥军准备大肆抢掠金帛女子。元帅李俶拜于叶护可汗马前说：“今始得西京，若遽俘掠，则东京之人皆为贼固守，不可复取矣。”请求收复东京后再履约，叶护同意。

收复洛阳。唐军入长安休整三日，郭子仪统率唐军和回纥军一起向潼关发起追击，并分兵一部由王难得率领南出武关，迂回洛阳。郭子仪亲率主力连克华阴、潼关、弘农(今河南灵宝)，一路向东推进。王难得率领的南路唐军攻克武关，又攻克上洛郡(今陕西商州市)。叛军退守陕州，安庆绪派出洛阳叛军主力，由严庄率领驰援陕州，陕州叛军达到十五万人。郭子仪指挥唐军猛攻，叛军大败，郭子仪命仆固怀恩等诸将分路追击。十月十六日夜间，安庆绪撤出洛阳，逃往邺郡(治今河南安阳)，唐军收复东京洛阳。元帅李俶和副帅郭子仪进入洛阳后，见回纥兵已开始大肆抢掠。李、郭紧急打开洛阳府库，以绢罗万匹赠回纥，劝阻其抢掠。

史思明投降。郭子仪攻取河阳(今河南孟州)、河内(今河南沁阳),安庆绪主将兼谋士严庄被迫投降。叛将尹子奇被陈留军民杀死。唐河南节度使张镐率鲁炅、来瑱、李嗣业、李奂诸将分头收复河南、河东失地。叛军土崩瓦解,镇守范阳的史思明向唐军投降。

平叛出现反复。唐肃宗这时犯了一个战略性错误,他被收复两京的胜利冲昏了头脑,忙于大封功臣、整修宫殿,准备迎接太上皇唐玄宗回京。没有命令唐军一鼓作气去追剿安庆绪等叛军头目,使他们获得了喘息机会,得以收拢残部、重整旗鼓、卷土重来。安庆绪逃到邺郡时只剩下步骑千余人,由于唐军没有及时追剿,他急召叛将蔡希德、田承嗣、武令珣,分别率领本部从上党、颍川、南阳等地前来邺郡会合,并在当地征召了一批团练。不到一个月,安庆绪的总兵力又恢复到六万多人。史思明投降后,唐肃宗曾封他为归义王、范阳节度使。本来,这时应抓住主要矛盾,全力剿灭安庆绪,然后回头再处置史思明的问题。可是,唐将李光弼认定史思明绝对靠不住,劝唐肃宗任命史思明的亲信乌承恩为范阳节度副使,通过他除掉史思明。计划泄漏,史思明抢先杀掉乌承恩,再次起兵反唐,另立山头。这样,一个叛乱集团变成了两个,安庆绪在河南邺郡,史思明在河北范阳。对安庆绪没有一追到底,对史思明急于处理,这是两大失策,都是由于唐肃宗及其主要将帅缺乏战略眼光,看不清全局,抓不住要害。

围剿安庆绪失利。至德三年(758年),唐肃宗命郭子仪、李光弼等九节度使围攻邺郡安庆绪。可是唐肃宗又犯了一个荒唐的错误,他不设统帅。唐肃宗的荒唐"理由"是,郭子仪和李光弼都是元勋,不便互相统属。他派了一位专横跋扈的宦官鱼朝恩负责监军。唐朝中期以后,宦官监军打败仗的例子不胜枚举。结果,几十万唐军屯于邺郡城下,缺乏统一指挥,队形混乱,意见分歧,痛失战机,拖得师老兵疲。史思明从范阳来援,打了几仗,屡挫唐军锐气。然后,史思明狡猾地屯兵外围,观察形势。

史思明杀安庆绪,自称燕帝。史思明眼看唐军已乱,大举进攻,唐军全线崩溃。史思明占领邺郡后,计擒安庆绪,两股叛军内部火并。史思明宣布安庆绪"弑父"罪行,将他杀掉,自称大燕皇帝。

洛阳再度失守。乾元二年(759年)七月,唐肃宗把邺郡之败的责任归罪于郭子仪,把他从洛阳召回长安罢免。唐肃宗对老将郭子仪这样处置完全不讲道理。任命李光弼接替朔方节度使、天下兵马副元帅之职,李光弼领五百人赶赴洛阳上任。九月,史思明留下次子史朝清留守范阳,亲自统兵分四路进攻洛阳。唐军交战不利,李光弼下令放弃洛阳,率两万人退守河阳(今河南孟县南十五里黄河北岸)。史思明进入洛阳,得到的是一座空城。

宦官扰乱军事指挥。上元元年(760年)九月,唐肃宗命郭子仪率领七万大军,自朔方直取范阳。这本来是郭子仪早就提议过的计划,这次唐肃宗终于采纳,令郭子仪兴奋不已。可是令下之日,又被宦官鱼朝恩阻挠,计划取消。唐朝的宦官,皇上的命令他们也能取消,朝政怎能不乱!上元二年(761年)二月,唐肃宗又在鱼朝恩和仆固怀恩的鼓动下,催促李光弼从河阳反攻洛阳。李光弼奏报说:"贼锋尚锐,未可轻进。"可是朝廷催促出战的兵符一道接一道送来,李光弼只得勉强出战。仆固怀恩是郭子仪的旧将,作战思想与战斗作风与李光弼风格不同,两人为排兵布阵争论不休。史思明趁机发起突袭,唐军大败,死伤无数,辎重损失殆尽。李光弼、仆固怀恩退守闻喜(今山西闻喜)。

史思明也被儿子杀掉。三月,史思明进攻潼关,命其长子史朝义为前锋,先攻陕州,被唐军多次击败。史思明大怒,认为史朝义无能,欲以军法处斩史朝义,立次子史朝清为太子。事泄,史朝义与亲信密谋,抢先把父亲史思明杀掉,自立为帝。叛军内部两派混战，数月不息，大乱。

第三阶段是唐代宗时期，从唐肃宗突然去世，到最终平定安史之乱，时间跨度七个月（762年四月至762年十月）。这一阶段的主要事件如下：

宫廷内乱。宝应元年（762年）四月，唐肃宗的张皇后（张良娣）与宦官李辅国产生矛盾，张良娣召太子李俶密商，要把宦官李辅国、程元振二人杀掉。太子李俶不从。张良娣又找次子越王李系去执行这一计划。程元振探得消息，立即告诉李辅国。李辅国和程元振半夜动手，先把越王李系和张皇后杀掉。唐肃宗第三天就"病死"了，死得非常蹊跷。

唐代宗即位。宦官李辅国扶立太子李俶（已改名李豫）继位，是为唐代宗。李辅国自恃扶立之功，骄横地对唐代宗说："大家（皇上）但居禁中，外事听老奴处分。"唐代宗不愿当傀儡，罢免了李辅国的禁军兵权。不久，李辅国被人"暗杀"，同样死得蹊跷。不管其中有多少说不清的蹊跷，唐代宗的皇位总算是立住了，他开始筹划第三阶段平定安史之乱的战事。

再次向回纥借兵。唐代宗任命雍王李适（代宗长子）为天下兵马元帅，以仆固怀恩为副元帅，并派宦官刘清潭再次去向回纥借兵。谁知在前一阵唐朝内部变乱之际，史朝义已抢先派人与回纥联络，已商定联兵攻唐。宝应元年九月，唐朝使者刘清潭到达回纥牙帐时，老可汗已去世，其子登里可汗却说："人言唐已亡，安得有使邪？"这时，援助史朝义的回纥兵已经到达三座受降城一线（西受降城在今内蒙古狼山南口、中受降城在今内蒙古包头西、东受降城在今内蒙古托克托南）。刘清潭派人回朝廷密报出使情况，唐代宗大惊。朝廷再派乐子昂出使，到今山西忻州截迎登里可汗，当面劝说他改弦更张。登里可汗是唐将仆固怀恩的女婿（仆固怀恩的两个女儿都是嫁给他的），他提出要见仆固怀恩了解真假。仆固怀恩正在汾州(今山西隰县),唐代宗命仆固怀恩速赴忻州与登里可汗相见。在仆固怀恩的劝说下,登里可汗当即表示,不负大唐恩德,愿为大唐效力。

安史之乱最后平定。宝应元年十月,唐军以太子李适、仆固怀恩为正副元帅,会攻洛阳。十月三十日,唐军与回纥军同史朝义叛军在洛阳西北激战一日,叛军丧师六万,被俘两万,史朝义仅带百余骑向东逃窜。唐军重新收复洛阳。宝应元年十一月,朝廷命仆固怀恩为河北副元帅,统帅朔方精兵,命他平定河北。唐代宗广德元年(763年)正月,史朝义逃至今河北卢龙境内,李怀仙率领的唐军追兵赶到,史朝义走投无路,拔刀自杀。李怀仙割取其首级献仆固怀恩,仆固怀恩又传首京师。安史之乱长达八年,至此宣告平定。

酿成安史之乱的深刻教训

对于酿成安史之乱的深刻教训,这里仅从两个方面做些简要分析。

教训之一,唐朝在开元盛世的掩盖下,统治集团产生了严重的腐败倾向。借用《红楼梦》第二回里的一句话:“如今外面的架子虽没很倒,内囊却也尽上来了。”一切的“乱”,病根都先要到内囊里去寻找。唐玄宗在位长达四十三年,前期勤勉治国,选贤任能,励精图治,整顿朝纲,出现了开元盛世。但他到了后期,变了。以得到杨贵妃为标志,他意志消退,耽于欢娱,无心国事,重用奸佞、宦官,一切坏事都出来了。没有高力士,杨贵妃到不了唐玄宗身边;没有杨贵妃,唐玄宗不会荒淫昏聩到这一步;没有李林甫的阴谋诡计,安禄山不会攫取这么大权力;没有杨贵妃,杨国忠更不可能当上宰相;等等。一环扣着一环,环环相扣,盘根错节,乱势已成,无可挽回。

教训之二,唐朝“以番制番”的边疆政策,自从唐太宗去世之后，陈陈相因，弊端代积，终于酿成了严重恶果。唐太宗奠定的“以番制番”边疆政策，曾为唐朝的强大和兴盛发挥过巨大作用，出现了“中国安定，四夷来朝”的盛况。任用安禄山这样的番将，不能说一开始就用错了。在唐朝无数次战争中，不少番将为唐朝建立过重大战功，如执失思力、契苾何力、仆固怀恩、李抱真(安禄山同族，原名安抱真)等。但是，任何一项政策，都是“利”与“弊”相依相生的，问题是，如何在实践中发现问题，扬其“利”，抑其“弊”，制定出相关的监督制约机制，使之不断完善。即使是汉臣汉将，也不能没有必要的监督制约机制啊！可是，唐太宗之后，唐朝的历代帝王们，尤其是唐玄宗，只见“以番制番”之“利”，丝毫未察其“弊”。到了奸相李林甫手里，更是把“以番制番”变成了“以番制汉”，使这一政策彻底改变了性质。这时的唐玄宗，只顾同杨贵妃浸泡在蒸汽缭绕的华清池里寻欢作乐，把治国安邦当成儿戏来玩了。只要安禄山能讨得“干妈”杨贵妃的欢心，唐玄宗就把事关唐朝生死存亡的兵权像“糖果”一样给安禄山吃了一颗又一颗。到最后，安禄山身兼三镇节度使等几十项职务，他握有的兵力相当于唐朝总兵力的三分之一，归他管辖的地盘约占唐朝国土面积的五分之一。唐玄宗已经糊涂到了极点，天宝十四年(755年)，他居然同意安禄山的请求，把安禄山军队中的三十二位汉族将领全部换成番将，使安禄山掌握的军队由唐军彻底变成了“番军”！这一变动，使安禄山最后完成了发动兵变的组织准备。而就在这一年的下半年，安史之乱爆发了！

逼反仆固怀恩的另一种教训

安史之乱之后，唐朝对待番将的态度，又不分青红皂白地走到了另一个极端：怀疑一切。结果，又酿成了同样严重的恶果——把平定安史之乱的大功臣之一仆固怀恩逼上了反叛之路。分析一下这个例子,可以从另一面看出唐朝中后期,朝廷“治国、治军、治臣”的水平已经退化到什么程度。

仆固怀恩是匈奴铁勒仆骨部人,金微都督府都督仆骨歌滥拔延之孙,世袭都督。唐玄宗天宝年间,仆固怀恩历任王忠嗣、安思顺部下,一向以英勇善战、通晓番情著称。安史之乱爆发后,他一直跟随郭子仪、李光弼战斗在平定安史之乱的第一线,屡立战功。唐肃宗在灵武即位,他跟随郭子仪率朔方五万大军赶往灵武护驾。当时,唐肃宗苦于兵力单薄,仆固怀恩奉命出使回纥借兵。为了完成朝廷交给他的使命,他把两个女儿都嫁给了回纥老可汗的儿子登里可汗为妻。回纥的援兵来到后,在郭子仪统一指挥下,唐军与回纥联军收复了两京,取得了平定安史之乱的决定性胜利。仆固怀恩因功被任命为朔方节度使,封大宁王,随李光弼驻守河阳,每战必冲锋陷阵,摧寇灭敌,功冠诸将。

唐代宗时期,仆固怀恩又奉命与回纥登里可汗会师太原,说服回纥登里可汗中断了与史朝义的联合,帮助唐朝击败史朝义,重新收复了洛阳。消灭史朝义的最后一仗,也是在仆固怀恩直接指挥下打胜的。仆固怀恩因战功卓著,迁尚书左仆射兼中书令、河北副元帅、朔方节度使。可是,就是这样一位大功臣,最终却被一些小人逼反了。

安史之乱彻底平定后,仆固怀恩奉命护送登里可汗和回纥军归国,路过太原,太原尹辛云京鸡肠狗肚,“内忌怀恩,以其与回纥亲,疑可汗见袭,闭关不敢犒军”。仆固怀恩无法忍受一位小小太原尹当着他女婿、回纥登里可汗的面,给他这等羞辱,大怒,向唐代宗“表上其状”,唐代宗未作任何答复(太不应该),仆固怀恩大失所望。

几天后,监军骆奉先到山西,辛云京“因言怀恩与可汗约反状明白”，骆奉先也对仆固怀恩起了疑心。骆奉先又从辛云京处来到仆固怀恩处，仆固怀恩热情接待。按照铁勒人的规矩，先“升堂拜母”。仆母见了骆奉先就说：“你与我儿曾约为兄弟，如今怎么和辛云京更亲热了？希望你们二人和好如初。”然后喝酒，“酒酣，怀恩舞”，兴致极高。骆奉先却坐立不安，急着要离开。仆固怀恩想多留他一日，好好叙谈叙谈，让左右把他的坐骑藏了起来。骆奉先怀疑仆固怀恩要杀害他，半夜逃跑。仆固怀恩大惊，急追，把他的马还给了他。骆奉先返京后，“具奏怀恩反状”（《新唐书·仆固怀恩传》）。

仗刚打完，就遇到这样两位小人，仆固怀恩不胜其怒，奏请皇上以诬陷罪“诛云京、奉先”。唐代宗处置这类事毫无经验，想用和稀泥的办法化解这场矛盾，下诏“两解之”，但根本化解不了。“怀恩怏怏，又性彊固，不肯为谗毁屈，无以自解，乃上书陈情”，向唐代宗再次申述内心的种种冤屈。他说，“臣世本夷人，少蒙上皇驱策”，安史之乱起，“先帝委臣以兵，誓雪国仇，攻城野战，身先士卒，兄弟死于阵，子姓没于军，九族之内，十不一在，而存者创痍满身”。又说，我仆固怀恩为朝廷满门忠烈，“一门之内，死王事者四十六人”。又说，我仆固怀恩为朝廷大义灭亲，我的一个儿子仆固玢战败投敌，逃回后，我“舍天姓之爱”，下令将他斩首，传首军中，“以令士众”。又说，我仆固怀恩奉朝廷之命，为了向回纥借兵，把两个女儿都远嫁回纥。又说，我此前已遭到过宦官李辅国、鱼朝恩之谗，今天又遭到辛云京、骆奉先之陷，皇上啊，你还分不分是非啊？“陛下不垂明察，欲使忠直之臣，陷谗邪之党，臣所为拊泣血者也”（《新唐书·仆固怀恩传》）。

唐代宗派宰相裴遵庆“临谕诏旨”。仆固怀恩见到宰相裴遵庆来到他府上，扑通一声跪下，抱住宰相的双脚号啕大哭，诉说心中冤屈。其实，唐代宗知道仆固怀恩并无反叛之心，曾说过：“疑隙之端，起于群小，察其深衷，本无他志。”(《资治通鉴·唐纪三十九》)宰相裴遵庆告诉他，皇上对他并不怀疑，请他入朝。仆固怀恩答应跟裴遵庆入朝。但仆固怀恩的副将范志诚却劝阻他道：“嫌隙成矣，奈何入不测之朝？”第二天，仆固怀恩对裴遵庆直说：“我怕入朝后被杀，不去了。”但他不想得罪朝廷，准备派一个儿子入朝宿卫当人质，又被范志诚制止。在这种敏感时刻，副将范志诚没有起好作用。

就这样，仆固怀恩这个思想疙瘩到底没能解开，终于被逼上了反叛之路。他先叫儿子去攻打辛云京、攻榆次，自己去引回纥、吐番军来攻唐，等等。

最后，仆固怀恩在灵武得暴病而死。唐代宗得到仆固怀恩死讯，“为之恻然曰：‘怀恩不反，为左右所误耳！’”(《新唐书·仆固怀恩传》)

说仆固怀恩一点私心也没有，这也不是事实。平定史朝义最后一仗，是由他指挥打的。他攻克洛阳后，史朝义向河北方向逃跑，仆固怀恩追到河北，看到史朝义私封的节度使甚多，个个握有重兵，如果逐一讨伐，战争的最后胜利将遥遥无期，于是他建议朝廷采用纳降授士之策以分化敌人，朝廷采纳了他的建议。同时，仆固怀恩想到，仗打完后，武将不可能长期“得宠”，尤其看到朝廷内宦官专权，皇帝昏聩，像郭子仪这样的大功臣都遭到猜忌排挤，于是萌生了“固军权以免失势失宠”的想法。因此，史朝义手下几员战将薛嵩、张志忠、李怀仙、田承嗣向他投降时，他都建议朝廷任用这几人为河北诸州节度使。他觉得这样就“有恩”于这几个人，以后便于驾驭他们。朝廷早就“厌兵”，巴不得早一天结束战争，对他的建议都照准。仆固怀恩的“异志”也仅此而已，历史学家对仆固怀恩至今没有从史料中翻出比这更过硬的“谋反”证据来。况且，对几位安禄山降将的任命，既然是朝廷批准的，后来发生问题，主要责任就该由朝廷来承担。

仆固怀恩是少数民族，他脾气“刚决犯上”，向皇上奏表也从来不避冒犯之语，“怨言盈纸”，这当然是他的严重缺点。如何对待和制约他这些严重缺点，这是属于帝王容人胸怀和驭人之术的课题。

仆固怀恩的问题，完全是由于小人猜忌在先、皇帝与朝廷处置不够及时、处置方法又不够恰当造成的，这是“以番制番”政策的另一项重大失误。

至于仆固怀恩最后走上反叛之路，罪责当然只能由他自己承担。他的老母亲听说他反叛朝廷，提着刀追出家门要杀掉他这个大逆不道的儿子，把他的心挖出来交给朝廷。仆固怀恩逃得快，老太太没有追上。

安史之乱，大唐之悲莫大于此矣。

2009年8月

文武失调的宋王朝

宋朝是一个让人爱恨交加的朝代，它经济繁荣，文化灿烂，军事上却屡战屡败，这使得评价宋朝成为一道历史学难题。愈是这样，反倒愈觉得应该对宋朝进行一番分析，看一看宋朝在经济文化上获得巨大成功的秘诀，军事上一败再败的教训。

一

宋朝的经济文化繁荣，首先得益于几个重要的客观条件。其一，北宋虽然未能统一中国，但它结束了五代十国乱世，为发展经济文化创造了基本条件。其二，宋朝的有效统治区域，北宋时在冀中白沟（拒马河支流）以南，南宋时在江淮以南，都是经济发达地区。其三，宋朝的人口大量增加，意味着劳动力大量增加。其四，宋朝虽然长期同辽、金、西夏、蒙古处于交战状态，但在蒙古攻灭南宋以前的三百多年间，长江以南地区遭受战争破坏次数少、时间短、程度轻，江南大部分地区基本未受战争影响。其五，在长期战争状态下，宋朝也有过几段间歇性的和平发展时期，“四方无事，百姓康乐，户口蕃庶，田野日辟”（《宋史·货食上》）。

治国者的主观因素比客观因素更重要。宋朝的经济文化繁荣，首先要感谢宋朝的开国之帝宋太祖赵匡胤。宋太祖为宋朝奠定的治国理念比较温和，他治国比较人性化，因而宋朝总体上人心一直比较安定，这一条是带根本性的。

赵匡胤治国理念的温和色彩，在中国古代封建帝王中是罕见的。北宋建国之初，由于五代十国中的九国在南方，一国在北方（北汉），他首先发动平定南方之战。赵匡胤本人的统帅指挥才能并不十分高明，但他非常注重“战争文明”。他在战争中一再对将帅们强调：一、严明军纪；二、安民为先；三、宽待俘虏；四、不嗜杀戮。这些内容，是宋太祖赵匡胤对中国古代军事思想的重要贡献。王全斌等攻灭了后蜀，将领饮酒作乐，放纵部属掳掠、杀俘，结果引起后蜀战俘暴动，又在蜀国老百姓中引起连锁反应，纷纷起而响应。攻下蜀国只用了六十六天，平定后蜀降卒叛乱却花了两年，教训非常深刻。赵匡胤认真总结教训，对王全斌等重要将领统统给予降职处分。后来讨平南唐时，他向主帅曹彬再三交代，为了减少伤亡和破坏，对金陵不求“急攻”，尽可能以“缓攻”之法降敌。曹彬坚决贯彻这一作战指导方针，围困金陵时间长达一年多，对金陵破坏甚小，宋军纪律又严明，“士大夫赖彬保全，各得其所”，因而南唐小朝廷坚持到最后，“降而心服”。赵匡胤一改五代十国君王们任意杀戮的恶习，以宽容大度的气概，对被他伐灭的南方各个割据政权的亡国之君一个都不杀，统统予以妥善安置，授予一定官职，虽然没有实权，但生活待遇足以保障，名义上又有一定社会地位。因此，平定南方后，江南人心很快就安定了下来。他对王全斌等违反军纪的重要将领，既严肃查处，决不姑息，又一直顾念他们的战功，待他们悔过自新、建立新功后又重新起用了他们。赵匡胤珍惜人的性命，曾对宰相说：“人命至重。”赵匡胤每晚“好读书”，他从阅读《二典》中知道，尧、舜时犯罪的人只指“四凶”，联想到五代十国的君王诸侯飞扬跋扈乱杀人，他觉得这样不行。于是下诏，“自今诸州决大辟，录案闻奏，付刑部复视之”（《宋史·太祖本纪三》）。

宋朝的经济繁荣，尤其是农业的发展，同朝廷的“惜民”思想直接有关。宋朝是文人政权，许多苦读入仕的官员，有不少人来自农村，他们对农民的生存状态比较熟悉和关注。司马光为门下侍郎时，上过一道反映民间疾苦的奏疏，称“四民之中，唯农最苦”。他不仅描述了农民“寒耕热耘”的劳作之苦，还反映了农民遭受“聚敛之臣”种种盘剥之苦（《宋史·食货上》）。因此，宋朝在结束五代十国战乱后，通过鼓励垦荒、修筑圩田、整修河道、推广灌溉、安置流民、贷款助农、推广农业先进技术、发展经济作物、官方屯田储粮等措施，使农业生产得到迅速恢复和发展。南宋时，“内外用兵，所在多逃绝之田”，朝廷及时出台了恢复性措施。宋高宗绍兴二年（1132年）“诏两浙路收买牛具，贷淮东人户”，“四年，贷卢州民钱万缗，以买耕牛”（《宋史·食货上》）。

宋朝经济繁荣反映在农业、手工业和商业三个方面，一环带动一环。

宋朝发展农业，一项基础性的措施就是鼓励大面积垦荒。领导垦荒成绩卓著的官员可以奖励晋升，“崇宁中，广南东路转运判官王觉，以开辟荒田几及万顷，诏迁一官。其后，知州、部使者以能课民种桑枣者，率优其第秩焉”（《宋史·食货上》）。宋朝垦荒总面积约在七亿至七亿两千万亩之间（漆侠《宋代经济史》）。当然，垦荒并不是宋朝的发明，它是西汉以来发展农业的一项传统性措施。隋唐的垦荒面积都很大。宋朝的桑、麻、茶、甘蔗等经济作物均有大面积推广。宋神宗年间曾“立法劝民栽桑”。水稻种植从南方推广到了北方；北方的五谷杂粮也推广到了南方山区旱地。宋朝的耕作技术和农业生产工具也有了很大进步，出现了铁犁、秧马、龙骨水车等,促进了农业生产力的提高,粮食产量大幅度增长。

宋朝农业的发展,为手工业发展创造了条件。宋朝的手工业相当繁荣,纺织、印染、制瓷、酿酒、制茶、制盐、造纸、刻印、采矿、冶炼、造船等,许多手工工艺达到了很高水平。宋朝的纺织业是随着桑、麻的普遍种植发展起来的,丝织业成为宋朝最重要的手工业门类。丝绸之路的商贸活动最兴旺的时期是唐朝,但丝织品产量最高的时期却是宋朝。唐宋时丝织行业以绢代税,唐朝岁入丝织品最高的年份(唐玄宗时期)为七百四十多万匹,北宋元祐元年(1086年)岁入为两千四百四十五万匹,是唐朝最高年份的三倍多(漆侠《宋代经济史》)。宋朝的丝织品种类繁多,有锦、罗、绉、绫、縠、绝等,琳琅满目,精美绝伦。宋瓷同样光彩夺目,蜚声海外。

宋朝的冶铁业,在欧洲资本主义兴起前,居于世界前列(漆侠《宋代经济史》)。宋朝中期,各地冶铁所发展到二百七十多家。宋朝是造纸业、印刷业的大发展时期。宋朝的印刷业包括"刻"与"印"两大相关行业。印书先要刻成雕版,再印刷。毕昇在北宋庆历年间发明了泥活字印刷术,但由于汉字数量浩繁、制字困难等原因,小作坊投资不起,活字印刷在宋朝并没有普及。宋朝印刷业大量采用的仍然是雕版印刷。开封、成都、杭州、建州(今福建建瓯)是宋朝的四大刻印中心。

宋朝的农业和手工业的发展,又带动了商贸的发展。宋朝在商贸领域有两大历史性进步,一是不搞重农抑商,二是不搞禁海令。这两项历史性进步意义重大。

宋朝商业的发展,除了有赖于这两大开明政策和农业、手工业为之提供的丰富物质基础之外,还依赖于另外几个必备条件:城市、乡镇、集市的发展;交通运输的发展;商贸政策的宽松;纸币的产生。这些条件,宋朝都具备。宋朝的汴京(开封)、临安(杭州),在当时都是世界级大都市。宋朝的水路交通已很发达。宋朝最早在成都出现了“交子”（纸币），后来由官府正式发行，推广到陕西等地使用，代替分量沉重、不便携带的铜钱、铁钱，大大方便了商贸交易。宋太祖下诏，京城汴京三更不闭市，热闹非凡，呈现出一派繁荣景象。宋朝除了大都市商贸兴旺，在各地城郊和小市镇还有“草市”（定期集市）。同辽、西夏、金各方，在停战期间也开设“榷场”进行边贸活动，互通有无。

宋朝出现了中国古代海外贸易的第一个高潮。由于同北方长期处于交战状态，东南沿海的海外贸易大发展。宋朝的造船业已能建造航海大船。宋太祖时期，就在广州设立市舶司，主管海外贸易。福建泉州港发展为重要的海外贸易港。中国商船来往于东亚、东南亚、南亚、西南亚、非洲东海岸。

随着内外贸易大发展，商税收入在宋朝财政收入中的比重越来越高。宋太宗至道（995—998年）中，商税收入为每年四百万贯；宋英宗治平（1064—1068年）中，每年达到八百四十六万余贯，增长百分之二百一十一点六（漆侠《宋代经济史》）。

二

宋朝的灿烂文化，可以用“辉煌”来形容。明朝宋濂曾说过：“自秦以下，文莫盛于宋。”陈寅恪也说过：“华夏民族之文化，历数千载之演进，造极于赵宋之世。”

宋朝政治环境宽松，思想不设禁忌，为文化繁荣创造了良好条件。这同样要感谢宋太祖赵匡胤，他尊重读书人，用人“大重儒者”，明确规定“做宰相须读书人”。另据宋人笔记《避暑漫抄》记载，他命人在太庙中秘密刻下他的遗训，立碑于夹室。此碑平时用黄色幔帐罩住，遗训内容不为外人所知。他去世后，每位帝王凡来太庙祭祖，必先入夹室跪读他的遗训。后来徽、钦二帝被金人俘去,其遗训内容才被外人所知,有三项内容:一、“柴氏子孙,有罪不得加刑,纵犯谋逆,止于狱内赐尽,不得市曹刑戮,亦不得连坐支属”(柴氏即五代后周周世宗柴荣的后裔,赵匡胤以此表示他虽篡周称帝建宋,但不忘周世宗的旧恩);二、“不得杀士大夫及上书言事人”;三、“子孙有渝此誓者,天必殛之”。

宋太祖遗训的核心内容是第二条:“不杀士大夫及上书言事人。”这是中国进入封建社会以来最为开明的一项思想文化政策,非常了不起。宋太祖真心实意保护读书人,真正实行“言者无罪”的方针。参照《宋史》的相关记载,宋太祖的这个遗训应该是可信的。当然,大宋朝屡因文字获罪也大有人在,苏轼就是最典型的例子。《宋史·曹勋传》中写道,曹勋随宋徽宗被金兵俘虏北去,过了黄河北行十余日,宋徽宗忽然问曹勋道:“不知中原之民推戴康王(赵构)否?”第二天,宋徽宗拿出一件御衣,在领子里写了“可便即真,来救父母”八个字,连同韦贤妃、邢夫人的信一起交给曹勋,让他南返见康王。并嘱咐曹勋说,见了康王对他讲两条:第一,如果他“有清中原之策,悉举行之,毋以我为念”;第二,“艺祖(宋太祖)有誓约藏之太庙,不杀大臣及言事官,违者不祥”。令人遗憾的是,康王(宋高宗)并没有把太祖的这条遗训和父皇的提醒牢记在心,南宋开国伊始,他就在佞臣黄潜善和汪伯彦的挑唆下,把上奏反对南渡、力主抗金的著名大学士陈东和江西抚州进士欧阳澈杀掉了。

但不管怎么说,宋太祖赵匡胤立下的“不杀士大夫及上书言事人”这条遗训,对于促进宋朝的思想文化发展产生了巨大的影响。

宋朝的政治思想和哲学流派之间,虽然也充满着异常尖锐激烈的争论,但宋朝皇帝坚持不杀文人的祖训,不搞文字狱(不能说绝对没有),一般都贬到小地方去做官,或撤职流放。这些人照样可以写诗、作画、写文章,由此造就了多位大文豪,如范仲淹、苏东坡、辛弃疾等。宋朝的大文豪可以列举出一大串光彩夺目的名字。北宋泰斗级的文豪是欧阳修,他是北宋诗文革新运动的领袖,开创了一代新文风。王安石、曾巩、苏洵、苏轼、苏辙等人,都得到过欧阳修的举荐、提拔或文学上的指导。欧阳修还和宋祁共同主持编撰了《新唐书》(虽然由于欧阳修以文章高手自负,随意削删史料,遭到后人非议。苏轼被公认为文学巨匠,文学成就辉煌。苏轼门下有“苏门四学士”黄庭坚、张耒、晁补之、秦观。散文“唐宋八大家”,宋朝占了六位。其中一位是王安石,他既是政治家,又是文学家。钱钟书在他所著的《宋诗选注》中说,王安石“在政治上的新措施引起同代和后世许多人的敌视,但是这些人不能不推重他在文学上的造就,尤其是他的诗”,并说宋朝注释王安石诗集的两个人,在政治上都是王安石的反对派。仅从这一点看,宋朝文人的心态是高远明净的,这种心态只有在良好的文化环境中才能形成。

宋朝的文学艺术达到了一个新的高度。宋词与唐诗双峰并峙,铸就了中国文化的辉煌,成为中国灿烂文化的重要标志,后人难以企及。南宋爱国诗人陆游,“六十年间万首诗”,他的诗产生了很大影响。宋朝涌现了四大书法家苏东坡、黄庭坚、米芾、蔡襄。实际上,宋朝书法造诣达到很高境界的远不止这四人。宋朝的绘画艺术同样是一个高峰。宋徽宗赵佶本人就是一位杰出画家(虽然他一门心思画鸭子把江山画丢了),范宽、郭熙、李唐、马远、夏圭、张择端,都为后世留下了他们的杰出作品。宋朝的文化艺术已经渗透到日常生活领域,活跃在街坊市井的话本艺术、皮影、滑稽、杂技等,都极大地丰富了普通老百姓的精神生活。

宋朝也是一个发明创造的时代。不过,现在有人把这一点夸大到了不适当的地步,说中国古代四大发明中的三大发明(活字印刷、指南针、火药)都“集体出现在宋朝”。这是一个过于简单化的结论,很可能误导出另外一些片面认识。其实,中国古代的四大发明,从萌芽到成熟应用,都经历了一个漫长的发展过程。四大发明中，除了活字印刷纯属宋朝发明外，指南针和火药的发明都在宋朝以前，造纸的发明更早。"发明"与"完善实用技术"是两个不同的概念。宋朝在指南针和火药领域，是在前人发明的基础上解决了一些实用技术问题。宋朝发明的活字印刷术，也经历了五个多世纪的漫长完善过程，直到明朝才得到广泛应用（罗树宝《中国古代印刷史》）。

然而，我们必须承认，宋朝为后代留下了一大笔文化遗产，至今仍在滋润着中华文明的蓬勃发展。这方面，仅举一个小小的例子就够了：优美的宋体字，至今仍是全世界一切汉字印刷品中使用量最大、电脑汉字输入法中使用最为普遍的字体。

三

宋太祖治国理念的温和色彩，既是"宋风"儒雅之源，也是"宋骨"软弱之根，成于斯，也败于斯焉。看来赵匡胤只有"软"的一手，缺少"硬"的一手。结果，宋朝在军事上不行，而且不是一般的不行，非常糟糕。打不过辽，打不过金，打不过西夏，更打不过蒙古。向辽、金割地称侄称臣、纳贡纳币，三百多年没有翻过身来，直至灭亡。

这说明，一个国家经济发达、文化繁荣，不等于军事上就能自然强大。宋朝屡战屡败的历史教训说明，只求和平，不要战争，这本身并没有什么不对。但是，作为治国者，如果只想专心致志发展经济文化，不去重视提高军事实力，一旦战争来了，老天爷不会怜悯你，承受战争灾难战败之辱的是国家、是人民、是子孙后代。

宋朝在军事上的"软骨病"，找根子同样要找到宋太祖赵匡胤身上。毛泽东在《沁园春·雪》这首词中列举的秦皇汉武、唐宗宋祖、成吉思汗，如果以开国之帝的"雄心壮志"而论，宋太祖赵匡胤是最弱的一位。按理说,经过唐中后期的安史之乱、唐末的藩镇之乱到唐灭亡后的五代十国战乱,国家二百余年间处于分崩离析状态,宋朝开国,赵匡胤应该把重新统一中国作为最高战略目标。但他毕竟是通过兵变篡位称帝的,这是他与秦始皇、汉高祖、唐太宗艰难征战打出一统江山最大的不同点。正是这个不同点,决定了赵匡胤重新统一中国的愿望从来就不那么执着和强烈,他身上缺少秦汉和大唐的豪迈气象。有一个很典型的例子,他发动陈桥兵变称帝后,进行统一南方的战争。宋将王全斌在攻灭蜀国后,立即上奏建议乘胜攻取云南(大理)。赵匡胤却"鉴唐天宝之祸起于南诏",用玉斧在地图上顺着大渡河一划,指着大渡河以西说,"此外非我所有也"(《续资治通鉴·宋纪四》)。因此,宋朝的西南疆域,西邻吐蕃,南邻大理。另一个例子,由于十国中的北汉是辽国的傀儡,宋太祖一开始就对伐灭北汉信心不足,准备用金钱向辽国把北汉"赎"回来,为此专门辟了一个暗室为"赎买"北汉积聚钱财。这说明,赵匡胤从一开始定下的开国基调就是趋向保守的,它预示着宋朝将是一个军事上"萎缩"的朝代。其实,谁也不要求宋太祖去搞扩张,只要求他把祖先开拓的疆域收复、守住,重新统一中国。

赵匡胤生前只统一了中国南方。他也曾想统一中国北方,南方基本平定后,他三次亲征攻打北汉,三次都没有打下来。第三次进攻北汉时,仗没有打完他就病倒,很快驾崩,上帝也没有为他统一中国留下足够时间,这也没有办法。

宋太宗赵匡义,在这方面的差距就更大了。他倾尽全力伐灭了五代十国中最后一个顽固堡垒北汉割据政权,紧接着在毫无准备的情况下匆忙下令伐辽,结果大败而归,碰了一个大钉子。从此以后,在同辽国的交战中连连失败,使他完全丧失了统一中国的信心。

北宋灭亡前的宋徽宗,锦衣玉食,赋诗作画,他从来就没有把统一大业放在心上。

南宋的开国之帝宋高宗赵构，从称帝第一天起就把放弃中原、南渡避战、偏安江南作为他的建国方略，更没有想过要收复失地、统一中国。

帝无雄心，将士奈何？

宋朝在军事上不行，同宋朝历代帝王都削夺和钳制将领权力也有很大关系。赵匡胤是通过陈桥兵变篡位当上皇帝的，他深知手握兵权的厉害。因此，他称帝后千方百计削弱将领手中的兵权。他通过两次“杯酒释兵权”，把高级将领手中的兵权削夺一光。当然，对他这一做法要从两方面去看。一方面，唐末朝廷丧失权威，各地藩镇将领纷纷拥兵割据，五代十国更是四分五裂，赵匡胤不遗余力地“强干弱枝”，加强朝廷和皇上集权，有他吸取历史教训的正确一面。但另一方面，他矫枉过正，搞得将领在军队中毫无权威。

赵匡胤为了不使将领因战功卓著而声望剧升，他有一条治人不着痕迹的办法，每一仗任用不同的将领去担任统帅。例如，开国之初，伐灭广州南汉割据政权时，路途遥远，由潘美独当一面任统帅。潘美战术灵活，应对得当，打得很好，按理说，实战证明潘美是一位堪当大任的帅才，可以继续让他统兵打大仗。可是，平定江南实力最强的南唐政权时，赵匡胤却改用老实本分的曹彬为统帅，让潘美当副帅。他怕潘美内心不服，当着潘美的面，交给曹彬一把尚方宝剑，还有一个信封，对曹彬说，处罚条款都写在里面了，有人违反军纪，副帅以下，不用奏报，按律问斩！吓得潘美“股栗而退”。战后，曹彬和潘美去向赵匡胤复命，南征期间无人违纪，并将那个信封原封不动跪呈于他。赵匡胤当着他们两人的面，拆开信封，抽出一张白纸，上面未着一字(《续资治通鉴·宋纪八》。这就是赵匡胤的权术，靠一张白纸镇住了潘美，镇住了宋军。赵匡胤的驭将术,就像驯养猎鹰似的,喂它,但从来不喂饱它,更不肯喂肥它——唐玄宗的教训就是把安禄山喂得太肥了!赵匡胤把这条教训刀刻火烙般地记在心里,须臾不忘。后来在同辽国的作战中,证明曹彬不行。潘美虽然一直在前线,但一直不把他放在主要指挥位置上,也不把他放在主要作战方向上。于是,潘美的指挥才能渐渐萎缩了。相反,他心胸狭隘的毛病却变得越来越突出,抗辽名将杨业之死就与潘美处事心胸狭隘直接有关。

宋军作战中还有一条十分糟糕的做法:委派监军。这是从唐朝学来的,有百害而无一利。派监军这一手自宋太宗以后越搞越厉害,其主要目的是分散将领权力,互相制约。派往前线监军的主要是两部分人,大部分是宦官,小部分是皇族纨绔子弟。这些人根本不懂军事,却有权对将领们胡乱指手画脚,搞得将领们手足无措。许多大臣将领一再呼吁,这样搞法不行。但宋朝历代帝王一直不改。有时偶然改一下,一仗打完,马上又改回去。这也是宋军屡战屡败的重要原因之一。

宋太宗赵匡义是位狭隘多疑之人,他怕将领们在战场上自行其是,发明了一个办法,按照他授予的"图阵"作战,以此束缚住将领们的手脚。当年,他伐灭北汉后,在毫无准备的情况下从太原就地出发仓促伐辽,攻打燕京,结果在高梁河战役中遭到惨败,混乱中找到一辆老百姓的毛驴车,半夜三更狼狈逃回涿州。前线是不敢继续待下去了,第二天他要返回汴京,临走时给前线将领们留下"图阵",规定他们必须按"图阵"布阵迎敌,不得擅自行动。可是,战场上的情况瞬息万变,按"图阵"迎敌往往失利。北宋的高级将领私心重、顾虑多,不敢违背"图阵"行动,因而大多数人在作战中无所作为。反倒是有些中下级军官敢于抛开"图阵",从战场实际情况出发迎击敌人,打胜仗的往往都是这些人。但这些人却得不到鼓励,更得不到提拔。

宋朝历代帝王害怕将领拥兵坐大，甚于害怕辽、金。因此，宋太祖赵匡胤发明的“杯酒释兵权”，成了宋朝帝王的“祖传秘方”。南宋的宋高宗一直在金兵的追打下过日子，金兀术曾一度率领十万金兵过长江，把宋高宗追打得从陆地逃到海上去漂泊。那时候，他是多么感慨苦无良将横刀立马抗金兵啊！可是，当他刚刚缓过一口气来，发现韩世忠、张俊、岳飞三位将领在抗击金兵的战斗中名声越来越显赫，他立即在秦桧的策划下找出“杯酒释兵权”这一“祖传秘方”，以“赐宴”为名，把上述三位著名将领召回朝廷，削夺了他们的兵权。他为了同金国议和，甚至不惜怂恿秦桧以“莫须有”罪名诬陷岳飞，将岳飞赐死。这件事秦桧是首恶，宋高宗也难辞其咎。所以后来有一首词挖苦他：“宋高宗，一场空。”

宋朝平时搞兵将分离、分兵屯驻、轮流更戍，目的是使“将不识兵，兵不识将”，闹不起事来。所有这些措施，都是为了防止军队“出事”，但这些措施都不利于提高部队的作战能力。因此，宋军屡战屡败，毫不奇怪。

北宋军队的军法松弛得不成样子。自古兵无军纪难为战，这是当年孙武同吴王阖闾第一次论兵时就通过训练宫女这一实例来说明的道理。但宋军几乎毫无军法可言，将领之间互相不服、不和，上了战场互不支持，甚至互相拆台，这样的事例屡见不鲜、不胜枚举。更有甚者，有些宋将危急关头怯战避敌，甚至拒诏不战，导致惨败，朝廷却姑息不究。宋军士兵的军纪更差。宋朝实行募兵制，大量地从破产农民、流氓、逃犯和被打散的农民起义军流寇中募兵，其用心是把这些人都“养起来”，避免他们造反闹事。这就直接带来两大弊端，兵员质量越来越差；“冗兵”数量越来越大。宋军由于平时实行将兵分离制度，兵员平日无人严加训练管理，致使他们无所事事，满街游荡扰民。有些士兵连马背都跨不上去，射出的箭二十步就落地。可是“冗兵”数量还在不断增加，这样的军队怎能打胜仗?

还有更要命的一条,奸臣害名将。宋朝前后三百二十年,并不是从来没有打过胜仗的名将。一批后周留下的老将如石守信、高怀德、王审琦、张令铎、赵彦徽等,都被赵匡胤以“杯酒释兵权”之法解除了军职。王全斌、曹彬、潘美、杨业、田重进、狄青、种师道、宗泽、吴玠、吴璘、岳飞、韩世忠、刘锜等,这些人均可列入宋朝名将行列(虽然有的人打的败仗多于胜仗,既有主观原因,也有客观原因)。但是,宋朝出的奸臣、投降派比名将还多,如蔡京、童贯、王黼、梁师成、李彦、朱勔、秦桧、黄潜善、汪伯彦、史弥远等。奸臣谗害名将和忠臣,这是宋朝黑暗政治的一大标志。

宋朝奸臣的代表人物是蔡京、秦桧二人,这是两个遗臭万年的名字。蔡京是酿成靖康之难的首恶分子。他勾结宦官童贯,得到宋徽宗青睐,予以重用。他大权到手,尽贬前朝老臣,诬称他们都是“奸党”,立“党人碑”,被贬逐者三百零九人,并禁锢其子孙。从此他一手遮天,以“丰亨豫大”之说蛊惑宋徽宗,大肆挥霍国币,大兴土木,劳民伤财,忠良尽贬,武备尽废,毒被全国,被斥为“六贼”之首。

秦桧,靖康之难前为御史中丞,靖康之难中他也反对金人立张邦昌为伪帝,也反对割让三镇,没有人看出他有多坏。后来随徽、钦二帝俘往金国,被金军元帅完颜昌(挞懒)收买。南宋建炎四年(1130年),金兵攻打楚州(今江苏淮安)时,趁战场混乱把他放回南宋当内奸。他诈称是自己杀死了监守他的金兵后夺船逃回来的,当时就有人对他的说法表示怀疑,但他骗取了宋高宗的信任。绍兴元年(1131年)拜相,次年被弹劾,罢相。八年后又复相,结纳死党,控制台谏,屡兴大狱,斥逐异己,先后贬逐抗金主战派代表张浚、赵鼎,独自任宰相长达十七年。他一手策划宋高宗向金国求降乞和,为了排除阻力,先是奏请宋高宗罢夺韩世忠、张俊、岳飞三位大将的兵权,继而根据金兀术写给他的信上所提出的“必杀岳飞方可议和”的要求,以“莫须有”罪名诬陷岳飞,让宋高宗以赐死岳飞为代价,同金国达成称臣纳币的“绍兴和议”,成为国人痛恨千古的罪人。

宋朝为后人提供的是双重启迪:宋朝最成功的经验,思想宽松;宋朝的最大的教训,文武失调。

四

但是,最近几年从海外传入一股热捧宋朝之风,对于宋朝一再战败屈辱之事只字不提,专讲宋朝在经济文化领域的成就,把宋朝描绘成胜过中国历史上所有朝代的“黄金时代”。对此必须保持冷静,不能中了西方某些人热捧宋朝的圈套。

英国历史学家汤因比说:“如果让我选择,我愿意活在中国的宋朝。”热捧宋朝之风的风源盖出于此。美国人罗兹·墨菲在他所著的《亚洲史》中也说,宋朝是“中国的黄金时代”,是中国“一个前所未见的发展、创新和文化繁盛期”。他们这些话,诱发了国内不少人的民族虚荣心。单就汤因比这句话而言,不能说它有什么问题,但墨菲的要害却是要由此推断出如下结论:“中国在宋朝的惊人兴旺,与它放弃建立较大帝国的野心有很大关系”,“宋王朝明智地专心于长城以南汉族中国人居留的高生产力核心地域,甚至用礼物签订一项停战协定,承认异族对今北京地区的控制,用类似协定让另一个异族控制西北干旱的甘肃。这些协定并不造成实质损失”(《亚洲史》中译本第199页)。在他看来,中国不统一反而比统一更好,中国根本用不着统一,一派谬论!

中国自古以来就是一个多民族的国家,维护国家统一,历来都是头等大事。墨菲说什么“承认异族”对某些地区的“控制”,对中国“并不造成实质损失”。墨菲的这一观点，足以挑拨中国汉族与少数民族的关系，助长民族分裂主义。

国内有些人，包括某些学者，居然也跟着墨菲喧嚷，网络上、杂志上这方面的文章连篇累牍。他们对宋朝失控大半江山只字不提，专门用许多个“最”字描绘宋朝胜过中国古代所有封建王朝的兴旺景象。有的人为了热捧宋朝，甚至连历史事实都不顾，用现代语言把宋朝吹捧到了不着边际的地步。说什么北宋的人均GDP已达到两千二百八十美元，首都开封和西京洛阳的人均GDP已经突破四千美元，如此等等。宋朝哪来什么GDP？有的人干脆说，中国古代的高峰不是唐朝，而是宋朝。

不可否认，宋朝在经济文化上取得了骄人成就，为中国人增添了荣耀。但宋朝作为中国古代一个举足轻重的封建王朝，至少在以下几个基本项目上的得分都在及格线以下：一、自始至终没有实现国家统一；二、同四方少数民族关系搞得都很紧张；三、军事上屡战屡败。所以，对宋朝不能只看一面，不看另一面。

皇冠只有一顶。中国漫漫五千年历史，用“盛世”来形容某一朝代某一阶段的社会面貌，这样的例子并不少。但是，对一个封建王朝冠之以“盛”字者，唯有“盛唐”，没有第二例。难道前人没有看到宋朝取得的成就？不是，他们比我们看得更清、更早。例如明朝的宋濂、近代的陈寅恪，都盛赞过宋朝的文化成就。但他们的话都是有根据、有分寸的。难道唐朝就没有问题吗？也不是，唐朝的问题也很多，有些问题还很大。但是，这是对一个封建王朝的综合性评定，不是单项评选。首要标志是国家统一而强大，其次要看政治昌明、经济文化繁荣、民族关系和睦、人民生活安定富足、国际形象良好等，综合得分最优者才能夺冠。这是历史的评定、时间的评定、千百年来中国老百姓的评定。

还有的人竟把宋朝在军事上的软弱无能、一败再败、向辽金割地纳款称臣称侄，当成宋朝治国者的“优点”来讲。甚至说，有人算了一笔账，澶渊之盟后北宋每年给辽国缴纳的“岁币”，平均每人分摊四个铜板，等于一个烧饼钱，“试想一下，每人每年少吃一个烧饼，就可以天下太平了……这等好事又有什么不对呢？”这是什么混账话！按照这种“烧饼换和平”的逻辑，中国自鸦片战争以来的近代史岂不都得重写？

历史研究在不断深入，肯定会不断有新的发现、新的观点。但是，谈论中国历史，不能离开维护国家统一和领土完整这条最基本的底线，这是必须坚守的原则。

当代文人的精神品格，不能跌落到宋朝文人之下。如果宋朝在军事上一败再败、二帝被俘、南渡偏安不是宋人的伤心事，陆游就不会在临终前用诗句嘱咐子孙“王师北定中原日，家祭无忘告乃翁”；辛弃疾就不会“醉里挑灯看剑”，排遣不去欲战不能的内心苦闷；范仲淹就不会发出“进亦忧，退亦忧”的感叹；婉约派女词人李清照更不会因此写出满腔悲愤的诗句：“生当作人杰，死亦为鬼雄。至今思项羽，不肯过江东！”

2010年8月

话说历史错觉

我们中国人，对于中国和世界历史相互关系的认识，通常从康熙时代开始，便会陷入两个相关的“历史错觉”。

错觉之一，认为康熙是清朝最有作为的一位封建帝王。如果把中国的大门关起来看，的确是这样，康熙很有作为；但如果把康熙放到当时的世界范围内去看，则另当别论了。评价一位决定和影响国家命运的历史人物，不能撇开他所处时代的世界发展潮流这个参照系。康熙在位长达六十一年（1662—1723年），正处于十七十八世纪之交。这一时期，外面的世界很精彩。遥远的欧洲，英国的资产阶级革命孕育了工业革命。对于西方世界正在发生的这场历史性巨变，反应灵敏与迟钝，可以举出一例来进行比较。康熙四十二年（1703年）五月，和康熙同时代的沙皇彼得一世，正在北方海边荒滩上搭建一座小木屋，他要在这个小工棚内住下，亲自指挥大批劳工在涅瓦河出海口的三角洲上建造一座“开放口岸”，以大量引进西欧列强自工业革命以来所取得的各种先进成果。彼得一世登基时，沙俄尚处在封建农奴制阶段，中国清朝的封建制度比沙俄“先进”。但彼得一世受到欧洲工业革命的震撼，激发了他强烈的变革图强思想。为此，他一反历代沙皇认为出访别国是“低三下四”

的傲慢传统，隐姓埋名，化装成平民前往荷兰、英国等西欧强国考察。回国后，立即选派大批贵族子弟前往西欧强国学习。这就不难理解，沙俄为何能成为晚清时期不断入侵中国的西方列强之一。

彼得一世建造的这座“开放口岸”，就是现在的俄罗斯历史名城圣彼得堡(中国人称之为彼得堡)。俄国的近代史就是从彼得一世建造这座小木屋的时间算起的。这座小木屋现在还在，俄国人建造了一座大房子，把这座小木屋“罩”在里面精心保护了起来，成为俄国的历史“圣地”。

相比之下，康熙对于欧洲工业革命的反应则显得有些迟钝了。虽然中国与欧洲相距遥远，但欧洲工业革命的信息，早在明末就由利玛窦、汤若望等一批西方传教士传入中国，他们以宣扬西方先进科技成果和科学知识为传教开路。康熙登基后，似乎对西方科学知识饶有兴趣，他本人曾专心学习，但却没有把他的个人行为转变为国家行为。这表明，西方传教士们带进中国来的欧洲工业革命信息，并没有激活康熙的变革思想，遗憾莫大于此。

错觉之二，认为中国在“康乾盛世”时仍处于世界领先地位。持有这种看法的人，至今仍大有人在。其实，这是中国人在长期闭关锁国环境中滋长起来的保守自大的“优越感”。它离开了当时的世界发展潮流看中国，没有看清本质。康熙不能把学习西方科学知识的个人行为转变为国家行为，同这种保守自大的“优越感”直接有关。正是这种保守自大的“优越感”，使中国吃尽了西方列强和东方近邻日本侵略者的苦头。

世界近代史的时间跨度，是从公元1640年至1900年。中国近代史的时间跨度，则是从公元1840年至1919年，比世界近代史落后了整整二百年。清兵入关是公元1644年，也就是说，清王朝这条东方“龙船”从启航第一天起，就航行在历史迷雾之中，不知道遥远的西方正在发生着怎样的历史性巨变，更不知道西方发生的这场历史性巨变对中国将意味着什么。结果,英国的钢铁炮舰远隔重洋乘风破浪而来,把中国清王朝这条东方“龙船”撞沉了。

中国近代史与世界近代史之间这二百年“时间差”,一旦被落下,中国用加倍的时间去追赶也难以赶上。中国最近几十年改革开放取得飞速发展,其实仍然处在这个追赶过程中,且慢说我们即将成为“老大”或“老二”,那将极有可能形成新的“历史错觉”。

康熙在位期间真可谓励精图治,坐稳了大清江山。雍正是个过渡,在位十三年。乾隆在位又是长达六十年。康、雍、乾三朝,的确算得上是清朝的“鼎盛时期”。中国人津津乐道的“康乾盛世”,是中国“醉酒时刻”,自我陶醉在一片“太平盛世”之中。乾隆的奢靡享受,比隋炀帝有过之而无不及。他在宫里天天锦衣玉食,古玩字画玩得腻味了,先后六次下江南,游山玩水,乐而忘返。他沉迷于江南的亭台楼榭,临水长廊,石岸垂柳,软风细雨,繁华市声,婀娜身姿,婉转歌喉,悠扬琴声。他每次南游,陆上车舆,水中龙船,浩浩荡荡,绵延百里。沿途官员搜肠刮肚,想尽点子,各献珍奇,竭力奉迎。沿途百姓挖河、修路、出力、出汗、出银子、挨鞭子。“乾隆皇帝来一趟,一年胜过两年忙;官员搜刮凶如虎,一年三熟也是荒。”乾隆皇帝乐不可支,江南百姓叫苦连天。清朝最大的贪官和珅就出在乾隆身边,这毫不奇怪。任何一个称得上“盛世”的封建王朝,都是统治者在鼎盛时期被自我满足的“优越感”麻痹了神经,听不见时代洪流的怒涛急浪正在日夜不息地滚滚向前,漠视民间疾苦,听不见底层百姓的种种诉求,以及他们对贪官污吏的深恶痛绝,不能自觉地把除弊革新作为常态化的治国之策来实施,于是开始积累社会矛盾,以至积重难返,走向崩溃。

从康熙登基到道光年间爆发鸦片战争,时间相隔一百七十八年。说短不短,说长不长,相当于康熙三个“任期”。对于晚清遭受西方列强和东方日本军国主义不断入侵,清王朝一败再败、不可收拾,清政府一连串割地赔款、丧权辱国的局面,康熙当然已经不会知道。但事情的起因,却是从康熙时代就已埋下伏笔了。

道光年间爆发鸦片战争,中国被英国侵略者一拳打翻在地,“拳击场”上并没有“裁判”站在身旁读秒数数,等候清王朝直起腰来应战,或是当众宣布“不能再战”。于是,西方列强和东方日本侵略者的一套“组合拳”接连打了过来:第二次鸦片战争、中法战争、中日甲午战争、八国联军侵华战争、沙俄入侵东北、英军入侵西藏……直打得清王朝气息奄奄,任人宰割。清末,慈禧太后把偌大的中国败得精光之后,在万般无奈之下,被逼以光绪帝的名义颁布所谓“新政”。但这时狂飙已起,山雨已来,危楼嘎嘎摇晃,倾覆只在旦夕之间,呜呼哀哉,一切都已晚了!

孙中山发动辛亥革命推翻腐败无能的清王朝,这是历史发展逻辑的必然结果。

2011年9月

托尔斯泰庄园

我们从莫斯科驱车前往图拉，去参观托尔斯泰庄园。图拉在莫斯科以南一百八十公里，托尔斯泰庄园在图拉西郊十五公里。托尔斯泰庄园的俄文音译有点拗嘴，叫作“亚斯纳亚·波利亚纳”，据说俄文原意是“森林中的白色院落”。

贵族·庄园·大文豪

列夫·托尔斯泰，这位享誉世界的大文豪，如果说广袤的俄罗斯土地是他的孕育之母，那么亚斯纳亚·波利亚纳庄园就是直接分娩他的母腹。他在这座贵族庄园里出生，在这里度过了他的遗孤童年，从这里出发去闯荡世界、历练人生，然后又回到这里来接近农民，探索生命意义，关注他沉疴难返的俄罗斯祖国。他在这个庄园里成家立业，生儿育女，在这里写出了《战争与和平》《安娜·卡列尼娜》等不朽之作。他的《复活》也是在这个庄园里构思，到莫斯科陪夫人治病期间写成。他的盛名从这个庄园远播世界。虽然他也曾到喀山上大学，到高加索从军，也曾几度到国外去考察旅行，也曾多次带领全家到莫斯科、彼得堡小住，并在莫斯科购有宅院，但是，只有这个亚斯纳亚·波利亚纳庄园，才是他生命之舟终生停泊的港湾。最后，当他在这个庄园里历尽了人生的成功与挫折、同情与愤怒、欢乐与痛苦之后，在一个秋夜悲怆出走，几天后病死在一个小火车站上。他的遗体又被运回这个庄园，长眠在后山那片森林的绿树碧草间。

参观托尔斯泰庄园，如同阅读一部长篇巨著。我们走过通向庄园深处的林荫大道，走过池塘，走过菜园和马厩，走进托尔斯泰生前居住的那幢白楼，走进楼内的一个个房间，细细观看着室内的一件件遗物、一排排书柜、墙上的一幅幅画像和照片。从白楼出来，我们又走过托尔斯泰为农奴子女创办的学校，走过庄园后山的一大片茂密森林，走过一棵棵遗世独立的老树，去看了托尔斯泰的简陋坟墓。观看每一景、每一物，都好像是在阅读这部巨著的某一章、某一节，内涵丰富，精彩纷呈。

参观托尔斯泰庄园的整个过程，使我时时感觉到，托尔斯泰经历的深刻社会矛盾，他父系和母系两大贵族家庭的兴衰沉浮，他本人丰富斑驳的人生经历，他华彩闪耀的文学天才，他与夫人之间的情感波澜，他对子女们的无尽爱意，他与农夫、作家、追随者们的广泛交往，他精神世界的痛苦和困惑，都在这个庄园的一草一木、一景一物间汇集、交响、折射。它们都在调动起我们的浓厚兴趣，从多侧面、多层次去了解托尔斯泰这位被高尔基称之为“十九世纪所有伟人中最复杂的人”。

我们这次参观托尔斯泰庄园，对托尔斯泰的了解是一个由远到近、由表及里、由浅入深的过程。当我们到达托尔斯泰家乡图拉时，先是对他成长的地域环境有了一些大致了解。走进他的庄园，对他的贵族身世、遗孤童年、成长环境，增添了不少“身临其境”的感性认识。参观庄园内的那幢白楼，才真正了解到托尔斯泰与妻子儿女在此厮磨一生、充满喜怒哀乐的家庭生活。当我们走进白楼的核心部位——托尔斯泰的书房、托尔斯泰和夫人索菲娅相邻的两个卧室，我们则被带进了托尔斯泰夫妇的情感天地，他们夫妇间长期的、激烈的、无休止的争吵，使我们感到震惊。我们这才了解到托尔斯泰在家庭生活中经历过的幸福与不幸，从而对他的名言“幸福的家庭都是相似的，不幸的家庭各有各的不幸”有了更深一层的感悟。最后，我们顺着参观路线、也顺着我们的思绪，被引入到托尔斯泰的精神世界，瞥见了托尔斯泰晚年出走、客死车站的悲剧原因……

托尔斯泰，他本人就是一本读不完的书。

图拉，托尔斯泰故乡

那天，我们一行早晨从莫斯科出发前往图拉。莫斯科郊外的自然风光很好，公路两侧绿树沃野，阳光充足。虽是盛夏，但俄罗斯的夏天并不燥热难熬。来来往往行驶在高速公路上的集装箱式大卡车十分显眼，长长的车身，像一节火车车厢似的。路边的广告牌上画着俄国的产品，也画着西方的香水、可口可乐、叉腰劈腿的怪男怪女。俄罗斯文化也在经历着外来文化的冲击。

俄罗斯的森林太多了。沿途见到的俄罗斯乡村，一般都是背靠森林，面对一片田野，农田大多是缓缓的坡地。偶尔能见到一些农民在地里劳动。

途中经过一片森林夹道的自然保护区，路边闪过一块块画着野生动物的巨幅广告牌，提醒司机们遇见这些野生动物必须避让。人类文明进步的代价之一，便是导致自然界每天都会有几种物种灭绝。保护自然、保护物种，这是人类文明意识的觉醒。

由此想到，保护人类自身积累的文化成果，又何尝不需要人类文明意识的不断觉醒？俄罗斯在保护本民族的历史文化成果方面，是历来做得不错的。虽然俄罗斯也经历过无数次大规模战争和剧烈的社会制度更迭，但俄罗斯的历史文化遗产却没有遭到过毁灭性的损失，这一点我很佩服俄罗斯羡慕俄罗斯。在我已到过的莫斯科和叶卡捷琳堡街头，除了著名政治家、军事家、科学家的雕像，还先后见到了普希金、托尔斯泰、屠格涅夫、赫尔岑、果戈理、契诃夫、柴可夫斯基等诸多文化名人的雕像。这些雕像有的是青铜，有的是大理石，有的是花岗岩，他们对后人的文化启示同样长久而深远。

莫斯科以南的图拉，有点儿像我们中国北京南面的保定。图拉是莫斯科的南部屏障，是苏联卫国战争十四个英雄城市之一。图拉城市不大，没有高楼大厦，大多是三四层的小楼，外墙大多刷成乳黄色，给人一种温馨、安详的感觉。这大概是经历过残酷战争灾难之后，居民们的一种普遍心理走向吧。

图拉有三样著名产品：黄铜茶炊、蜂蜜饼干、卡拉什尼科夫冲锋枪（AK－47）。

久负盛名的黄铜茶炊和蜂蜜饼干，使人联想到托尔斯泰所处的十九世纪俄罗斯农业时代。托尔斯泰对农民问题的深切关注，是形成他复杂世界观的起点。他身为世袭贵族地主，却极力主张解放农奴、废除农奴制。他一生同情农民，主动接近农民，一生都在为农民说话。对农奴制的深刻揭露和批判，始终是托尔斯泰作品的重要主题之一。

著名的卡拉尼什科夫冲锋枪，又使人联想到图拉这座城市在二十世纪经历的残酷战争。卫国战争中，图拉顶住了德军的强大攻势，顽强地坚守到最后，为保卫首都莫斯科做出了极大的牺牲和贡献。我们的车子从图拉市政府门前经过时，看到广场上屹立着两位高大的士兵青铜雕像，他们是顶天立地的战争英雄，但他们的神情却是忧郁的。士兵雕像背后是一座几十米高的胜利纪念碑，造型是三把雪亮的不锈钢长剑，参天耸立，直刺苍穹。

车子向西穿过图拉市区，不远就看到托尔斯泰家乡的森林、河流、田野，风光迷人。前方见到一个不大的村落，路边有售票亭、公共厕所、停车场。

托尔斯泰庄园到了。

走进庄园，一条林荫道

参观托尔斯泰庄园，和阅读托尔斯泰作品的感受不尽相同。往常阅读托尔斯泰的文学名著，是在欣赏他塑造的人物、他描写的重大事件和壮阔场面。我们今天来参观托尔斯泰庄园，却是在阅读作为贵族庄园主的托尔斯泰本人。

从莫斯科陪同前来的导游玛丽娜要求我们在路边稍等片刻，她要为我们去购买门票，还要等候一位本地的托尔斯泰庄园专职讲解员。

村落在公路的左侧，托尔斯泰庄园是在公路右侧。我们站在庄园入口处等了一会儿，托尔斯泰庄园的专职讲解员来了。她是一位瘦弱的年轻女性，高挑个儿，穿一身白色衣服，朴素中有几分古典、文雅气质。今天将由她为我们领读托尔斯泰庄园这部巨著，由她带领我们前去认识托尔斯泰这位贵族庄园主。

通往庄园深处的是一条有些上坡的林荫道，林荫道的入口处，右边是一片长满水草的沼泽；左边是一个池塘，池塘边有几棵弯向水面的老树。讲解员介绍说，这条漂亮的白桦树林荫道，这个碧波荡漾的池塘，都曾经在托尔斯泰的作品中出现过。经她这么一提醒，我们顿时觉得自己是在沿着这条林荫道走进托尔斯泰的作品里去。林荫道两边都是白桦树，乳白色的树干上一道道弯弯的黑眉，像有许多眼睛正看着我们这些陌生的中国人。白桦树的影子洒落到林荫道上，在正午强烈的阳光下微微晃动着。

这条林荫道和这个池塘已提醒我们，作家的生活环境和生活经历，对他的创作产生的影响是巨大的。中国的曹雪芹，俄国的托尔斯泰，都是贵族大家庭出身，他们对豪门贵族生活环境的熟悉，对经历过的大事件、大场面的细致观察，对错综复杂的人物关系的细微把握等，都成了他们创作鸿篇巨制的必备条件和丰富养料。托尔斯泰是位严肃的现实主义作家，他创作的小说，从环境、人物到情节，都注重在现实生活中找到依据。他曾下功夫深入研究过他父系、母系两大贵族家谱中的诸多人物，研究他们的生平经历、性格特点，因而他小说中的许多人物都栩栩如生，极有深度。

我看过的一本托尔斯泰传记中讲到过这样一个例子：他在创作《战争与和平》时，为了准确地描写博罗季诺会战的情景，特地到博罗季诺战场遗址去作了一次实地调查。他在现地画了原野略图，标出了附近农舍、河流的位置。博罗季诺会战是凌晨打响的，他便在凌晨来到战场遗址，观察会战开始时刻的现地景象。经过实地观察，他记下了“能见度为二十五俄里”，“太阳升起时能看到森林、建筑物和山冈的阴影”，“太阳是从俄军的左后方升起的，法军面对太阳”等细节。经过实地观察，他还发现了一个军事历史学家们都从未发现过的问题：俄军实际部署和原定部署之间有很大差别。这个发现，对描写和研究博罗季诺会战的全过程具有重要意义。他就是靠这样的扎实功夫，描绘出了一幅波澜壮阔的博罗季诺会战的壮丽画卷。

托尔斯泰如此注重描写战场景况的准确性，也和他亲身经历过军旅生涯有关。沙俄贵族历来有这样的传统，男子自幼从军，获取军职，这是他们安身立命的基本途径。托尔斯泰的祖父和父亲都从过军。他祖父以禁卫军准将衔退役。他父亲曾参加过沙俄与拿破仑的战争，以中校衔退役。托尔斯泰本人在高加索从军，并在多瑙河部队待过，参加过塞瓦斯托波尔战斗，以炮兵中尉衔退役。他的军旅生涯，也对他的创作产生了重大影响。

走到林荫道中段的时候，讲解员在路边停下来，向我们介绍道路右侧树林里的三个梯级水塘。上面两个都已干涸了，最下面的一个水塘里还有一些水。她说，过去从山坡上流下来的水很大，这三个上下相连的水塘形成两层瀑布，景色很美，也被托尔斯泰写进过他的作品。可惜现在水小了，除非雨季，平常日子已看不到瀑布了。她又说，水塘边那几棵挤在一起的大树，是托尔斯泰母亲玛丽娅·尼古拉耶芙娜亲手栽种的，快要二百年了。托尔斯泰母亲四十岁就去世了，当时托尔斯泰才一岁半，他是由姑母抚养长大的。但是，早逝的母亲为托尔斯泰留下了这个大庄园，影响了他的一生。

这时，我弄清了一个重要问题：托尔斯泰继承的这个贵族大庄园，并不是他父系家族的遗产，而是他母系家族的遗产。过去只知道托尔斯泰是贵族，是伯爵，对他的身世了解得并不详细。讲解员是专门搞托尔斯泰研究的，她的知识很系统、很专业，讲解有深度，细枝末节都能讲得一清二楚、有根有据。

她向我们介绍了托尔斯泰父母双方的家庭背景。

托尔斯泰的父系，先祖彼得·托尔斯泰，是彼得大帝的近臣，深得宠信。彼得大帝先后册封给他几块领地，并在彼得堡、莫斯科赐给他两处宅院。此后二百来年，托尔斯泰家族一直是图拉省的名门望族，族人中被收进《俄罗斯名人传记辞典》多达四十人，占九十五个页码。但是，托尔斯泰的祖父伊里奇·托尔斯泰却是个一味摆阔、挥霍无度的败家子，将家产挥霍得一干二净，并欠下了大量债务。托尔斯泰父亲继承到手的债务超过财产一倍还多，差点被关进债务监狱。

托尔斯泰母系也是世袭贵族。外祖父沃尔孔斯基是叶卡捷琳娜二世女皇的近卫军少将。后来，由于他外祖父同沙皇保罗二世发生了几次冲突，因而四十六岁便赋闲在家，长期厮守在这个拥有一千六百零二公顷土地、三百三十名男性农奴的亚斯纳亚·波利亚纳庄园里。他去世时，三十二岁的独生女、托尔斯泰的母亲玛丽娅公爵小姐仍待字闺中。

托尔斯泰父亲二十五岁从军队退役后，除了要还债，还要养活一个贵族大家庭——母亲、妹妹、亲戚、食客和仆人。他二十八岁那一年，为了摆脱经济上的困境，决定同比自己大四岁的玛丽娅公爵小姐结婚。婚后，他领着一大家子搬进了这个亚斯纳亚·波利亚纳大庄园，从妻子手里获得了这份大家产。

托尔斯泰母亲从小受过良好的贵族教育，文化修养很高，懂得俄、法、德、英、意五国语言。她同托尔斯泰父亲结婚后，生下托尔斯泰兄妹五人。托尔斯泰一岁半死了母亲，八岁那年父亲又因财产纠纷在奔波途中死于脑溢血。按照俄罗斯传统，由最小的儿子继承遗产。托尔斯泰在兄弟四人中排行最小，由他继承了这个亚斯纳亚·波利亚纳庄园。

从上述情况看，托尔斯泰幼年，父系、母系两大贵族家庭都已过了鼎盛时期，都属于没落贵族。十九世纪末叶，整个沙俄贵族制度也已走向没落。托尔斯泰出生在这样的时代背景下，成长在这样的没落贵族家庭里，对他的思想、情感所产生的潜移默化的影响是难以磨灭的。很有意思的一个现象是，俄国的托尔斯泰和中国的曹雪芹家境十分相似。想来，他们内心深处都经历着没落中的痛苦、思索和觉醒，也许正是这一点使他们成了伟大作家。

白　楼

托尔斯泰庄园太大了，参观景点很多。在林荫道的一个十字路口，路边立有一根柱子，上面钉了好几块指示牌，有的指向左边，有的指向右边。讲解员引导我们拐向左边,直接去参观托尔斯泰的住宅。

托尔斯泰全家的住宅,是庄园内的一幢白楼,上下两层。这是庄园的核心建筑。

进了白楼,在楼下过厅内,讲解员先向我们介绍了墙上的两幅照片,一幅是这幢白楼当年被德军炸塌后的一片惨状,另一幅是战后对白楼进行修复后的景象。相信每一位参观者看过这两幅对比强烈的照片后,都会诅咒战争、歌颂文明。

讲解员介绍说,卫国战争期间,图拉是保卫莫斯科的前线。德军认为托尔斯泰庄园的森林内肯定隐蔽着苏军部队,不断派飞机对托尔斯泰庄园进行轰炸。万幸,庄园内托尔斯泰留下的一切珍贵资料,战争爆发后都被提前装箱转移到了西伯利亚,得以完好地保存了下来。战后,被炸毁的房子得以重新修复,资料和物品重新运了回来,恢复了原貌,一直维护到现在。

听了她这一段介绍,使我颇有感慨。俄罗斯这个大起大落的民族,除了经历过残酷战争,打碎旧世界、剥夺剥夺者、一切权力归苏维埃、肃反扩大化、新思维、抛弃社会主义制度等,什么样的激烈革命行动没有采取过?什么样的极“左”错误没有犯过?什么样的剧烈社会变动没有经历过?但是有一点,很了不起的一点:俄罗斯人历来把历史文化名人看作是涵养俄罗斯民族精神的巨大财富,他们对历史文化名人历来采取一种宽容、大度和爱惜的态度。托尔斯泰是1910年去世的,他死后近一个世纪来,俄罗斯民族先后经历了十月革命、反法西斯卫国战争、苏联解体等一系列剧烈的社会变革和战争灾难,但托尔斯泰的资料却始终得以精心保存,从未受到过损失。俄罗斯国内的托尔斯泰研究者历来认为,托尔斯泰的世界观“极为复杂”,“真正的民主主义思想与反动的乌托邦幻想结合在一起”,他反对暴力革命、宣扬自由主义等。但是,十月革命后的苏维埃政权不仅没有否定托尔斯泰，反而专门建立了托尔斯泰国家博物馆，把托尔斯泰的著作、手稿、书信、日记、有关托尔斯泰创作活动的所有资料，统统作为国宝保存下来，供后人研究。列宁时代、斯大林时代、赫鲁晓夫—勃列日涅夫时代、戈尔巴乔夫时代、叶利钦—普京时代，都没有伤及托尔斯泰。俄罗斯民族犯过许多错误，但在对待文化遗产上，却始终保持着一种大气魄、大胸怀。

看过照片，讲解员带领我们上楼参观。

托尔斯泰不仅是描写宏阔战争场面的大师，也是描写复杂家庭关系的大师。他描绘家庭悲欢的那句名言，“幸福的家庭都是相似的，不幸的家庭各有各的不幸”不知拨动过多少人的心弦，使这句名言传遍了世界。走进白楼，也就走进了托尔斯泰自己的家庭，走进了他的精神世界，使我们了解到托尔斯泰生前有血有肉、有爱有恨、有欢乐也有痛苦和忧伤的家庭生活。参观后才恍然大悟，托尔斯泰描绘家庭悲欢的这句名言，包含着他自己深沉的情感底蕴。

上楼时，楼梯拐角处放着一只落地老钟，差不多有一人高，我们走过时它“当”地响了一声。讲解员说，这只法国制造的老钟已有二百多年历史，现在还能报时。听着这隔世之音，似乎听到楼上的某个房间里正传来托尔斯泰的咳嗽声、脚步声。

二楼右手顶头，是一间很大的屋子，这是托尔斯泰全家的餐厅兼家庭成员聚集活动的场所。一张长条餐桌横放在屋子中央，餐桌两边各放着一排靠背椅子，餐桌一端放着一把带扶手的大椅子，那是托尔斯泰的位置。餐桌上，每把椅子前面放着一只印花细瓷食盘。餐桌中间有两只高脚玻璃果盘。一只镀银盘子里放着一套银质咖啡具。餐厅左右两个墙角，各有一组桌椅，右边是孩子们的活动空间，左边是客人们饭后饮茶交谈的地方。

餐桌后面的墙上，挂着一排人物油画。正中最大的一幅是家庭主妇、托尔斯泰夫人索菲娅·安德烈耶芙娜的画像，她的容貌和打扮都透出一身贵妇人气质。在她的画像两边，是托尔斯泰的两幅半身画像。右侧边上是托尔斯泰大女儿塔尼娅的画像。

看着这张餐桌、这些画像，似乎看到老年托尔斯泰正在和一大家子人围着桌子就餐，刀叉叮当，其乐融融。

托尔斯泰晚年的最后一位秘书布尔加科夫曾在一本书里写道，在这间餐厅里，一家人在饭后用茶的时候，常常会围着这张餐桌热烈地谈论起来。谈爱国主义，谈外国比俄国优越的地方。土地、地主和农民，是经常要谈论的话题。但在这个问题上，托尔斯泰往往会同家庭成员发生意见分歧，有时甚至会引起争论。托尔斯泰始终同情那些生活无着、备受掠夺的庄稼汉。他说，他曾和庄园里的一位农奴交谈过，他想有一块土地，成为自由人。但他夫人却认为“农民都是酒鬼”，“他们完全不是由于地少才贫穷的”。儿子安德烈则认为“俄国的庄稼汉都是胆小鬼”，因为他亲眼目睹五个龙骑兵挨个鞭打一个村子里的四百多户村民，他们竟没有人敢还手。托尔斯泰辩解说，农民都是因为贫困才愚钝，因为所有的一切都不是他们自己的，所以他们才不好好干活，甚至酗酒……

有时，这间餐厅内也高朋满座，托尔斯泰和来访的作家朋友或别的客人一起围着这张餐桌吃饭。

我们转过身来，看到餐桌对面墙上挂有托尔斯泰父亲的画像，画像下面是一架钢琴。秘书布尔加科夫写道，这是一架曾给托尔斯泰晚年带来过欢乐和愉悦的钢琴。托尔斯泰非常喜欢音乐，他小时候练过钢琴。到了晚年，托尔斯泰内心的矛盾和痛苦愈来愈深，但每当钢琴家戈利坚维伊泽尔在家庭音乐会上演奏肖邦、贝多芬、李斯特、斯克里亚宾等作曲家的作品时，托尔斯泰便会得到极大的享受，得到真正的休息，他会显得激动、精神振奋，他会忘记使他痛苦和压抑的一切。

可是，同样是这架钢琴，也曾给托尔斯泰带来过烦恼和懊丧。

有位作曲家、钢琴家塔涅耶夫，曾是托尔斯泰庄园的常客。后来，他与托尔斯泰夫人索菲娅的关系似乎有些过于亲密起来，使家里人和来做客的外甥女丽赞卡都觉得有些看不过去，况且索菲娅都五十二岁的人了。托尔斯泰夫妇自从他们结婚开始，双方都容不得对方与异性亲密接触。托尔斯泰跟哪个年轻女性交谈，都会引起索菲娅忌妒。反过来也一样，托尔斯泰看见索菲娅跟哪个男性交谈，或者哪个男性赞扬了索菲娅，他都会妒火中烧。索菲娅与塔涅耶夫过于亲密的接触，使托尔斯泰感到委屈、愤怒、受侮辱。他终于忍受不了，跟夫人吵了一架。夫人觉得颜面尽失，闹着要去卧轨自杀。

托尔斯泰和夫人无休无止的争吵，就这样拉开了序幕。

家庭悲欢

后面的参观，我们被讲解员引导进了托尔斯泰夫妇的情感天地。托尔斯泰的《安娜·卡列尼娜》开篇第一句就是“幸福的家庭都是相似的，不幸的家庭各有各的不幸”，书中描写的第一个场面就是夫妻吵架，这是耐人寻味的。

夫妻关系是家庭问题的核心，夫妻感情永远是家庭幸福或不幸的晴雨表。听着讲解员介绍托尔斯泰夫妇经常不断地争争吵吵，我在心里为这位大文豪深深叹息。

我们从餐厅向左手拐进去，里面是可以相通的一个个房间。第一间是个休息室，每当大餐厅内举行宴会或重大活动时，有的宾客会在席间进入这间休息室稍事休息，或在这里作短暂交谈。休息室隔壁有一小间仆人待的屋子，室内没有椅子，仆人们要随时听从使唤。

再进去，就是托尔斯泰的书房，它是这个庄园、这个家庭的心脏部位。托尔斯泰这位大文豪,他的写字台却不大。桌面上摆放着墨水瓶、蘸水笔、吸墨纸等俄式“文房四宝”。写字台上的各种小物件里居然还有一块深褐色的石头,有小孩拳头大小,已被摸得发亮,可能是托尔斯泰用来压纸的。托尔斯泰坐的那把椅子又小又矮。讲解员说,托尔斯泰眼睛近视,所以写作时坐得很低,以便眼睛尽量靠近纸张。

写字台对面,靠墙放着一把椅子、一只茶几,有时他的姑妈或妻子、女儿会坐在那里和他交谈。在另外一张桌子上放着一架美国发明家爱迪生送给托尔斯泰的录音机,这在当时是最新科技成果。墙上挂着一些托尔斯泰和俄国作家名流们的合影照片,还有一些家人的照片。其中有一幅是托尔斯泰的表姑母塔基扬娜的照片。托尔斯泰幼年丧母,童年丧父,两位亲姑母先后成为他们兄妹五人的监护人。而他们兄妹五人的日常生活,则全靠这位表姑母塔基扬娜照顾。托尔斯泰对这位表姑母情同亲生母亲,他曾在回忆录中说:“我就是喜欢她,喜欢她的眼睛、她的笑容以及青筋嶙峋的黝黑的小手”,“她对我一生有着十分巨大的影响”。

托尔斯泰的座椅背后,靠墙放着一张黑色牛皮蒙面的卧榻。讲解员说,这张卧榻是托尔斯泰家里的祖传家具,托尔斯泰自己是在这张卧榻上出生的,托尔斯泰的几个孩子也都是在这张卧榻上出生的。但这张卧榻为什么放进了托尔斯泰的书房,是不是供托尔斯泰晚年在写作间隙躺下休息用的,讲解员对此却没有细说。

托尔斯泰的一生,在这间书房里写作了半个多世纪。他的绝大多数重要作品都诞生在这间书房。托尔斯泰的创作态度一向严肃认真,作品往往改了又改,从不草率出手。仅《战争与和平》这部小说的开头部分,他就留下了十五种草稿。

原先,托尔斯泰和夫人索菲娅是一对恩爱夫妻。索菲娅作为这个贵族大家庭的新主妇,不仅料理着一大家子的吃喝拉撒睡,把家务安排得井井有条，而且在整天为孩子们忙碌之余，还要起早贪黑为托尔斯泰抄写手稿。她每晚要把托尔斯泰字迹潦草的手稿誊写清楚，托尔斯泰第二天一早进入书房，整整齐齐的誊清稿已摆好在他的书桌上。这时，托尔斯泰往往又会将这些誊清稿改得面目全非，索菲娅又得重抄。仅托尔斯泰写作《战争与和平》的手稿，索菲娅就帮助他抄写了七遍，其中只有一小部分是雇人抄写的。托尔斯泰一生中的创作高峰期，也是他们夫妇恩爱有加的最好时期。这个时期的托尔斯泰，大概只想到了他那句家庭悲欢名言的前半句：幸福的家庭都是相似的。

但是不幸，托尔斯泰步入晚年后，他与夫人索菲娅的关系越来越紧张。

书房进去，就是托尔斯泰的卧室。在托尔斯泰卧室内，玻璃柜里陈列着一件白棉布长袖套衫，这是托尔斯泰生前穿过的。脸盆架上放着一只白色的陶瓷脸盆，脸盆里有一把白色的陶瓷水壶，壶嘴已碰坏了一块。这是托尔斯泰年轻时在军队中用过的物品，他退役时带了回来，陪伴了他一生。脸盆里的那把白瓷水壶，是主人洗脸时由仆人用来往主人手心里倒水用的。托尔斯泰毕竟是贵族，虽然他思想上一贯同情农奴，但在实际生活中终究还是别人伺候他多，他主动关心体贴别人少。讲解员说，他和妻子索菲娅之间产生的疙疙瘩瘩，妻子有妻子的问题，他也有他的问题。他只顾埋头写作、读书、学习，长期以来对夫人索菲娅关心不够。索菲娅整天照管孩子、忙家务，累得筋疲力尽，感到十分厌倦。她虽然不是贵族出身，但她是莫斯科人，是宫廷医生的女儿。她习惯于过城市生活，喜欢参加舞会、听音乐、看戏、散步。可是她享受不到这些，她觉得没有得到丈夫应有的理解、关心和体贴。后来，她要为儿女们的生计和未来着想，托尔斯泰却不肯把版权的处置权交给她，使她更加无法忍受。她生理上也进入了更年期，情绪极不稳定。于是,夫妻间时常拌嘴吵架。

隔壁就是托尔斯泰夫人的卧室。讲解员介绍说,托尔斯泰夫妇的矛盾不断加深,夫妻双方越来越难沟通,越来越缺乏相互理解。夫人经常会在半夜里跑进托尔斯泰卧室去大吵大闹,弄得托尔斯泰通宵难眠,筋疲力尽,痛苦不堪。由于夫妇俩都有记日记的习惯,他们之间差不多每一次争吵都留下了真实记录。

听到这里,我心里不能不为之深深叹息:一个人事业上获得巨大成功,并不直接等于他心情愉快、生活幸福。正当托尔斯泰的文学成就越来越大、在国内外的声誉越来越高的时候,他的家庭生活却在一步步走向不幸。

有一个时期,种种令人不快的事件接连向托尔斯泰袭来。追随他的信徒、朋友和助手,相继被沙俄政府逮捕、流放。他自己也因仗义执言,发表不同见解,遭到政府的监视。他的两个善解人意的女儿塔尼娅和玛莎先后出嫁,使他感到孤独。姐妹俩的婚姻都不很美满,更使他遗憾、牵挂、苦恼。他十分喜爱的小儿子伊万不幸夭折。他本人由于发表不同意东正教教义的言论,俄国主教公会正式宣布革除了他的教籍。最令他不能容忍的是妻子索菲娅与塔涅耶夫的亲密关系还在继续……

在一次夫妻夜间大吵之后,托尔斯泰苦恼至极,给夫人写了一封长信,向她辞别,他准备出走,准备按照他自己的信仰去过普通人的生活。但信写完了,他的决心又动摇了,他又想起妻子的许多好处。想起自己当年追求她的时候,她年轻美貌,自己曾经那样自惭形秽、缺乏自信。婚后她为他生了九个孩子,他想起她的辛苦,又不忍心撇下她和孩子们,出走的念头暂时打消了。但是,争吵一直没有停止过。

讲解员说,这种状况延续了十多年。

托尔斯泰对宗教、哲学、上帝、人为什么活着等问题的苦苦思索,更加深了他内心的迷茫和痛苦。他在日记中写道:“我感到,我的立足点崩溃了……”

有的外部人员介入他们家庭生活,进一步加深了托尔斯泰夫妇之间的矛盾。特别是托尔斯泰将版权的处置权交给了追随者契尔特科夫,更使夫人索菲娅忍无可忍。发展到后来,她已失去理智,精神几近失常,经常在半夜里闯进托尔斯泰房间哭闹、大叫,歇斯底里。

这时,托尔斯泰已经是一位八十一岁的高龄老人,实在经不起这样的折腾了。他又一次给夫人写信:“我是一定要走的,因为这样生活下去是完全不可能的……我无法忍受。”

出　走

托尔斯泰夫妇间的情感波澜,已令我们唏嘘。讲解员又说,托尔斯泰内心还有他自己的苦恼,他感到在家里没有人能够理解他。

除了夫妻感情不和的痛苦,托尔斯泰在精神生活方面的探索和追求不断碰壁,使他内心被更深刻的困惑、更难排解的痛苦折磨着。

参观完二楼的各个房间,我们从白楼的另一端下来,经过正对着楼梯的秘书办公室。讲解员介绍说,托尔斯泰原来的秘书古谢夫,由于邮寄被书刊检查机关查禁的托尔斯泰著作,被当局逮捕,流放两年。最后一年的秘书是布尔加科夫。后来,这两位秘书都对托尔斯泰研究做出了很大贡献。古谢夫写了四卷本《托尔斯泰传》,布尔加科夫写了《托尔斯泰的最后一年》,都是研究托尔斯泰的权威著作。

托尔斯泰夫人索菲娅也有一位女秘书瓦利娅,同在这里听差。

秘书们在这间屋子里处理托尔斯泰的大量来往信件。有些人的来信加深了托尔斯泰内心的矛盾和痛苦。俄国1905年革命后，托尔斯泰越来越感到“利用土地私有制来奴役别人”，是“羞耻和痛苦的”，他“从来没有像现在这样感到农奴制的罪恶”，但他又苦于自己无法摆脱贵族地主的生活。他经常觉得别人会在背后议论他：“该死的老家伙，说的是一套，做的和生活的又是一套”。有一位莫斯科商学院的女学生给他来信说，“您的生活同您的学说是相矛盾的，这至少表现在您对财产的态度上”，“如果否定财产……就应该赤身露体，光脚走路”。另一名基辅大学的学生来信向他呼吁：“放弃伯爵的领地，把财产分给自己的亲人或穷人，自己分文不留，从一个城市乞讨到另一个城市。”显然，这些年轻人的观点都很幼稚，但他们的来信使托尔斯泰受到很大触动和刺激。可是另一方面，夫人索菲娅正在拼命争夺他的版权，要把他当成“摇钱树”，托尔斯泰觉得“我被撕成了两半”。

靠近秘书办公室的地方，放着一长排书柜，这是托尔斯泰的家庭图书馆。据说，托尔斯泰的藏书来自几十个国家、涉及各个门类的知识，他生前阅读过的书籍有十多种文字。这位享誉世界的大文豪，只有当他在知识的海洋里尽情遨游时，他才会暂时忘掉内心的痛苦和烦恼。

我们来到楼下继续参观。

楼下也有很多房间。有一个房间是接待作家朋友们住的。有时作家朋友来访，可以暂时缓解一下家庭的紧张气氛。客人一走，夫妻间的争吵继续发生。有一个房间是由储藏室改的，墙上还保留着冬天用来挂肉食的一个个大铁环。讲解员介绍说，这是托尔斯泰最小的女儿萨莎的房间。萨莎是托尔斯泰最宠爱、最知心的女儿。这个房间也最安静，托尔斯泰晚年经常躲到这里来写作，他有许多心里话只对小女儿萨莎讲。

有一天，萨莎当着哥哥姐姐的面，对母亲讲了爸爸所忍受的一切痛苦。她说,妈妈如果不改变态度,爸爸已经忍受不了了,爸爸会死掉的。索菲娅听了小女儿的诉说有所触动,在胸前画着十字表示后悔,决心改变态度。

可是,她仍然在托尔斯泰的遗嘱问题上同他纠缠不休。

1910年月10月27日夜里,夫妇俩又大吵了一场。索菲娅28日中午起床后,觉得家里气氛不对,不见托尔斯泰。

她问女儿萨莎:"爸爸在哪里?"

萨莎回答说:"走了。"

问她去了哪里,她不说。

托尔斯泰晚年出走时,已是一位八十二岁高龄的老人。他带上仆人,坐一辆马车,在半夜里毅然决然地走了,他说他永不回来了。他出门第三天就得了肺炎,几天后客死在一个荒凉的小火车站上。这是托尔斯泰丰富人生的一个充满悲剧色彩的结局。

关于造成托尔斯泰晚年悲剧的深层原因,历来众说纷纭。有一种观点认为,托尔斯泰和夫人关系恶化,并不是导致他晚年悲剧的唯一原因。但它是被反复点燃的"导火索",曾一次次引爆过托尔斯泰内心的郁闷和痛苦。

托尔斯泰是一位思想家。一个作家如果仅仅满足于能够写出作品、能够在社会上成名,那么,他很可能仍然走不出浅薄者的行列。任何一位重要作家在文学史上的地位和真正价值,都主要取决于他的思想深度。不妨这样说,托尔斯泰的晚年悲剧,恰恰成了测定托尔斯泰思想价值的标尺之一。作为思想家的托尔斯泰,他晚年悲剧的成因在于他对诸多问题的苦苦思索。导致他苦苦思索的,是折射到他思想上来的俄罗斯社会错综复杂的深刻矛盾。穷途末路的农奴制,"建立在欺骗基础上"的东正教,当局的恐怖统治。他憎恨这一切,却又无力改变这一切。他唯一能做到的就是出走,以这种方式丢弃自己的贵族生活,丢弃私有财产,从而离开罪恶，像乞丐一样去过普通人的生活……

托尔斯泰是一个严于自剖自责，一生不断追求自我完善的人。托尔斯泰少失怙恃，从小缺少母爱父爱，被人漠视，内心孤独，从小养成了冥思苦想的习惯。他自己说过，从小“过着孤独、沉思的生活”，“各种抽象问题——人的使命、未来的生活、灵魂不朽，都出现在我面前”。小小年纪，没有人从思想上启发他、引导他，也没有人在行为上提醒他、规范他，使他像一只没有航标的小船，被生活的激流裹挟着在浊浪中颠簸。他虽然上了喀山大学，但他当时缺乏把持灵魂之舵的能力，沾染上了吃喝嫖赌种种恶习，成绩下降，直至退学。但他又不甘沉沦，迷上了哲学，深入思考着人生的许多深刻问题，这使他与周围的人越来越疏远了。

这是一条贯穿托尔斯泰一生的情感线索：孤独，深思，苦闷。

他在文学创作上一举成名之后，他的情感世界仍然在沿着这条轨迹前行。他从未停止过对精神世界的探索，从未放弃过对崇高人生目标的追求。这使他常常陷入理想和现实的深刻矛盾，苦恼不已，不能自拔。

托尔斯泰夫人索菲娅，总的来说是一个正派人，这一点托尔斯泰也并不否认。他在最后写给夫人的信中，不仅没有责备她，反而对自己婚前的不良行为进行了严厉自责。他感激夫人和他差不多生活了五十年，“你爱我，过着勤劳艰苦的生活，为我生育、扶养、教育和照管孩子，照管我”。他也感激夫人“没有屈服于任何一个像你这样的充满活力、健康美丽的女人很容易被征服的那些诱惑，纯洁地生活过来了”。因而“我不敢对你有任何责备”，假如过去有过这方面的责备，“那是我的错，我的过失”。

托尔斯泰夫人在临终前，也曾对小女儿萨莎说过：“亲爱的萨莎，请宽恕我！我不知道过去是怎么搞的……我永远爱他，我们俩的全部生活彼此都是忠实的……”

托尔斯泰和夫人的严重分歧主要在两个方面:其一,他说夫人“你的性格最近几年变得越来越急躁、专断和任性”,这就不能不使双方的感情“冷淡下来”。其二,他对夫人说,“一种主要的也是不幸的原因……那就是我们在对生活的意义和目的的理解上是完全相反的”,“例如生活方式、对人的态度、对生活资料、对财产的态度等,我认为财产是一种罪恶,而你却认为是必需的生活条件”,“于是我们之间的误会就越来越大了”。他夫人认为财产“是必需的生活条件”,难道能说她一点道理都没有吗?显然不能。

2002年9月

彼得堡，沧桑三百年

一

俄罗斯历史名城圣彼得堡，中国人叫它彼得堡。我原来以为是以彼得大帝的名字命名的，一到俄罗斯才知道不是的，是以耶稣十二门徒之一圣彼得的名字命名的。

从莫斯科去彼得堡，有火车，有飞机。我提议坐火车，可以欣赏沿途风光。使馆的同志却告诉我说，铁路两边的森林茂密得很，根本看不出去，还耽误时间，况且如今俄罗斯的火车上也不够安全。

那好吧，坐飞机。一个半小时就到了彼得堡。

以前我看过一本法国人写的《彼得大帝传记》，彼得大帝1703年到这里来建造圣彼得堡新都，1713年下令从莫斯科往这里迁都。当时，法国大使康普勒东坐了马车将使馆从莫斯科搬来，在路上走了二十四天，经过沼泽地时淹死了八匹马，还损失了部分行李。

匆匆三百年过去，人类文明是进步了。

我们这次在彼得堡逗留了四天，大家兴致勃勃，看彼得大帝小木屋，看彼得保罗要塞，看阿芙乐尔号巡洋舰，看冬宫，看夏宫，看俄罗斯国立博物馆，看涅瓦河风光，看皇村，看拉多加湖。几天看下来，我得到一个最深刻的印象是：近代以来，每当俄罗斯民族要开辟一个新的历史阶段，便一次又一次地选定彼得堡作为出发地点。

俄罗斯的近代史，根据他们自己的划分法，从彼得大帝时代算起，至今三百年。三百年来，俄罗斯经历了三个完全不同的时代，起点都在彼得堡。第一次，彼得大帝到这里来建新都，翻开了俄罗斯近代史第一页。第二次，列宁在彼得堡发动震惊世界的十月革命，开辟了社会主义新纪元。第三次，当今俄罗斯总统普京，从担任彼得堡市外事办公室主任起步，短短几年便登上俄国权力顶峰，接替叶利钦踏上了俄罗斯复兴之路。

俄罗斯民族，好像一位大个子中长跑运动员，一次又一次参加世界大赛，每次都从彼得堡出发，起跑时都雄心勃勃，往往前半程形势看好，但跑到最后都输了。它每次输掉了又不服气，又回到起点彼得堡，重新起跑，再次投入比赛，去追赶世界。

目前，普京正在行进途中，跑得不错，他最终会取胜吗？

俄罗斯民族，最大的优点是大气，最大的缺点是迟钝。它能干成大事，但干成大事之后，吃得肥肥的北极熊就会以“大”自居，思想失去“灵感”，以不变应万变，日益僵化，保守，固执，霸道，直至可恨。终于一头栽倒，鼻青脸肿，又得从头来过。

游览彼得堡，能时时感受到俄罗斯民族三百年来的大起大落、沧桑巨变。俄国人最早叫它圣彼得堡，后来叫它彼得格勒，再后来叫它列宁格勒，现在又恢复叫圣彼得堡。这些不同名字，反映了这座城市在不同历史时期的不同地位。彼得堡由彼得大帝指挥建造，也由他用耶稣十二门徒之一圣彼得的名字来命名。圣徒彼得，《圣经》中的人物，耶稣十二门徒之首。俄罗斯人信奉东正教,《圣经》人物地位很高。俄国资产阶级革命后,将圣彼得堡改名为彼得格勒。十月革命后,首都迁回莫斯科,彼得格勒作为沙俄二百多年国都的历史宣告结束。列宁逝世后,为了纪念他,又将彼得格勒改名为列宁格勒。苏联解体后,又恢复旧称圣彼得堡。

二

彼得堡的古迹很多,但最著名、也最简陋的历史古迹是彼得大帝小木屋。

三百年前,彼得大帝来此指挥建造圣彼得堡,在这座小木屋里住了整整八年。用我们今天的话说,它是搭在建筑工地上的一个"临建"。小木屋建于1703年5月28日,这一天被确定为圣彼得堡建城纪念日,也是俄罗斯近代史的起始日。

彼得堡作为世界历史文化名城,它的历史是从这座小木屋开始的。

俄罗斯的近代史也是从这座小木屋开始的。

小木屋建在涅瓦河北岸的彼得岛上,在一个滨河广场的草坪中央,四周用铁护栏围着,周围有些树木。现在小木屋成了彼得大帝纪念馆,里面陈列着他当年来此建城时用过的一些工具和生活用品。那天,我们去得晚了,小木屋已关闭,只能围着它转了一圈,看了看它的外貌。但我们看到的是小木屋外面加盖的一个屋壳,小木屋被罩在里面,严加保护。四周玻璃窗上的白色窗帘都已拉上,使它增添了一层神秘色彩。

在彼得大帝传记中,对这座小木屋有如下描绘:这是用松木建造的一所小房子,屋顶上盖了一层瓦片状的木板。门很矮,沙皇彼得需要低头才能进去。屋内有一个小厅,挂着一幅欧洲地图、一幅耶稣像。旁边是两个低矮的房间。还有一间工作间，里面有车床、斧头、刨子、锤子、锯子等木匠师傅使用的全套工具。彼得大帝本人是一位获得过满师证书的合格木匠。

俄罗斯人至今崇拜彼得大帝，同他的人格魅力有很大关系。他身为至高无上的沙皇，却喜欢亲自动手干活。他在此指挥建城期间，手里拿着一根短短的木棍，整天不知疲倦地从这个工地跑到另一个工地，谁偷懒他就敲打谁的脑袋，谁干的活令他满意，他也会大加赞赏。他经常在路边摊开图纸，随时修改着建城规划或某幢建筑的设计。他可以熟练地操起斧头或刨子和木匠一起干活，走到铁匠面前也能抡起铁锤打铁。夜里工地失火，他第一个爬上房顶去指挥救火。

俄罗斯人至今崇拜他，更重要的原因，当然是叹服这位沙皇的胆识、魄力和作为。当年，这里是一片濒海沼泽，夏季蚊虫多得扑面钻鼻，秋季洪水泛滥，冬季狂风能将人马刮翻卷走。但彼得大帝横下一条心，要在这里建造一座海港城市，使长期闭塞落后的俄罗斯能够呼吸到外面的新鲜空气。

当时，西欧列强都已经过了工业革命，跨入了资本主义发展阶段。但以往的老沙皇们都很自负傲慢，认为访问别国显得低三下四，故只盼他国之君来朝，自己从不出访。彼得大帝却一反常规，隐姓埋名，秘密出国考察学习。他看了荷兰、英国等西欧强国的情况，受到很大刺激。回国后，他立刻挑选了一大批贵族子弟送往国外学习，同时下决心要打开一个窗口，与西欧各国扩大往来。在建造圣彼得堡期间，他下令从荷兰、意大利、瑞士、德国、法国等欧洲各国招募来大批建筑设计师和熟练工匠，把西欧先进的工程技术和优美的建筑艺术都吸收进来。

随着彼得堡这座新城的建立，为长久封闭的俄罗斯吹进了一股新风，沙俄帝国步入中兴。

彼得大帝是一位闻到海腥味就异常兴奋的人，他曾说："如果打不通出海口，我会憋死的。"他要把圣彼得堡建成攻不破的军事要塞，然后从这里出发，去展开更大范围的争夺。为此，他把第一所海军学校就建在自己的小木屋背后，将它放在自己的眼皮底下，他要天天看着它把一批又一批贵族子弟培养成合格的水手和海军军官，以便将来发展海军、争夺海洋。陪同人员告诉我们，彼得大帝亲手创建的这所纳西莫夫海军学校，至今仍是俄罗斯最难考取的学校之一。这是一所初级海校，孩子们7岁入学，毕业后转入中、高级海军学校继续深造。它以教学正规严格闻名，这是彼得大帝时代留下的传统。

到汹涌的大海上去搏击，这是彼得大帝灌输给俄罗斯民族的强烈意识。矗立在涅瓦河边的彼得大帝雕像，基座是翻卷的海浪托举着一艘海船，高高的桅杆上挂着风帆，彼得大帝挺立船头，一手举着海图，一手握着舵轮，雄心勃勃地驾着大船劈波远航。今天的俄罗斯人，看到劈波远航的彼得大帝雕像，他们眼中的神情是复杂的。他们既为俄罗斯民族辉煌的过去感到自豪，又为目前暗淡的现实感到失落；但失落中又有不甘，不甘中升腾着强烈的企盼，企盼另一位彼得大帝式的人物早早降临，拯救俄罗斯，重振俄罗斯。

历史上，俄罗斯民族有着悠久的专制传统。生活在今天的俄罗斯人，他们曾为反对专制迫害进行过长期抗争。但毋庸讳言，旧体制一旦崩塌，他们似乎又并不适应群龙无首的"民主"，又忽然觉得这日子过得无着无落，伟人情结又在俄罗斯人心中复萌。

看过彼得大帝小木屋，又去看彼得保罗要塞。这座军事要塞建在四面环水的兔子岛上，面对芬兰湾，扼守着涅瓦河河口。这个独立小岛四周，用花岗岩筑了一圈石驳岸，使整个要塞就像浮在水面上的一座石头城。其实，整个彼得堡都像是建在水上的石头城。彼得堡市区由大大小小四十二个岛屿组成,市内交织着六十八条河道,河道上建有三百八十多座石桥,河道两岸全都用花岗岩砌了石驳岸。建造彼得堡究竟用去了多少石头,难以想象。当年建造彼得堡时,由于本地不产石头,彼得大帝下令全俄国的建筑都不准用石头,把石头统统运来建造彼得堡。凡是开往彼得堡的船只,都必须上缴三十块方石才准许靠岸。所有赶车进彼得堡的马车夫,都必须交纳三块铺路石才准许通过关卡。

水道和岩石,构成了彼得堡的整体形象。水流象征着活泛和通达,岩石象征着坚定和顽强。在俄罗斯人心目中,彼得大帝同时具备了这两种品质。他既有顺应时势求变求新的灵活,又有专制沙皇的坚定和果决。彼得堡,是彼得大帝用他的意志和灵感锻打出来的一把钥匙,他要用它开启俄罗斯振兴之门。

这使我联想到我们中国的康熙大帝。他和彼得大帝是同时代的封建帝王,两人的去世时间只相差三年。他们两人在位期间都很有作为,曾分别使他们统治下的两个封建帝国进入了“盛世”。但是,由于封建专制制度即使在当时也已落后于世界发展潮流,他们治下的帝国虽能中兴一时,总的趋势却是在一步步走向衰落。

沙俄帝国传到末代沙皇尼古拉二世手里,已是千疮百孔,风雨飘摇。到了二十世纪初,俄国爆发推翻沙皇专制制度的革命,也就不可避免了。

三

参观阿芙乐尔号巡洋舰,将我们的思绪带回到了另一个如火如荼的年代。

十月革命,阿芙乐尔号巡洋舰“一声炮响”,攻打冬宫,俄罗斯曾给世界带来过多么强烈的震撼啊！

可是，今天当我跨上这艘著名战舰时，俄罗斯却已放弃了它曾为之奋斗过七十多年的社会主义制度。这一瞬间，我心中感慨莫名。

阿芙乐尔号巡洋舰静静地停泊在涅瓦河里，离彼得大帝的小木屋不远。它现在既是纳西莫夫海军学校的教学舰，也是海军博物馆的一部分。也就是说，阿芙乐尔号巡洋舰已进了博物馆。

出面接待我们的是海军博物馆馆长恰尔诺温，他是一位退役海军少将，曾当过潜艇部队指挥员，今天亲自为我们中国军方参观团担任讲解。

影片《列宁在十月》中的一组镜头曾令我久久难忘。革命前夜，一列飞奔的火车吐着白烟，鸣着汽笛，列宁从流放地芬兰回到彼得堡，群众沸腾了。列宁把左手大拇手插进马甲，向前伸直了右手对起义群众发表演说，群情激昂……轰轰烈烈的十月革命就这样胜利了，俄国的面貌在一夜之间发生了巨变。那时候的圣彼得堡，是一座红星闪耀、震惊世界的光荣城市。

但是，十月革命已不是海军博物馆馆长今天要向我们讲解的主题。他今天向我们讲解的，是这艘战舰一百多年来的风雨经历。它先后经历过两次世界大战，参加过四次海战、三次革命，更换过三十九位船长，获得过两次英雄战舰称号。对于这艘战舰在十月革命中的作用，他既没有回避，也没有突出强调，只是作为这艘战舰的经历之一，附带作了介绍。他说，阿芙乐尔号巡洋舰曾获得过两次英雄战舰称号，第一次是十月革命中炮打冬宫，第二次是参加列宁格勒保卫战。二次大战中，列宁格勒（圣彼得堡）被法西斯德军围困长达三年。阿芙乐尔号巡洋舰上的水兵们，将八门舰炮拆卸后搬上岸来，作为岸炮向德军射击。德军飞机前来疯狂轰炸，水兵们全部阵亡。在俄国海军史上，这是一艘唯一获得过两次英雄称号的战舰。

恰尔诺温少将最后说，现在看到的这艘阿芙乐尔号巡洋舰，已不是十月革命时的那一艘了。它在大修时被一截一截地分解开，按照原来的样子，更换了全部龙骨和钢板，它已“脱胎换骨”了。

这时，我发现甲板上出现了好几波中国游客，都来参观这艘闻名于世的革命战舰。世界上，时势变化，常会有风水轮流转的味道。过去，我们中国人认定是俄国十月革命“一声炮响”为我们送来了马列主义，并由此得出结论，“走俄国人的路”，“只有社会主义才能救中国”。今天，大批富裕起来的中国人拥到俄罗斯来旅游，俄国人纷纷竖起大拇指夸奖中国的邓小平，他们的结论却是“只有中国才能救社会主义”。

恰尔诺温带领我们下舱去参观。整个船舱改成了一个展厅，陈列着有关这艘战舰的历史文物。在一部老式电台的展柜前，恰尔诺温向我们介绍说，十月革命那一天，按照革命军事委员会的命令，阿芙乐尔号巡洋舰提前开到尼古拉桥边，向冬宫开炮，发起总攻。可是，当时装进炮膛的那发炮弹只有药筒，没有弹丸，是一声空炮，但很响。

听了他这一段介绍，我内心的感受很复杂。在我们中国人心目中，俄国十月革命“一声炮响”为我们送来了马列主义，这句话早已被神圣化了。今天忽然听说它其实只是一声空炮，心里别有一番滋味。在国际共运历史上，泛政治化曾是各国无产阶级政党的通行做法。当年苏共为了向全世界宣传十月革命的伟大，一切从政治上着眼，绝对不会如实告诉世人那只是一声空炮。可是今天，彻底放弃了社会主义制度的俄罗斯人，却特地向人们“捅破”了这个“秘密”，这就使人有一种被嘲弄的感觉。

在彼得堡，十月革命留下的影响已迅速淡化。斯莫尔尼宫，那是十月革命期间列宁的指挥机关所在地，也是列宁宣布“一切权力归苏维埃”的地方，现在是彼得堡市政府办公机关。我们站在马路对面望了望，导游柳达指了指列宁当年办公室的位置，但我并没有弄清究竟是哪一间。后来参观冬宫，经过一个“白色餐厅”，导游说，十月革命起义水兵冲进冬宫时，曾在这个房间里逮捕了资产阶级临时政府的最后几位成员，革命委员会也在这里开过会。我们正想停下来询问一些有关细节，俄方陪同和导游都已淹没在熙熙攘攘拥向前去的参观人流中了。

十月革命，苏维埃政权，社会主义道路，马列主义意识形态，这些都曾经是俄罗斯的光荣和骄傲。可是，这一切都被俄罗斯人自己抛弃了。虽然仍有一部分俄罗斯人在怀念这一切，但已是落花流水唤不住，徒有愁风愁雨满江河。

四

彼得堡接近北极圈，我们正赶上那里的夏季白夜，夜里十二点钟太阳还在天上，使我们每天增加了几个小时的游览时间。

最惬意的是白夜乘坐游艇观赏涅瓦河风光。

在游艇上，俄方陪同人员指着河边一幢漂亮楼房对我们说，那是普京总统在彼得堡的官邸，他每次回彼得堡来都住在那里。

普京是彼得堡的骄傲。他出生在彼得堡，从彼得堡踏上政坛，平步青云，当了总统。彼得堡人为此而扬眉吐气，倍感光荣和自豪。普京为彼得堡迎来了第三次历史机遇，历史老人又要让这座城市为俄罗斯做些什么了。

彼得堡与莫斯科的关系，有点像我们中国的上海与北京。但上海在历史上从未做过中国的首都，所以它在别的方面都能骄傲，在这方面却缺少底蕴。彼得堡就不同了，它曾做过沙俄帝国二百多年首都，所以它显得更“牛”。彼得堡人毫无顾忌地说：“我们这里是俄国第二首都。"并传说俄罗斯可能要往彼得堡"迁都"。这些,都反映出彼得堡人跃跃欲试的心态。

普京总统身上,可以看出彼得堡的历史底蕴。从他身上已见不到戈尔巴乔夫的懦弱、叶利钦的粗鲁,而代之以普京式的冷峻、务实、主见和果断。他沉着冷静地张罗着俄罗斯的内政外交,即使是处置一些十分棘手的问题,也不乏政治智慧和高超手腕。

以我在俄罗斯旅行的所见所闻,觉得普京施政的要务之一,是在着力重建俄罗斯民族精神。

但他采取的办法,不再是强行灌输,而是顺应民意,因势利导。普京重建的是一只三足大鼎。支撑大鼎的三足是:彼得大帝崇拜、东正教信仰、苏维埃怀旧情结。大鼎内装的是由普京新配制的新俄罗斯民族精神。

彼得大帝崇拜,是苏联解体后用来重新凝聚人心的第一块磁铁。苏联在一夜之间垮掉的不仅是社会主义制度,还有精神支柱。躁动中的俄罗斯人,在放弃社会主义制度的第一时间内,自发地、迅速地恢复了对沙皇彼得大帝的崇拜。俄罗斯今天的国旗和国徽,都是沿用的彼得大帝时代的三色旗和双头鹰图案。我们参观彼得保罗教堂时看到,里面安放着十四具沙皇石棺,唯独彼得大帝的石棺前有一尊他的头像,头像前献了一丛鲜花。这表明,在所有沙皇中,彼得大帝是最受人们崇敬的。

东正教信仰与彼得大帝崇拜是相辅相成的,只要看看遍布各地的那些大大小小的金顶教堂就可知道,东正教信仰在俄罗斯土地上有着怎样久远的传统和深厚的基础。在莫斯科,我们看到一座苏联垮台后重建的"救世主大教堂",这是极具讽刺意味的一件事。列宁领导的布尔什维克,曾高唱着《国际歌》去打碎旧世界,《国际歌》里有一句歌词是"从来就没有什么救世主",这句歌词家喻户晓。革命年代,莫斯科"救世主大教堂"被炸毁了,在那里盖了一座游泳池。苏联垮台后,莫斯科市民第一次投票通过要办的第一件大事,就是立刻重建"救世主大教堂",俄罗斯人重新恢复了对救世主耶稣的信仰。我看着这座重建得金碧辉煌的"救世主大教堂",耳边响起那句《国际歌》歌词,一瞬间被撕裂了,无法把这两种感觉拼接到一起。

在社会剧变中,精神上"失魂落魄"的俄罗斯人,像一匹回家的老马,轻车熟路地找到了东正教这个精神归宿。在彼得堡,市内大大小小的教堂有几十座,每一座教堂都被修缮一新。我们无法知道普京本人的宗教信仰,但普京清楚地知道,俄罗斯需要重新凝聚人心、重新振奋民族精神,迫切需要有一种共同的信仰来维系和支撑。

普京的精明还表现在,他清楚地知道,社会主义制度毕竟在俄罗斯土地上延续了七十多年,毕竟有几代人为之奋斗和牺牲,仍有相当一部分俄罗斯人难以割断对这段历史的精神牵挂。因此,在他重新构建的俄罗斯精神中,也糅进了苏维埃怀旧情结。例如,莫斯科红场的列宁墓照旧开放,列宁遗体照旧供人瞻仰,各地的列宁雕像也保留了下来。俄国民众曾一度为改写俄国国歌争论不休,最后由普京一锤定音,仍然采用苏联国歌的旋律。普京的这些明智决定,对于安抚和维系人心,作用非同小可。

这样,普京在重建俄罗斯精神时,巧妙地将彼得大帝崇拜、东正教信仰和苏维埃怀旧情结这几样旧材料,投进同一座化铁炉内熔化,然后灌入由他设计的新模具中,浇铸出一只三足大鼎,它足可在目前俄罗斯坑洼不平的地面上放平,从而将各类俄罗斯人的信念维系在同一面俄罗斯国旗下。

普京施政的另一项要务,是千方百计激活俄罗斯经济。

在这方面,彼得堡也是他手中一枚无可替代的重要棋子。彼得堡的工业和科技基础十分完备,是全俄工业、科技、教育、文化中心，又是著名的国际旅游城市。全市有四百多个研究机构、二百多个图书馆、一百二十多个博物馆、四十四所国立高等院校，科技潜力巨大。世界各国在彼得堡建立的领事机构多达三十三个。普京要让彼得堡充当振兴俄罗斯经济的火车头，拉着俄罗斯列车前进。

涅瓦河两岸，许多建筑都被脚手架围了起来，这种景象在市内其他地方也到处可见。一问柳达，才使我们恍然大悟。她说，明年彼得堡将隆重庆祝建城三百周年，目前全市正在展开大规模的维修工程。届时，将邀请世界各国首脑前来参加这一庆典活动，以进一步扩大彼得堡的影响，借此推动对外经济文化交流，激活俄罗斯经济。

不可否认，俄罗斯民族是一个具有顽强意志的民族。参观埃尔米塔什博物馆时，我曾在列宾那幅著名油画《伏尔加河上的纤夫》前驻足片刻，当时我想到了俄罗斯诗人的一句诗："即使走旱路，我们也拖着俄罗斯前进。"

游艇开到冯丹卡河段，两岸的一幢幢老房子都建造得十分讲究，浓郁的巴洛克建筑艺术气息，很容易勾起人们的怀旧情调。柳达几乎讲得出每一幢老房子先前的主人，诸如普希金、屠格涅夫、托尔斯泰、果戈理、沙皇的国防大臣、叶卡捷琳娜女皇的情夫、某某贵族、某某大商人等。柳达告诉我们说，彼得堡正在启动一项住房改革计划，先在郊区盖一批高质量的住宅楼，用来搬迁这些老房子内的居民，还补贴给他们一部分钱。通过这种赎买的方法，把这些老房子置换出来，进行大修。今天陪同我们的巴维尔，是前苏联时期圣彼得堡副市长，曾与普京共过事，现已弃政从商，在一家武器进出口公司任职。他插话说，重新装修这些老房子，需要花费相当于新建它们五倍的钱。修好后，恢复这些房子的老名字，标价出售给海内外的有钱人，使冯丹卡河两岸恢复成类似沙皇时代的名人居住区,重新涵养出彼得堡的人文效应。

这是彼得堡的一种发展思路。

当前的俄罗斯,社会秩序尚未得到彻底治理,经济仍然不太景气,民众仍有怨言。但是,彼得堡这座城市却呈现出一种“闹中取静”的气象,它显得从容不迫,正在从长计议。

也许,这就是普京的风格?

2002年11月